1

Strange Red Ground

Ronny Eckert

Near-Future-Science Fiction

Bibliografische Information der Deutschen Nationalbibliothek:
Die Deutsche Nationalbibliothek verzeichnet diese Publikation
in der Deutschen Nationalbibliografie, detaillierte bibliografische Daten sind im Internet über dnb.dnb.de abrufbar.

TWENTYSIX - Der Self-Publishing-Verlag
Eine Kooperation zwischen der Verlagsgruppe Random House
und BoD - Books on Demand

© 2017 Ronny Eckert

Herstellung und Verlag:
BoD - Books on Demand, Norderstedt

ISBN: 978-3-7407-3211-0

Für meine Frau - die mich riesig unterstützt hat.

Kapitel 1

Man hörte es in allen Nachrichten. Die Mars Mission. Es sollte ein Erfolg werden, wie damals bei der Mondlandung. Die ersten Menschen auf dem Mars. Dieses Spektakel wurde weltweit übertragen. Es gab kaum noch ein anderes Thema, welches so in den Medien vertreten war. Regierungen und Weltraumunternehmen brüsteten sich mit dieser Mission. Auf dem Mars lief derzeit das volle Programm. Erkundungen, Bodenproben sammeln und Vermessungen machen. Nachdem die Astronauten ihre Arbeit erledigt hatten, machten sie sich mit einer Menge Marsgestein auf den Heimweg. Die Medien berichteten ohne Unterbrechung von den Heimkehrern. Dann war der Tag gekommen. Sie waren wieder auf der Erde zurück. Alle feierten sie, wie Superhelden. Ein Interview nach dem anderen war in den Medien zusehen. Sie erzählten von den roten Steinen, welche sie mit zur Erde brachten. Zur selben Zeit machten sich die Wissenschaftler daran, das Gestein zu untersuchen. Schnell stellte sich heraus, dass diese Proben aus einer mikroskopisch heterogenen Vereinigung von Mineralen und Rückständen von Organismen, sowie Mikroben bestand. Dies war eine Entdeckung, wie sie keiner erwartet hätte. Was lange Zeit vermutet wurde, war nun bestätigt. Auf dem Mars gab es Leben. Die Wissenschaftler machten sich an die Arbeit die Mikroben zu extrahieren. Es dauerte einige Wochen, doch dann gelang ihnen der Durchbruch. Die Medien sprachen von einem nie dagewesenen Ereignis. Sämtliche Regierungen und Unternehmen beglückwünschten sich zu diesem Erfolg.

Doch einige Wochen später veränderte sich unsere Welt. Die Medien berichteten von massenhaftem Tier und Pflanzen sterben in den Regionen der Weltraumunternehmen. Wenig später häuften sich die Berichte, bis sie aus allen Ländern der Welt kamen. Die Menschen gerieten allmählich in Panik. Die Regierungen versuchten zu beruhigen, doch dann wurden Fälle bekannt, wo sich bei Menschen die Haut rötlich färbte. Und es wurden immer mehr. Das absolute Chaos brach aus. Stimmen wurden laut, die Mikroben vom Mars seien daran schuld. Die Regierungen versuchten krampfhaft ein Gegenmittel zu entwickeln. Jeder wollte eine Dosis abhaben, denn jeder dachte es erginge ihm wie den Tieren und Pflanzen. Die weltliche Wirtschaft kam zum Erliegen. Keiner ging mehr zur Arbeit. Die Anarchie brach aus. Dann kam die Nachricht, es gäbe eine Impfung. Das Militär fuhr durch die Straßen und versammelte die Menschen. Die ersten bekamen ihre Injektionen, aber etwas stimmte nicht. Wenige Tage nachdem die Dosis verabreicht wurde, spuckten die Menschen Schaum und wurden epileptisch. Das Militär stellte die Impfungen sofort ein. Mehr als die Hälfte der Menschheit wurde mit dem Impfstoff behandelt. Wilde Spekulationen gingen umher. Wollte die Regierung etwa die Gefahr eindämmen indem sie absichtlich eine tödliche Dosis verabreichte, oder war der Wirkstoff einfach nur toxisch im Zusammenhang mit den Mikroben? Alle Menschen, die bisher geimpft wurden, verstarben letztendlich daran. Die Regierungen der gesamten Welt schotteten sich ab. Inbegriffen waren auch die großen Konzernchefs und die Multireichen. Die Rede war von unterirdischen Biosphären. Eigene Luft, Wasseraufbereitungssysteme, angebaute Nahrung, selbst eigene Krematorien waren vorhanden. Das Leben auf der Erde, wie wir es kannten, war völlig zusammengebrochen. Manche meinten, es würde dasselbe passieren, wie einst auf dem Mars. Seit die Mikroben vom Mars extrahiert wurden sind mehr als die Hälfte aller Tiere und Pflanzen ausgestorben. Mit zwei Ausnahmen. Der Mensch war immun gegen die Mikroben. Er bekam lediglich eine rote Haut. Die zweite Ausnahme waren Hunde. Diese verloren zwar alle Haare, aber verstarben nicht. Doch die Menschen in ihren künstlichen Biosphären wussten von all dem nichts.

Langsam färbte sich der gesamte Planet, durch die Mikroben die sich ausbreiteten, rötlich. Wasser, Erde alles war rot gefärbt. Ebenso die restlichen Pflanzen die allmählich abstarben. Nun waren sechs Monate seit dem Ausbruch vergangen. Die Nahrung sowie Trinkwasser wurde immer knapper. Niemand traute sich das rote Wasser zu trinken. Die Medien berichteten von weltweiten Ausschreitungen, dann hörten sie auf zu senden. Die Menschen an der Oberfläche gingen aufeinander los. Es war die Hölle auf Erden.

Wir schreiben das Jahr 2034.

Wer ich bin? Mein Name ist Jim Forster.

Mein Ziel? Überleben.

Kapitel 2

Ich lebte mit meinen Eltern Steve und Marge, sowie meiner Schwester Kate, in Harlow, einem Vorort Londons. Am Tag der Revolte war ich in den Wäldern, um einen passenden Ort zu suchen, an dem wir uns vor der Meute verstecken konnten. Als ich zurückkam, waren die Straßen leer. Keine Menschenseele war zu sehen. Ich rannte schneller und immer schneller, um zu unserem Haus zu kommen. Dann war ich endlich da. Die Tür stand weit offen und ich schaute mich um. Die Straße war wie leer gefegt. Es war so still. Ganz anders wie in den letzten Wochen, als wir uns im Haus verschanzten. Ich suchte alle Zimmer ab. Vom Keller bis zum Dachboden. Doch es war niemand meiner Familie zu finden. Was war hier passiert? Wo sind denn alle? Ich weinte stundenlang. Sie hatten keine Kleidung oder ähnliches mitgenommen. Es war alles noch da. Was ist hier nur los? Ich fragte mich das immer und immer wieder. Dann verriegelte ich das Haus und wollte abwarten, ob sie wieder kommen würden. Es gab noch ein paar Konservendosen und einige Flaschen Trinkwasser. Dies sollte mir einige Zeit reichen.

Allmählich wurde es Abend. Ich schaute durch das Fenster hinaus, aber ich konnte nichts erkennen, es war zu dunkel. Keine Beleuchtung, kein helles Mondlicht. Absolute Finsternis. Mir war so mulmig. Ich hatte nicht einmal Appetit etwas zu essen. Ich legte mich hin und hoffte, dass meine Familie jeden Moment vor der Tür stehen würde. Ich schlief ein und träumte von Sonne und Meer. Es war so ein wohliges Gefühl. Die saubere Luft, das Meeresrauschen und das Geschrei der Möwen. Es war so...... Dann plötzlich klopfte es an die Tür und ich wachte auf. Mein erster Gedanke war, meine Familie ist zurück. Ich rannte hinunter zur Tür und öffnete sie. Es war nicht meine Familie. Es war ein älterer Mann mit Vollbart und einem Stock in der Hand. Er schrie: „Gib mir dein Wasser!"

Ich versuchte die Tür zu schließen, doch er stemmte sich dagegen. Er brüllte erneut: „Gib mir dein Wasser!" Ich spürte, dass er stärker war als ich. Was sollte ich nur tun? Neben der Tür stand eine Tischlampe von Oma Margret. Ich nahm die

Tischlampe in die Hand und sprang von der Tür zurück. Der Mann kam ins Haus und schrie wieder: „Gib mir dein Wasser!" Schnell rannte ich zum Schrank in dem unser Wasser gebunkert war, nahm eine Flasche und warf sie ihm entgegen. Er ließ den Stock fallen, öffnete die Flasche und trank. Jetzt wäre die Möglichkeit ihm die Tischlampe über den Kopf zu schlagen. Doch ich tat es nicht. Als der Mann getrunken hatte sagte er: „Mein Name ist George." Ich schaute ihn stumm an. Er meinte wir müssen das Haus besser verriegeln, und fing an alle Möbel vor die Türen und die Fenster zu schieben. „Hilf mir!" knurrte er, aber ich konnte mich nicht bewegen. Dann war er fertig, sah mich an und fragte, was los sei mit mir. Ich wimmerte: „Wo ist meine Familie?" Er blickte mich an als hätte er mich nicht verstanden. Ich wiederholte meine Frage. Er meinte, wir sind einige der Letzten. Ich wiedersprach ihm sofort. Ich erklärte, dass ich nur einen Tag nicht hier war und alle waren verschwunden. George schaute stumm auf den Boden, setzte sich hin und nahm einen Schluck aus der Wasserflasche. „Sie sind alle weg", grummelte er. „Wohin?", wollte ich von ihm wissen. Er antwortete nicht. Ich wiederholte meine Frage mit lauter Stimme: „Wohin?" Er stöhnte: „Leg dich schlafen. Morgen haben wir einen anstrengenden Tag vor uns." Er legte sich hin und schlief ein. Ich ging in mein Zimmer, setzte mich hin und weinte bis ich einschlief.

Als ich am nächsten Morgen die Augen öffnete, war es sehr still. Die Sonne schien durch mein Fenster und ich betrachtete meine Haut mit ihrem roten Glanz. Ich fragte mich, was hier eigentlich passiert? Ich stand auf und ging hinunter. Ich war gespannt, ob George noch da sei. Als ich die Treppen herunterkam, saß er auf dem Boden und sah mich an. Er sagte kein Wort. Ich blieb stehen und fragte, was wir jetzt machen sollten. Er meinte, ich solle mich setzen, was ich dann auch tat. Er

Atmete tief ein: „Was weißt du über die Mikroben vom Mars?“ Ich antwortete: „Ich weiß das die Mikroben alles aussterben lassen außer Menschen und Hunde.“ Er nickte und sah auf den Boden. Dann stand er auf und sah aus dem Fenster. „Wir müssen hier weg.“ Fragend sah ich ihn an. „Wohin denn?“ Er erzählte mir von einem Funkspruch den er gehört hatte, indem es hieß, dass es in Australien offene Biosphären gäbe. "Wie offen?" Er erklärte: „Wo jeder hinein kann, nicht nur die Regierung und die Reichen.“ Ich wunderte mich woher er dies denn wissen wolle. Er meinte, dass er sich in einem Truck versteckt hatte und im Funkgerät diesen besagten Satz in einer Endlosschleife gehört habe. Ich war erstaunt, und schwieg. Er meinte dann: „Zu deiner Familie“…..“Ja was denn?“, seufzte ich. Dann schwieg er wieder. Ich fragte ihn, ob er etwas wüsste und wenn ja, dass ich dies wissen müsste. Er murmelte nur: „Wir müssen hier weg.“ Ich kreischte: „Wo sind alle Leute hin!“ Er schrie zurück: „Sie sind alle tot oder werden als Versuchskaninchen von der Regierung festgehalten!“ Ich sackte zusammen und war geschockt. George hob mich auf und ermutigte mich stark zu sein. „Es muss weiter gehen, Junge.“ „Weiter…..wohin?“ Er wurde wütend: „Hast du mir nicht zugehört, die einzige Chance ist der Funkspruch über Australien. Was verstehst du daran nicht?“ Ich wusste nicht, was ich darauf antworten sollte. George erklärte standhaft, dass wir morgen los müssten. „Und wie?“, fragte ich. „Mit allem, was uns voranbringt.“, flüsterte er.

Morgen? Morgen hatte ich Geburtstag dachte ich, aber ich sagte nichts. Sollte ich auf meine Familie warten? Was wenn George recht hatte und sie alle weg waren? Die Lebensmittel wurden knapper und ich wäre allein. Ich starte also eine Reise ins Unbekannte an meinem 23. Geburtstag. Ich glaubte ich würde träumen. George sagte, ich müsse noch viel lernen und die Welt da draußen sei nicht mehr die Welt die ich kannte. "Wie zum Geier sollen wir nach Australien kommen und selbst wenn wir das schaffen, was ist wenn dort auch alles so wie hier ist?", wollte ich von ihm wissen. Er stöhnte: „Wenn du hier bleibst dann stirbst du. Es ist nur eine Frage der Zeit, wann dir die Verpflegung ausgeht. Und Dann?" Ich wusste, dass er Recht hatte und nickte ihm zu. „Nimm alles mit was wir gebrauchen könnten!", rief er, als er sich am Vorratsschrank zu schaffen machte. Ich packte alles ein, was nützlich sein könnte. Streichhölzer, Verbandssachen, Medikamente und eine Taschenlampe. Dann suchte ich im Keller nach brauchbaren Dingen. In einer Kiste fand ich ein altes CB Funkgerät meines Vaters. Ich dachte wenn George Recht hat, müsste der Funkspruch zu hören sein. Ich suchte alle Batterien im Haus zusammen und nahm das Funkgerät mit nach oben in mein Zimmer. Dort legte ich die Batterien ein und schaltete auf ON. Ein rauschen war zu hören. Ich drehte an den Reglern und dann hörte ich es. Ich war wie im Schockzustand. In allen Sprachen wurde es gesendet: „Kommt nach Australien, hier ist es sicher. Wir haben Unterkunft und Verpflegung.....", dann riss die Verbindung ab. Ich versuchte die Verbindung erneut herzustellen, aber es gelang mir nicht. Ich hob den Kopf und George stand an der Tür. Er zwinkerte mir zu und sagte energisch: „Also los geht's." Nun wusste ich, dass er Recht hatte und begann weiter zu packen. Das Funkgerät nahm ich auch mit. Ich würde wohl nie mehr zurückkommen, also nahm ich noch eines unserer Familien Fotos mit und steckte es in meine Hosentasche. „Bist du bereit?" Ich antwortete: „Wehe du lässt mich unterwegs im Stich." Er lachte: „Mach dir keine Sorgen Kleiner, schlimmer kann es nicht werden."

Kapitel 3

Ich schloss die Haustür so, als wollte ich bald wiederkommen. George sah mich an als würde er sagen wollen, was treibt der Junge da nur. Aber er verlor kein Wort darüber. Als wir die ersten Meter mit unserem Gepäck hinter uns gelassen hatten, grinste er „Weißt du warum ich dein Haus ausgewählt hatte?" Ich wunderte mich und fragte ihn warum. Er erzählte, er habe mich beobachtet, wie selbstverständlich ich in dieses Haus ging. Das war ein Zeichen für Lebensmittel im Haus. Ich war ganz erstaunt, da ich mich ja umsah und niemanden gesehen hatte, als ich vom Wald zurückkam. Ich müsse noch viel lernen und dass die Welt wie ich sie kannte in keiner Weise mehr die Alte sei, versuchte er mir beizubringen.

Als wir ein paar Straßen weiter waren, fragte er mich wie er mich denn nennen solle. Ob er mich weiterhin Kleiner nennen sollte oder ob ich einen Namen hätte. „Mein Name ist Jim und ich habe heute Geburtstag." Er lachte. „Okay Jim, Happy Birthday." Ich dachte nur was ist daran happy. Mir ging meine Familie nicht aus dem Kopf. Was ist mit ihnen geschehen. Ich traute mich aber nicht George auf dieses Thema anzusprechen. Er machte einen sehr nüchternen Eindruck. Es schien fast so, als wäre er mit dieser Situation vertraut. „Woher weißt du was du tust?", wollte ich wissen. Er blieb stehen, schaute mich an und sagte: „Ich war in der Royal Navy." Ich staunte nicht schlecht. „Ich habe gedient und sie haben uns einfach uns selbst überlassen", fuhr er fort. Er fragte mich, was ich so vor dem Tag der Apokalypse tat. Ich antwortete, dass ich Student sei und mich mit dem Medizinstudium befasste. Er nickte: „Okay Doc, gut zu wissen." Als wir eine Weile weiter liefen stoppte er. „Sei ruhig.“ Wir liefen rasch an eine Hausecke. „Duck dich und nicht bewegen“, schnaufte er. Ich war wie versteinert. Dann hörte ich es. Eine Frau schrie aus vollem Halse. Es war so ein schlimmer Klang. Ich sagte zu George: „Wir müssen doch helfen.“ Er meinte nur, dass ich still sein sollte. Wir gingen in Deckung und schauten in die Richtung aus der die Schreie kamen. Dann sah ich sie. Mir wurde ganz kalt. Ich bekam Gänsehaut am ganzen Körper.

Drei Männer schlugen eine junge Frau. „Mach was...“, flüsterte ich. Er unterbrach mich: „Sei still!“ Dann schleppten die drei Männer die Frau in ein Haus. George rief: „Lauf...!“ Ich rannte ihm nach. Als wir ein paar Ecken weiter waren, wollte ich wissen, warum er nicht geholfen habe. George packte mich am Hals und drückte mich an die Wand. „Das ist nicht mehr die Welt wie du sie kanntest Jim, wie oft muss ich dir das noch erklären. Sei froh dass du lebst und misch dich nie in Sachen ein, die dich nicht betreffen. Vergiss das nie.“ Dann ließ er mich wieder los. Ich war wie erstarrt. „Los weiter Jim. Wir müssen immer in Bewegung bleiben.“ Ich rannte ihm nach ohne ein Wort zu verlieren. Gleichzeitig dachte ich wieder an meine Familie. Es vergingen Stunden bis wir vor den Toren Londons standen. Ich fragte George, ob es nicht besser sei außen herum zu gehen. „Nein das dauert zu lang, und außerdem bin ich mir sicher in London finden wir mehr Verpflegung und vielleicht auch ein Auto was genügend Sprit hat und fahrtüchtig ist.“ Ich ahnte, dass er Recht haben könnte und folgte ihm schweigend. Er fragte mich, ob ich schon einmal mit einer Waffe geschossen hätte. „Nein warum?“ Er sah mich an und seufzte: „Dann musst du das lernen.“ Ich dachte nur, und wie? George wusste was ich dachte. Ich konnte es an seinem Blick erkennen. „Wir besorgen uns in London Waffen, wir müssen uns schützen.“ In diesem Moment dachte ich nur, wäre ich doch lieber Zuhause geblieben.

Langsam wurde es dunkel. „Wir brauchen ein Lager“, stammelte George. Ich nickte ihm zu. Kurz darauf fanden wir einen alten Bahnhof. Dort stand ein alter Wagon. „Schau Jim, Perfekt.“ Die Türen waren bereits aufgebrochen. Wir suchten alles Mögliche zusammen, mit dem man diesen Wagon von innen verbarrikadieren konnte. Dann schlossen wir uns ein und legten uns hin. Ich hatte solchen Hunger. George hatte die Lebensmittel und ich fragte ihn, ob ich eine Konservendose haben könne. Er sah mich an und warf mir eine zu. „Wir brauchen mehr davon“, knurrte er. Ich erwiderte: „Ja, ich weiß.“ „Zeit zum schlafen“, nuschelte er noch und schloss kurz darauf die Augen. Ich öffnete die Konservendose und schob mir den Inhalt mit den Fingern in den Mund. Es schmeckte wirklich sehr gut und ich wunderte mich noch, warum George nichts essen wollte. Ich putzte mir die Finger an der Hose ab und legte mich ebenfalls hin. Ich dachte wieder an meine Familie als ich plötzlich dieses Jaulen hörte. Es klang grauenvoll. Mein Herz schlug schneller und schneller. George drehte lachend seinen Kopf zu mir: „Das sind nur die Hunde, die haben wahrscheinlich Hunger. Die können ja keine Dosen öffnen.“ Dann drehte er sich wieder um und schlief ein. Das Jaulen ließ mich einfach nicht einschlafen, bis die Müdigkeit mich letztendlich übermannte.

Als ich am nächsten Morgen die Augen öffnete, saß George schon aufrecht da und war dabei seine Konservendose zu öffnen. „Gleich geht es weiter, bist du bereit, Jim?“ „Uns bleibt ja nichts anderes übrig.“, quengelte ich müde. Er sah mich an und lächelte: „Jetzt hast du es verstanden.“ Er schaute durch die Schlitze des Wagons nach draußen. „Wir dürfen uns nur Tagsüber bewegen.“ „Die Hunde?“ wollte ich wissen. „Nicht nur.“, murmelte George und öffnete die Tür.

Wir marschierten auf den Gleisen weiter in Richtung London ohne zu wissen was uns dort erwartete. Ich sah zum Himmel hinauf. Er war so leer. Keine Vögel oder Flugzeuge. Einfach nichts. Ich bekam allmählich Hunger und fragte ob ich eine Konservendose haben könne. „Nein“, stöhnte George. „Warum, du hast doch heute auch eine gegessen?“ Er blieb stehen. „Du hast deine Ration gestern Abend verbraucht“. Ich wurde wütend. „Jetzt hör mal zu, das ist meine Verpflegung, die ist ja wohl aus meinem Haus. Außerdem habe ich den Funkspruch auch selbst gehört, ich brauche dich nicht George…!“ „Ohne mich wärst du schon längst tot, weil du dich erschlagen lassen hättest um einer Frau zu helfen, die du nicht kanntest!“, unterbrach er mich, als es plötzlich hinter uns knurrte. Wir drehten uns langsam um und sahen einen dieser haarlosen Hunde mit blutverkrustetem Maul. „Oh Shit“, flüsterten wir beide. George richtete seinen Stock auf den Hund und fragte mich ob ich einen Fluchtweg sehen würde. „Ein Container der auf ein Dach führt.“, stotterte ich mit zitternder Stimme. „Wenn ich jetzt sage, geht’s los Jim.“ „Was?“ „Jetzt!“ George warf den Stock auf den Hund und rief: „Lauf!“ Ich rannte so schnell wie noch nie zuvor in meinem Leben. Wir sprangen auf den Container und kletterten dann auf das Dach daneben. Ich war fix und fertig. George meinte das würde davon kommen wenn man nicht gut Frühstücken würde. Ich fragte ihn, ob er mich verarschen wolle. „Ich wollte doch eine Dose, du hast mir keine gegeben.“ „Abends gibt es nichts mehr nur noch morgens, damit du fit bist. Du brauchst nachts keine Energie, klar soweit“, schnaufte er. Jetzt hatte ich es verstanden was er meinte. „Was machen wir jetzt mit dem Hund?“, wollte ich wissen. George überlegte, während der Hund um das Haus schlich. „Mach so viele Dachziegel wie möglich locker und leg diese auf einen Haufen.“

Ich begann sofort damit. Er nahm die Dachziegel und warf einen nach dem anderen auf den Hund. Als er einmal traf rannte der Hund jaulend davon. „Wir müssen schnell weiter, der kommt wieder." Ohne ein Wort folgte ich ihm. Wir stiegen vom Dach, rannten eine Weile und verließen die Gleise. Dann kamen wir in ein Wohnviertel. Auf dem Schild stand Stratford. Ich kannte dieses Viertel. Ich hatte hier im Newham Universitäts-klinikum studiert.

Kapitel 4

Wir mussten nach Wasser und Nahrung sowie Waffen suchen, also gingen wir von Haus zu Haus. Überall standen Autos kreuz und quer. An vielen Häusern waren Scheiben eingeschlagen und Türen aufgebrochen. Wir zogen geduckt weiter. „Wir gehen in dieses Haus dort.", flüsterte George. „Warte hier, Jim.", meinte er und schlich zu dem besagten Haus. Er ging einmal herum und gab mir ein Zeichen, dass ich kommen könne. Ich lief geduckt auf ihn zu, als schlagartig jemand auf mich schoss. Ich schlug Haken und versteckte mich hinter einem Auto. „Alles Okay?", rief George mir zu. „Ja, wo kam denn das jetzt her?", kreischte ich zurück. „Bleib wo du bist, ich hol dich Jim!" George versuchte zu mir zu gelangen, doch sobald er aus seiner Deckung kam wurde auch auf ihn geschossen. Dabei sah ich, dass die Schüsse aus einem Haus schräg gegenüber kamen. Ich brüllte es George hinüber. „Okay Jim, du machst jetzt folgen-des, du öffnest die Tür vom Auto und löst die Bremse. Dann schiebst du das Auto als Deckung neben dir her bis du bei mir bist.“ „Alles klar George!“ Als ich das Auto bewegte, wartete ich darauf beschossen zu werden, aber es passierte nichts. Wenige Minuten später war ich angekommen. Ich musste nur noch zwei Meter ohne Schutz ins Haus schaffen. „Spring Jim!“, schrie George. Ich sprang mit einem Satz los und während ich durch die Luft flog zischten zwei Kugeln an mir vorbei. Ich landete unsanft im Eingang. Zügig schoben wir einen Schrank vor die Tür. „Wir müssen alle Räume durchsuchen und alle Eingänge dicht machen.“ Ich bestätigte hektisch seine Aussage. Er brach zwei Tischbeine ab und warf mir eines zu. „Du wirst es brauchen.“ Ich hoffte, dass er Unrecht hatte. „Und halte dich von den Fenstern fern!“ Ich schlich langsam nach oben mit dem Tischbein in der Hand als wäre es ein Baseballschläger, bis ich vor der ersten Tür stand. Ich öffnete sie und setzte einen Schritt zurück. Ich wartete kurz und ging dann hinein um mich umzusehen. Dieses Zimmer war einmal ein Kinderzimmer gewesen. Spielsachen lagen überall auf dem Boden herum. Ich schloss die Tür und ging zum nächsten Zimmer. Ich öffnete wieder die Tür und ging hinein. Es war ebenfalls ein Kinderzimmer gewesen. Zeichnungen hingen an den Wänden. Ich schaute mir diese Bilder genauer an, als mich auf einmal etwas an der Schulter packte. Ich drehte mich um und hob mein Tischbein. Es war George. „Hast du alle Räume durchgesehen?“ Ich starrte ihn an: „Hier waren kleine Kinder, wo sind sie hin?“ „Frag dich mal lieber, wer da auf uns geschossen hat!“

Wir suchten Raum für Raum ab. Es war niemand zu finden. „Hier gibt es keine Vorräte Jim, und wir müssen vorerst hier bleiben, bis wir wissen wer da auf uns geschossen hat.“, seufzte George als er sich auf den Boden setzte. „Und wie willst du herausbekommen wer das ist?“, wunderte ich mich. „Wir warten bis es dunkel ist, dann gehen wir rüber.“ Ich dachte ich höre nicht richtig. „Du spinnst wohl!“ „Hast du eine bessere Idee

Jim?" Ich wusste nicht was ich darauf antworten sollte. „Ich gebe dir eine Aufgabe Kleiner. Such Nägel und einen Hammer im Keller!" „Wozu?" Er lachte: „Wir verschönern unsere Tischbeine."

Ich wusste genau was er damit meinte und ging in den Keller. Es lag allerhand Werkzeug herum. Als ich nach den Nägeln suchte, fand ich eine Landkarte von Europa. Ich schlug diese auf und dachte nur, wenn wir das hier überleben sollten, was würde wohl noch alles auf uns warten. Ich steckte die Karte ein und suchte weiter Nägel und einen Hammer. George rief nach unten ob ich etwas gefunden hätte. Ich antwortete nicht und suchte immer weiter bis ich einen Hammer und eine Schachtel mit Nägeln fand. Ich flitzte nach oben und begann die Tischbeine mit Nägeln zu bestücken. Es war sehr mühsam und wir wechselten uns ab damit einer immer am Fenster Wache halten konnte. Als ich aus dem Fenster schaute, sah ich den Vorhang an dem Fenster wackeln, aus dem geschossen wurde. Ich konnte jedoch nichts erkennen. „Fertig!", stöhnte George. Also warteten wir bis es dunkel wurde. Mein Herz schlug immer schneller umso dunkler es wurde. Dann war es soweit. „Bist du bereit Jim?" Ich dachte nein und sagte ja. „Okay Kleiner, dann mal los." Wir schlichen uns zur Hintertür hinaus und krochen durch den Garten bis zum nächsten Haus. Ich spürte wie die Nägel sich in die Erde gruben. Als wir am nächsten Haus ankamen, stoppte George. „Was ist los?" Er antwortete nicht. Kurze Zeit später gab er mir ein Handzeichen das ich ihm folgen sollte und wir krochen weiter bis zum nächsten Haus. Noch ein Haus weiter dann wären wir am Ziel. „Bleib immer unten Jim, wir wissen nicht ob die Nachtsichtgeräte haben." Ich dachte nur, Super, danke für den Tipp. Dann waren wir angekommen. Es war so still, ich konnte mein Herz schlagen hören als wir an einem Kellerfenster ankamen. Man konnte nicht hineinsehen es war stockdunkel darin. George hebelte das Kellerfenster mit seinem Tischbein auf. Knack und es war offen. Wir stiegen leise ein und suchten die Treppe nach oben. Oben an der Tür angekommen flüsterte er: „Bist du bereit, es kann jederzeit los gehen." Ich klopfte zweimal auf seinen Rücken. „Okay, los." Er öffnete ganz langsam und leise die Tür und steckte den Kopf heraus. „Sauber", hauchte er und schlich in den Flur. Es war finster im Haus und ich schlich ihm nach. Wir suchten das Erdgeschoss ab, aber niemand war zu finden. Wir pirschten langsam Schritt für Schritt die Treppenstufen nach oben. Meine Hände fingen an zu schwitzen und mein Mund war völlig trocken. Die Treppenstufen knarrten leise. Mein Herz schlug so laut, ich dachte man könnte es hören. Im Obergeschoss angekommen standen wir vor einer Tür unter der Licht durchschien. Es war ein flackerndes Licht wie bei einer Kerze. Mein Herz sprang mir gleich aus dem Hals. George flüsterte mir ins Ohr: „Wir brauchen eine Ablenkung damit die aus dem Raum herauskommen." Ich nahm ein Bild von der Wand und deutete an es die Treppe hinunter zu werfen. George zwinkerte mir zu. Ich verstand das als ein okay. Wir stellten uns an die Wand und ich zählte leise bis drei. Dann warf ich den Bilderrahmen hinunter.

Es krachte ordentlich als der Rahmen die Treppe hinunter fiel. Ich war starr vor Angst, weil ich überhaupt nicht wusste was nun passieren würde. Wir sahen uns an aber nichts passierte. Dann konnte man leise Schritte in Richtung Tür vernehmen. Ich machte mich bereit, für was auch immer. Ich dachte kurz an meine Familie als sich plötzlich die Tür einen kleinen Spalt öffnete. Ich konnte aber nichts sehen. Langsam schob sich ein Gewehrlauf aus der Tür heraus. George gab mir ein Zeichen das ich warten sollte. Das Gewehr schob sich immer weiter aus dem Raum hinaus. Ich wusste nicht was ich tun sollte und fragte mich ob die Idee wirklich gut war. George sprang auf den Lauf zu und packte das Gewehr. Er zog kräftig daran und hatte es in der Hand. Ein alter Mann fiel zu Boden und rief: „Tut uns nichts!"

George zog ihn zu sich und drückte ihn mit seinem Fuß nach unten, während er sich das Gewehr zur Brust nahm. Der alte Mann stöhnte wieder: „Tut uns nichts!" „Wieviel seit ihr?", flüsterte George dem alten Mann zu. Er wimmerte: „Nur ich und meine Frau." Ich wollte einen Schritt nach vorn machen aber tat es nicht. Ich sah diesen Mann am Boden liegen und schämte mich. Ich wusste dass er auf mich geschossen hatte, aber das was hier abging war absolut nicht human. Gleichfalls wusste ich aber, dass ich ohne George schon längst tot wäre. George rief in den Raum: „Komm raus!" Aber es tat sich nichts. Der alte Mann stöhnte: „Meine Frau ist taub." George sah ihn fragend an und rief erneut: „Komm raus!" Es tat sich wiederum nichts. George warf mir das Gewehr zu und sagte ich solle auf ihn zielen. Dann legte er sich auf den Boden und schaute in den Raum hinein. Er stand wieder auf und war der Ansicht, dass alles sicher sei. Ich fragte ob er es genau wisse. „Schau selbst", antwortete er. Ich ging einen Schritt nach vorn und steckte langsam meinen Kopf in das Zimmer. Da saß eine alte Frau und sie starrte mich an. Sie hatte Todesangst in ihren Augen. Ich hatte so etwas noch nie gesehen. Sie wimmerte, aber gab kein einziges Wort von sich. George fragte sie ob noch mehr im Haus seien. Aber sie antwortete nicht. „Sie ist taub, tut ihr nichts!", rief der Mann auf dem Boden. Ich nahm das Gewehr und durchsuchte alle restlichen Räume des Hauses. Es war niemand zu finden. Ich fühlte mich unglaublich stark mit dem Gewehr. Als ich zurückkam, hatte George den Mann bereits zu seiner Frau gesetzt. „Warum habt ihr auf mich geschossen?", wollte ich wissen. Der Mann sah mich an und sagte nichts.

„Warum!", rief ich. George meinte ich solle mich beruhigen. Die alten Leute klammerten sich aneinander. Sie erinnerten mich an meine Eltern. „Tut uns nichts", wiederholte der alte Mann. „Wir wollen euch nichts tun, und wir schießen nicht auf fremde Leute", brüllte ich ihm zu. Der alte Mann atmete erleichtert auf. „Das ist Mary und ich heiße Steve", dann reichte er mir die Hand. Ich blieb einen Moment ruhig stehen, dann ging ich auf ihn zu, streckte ihm meine Hand entgegen und sagte: „Mein Name ist Jim. Und das ist George." Der alte Mann nickte und meinte: „Schön euch kennenzulernen."

Ich kniete mich zu ihm runter und fragte erneut: „Warum habt ihr auf mich geschossen?" Steve sah mich an und flüsterte: „Ihr seid wohl nicht von hier? Es war die Hölle los. Anfangs war die Armee in den verschiedenen Vierteln und hat versucht alles unter Kontrolle zu halten. Doch dann sind alle durchgedreht. Sie haben geplündert. Menschen sind gestorben und verschwunden, so wie unser Sohn James."

Ich war wie versteinert. „James?", fragte ich. Der Mann sah auf den Boden und nuschelte: „Ja, James. Unser Sohn wollte helfen das Chaos zu verhindern. So wie es ein Polizistensohn nun mal gelernt hat." George unterbrach Steve. „Polizistensohn?" Stille war im Raum. „Ja, Polizistensohn. Ich war früher bei der Polizei, bevor ich in den Ruhestand ging", flüsterte Steve. Ich fragte ob er von dem Funkspruch gehört habe. Steve schüttelte den Kopf. Ich packte mein Funkgerät aus und suchte die Frequenz, auf der dieser Funkspruch gesendet wurde. Dann hatte ich sie. Steve sah mich mit großen Augen an. Mary fragte ihn mit Hilfe von Zeichensprache was los sei und was zu hören war. Er erklärte ihr was er gehört hatte. Sie hatte Tränen in den Augen. Steve strich ihr über den Kopf und gab ihr einen Kuss. Sie machte hektische Handzeichen und Steve schüttelte den Kopf.

„Was hat sie gesagt?", wollte ich gern von Steve wissen. „Sie glaubt, dass James dahin unterwegs ist, aber ich glaube das nicht. Er würde uns niemals allein lassen."

George fragte, ob es noch andere Nachbarn hier in der Umgebung gäbe. Steve schüttelte den Kopf. „Nach dem Chaos waren alle verschwunden, die Navy hat sie geholt." „Blödsinn!", rief George: „Ich war bei der Navy. Die haben uns einfach uns selbst überlassen. Sie hatten keine Verwendung mehr für uns. Plötzlich standen wir alle da ohne Befehle, ohne Plan was zu tun sei. Die Regierung hat Soldaten behalten. Aber nicht von der Royal Navy. Deshalb bin ich hier. Ich wollte nachdem sie uns einfach zurückgelassen haben zu meiner Frau und meiner Tochter, aber sie hatten sich im Auto in der Garage vergiftet. Ich fand sie dort leblos vor. Sie dachten wohl ich wäre in einer künstlichen Biosphäre und komme nie zurück. Ich fand sie in unserem Wagen und.....", dann brach George zusammen. Ich war geschockt. Er wirkte immer so stark und allwissend. Alle waren still. Mary wollte wissen was gesprochen wurde. Steve gab ihr aber nur einen Kuss und streichelte ihren Kopf. Dann sah Steve uns an und wollte wissen ob wir dem Funkspruch folgen würden. Ich nickte ihm zu. „Kommt mal mit auf den Dachboden", sagte er. George stand auf und lief ihm nach. Ich blieb bei Mary. „Jim, komm hoch!", rief George hinunter. Ich rannte schnell hinauf. Es lagen unzählige Waffen herum. „Ich hab das Polizeirevier geplündert als es losging. Ich konnte froh sein, dass der Tür Code derselbe wie früher war.", lachte Steve. Ich hatte so etwas nur in Filmen gesehen. George sah mich an und grinste. „Damit kann man was anfangen.", stammelte er fröhlich.

„Steve, willst du und deine Frau nicht mit uns kommen?", fragte ich freundlich. „Nein wir bleiben hier. Vielleicht kommt James wieder zurück. Außerdem sind wir schon viel zu alt für so eine Reise. Aber ich glaube ich kann euch helfen.", murmelte Steve. „Und wie?", staunte ich. „Morgen früh zeige ich euch beiden meinen Schatz. Nun ruht euch etwas aus, ich werde Wache halten." Ich blickte George fragend an und er zwinkerte mir zu. Darauf legte ich mich in eine Ecke und deckte mich mit einer Decke zu, die mir Mary reichte. Es verging keine Minute und ich war eingeschlafen.

Ich schlief sehr fest und träumte ich würde mit einem Schiff in Seenot geraten. Die Wellen schlugen gegen das Schiff und es lief Wasser hinein. Aber ich war nicht allein auf dem Schiff. Bei mir war ein Hund. Aber es schien als wäre er mein Freund. Dann wachte ich auf. Es war bereits hell geworden. Ich wunderte mich noch über meinen Traum. Er war so real gewesen. Aber ich fragte mich wieso ein Hund bei mir gewesen sei. Die Hunde sind doch unser größtes Problem. Als ich aufstand, war der Raum leer. Keiner war zu sehen. Ich ging zum Fenster und sah hinaus. Es war sehr ruhig draußen. Roter Staub zog durch die Straßen. Dann hörte ich von unten Stimmen. Ich schlich zur Tür und legte mein Ohr an. Ich konnte jedoch nichts verstehen. Vorsichtig und leise öffnete ich sie. Die Stimme von George war deutlich zu hören. Er sprach über die Biosphären in denen sich die Regierungen zurückgezogen hatten. Er erzählte Steve Dinge da wurden meine Beine weich wie Butter. Es gab Weltweit kein einziges Land indem das System noch bestand. Langsam ging ich die Treppen hinunter. George schnaufte: „Da ist er ja, na hast du ausgeschlafen?" Ich nickte. Steve meinte wir sollten mit in die Garage kommen er hätte uns etwas zu zeigen. So folgten wir Steve. Mary kam nicht mit was mich stutzig machte. Eine Tür bei der Küche führte direkt in die Garage. Als wir dort ankamen lag da ein Schraubenzieher auf dem Werkzeugtisch. Ich nahm diesen und versteckte ihn in meinem

Ärmel. Ich war auf alles gefasst. Vielleicht würde er auf uns schießen? Steve blieb stehen und sagte: „Hier ist mein Schatz." Er zog ein staubiges Tuch von einem Auto und zeigte auf den Wagen. „Ein Jaguar S-Type in meiner Lieblingsfarbe dunkel grün", schilderte Steve. „Diesel, Automatik, 6 Gänge und Ledersitze. Er ist voll betankt und gehört jetzt euch beiden." George und ich sahen uns fragend an. „Versteh ich nicht", stotterte ich. „Wie schon gesagt wir sind zu alt für so eine Reise. Aber vielleicht hilft euch das. Wir brauchen ihn nicht mehr." Steve klopfte auf das Dach und grinste. „Jim und ich brauchen noch Waffen, Steve." „Wir haben mehr als genug". Die beiden gingen nach oben um die Waffen einzupacken. Ich setzte mich in das Auto und sah alle Fächer durch. Ich fand ein Foto von James. Ich legte es auf den Werkzeugtisch zusammen mit dem Schraubenzieher den ich eingesteckt hatte. Den Kofferraum musste ich noch untersuchen und öffnete ihn. Eine Reisetasche befand sich darin. Ich wollte sie gerade öffnen als die beiden wieder in die Garage kamen. Schnell schloss ich den Kofferraum und ging einen Schritt zur Seite. George hatte eine riesige Tasche in der Hand. Ich half ihm diese ins Auto zu schieben. Sie war sehr schwer. Mary brachte uns eine Kiste mit Lebensmitteln. Wasser und Konservendosen waren darin. Sie lächelte und drückte sie mir in die Hand. Ich sagte danke, worauf sie eine Träne verlor. Steve nahm sie in den Arm und sah mich ganz verwirrt an. „Wenn ihr James findet nehmt ihn bitte mit. Im Auto ist ein Foto von ihm. Passt auf euch auf und eine gute Reise." George stieg in den Wagen und startete ihn. „Komm schon Kleiner!", rief er. Ich dachte daran das Foto von James mit zu nehmen, doch ich wollte es Steve und Mary lassen. Ich setzte mich in den Wagen und George fuhr langsam los. Im Seitenspiegel beobachtete ich Steve und Mary. Sie standen da, eng umklammert. Sie sahen uns nach bis wir aus ihrem Blickfeld verschwanden. Mir gingen die beiden nicht mehr aus dem Kopf. „Hätten wir sie nicht doch mitnehmen sollen?" wollte ich von George wissen. „Vergiss die zwei. Die wirst du nie wieder sehen", hauchte er leise.

Ich verstand langsam was George meinte, als er sagte, die Welt sei nicht mehr so wie ich sie kannte. Ich war bedrückt und lehnte mich an das Fenster. Wir fuhren in eine Straße ein, in der viele Tote umherlagen. „Gewöhn dich besser daran", knirschte George. Es war ein Anblick wie aus einem Horrorfilm. Ich konnte meine Augen nicht vom Fenster lassen. Langsam fuhren wir weiter. Es dauerte Stunden, bis wir aus London heraus waren. Ich war so froh, dass es endlich vorbei war. Ich fragte mich, was uns wohl noch alles erwarten würde. Die Straßen waren voll mit liegengebliebenen Autos. Viele waren total zerstört, oder ausgebrannt. „Halte immer schön die Augen offen Jim." Ich wusste ganz genau was er meinte und mir wurde richtig unwohl. George sah mich ernst an: „Wir haben zwei Möglichkeiten von dieser Insel zu kommen. Entweder wir versuchen ein Schiff zu bekommen um nach Frankreich zu gelangen, oder wir fahren durch den Eurotunnel. Sollte wir uns für das Schiff entscheiden, wenn wir eines finden sollten was fahrtüchtig ist, müssten wir das Auto zurücklassen." Bei dem Wort Schiff musste ich sofort an meinen Traum denken. „Wir nehmen den Tunnel George." Er sah mich an und überlegte. „Was ist los?", fragte ich ihn. „Es könnten unerwartete Hindernisse im Tunnel auftreten." Wir haben doch haufenweise Waffen, dachte ich und meinte: „Das schaffen wir schon." Wir hatten noch etwa zwei Stunden Autofahrt vor uns bis nach Folkestone, wo der Tunnel begann. Ich griff nach hinten und öffnete die Tasche mit den Waffen. Es war allerhand darin. Schießen konnte ich jedoch nicht. Ich beruhigte mein Gewissen damit, dass es nicht so schwer sein könne. „Wir sind bald da

Jim. Bevor wir in den Tunnel einfahren nimmst du ein Gewehr aus der Tasche und öffnest das Fenster." Ich hoffte ich müsste nicht schießen, aber sagte locker: „Alles klar, wird gemacht."

Plötzlich entdeckte ich den Eingang des Eurotunnels in der Ferne. Als wir näher kamen erkannte ich, dass eine Seite komplett mit Autos verstopft war. Überall lagen Menschen auf dem Boden. Männer, Frauen und Kinder. Es war ein grauenvoller Anblick. „Wir müssen zum anderen Tunneleingang und sehen ob der frei ist." George wollte bestimmt lieber das Schiff nehmen aber ich tat so als sei dies die bessere Entscheidung. „Das Gewehr, Jim." Ich holte es aus der Tasche. Er zeigte mir wie ich es laden sollte. „Das Fenster, Jim." Er wurde langsam nervös, was mich auch unruhig machte. Vor dem anderen Tunneleingang lag nur ein Auto quer. George schob es langsam mit unserem Wagen zur Seite. Man konnte gut in den Tunnel hineinsehen. Er schien frei zu sein und wir fuhren langsam hinein. Es war sehr holprig und schleichend wurde es immer dunkler. „Achte auf jede Kleinigkeit, Jim." Ich konnte in seiner Stimme hören das George Angst hatte und daher wuchs bei mir die Anspannung erheblich.

Wir fuhren eine Weile weiter. Ich starrte nach vorne und nach hinten. Das Gewehr fest in den Händen. Es roch sehr streng im Tunnel. Es war ein Gemisch aus Benzin und fauligem Fleisch. „Mach das Fenster zu, Kleiner", schnaufte George und hielt sich die Nase zu, doch es wurde kaum besser. „Noch 25 km. Die Hälfte haben wir geschafft, Jim." Ich konnte es kaum erwarten, dieses Loch hinter mir zu lassen, bis George auf einmal stehen blieb. „Was ist los", stotterte ich nervös. „Da hinten." Ich konnte nichts erkennen. „Nimm das Gewehr Jim." Ich lud das Gewehr und zielte aus dem Fenster. „Wo denn George?", fragte ich mit zitternder Stimme. „Einer dieser

Höllenhunde.", knurrte er. Ich hielt das Gewehr aus dem Fenster und schoss in die Luft um den Hund, der uns den Weg versperrte, zu verscheuchen. Doch der Hund rührte sich kein Stück. Ich konnte seine Augen, die von unseren Scheinwerfern angestrahlt wurden, leuchten sehen. Ich schoss erneut in die Luft, bis der Hund anfing zu jaulen.

Kapitel 5

Wir fuhren langsam weiter und ich schloss das Fenster. Dann konnte ich den Hund genau erkennen. Er lag auf dem Boden und sah uns mit trübseligen Augen an. Er war anders als die anderen Hunde und wirkte irgendwie treu. Wie aus heiterem Himmel, reflektierten noch mehr Augen aus dem Dunkeln. Drei weitere Hunde kamen langsam mit fletschenden Zähnen auf uns zu. Einer der Hunde schnappte nach dem am Boden liegenden. Er wehrte sich heftig, während die anderen weiter auf uns zu hielten. „Was ist denn das jetzt!", kreischte ich. Einer der Hunde sprang auf die Motorhaube und starrte uns ganz tief in die Augen. Seine Augen waren so hasserfüllt. Das Auto fing an zu wackeln. „Was ist das?" Der andere Hund versuchte einen Reifen zu zerbeißen und man konnte seine Kraft spüren. „Wir müssen etwas unternehmen, Jim." „Unbedingt", stimmte ich zu. „Öffne das Fenster einen Spalt und schieß in die Luft." Ich tat was George vorschlug, doch es brachte nichts. „Die interessiert das überhaupt nicht, was nun?" Unsere Sorge war, dass der eine Hund es schaffen könnte, den Reifen durchzubeißen. George fuhr weiter. Der andere Hund sprang ebenfalls auf die

Motorhaube und schlug mit seinem Kopf gegen die Scheibe. Immer fester und fester. Die Geräusche dabei machten mich wahnsinnig. Ich hielt es nicht mehr aus, nahm das Gewehr und schoss direkt durch die Scheibe. Alles ging so schnell. Nun war ein großes Loch in der Scheibe. „Spinnst du, Jim?"

Ich war wie erstarrt und gab keinen Laut von mir. Das Gewehr hielt ich immer noch fest in den Händen. Die zwei Hunde waren nicht mehr zu sehen. „Jetzt sind wir ungeschützt", fauchte George und setzte den Wagen in Bewegung. Vor uns kämpften die anderen Hunde direkt in der Mitte des Tunnels. Ich nahm das Gewehr, lud es und zielte auf den Hund der den anderen angriff. George verharrte ganz still. Ich wartete und wartete bis die Gelegenheit kam. Dann drückte ich ab. Der Höllenhund fiel sofort um. „Den anderen noch.", flüstere George. Der Hund sah uns an und humpelte an die Seite so als wolle er uns den Weg freimachen. Ich nahm die Waffe runter und meinte: „Der ist nicht wie die anderen."

Als wir schleichend an ihm vorbeifuhren sah ich aus meinem Fenster zu ihm hinaus. Es war ein merkwürdiges Gefühl als mich der Hund ebenfalls anblickte. Er hatte keinerlei Anzeichen von Aggressivität. Langsam ließen wir ihn hinter uns. Ich schaute die ganze Zeit in den Rückspiegel bis seine Augen im Dunkeln verschwanden. „Stopp!", rief ich. „Halte an, George!" Er stieg auf die Bremse und wollte wissen was los sei. Ich sprang aus dem Wagen und rannte zu dem Hund. Ich konnte ihn nicht sehen, es war zu dunkel. Ich hörte ihn hecheln und lief langsam auf ihn zu. „Jim! Komm sofort wieder ins Auto!", hörte ich George rufen. „Jim!" Ich ignorierte ihn und tastete nach dem Hund. Auf einmal leckte er an meiner Hand. Ich streichelte über seinen Rücken und spürte dass er verletzt war. Also nahm ich ihn hoch und lief zum Wagen. George stand plötzlich mit einer Waffe da. „Lass den Hund liegen, Jim." Ich tat nicht was er sagte und lief weiter in Richtung Auto. „Lass verdammt noch mal den Hund liegen, Jim!" „Er ist verletzt und braucht unsere Hilfe!", schrie ich zurück. „Das können wir nicht gebrauchen, Jim." „Willst du mich daran hindern? Schieß doch. Erschieß uns doch gleich beide!" George steckte die Waffe weg. „Du bist verrückt Junge." „Öffne die Tür und hilf mir", keuchte ich ihm zu. Wir legten den Hund auf die Rückbank und fuhren weiter. „Wenn du alles einsammelst was dir über den Weg läuft, dann brauchst du einen größeren Wagen.", meinte George empört. „Du hättest ihn liegen lassen, obwohl du, genau wie ich gesehen hast, dass dieser Hund anders ist als die anderen, oder?" „Das hält uns nur auf, Jim." „Das werden wir ja sehen. Ich hätte mir das nicht verzeihen können, ihn einfach so liegen zu lassen. Siehst du denn nicht, dass er anders scheint wie die Höllenhunde?" „Das macht mir ja Sorgen, Jim. Genau das macht mir Sorgen".

Wir fuhren also weiter in das finstere tiefe Loch. Ich legte meine Hand nach hinten auf den Bauch des Hundes. Er leckte wieder meine Hand. „Ich werde ihn behalten, da kannst du machen was du willst. Und ich nenne ihn Spike." George war ein paar Sekunden still. Dann sagte er: „Du bist echt verrückt Kleiner."

Die Fahrt wurde immer holpriger. Der Tunnel war nicht für Autos gemacht sondern für Züge. Hin und wieder kamen Hindernisse, doch wir konnten diese umfahren. „Der andere Tunnel wäre keine gute Wahl gewesen, oder George?" Er sah mich an: „Spike? Echt jetzt?" Ich grinste: „Wieso nicht?" Die Fahrt ging noch eine Weile, dann konnte man in der Ferne Licht sehen. „Ich habe gestern nichts gegessen, es wird mal langsam Zeit. Und Spike hat bestimmt auch Hunger.", ließ ich George wissen. „Spike.", nuschelte er. „Was ist denn das für ein Name?", lachte er, als wir aus dem Tunnel in das Tageslicht fuhren. „Schau dich gut um, Jim." Ich konnte ein Schild erkennen auf dem Calais stand. Ich war noch nie in Frankreich gewesen und wusste absolut nicht wo wir waren. Ich nahm die Europakarte die ich in dem Haus gefunden hatte und sah hinein: „Die nächste Stadt müsste Bethune sein, wenn wir den schnellsten Weg nehmen." George sah ebenfalls kurz auf die Karte: „Alles klar, Kleiner." Ich mochte es überhaupt nicht, wenn er mich so nannte, aber ich ließ mir nichts anmerken. Während wir weiter fuhren, sah ich aus dem Fenster. Keine Menschen oder Tiere waren zusehen. Alles war wie ausgestorben. Ich dachte mir, wir sind doch auch noch hier, dann muss es doch auch noch andere geben. Vielleicht war meine Denkweise zu überheblich, aber ich hoffte es innerlich. Ich schaute weiterhin aus dem Fenster und betrachtete die Wiesen um uns herum. Sie waren fleckig. Also etwas Gras dann Erde dann wieder Gras. Es machte den Eindruck, als hätte jemand stellenweise das Gras entfernt. Die Mikroben vernichteten langsam den gesamten Planeten. Kurz dachte ich daran, was passieren würde, wenn alle Pflanzen aussterben würden. Man könne dann nicht mehr Atmen. Dieser Gedanke spornte mich noch mehr an, diese Reise nach Australien zu schaffen.

Wir fuhren an mehreren Kuhskeletten vorbei. Sie lagen teilweise direkt auf der Straße. Es war ein grauenhafter Anblick. Wir sprachen länger kein Wort miteinander. Ich sah nach hinten zu Spike und konnte seine Wunde nun gut sehen. „Ich muss Pissen.", schnaufte George und hielt an. Wir stiegen beide aus. Er ging ein paar Meter und erleichterte sich. Ich dachte dass im Kofferraum sicher ein Verbandskasten sein müsste und öffnete ihn. Im Kofferraum und fand diesen schließlich. Dann sah ich wieder diese Tasche von den alten Leuten, in die ich noch hineinsehen wollte. Zuerst musste ich aber Spike versorgen. Ich nahm die Verbandstasche und stieg zu ihm auf die Rückbank. Ich konnte die Bisswunde des anderen Hundes gut sehen. Ich verband Spike und gab ihm etwas von unserer Verpflegung. „Ich glaub ich spinne!", rief George als er das sah. „Du hast wohl einen Knall Junge. Hast du überhaupt eine Ahnung wie wichtig die Verbandstasche ist. Und von der Verpflegung wollen wir gar nicht erst reden. Das ist ein Hund, verdammt!" Ich sprang aus dem Auto: „Das ist nicht ein Hund, das ist mein Hund!" Ich sah in seinen Augen, dass er dies nicht gut fand. „Schwing deinen Arsch rein, Jim!" An seiner Stimme konnte ich erkennen, dass er richtig sauer war. Dies war mir aber egal. Wir fuhren also weiter. Wir hatten den Monat Mai und eigentlich sollte alles blühen, grübelte ich vor mich hin, als ich mir die Landschaft ansah. „Träumst du, Kleiner?" Ich sah ihn an: „Hey alter Mann, schau auf die Straße und umfahr lieber die Toten Tiere und die kaputten Autos, als mich anzusehen." Er verdrehte die Augen und schwieg. Wir fuhren eine Weile, bis wir eine Kleinstadt erreichten. Hier sah es aus, als wären wir mitten in einem Kriegsgebiet gelandet. Zerschossenen Autos, tiefe Löcher in den Straßen und kaputte Fenster. Dieser Anblick machte keinen guten Eindruck. Langsam schlichen wir mit unserem Jaguar durch die Straßen. Plötzlich sah ich einen Buchladen. „Bleib mal stehen George." „Ist wieder was mit dem Köter?" „Halt einfach an, verdammt!"

Der Wagen stoppte und ich stieg aus. Penibel beobachtete ich alle Fenster. Dann nahm ich das Gewehr, mit dem ich die Hunde erschossen hatte und meinte: „Ich bin gleich wieder da." Ich rannte zu der Tür des Buchladens, sah hinein und stieß die Tür mit meinem Fuß auf. Ich zielte mit dem Gewehr in den Raum und ging Schritt für Schritt hinein. Es lag eine Plastiktüte auf dem Boden. Ich hob sie auf und suchte alle Räume die zu dem Buchladen gehörten ab. Es sah aus als hätte eine Bombe eingeschlagen. Im hinteren Bereich lag eine halb verweste Leiche. Es stank abscheulich. Nun suchte ich nach Medizin oder etwas das wir gebrauchen könnten. Leider fand ich nichts. Dann nahm ich die Plastiktüte und sammelte das ein, was für mich wichtig schien. Von Landkarten bis Sprachlektüre aus aller Welt. Ich nahm so viel wie in die Tüte passte und rannte zurück zum Auto. „Was hast du denn da geholt, Kleiner?" „Etwas was wir sehr gut gebrauchen können." Ich zeigte ihm meine Auswahl. „Du überraschst mich. Gut gemacht, Jim."

Die Fahrt ging weiter und wir fuhren so schnell es ging aus der Kleinstadt hinaus. „Da waren mit Sicherheit noch Menschen", stammelte George. „Wieso suchen wir sie nicht, vielleicht können sie uns helfen so wie Steve und Mary?" „Ja genau, und vielleicht schießen sie ja auch auf uns, so wie Steve und Mary. Wir haben ein Ziel und das wird ohne Zwischenfälle erreicht. Klar Soweit?"

„Jawohl, Kapitän George.", flüsterte ich und sah nach Spike. Diese Augen waren mir so vertraut. Ich wusste nur noch nicht warum dieser eine Hund so anders war. Wir fuhren und fuhren. Es verging eine gefühlte Ewigkeit. „Siehst du dahinten ist Rauch.", bemerkte George. „Ja und wir fahren direkt darauf zu." Die Rauchschwaden wurden immer größer, je näher wir kamen. Ich hatte ein ungutes Gefühl. Schlagartig wurde Spike unruhig. Umso näher wir dem Rauch kamen, umso aufgeregter wurde er. Es dauerte nicht lang und wir waren direkt davor. Man konnte jedoch nichts sehen, da der Rauch hinter einem Hügel war. „Das schauen wir uns besser genauer an. Das ist zu gewaltig für einen Hausbrand.", erklärte George. Also liefen wir zu dem Hügel um zu sehen was da los sei. Wir duckten uns und schlichen langsam hinauf.

Als ich es genauer sah, gefror mir das Blut in den Adern. Hunderte Menschen lagen auf einem Haufen und brannten. Es waren so unbeschreiblich viele. Ich fiel auf meine Knie und war wie erschlagen. Ich konnte sehen, wie Männer mit Schutzanzügen die Toten auf den Haufen warfen und sie mit einem Flammenwerfer in Brand setzten. Man hörte die Flammen in die Luft schlagen. Es zischte und knackte. Es war so unvorstellbar entsetzlich. Dann kam ein Lastwagen angefahren. Die Männer in den Schutzanzügen öffneten die Ladeluke und trieben lebende Menschen aus dem Hänger. Sie weinten und schrien. Dann fielen viele Schüsse. Sie wurden einfach erschossen. Einfach so. Sie warfen die Toten ebenfalls auf den Haufen der hundert brennenden Leichen und entflammten diese ebenfalls.

„Das ist das Militär der unterirdischen Biosphären. Die Regierungen wollen wohl hier oben alles säubern.", schluchzte George. Einer dieser Männer entdeckte uns. Wir standen wie auf dem Präsentierteller. „Vous là, arrêtez!", rief er. Ich verstand ihn nicht. „Wir müssen hier sofort verschwinden!", brüllte George. Ich rannte so schnell wie ich konnte zum Wagen. Als erster war ich am Auto und sprang auf die Fahrerseite die zu mir gewandt war. George stieg auf der Beifahrerseite ein und brüllte, dass ich losfahren solle. Ich drückte das Gaspedal voll durch. Die Reifen quietschten laut und George packte sich die Tasche mit den Waffen, die hinten bei Spike lag. Er kramte darin herum und schnappte sich ein Maschinengewehr. „Fahr, fahr, Jim!" Schlagartig hörte ich das Schlagen von Rotorblättern. Es dröhnte sehr tief und laut. Spike fing an zu bellen. „Scheiße, die folgen uns mit einem Helikopter!", schrie George. Er lud das Maschinengewehr und öffnete die Fenstertür. Im gleichen Moment schlugen Kugeln bei uns ein. Sie beschossen uns ohne Pause. Ich versuchte den Wagen so zu lenken, dass sie uns nicht treffen konnten. Gleichfalls musste ich allem ausweichen was auf der Straße lag. Die Zeit verging wie in Zeitlupe. Durch meine Fahrweise waren kaum noch einschlagende Kugeln im Wagen zu hören. Spike bellte weiterhin. Da kaum noch Einschläge der Kugeln wahrzunehmen waren, lehnte George sich aus dem Fenster und beschoss den Helikopter. Die Patronenhülsen flogen durch die kaputte Windschutzscheibe in das Auto hinein. Es war so laut, selbst das Bellen von Spike konnte ich nicht mehr hören. Gleichzeitig schlugen wieder Kugeln bei uns ein. Die Heckscheibe zersprang in tausend Stücke. „Fuck!", schrie ich aus vollem Halse. George kam zurück in den Wagen lud schnell das Gewehr nach und lehnte sich erneut hinaus. Ich hörte den Helikopter von einer Seite zur anderen schwenken. Dampf stieg aus der Motorhaube empor. Wieder flogen mir die Hülsen durch die Scheibe ins Gesicht. Plötzlich zischte es merkwürdig vom Helikopter. Ich sah in den Rückspiegel und konnte erkennen, dass er am hinteren Teil von George getroffen wurde. Die Kugeleinschläge hörten sofort auf und der Helikopter fing an zu trudeln. Schneller und immer schneller. Ein heftiger Windstoß war zu spüren während der Helikopter an uns vorbei sauste und mit einem gewaltigen Knall auf die Straße vor uns stürzte. Ich blieb stehen und sah zu George rüber. Er hing aus dem Fenster. Ich zog ihn sofort rein und erkannte, dass er am Hals getroffen wurde. Blitzartig flogen uns wieder Kugeln um die Ohren. Sie kamen aus dem abgestürzten Helikopter. Ich nahm das Gewehr und schoss durch die Windschutzscheibe direkt auf den Schützen. Ich ließ den Finger nicht mehr vom Abzug. „Ihr Schweine!", rief ich währenddessen. Ich schoss bis das Magazin leer war. Dann wurde es still. Der Helikopter rauchte stark. Es bewegte sich nichts darin. Niemand war zu sehen. George wimmerte sehr. Ich sah nach Spike, doch es ging ihm gut. Er hatte sich auf den Boden des

Wagens gelegt. Das Heck war total zerschossen und der Motor qualmte. Ich nahm eine andere Waffe aus der Tasche und stieg aus. Langsam lief ich auf den Helikopter zu. Überall war Rauch. Bei jedem Schritt den ich machte, konnte ich den Dreck unter meinen Schuhen knirschen hören. Dann war ich am Helikopter angekommen. Ich erkannte drei Männer in ihren Schutzanzügen. Ich schoss erneut auf sie. Sie waren jedoch bereits tot. Sie hatten weiße Haut, nicht so wie wir. Es waren welche aus einer Biosphäre. Da verstand ich was George meinte mit der Säuberung. Die Menschen in den Biosphären glaubten wirklich, dass wir an den Mikroben sterben würden. Und deshalb schickten sie Säuberungsteams, die alle Infizierten auslöschen sollten. Ich durchsuchte den Helikopter. Das Funkgerät war kaputt. Aber zwischen den Toten fand ich einen Magnetschlüssel. Es stand X-905KV darauf. Ich zog dem Piloten seine Militärschuhe aus, denn diese Schuhe waren besser für mich geeignet, als meine Turnschuhe. Im Helikopter suchte ich nach einem Verbandskasten für George. Ich konnte jedoch keinen finden, also lief ich zurück zum Auto. Er sah mich an und atmete schwer. George hatte sein T-Shirt zerrissen und es auf die Wunde gelegt. Ich dachte mir vielleicht könnten wir etwas in der nächsten Stadt finden womit ich ihn flicken könnte. Also stieg ich schnell ein und wollte losfahren. Doch der Motor ließ sich nicht mehr starten. Ich öffnete die Motorhaube und erkannte, dass der Kühler zerschossen war. Ich rannte zurück zu dem Helikopter und zerriss den Schutzanzug des Piloten. Es war eine Art Plastik, ideal zum abdichten. Ich stopfte den Stoff in den Kühler und füllte ihn mit etwas Trinkwasser welches wir von Steve und Mary bekommen hatten. Jetzt ließ sich der Motor endlich starten. Ich fuhr an dem Schrotthaufen vorbei und gab wie der Teufel Vollgas. „Halte durch George!", rief ich immer wieder. Wir ließen ein gutes Stück hinter uns. George wimmerte weiterhin und verlor viel Blut. Es lief ihm am ganzen Körper hinunter. Nach einer Weile wurde er immer stiller. Ich sah zu ihm rüber. Seine Augen waren geschlossen. Dann hielt ich an. Ich rüttelte ihn. „George!", rief ich. „George!" Doch seine Augen blieben zu. Ich suchte seinen Puls, doch ich fand keinen. Ich lehnte mich über ihn: „George!" Er atmete nicht mehr. Ich sah mir schließlich seine Wunde genauer an. Die Kugel hatte ihn so schwer verletzt das er zu viel Blut verloren hatte. Spike fiepte von hinten leise. Da wusste ich das George seine Reise beendet hatte. Er war nun an einem besseren Ort, als in dieser Hölle. Jetzt war ich auf mich gestellt. Wie sollte ich nur weiterkommen ohne ihn. Sollte ich vielleicht zurück fahren und auf meine Eltern warten. Was aber, wenn er Recht hatte? Australien. Wir haben ein Ziel und das müssen wir strickt verfolgen sagte er immer. Ich kannte ihn nicht lang, aber er war wie ein großer Bruder für mich geworden. Ohne ihn hätte ich es bis hierher nicht geschafft. „Spike, hör zu. Wir haben eine lange Reise vor uns und wir werden dieses Ziel strickt verfolgen." Ich zog George aus dem Wagen bis auf eine Anhöhe. Ich sah in seinen Taschen nach. Es war ein Foto von seiner Familie darin. Ich steckte es zurück und fragte mich wie sie wohl geheißen hatten. Ich hatte nie danach gefragt, was ich nun bereute. Er sollte eine ehrbare Bestattung haben. So suchte ich alle größeren Steine zusammen und bedeckte ihn damit. Aus zwei Stöcken baute ich ein Holzkreuz und rammte es in den Boden. „Mach es gut Großer.", flüsterte ich und ging langsam zum Wagen. „Jetzt gibt es nur noch uns beide Spike."

Spike und ich fuhren langsam auf dieser Straße weiter. Auf dem Sitz neben mir war das ganze Blut von George und ich ließ das Geschehen noch einmal in meinem Kopf ablaufen. Ich hatte auf Menschen geschossen. Was ist hier los? Ich bin doch kein Soldat. Mir wurde schlecht und ich hielt an um mich zu übergeben.

Spike sah mich so an, als würde er sagen, komm schon wir müssen weiter. Das Auto war völlig zerschossen. Überall Einschüsse und auch meine Tasche war zerfetzt. Ich kontrollierte das Funkgerät, doch es war kaputt. Die Landkarten waren durchlöchert und viel unserer Verpflegung im ganzen Auto verstreut. Alles was noch brauchbar war, räumte ich in George´s Rucksack. Dieser war auch viel größer und stabiler als meiner. Mir fiel ein, dass im Kofferraum noch eine Tasche sei, deren Inhalt ich noch nicht kannte. So ging ich zum Heck und öffnete es. Ich nahm die Tasche heraus und zog vorsichtig am Reißverschluss. Ein Schutzanzug war darin. Derselbe den das Militär benutzte. Ich holte ihn heraus und durchsuchte die Tasche weiter. Eine Landkarte fand ich ebenfalls. Aber dies war keine gewöhnliche Karte. Sie markierte Standorte der unterirdischen Biosphären. Ich war erstaunt. War Steve etwa einer von denen? Hatte er vielleicht geholfen, meine Familie zu töten? Es war aber auch möglich, dass er ausgestiegen ist und sich mit Mary zurückgezogen hatte. Ich war verwirrt. Wer würde freiwillig aus der Biosphäre in diese Hölle gehen. Dann klingelte es bei mir. Mary durfte sicher nicht mit hinein. Und deshalb hatte er sich abgesetzt. Er hatte uns angelogen. Er war nie Polizist gewesen. Er war alt und höchstwahrscheinlich General oder ähnliches. Aber woher hatte er all die Waffen? Mir wurde ganz komisch bei dem Gedanken daran, dass er seine Elitetruppe ausgelöscht haben könnte. Ich verstand allmählich, was George versucht hatte, mir beizubringen: Traue keinem Jim. Traue keinem.

Ich sprang in den Wagen und fuhr los. Schneller und immer schneller, raste ich die Straße entlang. Ich hatte Angst, dass uns das Militär suchen würde. Gleichzeitig dachte ich an die vielen

Menschen die sie einfach erschossen und verbrannt hatten. Vielleicht hatten sie das auch mit meiner Familie gemacht. Quatsch, versuchte ich mir einzureden. Doch ich hatte ein ungutes Gefühl diesbezüglich. Vielleicht sind sie noch am Leben und vielleicht brauchen sie meine Hilfe? Doch wo sollte ich suchen? Dann fielen mir wieder die Worte von George ein. Wir haben ein Ziel. Das ist der Weg. Wir verfolgen das Ziel und bleiben immer in Bewegung.

Ich umfuhr die Städte so gut es ging. Manchmal führte der Weg aber direkt hindurch. Niemand war zu sehen. Keine Menschenseele. Ob sie wohl alle Menschen schon getötet und verbrannt hatten? Ich war froh, dass ich Spike mitgenommen hatte. Sonst wäre ich nun völlig allein. Wir ließen die Stadt Nancy hinter uns, als die Nacht schleichend hereinbrach. Nun waren keine Lichter zusehen. Das schwärzeste Schwarz was ich je sah. Ich entschloss mich das Auto zu verstecken und parkte den Jaguar unter einem großen Baum mit viel Gebüsch drumherum. Ich hatte fast keinen Sprit mehr und schaltete den Wagen aus. Spike begann unruhig zu werden. „Bleib ruhig Spike, bleib ruhig.", flüsterte ich ihm zu.

Es verging eine kleine Weile und ich war schon fast eingeschlafen, als ich wieder Helikopter hörte. Dann konnte ich sie sehen. Es waren drei. Sie flogen mit Suchscheinwerfern umher. Ich wusste genau was sie suchten. Mich. Es war sehr laut, aber sie konnten mich unter diesem Baum nicht sehen. Spike kroch zu mir nach vorn und legte seinen Kopf auf meinen Schoß. Das Militär flog ein paar Runden, bis sie endlich weiterzogen. Dann wurde es sehr still. Ich versuchte wach zu bleiben um Ausschau zu halten, doch ich schlief irgendwann ein. Ich begann zu träumen als mich Spike mit einem Knurren weckte. Schnell riss ich die Augen auf und konnte in der Ferne flackernde Lichter am Boden entdecken. „Was ist das, Spike." Ich nahm das Gewehr in die Hand und rutschte etwas den Sitz hinunter. Ich beobachtete die Lichter ganz genau. Es waren Taschenlampen und Scheinwerfer. Mein Herz klopfte wie wild. Wenn die mich finden bin ich tot, dachte ich kurz und nahm die Schnauzte von Spike in die Hände, damit er keinen Laut von sich geben konnte. Vielleicht würde er ja anfangen zu bellen, dann wäre ich verloren. Die Lichter kamen immer näher und näher. Ich versuchte mir einen Notfallplan zu erarbeiten, doch mit fiel nichts ein. Ich kannte mich hier auch nicht aus. Was sollte ich nur tun? Spike wurde wieder unruhig und fing an Töne von sich zu geben. „Sei still, Spike. Bitte!"

Ich konnte kaum atmen aus Angst, sie könnten mich hören. Sie standen fast direkt vor dem Auto als die Helikopter zurückkehrten und über uns kreisten. Es war wieder so unglaublich laut. Dann verschwanden plötzlich allmählich alle Lichter. Ich saß wie versteinert da und schaute ihnen nach, wie sie sich immer weiter entfernten. Ich hielt die Schnauze von Spike noch immer fest zwischen meinen Händen. Nun wusste ich, dass sie keine Hunde dabei hatten, sonst hätten sie uns längst gefunden. Das Militär hatte also keine Hunde mit in die Biosphären genommen. Ich war wohl der einzige Mensch mit einem Hund. „Hoffentlich war es kein Fehler dich mitzunehmen, Spike.", nuschelte ich ihm zu. Er drehte den Kopf leicht zur Seite und leckte meine Hand. Lange Zeit beobachtete ich die Umgebung, ob etwas zu sehen sei, bis ich langsam einschlief. Ich träumte von fliegenden Vögeln und klarem Wasser. Es war alles so real.

Etwas blendete meine Augen. Ich erschrak und öffnete sie. Es war die Sonne die am Horizont aufging. Ich atmete tief durch und sah nach Spike. Er schlief noch seelenruhig. So hatte ich die Sonne noch nie gesehen. Sie war äußerst hell und rötlich. Es war die Atmosphäre die sie so aussehen ließ. Als ich mich bewegte sprang Spike auf und sah mich an. Er hatte einen Blick, als wollte er mir sagen, dass wir los müssten. Ich stieg behutsam aus. Spike müsse sicher mal, dachte ich und ließ ihn raus. Seine Wunde am Rücken sah schon besser aus. Er humpelte zu einem Busch und hob das Bein. Ich erleichterte mich ebenfalls. Als ich meine Hose schloss, bemerkte ich den Magnetschlüssel in meiner Tasche. „Die Karte von Steve!" Ich nahm die Karte und betrachtete sie genauer. Es waren alle Biosphären Europas eingezeichnet und für jede stand ein Buchstabe. H, war für England. T, für Spanien und X, für Frankreich. Auf der Magnetkarte stand: X-905KV. Das ist der Schlüssel zu der Biosphäre in Frankreich. Die Karte zeigte mir, dass diese Biosphäre genau auf meinem Weg lag. Und zwar an der deutschen Grenze. Es war keine halbe Stunde fahrt bis dahin. Ich überlegte ob ich einen Umweg machen sollte, doch dann würde mir der Sprit nicht bis zur Grenze reichen. „Spike, lass uns mal die Biosphäre aus der Nähe betrachten."

Die Verpflegung war zur Hälfte unbrauchbar, dennoch suchte ich für uns etwas zusammen. Spike kam langsam wieder zu Kräften und brauchte Nahrung. „Lang reicht uns das aber nicht mehr, Spike." Ich fütterte ihn mit allem was ich fand, was für einen Hund essbar war. Es war nicht viel übrig und ich dachte, dass wir unbedingt Nahrung finden mussten. Ich sah mir erneut die Wunde von Spike an und suchte den Verbandskasten. Dann nahm ich die unversehrte Wundsalbe heraus und sagte: „Den Verband brauchst du nicht mehr." Ich rieb die Wunde mit der Salbe ein. Man konnte spüren, dass es ihm gut tat. Nachdem ich fertig war, bemerkte ich, dass meine Hände durch die weiße Salbe und die Röte meiner Haut, wieder aussah wie früher. Schnell wischte ich sie wieder ab, denn es erinnerte mich an früher mit meiner Familie.

Als wir beide mit dem Frühstück, wenn man das so nennen konnte, fertig waren, fuhren wir weiter. „Hoffentlich hält die Karre, oder was meinst du Spike?" Ich sprach mit einem Hund, der wahrscheinlich überhaupt nichts verstand von dem was ich von mir gab. Aber besser als allein zu sein, dachte ich mir und hoffte nicht vom Militär entdeckt zu werden. Ich blieb sehr wachsam. Keine halbe Stunde später grübelte ich, dass wir doch hier auf die Biosphäre treffen müssten. Ich hielt an und warf einen Blick auf die Karte. Sie lag direkt hinter einem Berg, nicht weit von der Straße. „Spike du kommst mit, bevor dich hier jemand findet." Ein Fernglas wäre eventuell hilfreich. So nahm ich das Zielfernrohr des Gewehres ab. Wir liefen in Richtung Biosphäre. Ich hatte keine Ahnung was uns erwarten würde. Spike konnte schon gut laufen, trotz seiner Wunde. Er blieb direkt neben mir, was mich sicher fühlen ließ. Wir krabbelten den Hang hinauf und ich drückte Spike nach unten. Er blieb liegen und sah mich verwundert an. Ich streckte den Kopf über den Hügel und war sehr erstaunt. Man konnte eigentlich nicht viel erkennen außer drei großen viereckigen Betongebäuden. Auf jedem stand eine andere Zahl. Ich nahm die Magnetkarte und sah mir den Code nochmals an. X-905KV. Dann entdeckte ich das Gebäude mit der Zahl 9. Das sollte es sein. Die Karte müsste den Zugang freigeben. Keine andere Zahl passte. Ich nahm das Zielfernrohr und sah mich genauer um. Spike lag still neben mir. Es waren viele Männer auf dem Gelände mit ihren Schutzanzügen zu sehen. Lastwagen fuhren umher und Kisten wurden entladen. Ich beobachtete die Kisten, bis zwei Männer eine öffneten. Es war Munition. Mir lief es kalt den Rücken hinunter. Mit dieser Munition erschossen sie diese Menschen.

Mir fiel auf, dass die Waffen der Männer exakt dieselben waren, wie meine. Jetzt war klar, dass Steve gelogen hatte. In mir kochte es regelrecht, doch ich musste bei der Sache bleiben.

George und ich hatten fast die gesamte Munition bei der Helikopter Attacke verschossen. Ich brauchte dringend Nachschub. Doch wie sollte ich das anstellen? Ich beobachtet das Militär eine Weile und mir fiel auf, dass sie in großen Gruppen unterwegs waren. Vielleicht könnte ich mich einfügen, mit dem Schutzanzug der im Kofferraum lag. Aber was, wenn sie meine rötliche Haut sehen würden. Ich sah Spike fragend an. „Wie soll ich an die Munition kommen?" Die Salbe, dachte ich. Sie hatte doch meine Haut wie früher aussehen lassen. Traust du dich das wirklich, fragte ich mich. „Komm Spike!" Wir liefen wieder zum Wagen und ich setzte Spike auf die Rückbank. Dann nahm ich die Salbe und rieb mir das Gesicht damit ein. Im Seitenspiegel konnte ich sehen, dass es fast so aussah als hätte ich mit den Mikroben keinen Kontakt gehabt. Es war nur leicht heller als die normale Hautfarbe. „Spike du musst hier warten, okay? Ich komme gleich wieder." Für den Fall, dass ich es nicht schaffen würde, ließ ich ihm das Fenster offen, sodass er hindurch passte. Ich zog den Schutzanzug an, doch dieser war etwas durch den Luftangriff beschädigt worden. Doch man konnte es gut verstecken, also nahm ich das Gewehr. Ich zwinkerte Spike zu. „Bis gleich mein Guter."

Dann lief ich los, mit Magnetschlüssel und dem Zielfernrohr in der Tasche. Ich schlich unterhalb des Hügels immer näher an die Truppen heran und hielt mich versteckt. Es lief eine Große Kompanie an mir vorüber. Jetzt oder nie, dachte ich und lief ohne weiter darüber nachzudenken los. Ich schwang mir das Gewehr um und lief ganz hinten mit den Männern mit. Es war mühselig den Schritt beizubehalten. Der Marsch führte direkt zu den Gebäuden. Sie waren aus der Nähe noch viel größer als erwartet. Um uns herum fuhren Lastwagen hin und her. Helikopter standen überall herum. Ich lief einfach weiter mit. Wo sollte ich denn jetzt auch hin? Die Kompanie zerteilte sich schließlich in drei Teile. Jeweils in die Richtung zu einer der Gebäude. Als die Gruppe sich splitterte bemerkte ich, dass alle die Magnetkarten an der Brust befestigt hatten. Blitzschnell zog ich meine heraus und klemmte sie an. Ich blieb bei der Gruppe in der Mitte. Sie wurden alle kontrolliert und durch ein Tor in das Innere hineingelassen. Ich war im Arsch, dachte ich. Aber ich könnte jetzt ja wohl schlecht weglaufen. „Versuche nicht aufzufallen.", sagte ich mir, wieder und immer wieder. Sie kontrollierten alle Magnetkarten. Gleich wäre ich an der Reihe. Dann stand ich dem Kontrollpersonal gegenüber. Er starrte auf meine Karte die an der Brust hing und scannte diese mit einem Gerät. Er wollte gerade etwas in seinen Scanner eintippen als er mich ansah und die Augen zusammen zog. „Êtes-vous d'accord? Vous êtes si blas." Ich hatte keine Ahnung was er von mir wollte, aber ich hoffte, dass er mit „blas" mein Gesicht meinte. Das einzige Wort welches ich auf Französisch konnte war Ja. „Oui.", erwiderte ich. Ich dachte, jetzt ist alles vorbei. Er sah erneut auf seinen Scanner und winkte mich durch in Richtung Eingang. So lief ich den anderen nach, bis wir in eine Art Schleuse kamen. „Nous sommes pleins.", rief einer der Wachleute. Das Tor schloss sich und wir fuhren in einer Art Fahrstuhl nach unten. Es dauerte eine Ewigkeit. Ich fragte mich, wann die Regierungen diese Biosphären in diesem Ausmaß erbaut hatten. Der Lift stoppte. Ein Tor öffnete sich und die Masse fing an sich zu bewegen. Also lief ich mit. Wo war ich nur hineingeraten. Unerwartet blieben alle stehen. Ein Blauer Nebel füllte den Raum. Immer mehr und mehr, bis man nichts mehr erkennen konnte. Es folgte ein starker Windstoß und die Luft war wieder klar. Die Männer liefen durch eine Tür und teilten sich in verschiedene Sektoren auf. Der Blaue Nebel musste eine Art von Desinfektion gewesen sein. Mich beachtete keiner mehr. Alle liefen kreuz und quer, in den dahinter liegenden

Räumen. Ich ging Schritt für Schritt langsam hindurch bis an das andere Ende der Räume. Dort war eine riesige Glasscheibe. Als ich hindurchsah, konnte ich es nicht glauben. Wie lange hatte ich so etwas nicht mehr gesehen. Grün. Unzählige Pflanzenarten. Ich konnte die Biosphären von denen sie in den Medien berichtet hatten, mit meinen eigenen Augen sehen. Hinter der dicken Glasscheibe liefen dort unten die Menschen ohne Schutzanzüge und mit weißer Haut umher, so als wäre nie etwas passiert. Auch Frauen und Kinder. Es war wie in einem Traum.

Ruckartig schupste mich einer der Männer oberhalb des Paradieses. „Bien?", fragte er. „Oui.", sagte ich erneut. Er lachte und ging weiter. Ich muss hier so schnell wie möglich raus und ging zurück in Richtung Aufzug, als ich rechts in einem Nebenraum drei Menschen mit rötlicher Haut auf Stühlen gefesselt entdeckte. Was machen die da nur? Ich ging zur Glasscheibe um mir das genauer anzusehen. Als ich den vollen Einblick in den Raum hatte, stellte ich fest, dass noch viele andere von meiner Art, tot auf einem Haufen lagen. Manche zuckten noch. Es war grausam. Kinder und alte Menschen waren auch darunter. Sie spritzten diesen drei gefesselten Menschen auf den Stühlen eine gelbe Flüssigkeit. Dann gingen sie einen Schritt zurück und beobachtete das Geschehen. Die Menschen schrien ohne Pause. Ich konnte sie aber nicht hören. Die Scheibe war zu dick. Es sah grauenvoll aus. Dann fingen sie an zu zucken. Es wurde so stark, dass sie anfingen sich die eigenen Knochen zu brechen. Mir liefen die Tränen. „Nicht weinen Jim, deine Salbe.", sagte ich zu mir und bewegte mich in Richtung des Aufzugs.

Kapitel 6

Dort angekommen sah ich einen Countdown über dem Aufzug. Dieser zählte von 25 Minuten runter. „Okay, Jim. Du musst dich also diese Zeit beschäftigen. Du kannst hier nicht einfach warten. Sie würden dich ansprechen. Wieso bin ich nicht einfach weitergefahren ohne Munition.", hörte ich mich flüstern. Mir blieb nichts anderes übrig, als mich so zu verhalten wie alle anderen. Also musste ich mich bewegen und nicht an einer Stelle stehen bleiben. Zumindest bis der Countdown abgelaufen war und der Aufzug wieder nach oben fahren würde.

Es gab sehr viele Gänge in dieser Etage. Ich entschloss mich für einen und lief ihn entlang. Alle hatten noch die Schutzanzüge an. Also waren wir noch nicht wirklich in der Biosphäre sondern nur in einem keimfreien Abschnitt. Mir ging das Bild der Pflanzen und den weißen gesunden Menschen nicht mehr aus dem Kopf. So lief ich weiter und hoffte eventuell eine Runde machen zu können. Entlang des Ganges befanden sich viele, mit Zahlen markierte, Türen. Ich entschloss mich nach einer Weile des Laufens, eine dieser Türen zu öffnen. Vielleicht wäre es ein Raum, in dem ich mich eine Weile verstecken könnte. An jeder Tür war ein schwarzes Feld. Wahrscheinlich für die Magnetkarte. Ich blieb stehen und hielt meine Karte daran. Es blinkten zwei rote Lichter. Danach ein Grünes und es summte. Die Tür ließ sich öffnen und ich ging hinein. Es war dunkel. Als ich mich bewegte ging das Licht an und ich sah wo ich gelandet war. Es war der Waffenraum. Ich war wegen Munition hergekommen und so viel Glück hab ich nur einmal. Ich suchte die passende Munition heraus, denn es gab unglaublich viele Varianten. Ich öffnete meinen Anzug und stopfte die Magazine in alle Taschen die ich hatte. Auch die Socken wurden gefüllt.

Ich blieb eine Weile in dem Raum um mich zu verstecken. Ich fragte mich, wie wohl der Countdown aussehen würde, denn ich wollte den Aufzug ja nicht verpassen. So ging ich wieder auf den Gang hinaus. Das Gewehr hielt ich fest in beiden Händen. Ich fragte mich ob die Salbe schon etwas eingezogen wäre und man meine Röte sehen könne. Der Countdown war an manchen Stellen ebenfalls an der Decke zu sehen. Es war noch etwas Zeit. Also lief ich weiter bis ich am Ende des Gangs auf eine Tür stieß. „Und nun Jim?“, fragte ich mich. Umkehren kann ich nicht, man könnte mich mit Kameras beobachtet haben. Also nahm ich meine Magnetkarte und hielt sie an das schwarze Feld dieser Tür.

Das erste rote Licht blinkte. Dann das Zweite. Ich wartete auf das Grüne. Es tat sich nichts. Mein Herz raste. Nach einer gefühlten Ewigkeit sah ich endlich das grüne Licht und die Tür ließ sich öffnen. Ich ging schnell hinein. Hinter dicken Glasscheiben fand ich die verschiedensten Tierarten in Zwingern vor. Von Hunden mit Haaren bis zu Löwen. Es waren so viele Spezies vorhanden. Ich hatte das schon so lange nicht mehr gesehen. Es war so wunderschön. Vögel, Löwen und Rinder, alle waren sie hier eingesperrt. Hatten sie diese Tiere aus dem Zoo mit hergebracht? Die Tiere sahen mich alle an. Sie waren alle sehr still was mich wunderte. Ich fühlte mich so schlecht. Der Mensch hatte die Erde zerstört und diese Augen ließen mich spüren, dass ich ein Teil dieser Menschheit war. Wir hatten das Paradies zerstört. Dies war keine Erde mehr, es war die Hölle. Ich musste an Spike denken und mir fiel wieder der Countdown ein. Ich hatte ein drückendes Gewissen, als ich in Richtung Tür ging, um den Aufzug zu erwischen. Ich sah mich nochmals um. Alle Augen waren auf mich gerichtet. „Ich kann euch nicht helfen." Sagte ich als ich die Tür öffnete und in den Gang hinaus stolperte. Mir war übel. Die Tür schloss sich hinter mir und ich sah zu dem Countdown an der Decke. Ich hatte noch 5 Minuten. „Beeile dich Jim, Beeile dich.", murmelte ich mir zu. Ich versuchte schnell zu gehen und hoffte, dass dies nicht auffiel. Es kamen mir etliche Männer entgegen. „Bitte sprecht mich nicht an, bitte.", flüsterte ich. Dann war ich endlich am Aufzug angekommen. Eine komplette Kompanie stand davor und wartete. Ich reihte mich ganz hinten ein. Alle waren still. Ich fragte mich, ob diese Männer nun wieder unschuldige Menschen töten gehen würden. Die Menge stieg in den Aufzug und ich folgte ihr angemessen. Nach einiger Zeit waren wir wieder oben angekommen. Das Tor öffnete sich und alle marschierten hinaus. Ich folgte der Kompanie und lief im Gleichschritt mit. Wohin sollte ich auch gehen? Die Masse bewegte sich in Richtung des Hanges hinter dem mein Wagen stand. Ich wollte warten, bis ich eine Gelegenheit hatte um mich von der Kompanie zu lösen und über den Hügel verschwinden könnte. Dann hatte ich meine Chance. Ich blieb kurz stehen und tat so als ob ich Probleme mit meinem Schuh hätte. Die Masse lief weiter und ich stand frei. Blitzartig rannte ich so schnell wie ich konnte den Hügel hinauf. Oben angekommen sah ich noch einmal auf die Kompanie hinab. Sie liefen alle weiter. Ich war so erleichtert, denn die hätten mich ohne zu zögern erschossen. Schnell lief ich zum Auto wo Spike wartete. Als ich am Wagen angekommen war, konnte ich den Hund nicht finden. Der Jaguar war leer. „Spike, komm her Spike!", rief ich leise.

Dann sah ich seinen Kopf unter dem Auto hervorschauen. Er hatte sich unter dem Wagen versteckt. „So ein schlauer Hund."

„Les mains élevé!", rief jemand hinter mir. Ich drehte mich

langsam um und da stand ein Soldat aus der Kompanie, mit der ich mitgelaufen war. Er musste mich gesehen haben und mir gefolgt sein. Ich legte langsam meine Waffe auf den Boden. Ruckartig sprang Spike auf ihn los. Er erwischte ihn so hart, dass er zu Boden fiel. Ich nahm ihm sofort die Waffe ab. Spike drückte seine Nase direkt an das Visier seines Schutzanzuges und knurrte auf eine Art, die selbst mir Angst machte. Ich hatte Angst, dass er um Hilfe rufen könnte. Also nahm ich das Gewehr und Schlug ihm einmal heftig auf den Kopf. Er war sofort bewusstlos. „Wir müssen so schnell wie möglich hier weg Spike." Ich hob den Mann, der etwa in meinem Alter war hoch und schleppte ihn zum Kofferraum. Dann warf ich ihn hinein und schloss diesen. Er würde schon nicht ersticken. Durch den Luftangriff des Helikopters, waren ja genügend Luftlöcher entstanden. Ich hätte ihn auch töten können, doch ich war nicht so wie die. Niemals würde ich einfach so jemanden erschießen.

Spike sprang durch das Fenster auf den Rücksitz und ich fuhr los. „Nichts wie weg." Es war nicht mehr weit bis zur deutschen Grenze, aber der Sprit war fast komplett aufgebraucht. Die Reservelampe begann zu leuchten, als wir endlich in Deutschland ankamen. Es war genau so ruhig wie in Frankreich. „Wir müssen aufpassen Spike, hörst du?"

Ich sah ein Straßenschild auf dem Freiburg stand. Ich fuhr noch ein kleines Stück, als das Auto unvermittelt ausging. Der Sprit war völlig leer. Nun hatten wir keinen fahrbaren Untersatz mehr und im Kofferraum lag einer vom französischen Militär. Ich schob das Auto von der Straße auf eine Wiese, um nicht aufzufallen, falls Militär vorbeikommen würde. Der Mann hinten im Kofferraum fing an zu schreien. Ich zog meinen Schutzanzug aus nahm das Gewehr und öffnete vorsichtig den Kofferraum. Ich zielte auf ihn. Er hob seine Hände und war sofort still.

„Aide-moi, je veux être un soldat. Emmenez-moi avec vous.“, sagte er. Ich konnte ihn nicht verstehen. Ich drückte seinen Kopf wieder in den Kofferraum und schloss ihn. In der Bücherei hatte ich doch Sprachbücher mitgenommen. Ich suchte ein Französisches und fand dies dann auch. Ich ging zurück zum Kofferraum öffnete ihn erneut und zielte wiederum mit der Waffe auf ihn. Er wiederholte diesen Satz immer wieder. Ich suchte eilig im Buch nach seinen Wörtern. Dann konnte ich letztlich seinen Satz übersetzen. „Hilf mir, ich will kein Soldat sein. Nimm mich mit!“, sagte er immer wieder. Ich war geschockt. „Ihr habt unschuldige Menschen getötet, ihr Schweine!“, rief ich ihm zu. Doch er verstand mich ebenfalls nicht. Ich dachte kurz daran ihn zu erschießen, doch ich würde niemals einen wehrlosen Menschen mit Angst in den Augen einfach so töten können. Diese Situation löste eine Wut in mir aus und ich fing an den Mann mit meinem Gewehr zu schlagen. Wieder und immer wieder schlug ich auf ihn ein bis er „Stopp!“ rief. Er hatte Stopp in meiner Sprache gerufen. Ich torkelte ein paar Schritte zurück und sah ihn an: „Verstehst du mich?“ Er blutete sehr stark im Gesicht. Ich bekam keine Antwort von ihm. „Verstehst du mich, du Arschloch?“, rief ich erneut. „Etwas.“, stotterte er zurück.

„Du verstehst mich also, du Mörder?“ Er sah mich mit erschreckend ängstlichen Augen an. „Hast du Menschen erschossen und verbrannt? Und wenn du mich anlügst, dann werde ich auf der Stelle alle diese armen Seelen die ihr getötet habt sofort an dir rächen.“ „Ich habe niemanden getötet, bitte glaube mir. Ich habe nur den Lastwagen gefahren. Ich schwöre es bei Gott. Bitte tu mir nichts.“

In mir kamen wieder die schrecklichen Bilder hoch. „Warum bist du mir gefolgt?", kreischte ich. „Ich habe dich von der Kompanie weglaufen sehen und dachte du willst auch weg von diesem Albtraum und deshalb bin ich dir gefolgt. Ich konnte das alles nicht mehr mit ansehen. Diese vielen Menschen..." Dann begann er zu weinen. Ich erinnerte mich an George´s Worte. Traue keinem.

„Wie ist dein Name?", fragte ich. Er weinte weiterhin. „Dein Name!" Er blickte zu mir auf: „Pierre. Ich heiße Pierre." Spike schlich langsam zu ihm und schnüffelte. „Zieh deinen Anzug aus.", befahl ich ihm. „Nein, das kann ich nicht tun. Dann sterbe ich. Sieh, sieh dir doch deine Haut an. Du hast keinen Anzug mehr an und dein Gesicht sieht schon ganz merkwürdig aus. Halb weiß, halb rot. Du hast dich infiziert!", wimmerte er. Ich fuhr mir mit der Hand über das Gesicht um die Salbe abzuwischen, die schon vom Schweiß völlig verlaufen war. „Ich bin kein weißer Mörder, so wie du!" Er war wie versteinert. Regelrecht geschockt. „Ich hatte mich getarnt, damit ich nicht auffliege.", murmelte ich, während ich Ausschau hielt, ob uns jemand beobachtete. „Du bist infiziert!", grölte Pierre. „Halt deine Schnauze!", brüllte ich zurück. „Ihr da unten in der Biosphäre habt doch überhaupt keine Ahnung, was hier oben eigentlich los ist. Man stirbt nicht an den Mikroben. Es ist nur die Haut. Nur die beschissene Haut. Kapierst du das, Pierre? Ihr habt Menschen getötet die für euch überhaupt nicht ansteckend waren. Es sind die Mikroben selbst." Er sah auf den Boden und fing an zu zittern. „Und jetzt zieh deinen Anzug aus.", befahl ich ihm erneut. Ich konnte eine unglaubliche Angst in seinen Augen erkennen. Dann zwängte er sich langsam aus seinem Schutzanzug.

Als er die Schutzkleidung entfernt hatte, setzte er sich auf den

Boden und fragte: „Tut es sehr weh, wenn die Haut sich verändert?" Ich sah ihn an und meinte: „Nein, man merkt überhaupt nichts. Und auch danach nicht!" Pierre starrte sofort auf seine Hände, doch noch tat sich nichts. „Was soll ich mit dir machen, Biosphärenmann? Zurück und mich verraten, kannst du nicht. Du bist jetzt einer von uns. Also was soll ich mit dir machen?"

„Nimm mich bitte mit, wohin du auch gehst. Du kannst mich hier nicht alleine zurücklassen." Er verstand meine Sprache besser als ich dachte und er konnte nahezu jedes Wort verstehen. Ich wusste beim besten Willen nicht was ich tun sollte. Steve war auch einer von denen gewesen, aber er war gut zu uns. Könnte Pierre auch so sein, wie Steve? Aber was wenn nicht? Ich nahm die Karte die alle Biosphären aufzeigte, denn ich wollte wissen, wo diese in Deutschland waren. „In der Nähe von Berlin ist die nächste Biosphäre.", äußerte sich Pierre. Er kannte diese Landkarten. „Wie ist das so in einer Biosphäre?", fragte ich ihn mit Wut im Bauch. „Ich weiß es wirklich nicht. Wir durften nie nach unten. Wir hatten sie immer nur durch die dicke Glasscheibe gesehen. Das ist ein ganz anderer Sektor gewesen." Er sah erneut auf den Boden und stammelte: „Sie haben uns gesagt, wenn wir nicht den Befehlen gehorchen, würde man uns auch töten und verbrennen. Alle in den Biosphären denken das die Menschen mit roter Haut den Tod bringen." Ich war entsetzt über seine Aussagen. „Und deshalb macht ihr Experimente an Unschuldigen? Antworte mir Pierre!" Er wimmerte und weinte. Spike sah mich an, als wolle er sagen, dass Pierre kein Feind sei. Aber was weiß schon ein Hund. „Hoch mit dir Soldat.", forderte ich und zielte mit meinem Gewehr auf ihn. Ihm floss der Schweiß die Stirn hinunter. Wir sahen uns tief in die Augen und ich konnte erkennen, dass er abgeschlossen hatte. Er wartete nur noch auf meinen

Schuss. Ich nahm den Finger vom Abzug als ich sah, dass seine Haut begann einen roten Schimmer zu bekommen. „Fühlst du was Pierre?", fragte ich ihn. Er sah wohin ich blickte und betrachtete hektisch seine Hände. „Ich fühle überhaupt nichts.", flüsterte er. Dann nahm ich die Waffe herunter. „Willkommen bei den Roten, Pierre." Er konnte es nicht fassen, dass er sich langsam zu einem dieser Menschen verwandelte, die sie noch vor ein paar Stunden bekämpft hatten. „Nimm die Verpflegung, zumindest was noch brauchbar ist und dann los.", brummte ich ihm zu. „Wohin?", wollte Pierre wissen. „Weiter.", meinte ich und nahm die Waffen, die Landkarten und Bücher. „Du läufst vor Pierre." Er verstand seine Position und hatte so viel Respekt, dass er noch nicht einmal nach meinem Namen fragte.

Wir liefen über ein großes Feld in Richtung eines Bauernhofes. Ich ließ Pierre keine Sekunde aus den Augen. Spike war meine Alarmanlage für entfernte Geräusche. Es war ein ganzes Stück bis wir endlich ankamen. Ein altes Bauernhaus mit zwei riesigen Scheunen fanden wir dort vor. Ich lud mein Gewehr, schlich zu einem Fenster und sah hinein. Es war sehr dunkel und man konnte nichts erkennen. Also lief ich einmal um das Haus herum. Die Hintertür war geöffnet. Ich schlich zurück zu Spike und Pierre. „Pierre warte hier und halte Ausschau, verstanden?" Er nickte mir zu und drehte sich Richtung Feld von dem wir gekommen waren. „Komm Spike.", keuchte ich und wir liefen wieder zu der Hintertür. Langsam ging ich in das Haus hinein. Es war so finster darin, so dass ich kaum etwas sehen konnte. Spike schlich an mir vorbei und verschwand leise in der Dunkelheit. Ich ging zu einem der Fenster und zog die Vorhänge herunter. Man konnte durch das Licht, dass nun hereinschien den Staub fliegen sehen. Raum für Raum suchte ich ab, doch es war niemand zu finden. „Es muss doch noch andere Menschen geben die überlebt haben.", sagte ich zu mir, als ich Spike plötzlich fiepen hörte. Es kam von ganz oben. Ich rief: „Spike, Spike!“ Er reagierte nicht und ich folgte weiter seinem Jaulen. Eine Holztreppe war heruntergelassen und ich stieg hinauf. Dort fand Spike auf dem Dachboden. Er lag auf den Holzbrettern und starrte nach oben. An der Decke hingen vier Personen. Vater, Mutter und die zwei Kinder. Sie hatten sich erhängt. Es musste unmittelbar bevor wir kamen gewesen sein, denn die Nerven des Vaters zuckten noch. Er hatte seine Familie erhängt und zum Schluss sich selbst. Jedenfalls sah dies so für mich aus. Ein schrecklicher Anblick. „Spike komm!“ Wir stiegen wieder hinab und durchsuchten das restliche Haus nach Essen oder Wasser, doch es war alles verbraucht. Als wir das Haus wieder verließen und nach vorne zu Pierre rannten, war er verschwunden. „Das Schwein hat alle Vorräte!“, schrie ich, als ich ihn plötzlich vor der Scheune stehen sah. Wir rannten zu ihm hin. „Was soll denn das? Ich hatte doch gesagt du sollst Ausschau halten, Pierre!“ Er zeigte nur mit dem Finger in die Scheune ohne zu Antworten. Ich sah hinein, aber erkannte nichts, bis ich dann doch die Silhouetten von hunderten toten Hühnern erkannte. Es stank furchtbar. So etwas hatte ich noch nie gesehen. Ich bemerkte dass keine Fliegen um die Kadaver herumschwirrten. Also sah ich mir ein Huhn genauer an. Es war halb zerfressen. Die Federn hingen herunter und waren zerzaust. Das Fleisch war noch röter, wie meine Haut und ich bekam Angst. „Wir müssen hier sofort weg!“ Ohne uns anzusehen liefen wir sofort los. Weiter und immer weiter über die Felder, bis wir an einem großen Baum ankamen. Dort fielen wir erschöpft zu Boden. „Ich hatte doch gesagt du sollst Ausschau halten, Pierre.“, keuchte ich. „Es tut mir leid. Du warst so lange weg.“ Als ich so auf dem Rücken in der Wiese lag, sah ich den Kondensstreifen eines Flugzeuges. „Siehst du das da oben, Pierre?“ Er sah hinauf und murmelte: „Ja, darin befindet sich die Zentrale der Säuberungen." Ich beobachtete das Flugzeug und dachte mir, wenn die fliegen, dann müsste es auch noch mehr Kerosin geben. „Wir müssen nach einem kleinen Flugplatz Ausschau halten.", meinte ich zu Pierre. „Was willst du denn dort?" „Drei Mal darfst du raten." Er sah mich an und ich konnte in seinen Augen erkennen, dass ich den Nagel auf den Kopf getroffen hatte. „Kannst du denn fliegen?", fragte er mich. „Nein, das kann ich nicht. Aber das kann doch nicht so schwer sein." Er sah mich an und lachte: „Wenn du keine Ahnung hast, dann stürzt du ab. Versprochen." Er grinste weiterhin. „Ja? Und woher weißt du das alles so genau?", fragte ich energisch nach. „Du brauchst mich, oh ja du brauchst mich.", grinste er und zwinkerte mir zu. Dann fuhr er fort: „Ich habe einen Privatpilotenschein. Schon seit 5 Jahren. Und wenn ich sage, du stürzt ab, dann meine ich das auch so. Also wenn du fliegen willst und wir wirklich etwas finden sollten, dann brauchst du mich umso mehr." Ich überlegte ob er mich reinlegen wollte. Dann nahm ich mein Gewehr und drückte es an seine Stirn. „Wenn du mich angelogen hast, dann bist du Geschichte, haben wir uns verstanden?" Er sah mich ehrfürchtig an und nickte mir zu. „Ich nahm das Gewehr wieder herunter und reichte ihm meine Hand. „Ich heiße Jim." „Freut mich dich kennenzulernen Jim." Als wir uns die Hand reichten sah ich, dass er nun dieselbe Hautfarbe hatte wie ich. Er konnte es ebenfalls deutlich sehen, doch er hatte keine Angst mehr davor.

„Weißt du etwas von der Biosphäre in England? Haben sie dort auch alle Menschen abgeschlachtet und verbrannt?" Er blickte zu mir und meinte, dass er Gerüchte gehört hatte. Die Biosphäre in England solle überrannt worden sein und deshalb hatten alle anderen Länder mit der Säuberung begonnen. Ich hoffte, dass meine Familie dies alles überlebt hatte und biss fest meine Zähne zusammen. „Wir müssen weiter.", knurrte ich

Pierre an. Er hatte Angst vor mir, das konnte ich deutlich sehen. „Bist du aus England, Jim?" Ich sah ihn an: „Ich war, Pierre, ich war."

„Los beweg dich, wir müssen weiter.", stammelte ich, während ich aufstand. „Wohin willst du eigentlich, Jim?" Ich trat ganz dicht an ihn heran und sah ihm tief in die Augen: „Australien."

„Willst du mich verarschen? Was willst du denn dort und vor allem, wie willst du das schaffen?" Pierre lief hin und her und fuchtelte mit den Armen. Ich packte seinen Hals, so wie George es bei mir tat: „Hör gut zu, ich gehe nach Australien. Du kannst gerne hier bleiben mit deiner neuen roten Haut. Sie werden dich suchen, finden und töten. Es gibt nur einen Ausweg." Ich hörte Georges Worte aus meinem Mund kommen. Dann ließ ich ihn los. Er war starr vor Angst. „Was willst du dort, Jim?", fragte er vorsichtig. „Dort soll es sicher sein und es gibt keine andere Möglichkeit." Er wollte wissen woher ich dies wisse und löcherte mich mit Fragen. „Ein beschissener Funkspruch, Okay? Du kannst ja gerne hier bleiben, ob mit Flugschein oder ohne, das ist mir egal. Ich habe ein Ziel und das werde ich verfolgen, ob mit oder ohne dich!" Pierre konnte spüren, dass ich es ernst meinte. Ich setzte mich in Bewegung und er folgte mir ohne ein Wort zu verlieren.

Wir liefen etwa eine Stunde durch Felder, wenn man dies so bezeichnen konnte. Ich wollte Städte vermeiden und lenkte uns geschickt um diese herum. „Es wird bald dunkel und wir brauchen ein Nachtlager.", verkündete ich auf dem Weg. „Da hinten ist eine Scheune, Jim!" „Wir machen es wie gehabt, Pierre. Du hinter mir und Spike." Wir rannten schnell auf die Scheune zu und suchten die Umgebung ab. Alles war verlassen. Das Scheunentor war allerdings verschlossen. „Das müssen wir aufbrechen." Kurz darauf hatten wir die Tür geöffnet und wir schritten langsam hinein. Außer ein paar alter Maschinen und Traktoren war nichts Weiteres darin zu finden. Ich verriegelte die Tür und schnappte mir den Rucksack mit der restlichen Verpflegung. „Gegessen wird nur abends. Damit wir uns gleich verstehen, Pierre." Er sah mich an: „Man könnte meinen du warst bei der Navy." „Ich nicht, aber ein Freund von mir. Jetzt ruh dich aus, morgen wird es sehr anstrengend werden. Wir müssen schneller vorwärts kommen. Wir sind eindeutig zu langsam."

Ich gab Spike etwas Wasser und zu Essen. „Nimm dir deine Portion, und wehe du hilfst mir nicht neue Vorräte zu be-schaffen." Pierre sah mich an und nahm verlegen seine Portion zu sich. „Gute Nacht alle zusammen. Und halte die Ohren offen, während du von deiner wohligen Biosphäre träumst, Pierre." Ich wollte, dass er wusste, dass ich ihn im Auge hatte. Und sollte ich unachtsam sein, würde Spike mich daran erin-nern. Ich war froh ihn mitgenommen zu haben.

Die Sonne ging nach ein paar Stunden wieder auf. Ich sah nach Pierre. Er schlief noch tief und fest. Ich nahm mein Gewehr stellte mich über ihn und hielt den Lauf zwischen seine Augen. „Aufwachen!", rief ich laut. Er riss die Augen auf und atmete sehr heftig ein und aus. Vielleicht hatte ich ihn zu sehr er-schrocken. „Beruhige dich, Pierre. Ich wollte dir nur mal zeigen wie schnell es gehen kann. Willkommen auf der Oberfläche dieser Hölle."

Ich hörte mich schon an wie George und ich fühlte mich gut dabei. Ich glaube George hatte mir den Weg geebnet, den ich davor nie gewagt hätte. Er hatte aus mir einen Mann gemacht. Zu mindestens männlicher wie davor. Ich sah mich in der

Scheune um und konnte einen großen Traktor erkennen. „Wir brauchen etwas womit wir vorwärts kommen." Also öffnete ich den Tank. Er war fast voll mit Diesel betankt. „Was für ein Glück wir doch haben." lachte ich laut. „Freu dich nicht zu früh Jim. Die Kiste stand schon mehr als sechs Monate das sieht man an den Reifen. Und die alten Dinger springen dann eigentlich nicht mehr an." Ich stieg auf den Traktor und drehte den Zündschlüssel, welcher steckte. Er ruckte, aber sonst tat sich überhaupt nichts. „Scheiße, verdammte Scheiße!", rief ich als mich Pierre unterbrach. „Lass mich mal versuchen." Jetzt war ich ja mal gespannt, ob er besser einen Schlüssel drehen konnte als ich. Doch er stieg nicht in das Führerhaus, sondern krabbelte unter den Traktor. „Was tust du da?" Pierre keuchte und schnaufte. „Versuche es nochmal, Jim." Erstaunt sah ich ihn an und stieg erneut auf die Maschine. Ich drehte den Schlüssel und er sprang an. Es qualmte zwar stark, aber er lief. „Wie hast du das gemacht, Pierre?" „Eine meiner leichtesten Übungen.", entgegnete er mir stolz. „Bevor der ganze Scheiß mit den Mikroben anfing, hatte ich meine Ausbildung als Schlosser beendet. Ich repariere dir alles Jim, oh ja."

Ich war verblüfft. Pierre konnte fliegen und alles reparieren. Ich hoffte er würde auch halten was er versprach. „Also Jim, wenn ich das richtig sehe, ist der Tank so gut wie voll. In einen Traktor passen knapp 210 Liter Diesel. Also müssten wir damit knapp 150 km weit kommen." Ich nahm die Karte und verfolgte die Strecke, die wir fahren müssten. „Ohne Zwischenfälle, kommen wir bis zu einer Stadt namens Tuttlingen. Dort werden wir nach Verpflegung suchen und die Nacht verbringen." Pierre und Spike standen beide beieinander und sahen mich an. „Nun kommt schon ihr zwei, lasst uns losfahren."

Wir waren gerade erst auf der Straße, als Spike wieder unruhig wurde. Er knurrte laut. Ich wusste, dass dies kein gutes Zeichen war. „Nimm mein Gewehr, Pierre!" „Warum?" „Frag nicht! Mach einfach." Ich fuhr dennoch weiter die Straße entlang. Spike sah auf das Feld von dem wir gekommen waren. Dann sah ich urplötzlich mehrere schwarze Schatten, die immer näher kamen. „Das sind bestimmt die Höllenhunde, die auf der Jagd sind." Spike fing an zu bellen. „Was jagen die Höllenhunde denn, Jim?", fragte Pierre ängstlich. Ich sah ihn an und antwortete direkt: „Uns, Pierre. Sie jagen uns. Mach dich bereit."

Spike wurde immer lauter und lauter. Er bellte und knurrte. Dann konnte ich sie im Rückspiegel sehen. „Sie haben uns gleich!", hörte ich Pierre rufen, als ich den ersten neben dem Traktor rennen sah. Dieser Hund starrte mich direkt an. Er hatte einen Blick als würde er mir sagen, dass ich aufgeben solle. Dann versuchte er auf den Traktor aufzuspringen. Ich lenkte den Traktor genauso wie bei dem Helikopterangriff. Rechts und links. „Festhalten!", rief ich nach hinten, als plötzlich vier Hunde neben dem Traktor herliefen. Auf jeder Seite waren jeweils zwei. Es wirkte so, als würden sie uns einkreisen. So wie es die Wölfe taten. Doch das waren nur Hunde. „Schieß, Pierre, schieß!", rief ich ihm zu, als er begann aus voller Kehle zu schreien und den Abzug drückte. Ich fühlte mich sofort zurückversetzt in die Schlacht mit George und den Helikopter. Alles lief auf einmal in Zeitlupe ab. Man konnte die Kugeln durch die Luft fliegen sehen und die Schussgeräusche waren sehr stumpf und leise.

Mit einem Ruck war ich wieder voll anwesend. Ich sah einen dieser Hunde vor die Reifen laufen und lenkte den Traktor auf ihn zu. Es gab einen starken Schlag und ich sah schnell in den Rückspiegel. Ich hatte ihn erwischt. Pierre schoss immer weiter. Einer dieser Höllenhunde war noch übrig. Doch das Tier war so gerissen, dass es unter dem Traktor verschwand. Wir konnten ihn nicht mehr sehen. Plötzlich sprang er hoch und schnappte nach Pierre. Er riss ihm ein Stück der Jacke ab. „Was sollen wir machen?", kreischte Pierre laut. Ich versuchte ihn zu überfahren doch ich konnte ihn nicht erwischen. Er war immer noch unter der Maschine. Als ich mich umsah bemerkte ich, dass Spike unerwartet still war. Dann sprang er Plötzlich von dem Traktor. Ich bremste sofort und blieb stehen. Pierre und ich sahen nach hinten zu Spike auf die Straße. Der Höllenhund schlich langsam auf Spike zu. „Schieß doch!", rief ich Pierre zu. „Ich habe keine Kugeln mehr, Jim!", hörte ich ihn noch rufen als beide Hunde aufeinander zu rannten. Für mich stand die Zeit erneut still. Sie sprangen sich mit Ohrenbetäubendem Kläffen entgegen. Die Wunde von Spike war noch nicht verheilt. Beide Hunde verbissen sich ineinander. Es sah schrecklich aus. Ich musste irgendetwas tun und so sprang ich vom Traktor. Am Reifen hing noch ein Teil des Hundes den ich überfahren hatte. Ich hatte große Angst um Spike. Ich nahm einen größeren Stein der am Straßenrand lag und lief auf die kämpfenden Hunde zu. „Lass es, spinnst du? Komm zurück.", hörte ich Pierre noch sagen, aber das interessierte mich in diesem Augenblick nicht mehr. Ich hatte schon meine Familie verloren. „Aber meinen Hund verliere ich nicht, hast du mich gehört du Höllentier!", brüllte ich aus voller Kehle, als ich den Stein auf seinen Kopf schlug. Dann wurde es sehr still und Spike humpelte mir entgegen. Ich nahm ihn in den Arm und stieg auf den Traktor. „Fahr bitte du Pierre.", schluchzte ich und hielt Spike ganz fest. „Ich will dich nicht auch noch verlieren, Spike. Nicht du auch noch."

Kapitel 7

Der Traktor fuhr nicht sehr schnell und er war sehr laut. Nach einer Weile fragte mich Pierre: „Wo hast du eigentlich diesen Hund her? Hattest du ihn schon früher? Und warum ist er so anders als die anderen Hunde?" Ich sah Spike tief in seine treuen Augen. „Ich weiß nicht warum er so anders ist. Ich habe ihn in einem Tunnel gefunden." Pierre stellte die gleiche Frage, wie ich mir auch. Warum ist Spike so anders? Warum ist er nicht so aggressiv wie die anderen Hunde? „Jim, ich kann mir vorstellen, warum du ihn in einem Tunnel gefunden hast. Er hat bestimmt nach Ratten oder ähnlichem gesucht. Er scheint ein schlauer Hund zu sein." Ich hielt ihn ganz fest in meinen Armen und spürte sein Herz schlagen. Es war so wunderschön das zu spüren. Ich wusste, wenn es auch nur eine kleine Chance in Australien für uns geben würde, dann müssten wir diese ergreifen. „Wir geben nicht auf Spike, wir geben nicht auf."

Ich sah mir die Wunde an, die der andere Hund Spike zugefügt hatte. Sie war zum Glück nur oberflächlich. Gleichzeitig hielt ich Ausschau, ob uns jemand oder etwas folgte. „Wir fahren diese Straße entlang, bis der Tank leer ist." „Alles klar, Jim." Auf dem Weg kamen wir an einem Tal vorbei. Es war atemberaubend schön. Hohe Felsen und tiefe Schluchten. Es ging sehr steil hinauf. An einer Stelle dachte ich, da wäre eine Ziege auf einem Fels gewesen. Doch ich täuschte mich wohl. „Eine Ziege, Jim. Eine Ziege!", rief Pierre lautstark und hielt an. „Hast du sie auch gesehen?" „Ja, eine Ziege, da oben!" Wir lachten laut und freuten uns ein lebendiges Tier zu sehen. „Ich kann es nicht fassen, Jim. Vielleicht sieht die Welt hinter diesem Tal anders aus." Als ich genauer hinsah bemerkte ich allerdings, dass die

Ziege sich nicht bewegte. „Pierre, schieß mal in die Luft.“ „Was soll denn das, Jim?“ „Jetzt mach schon.“ Er zielte in die Luft und schoss.

Die Ziege bewegte sich kein Stück. Pierre sah dies und schoss erneut. Und wieder und wieder. „Hör auf Pierre. Es ist eine Skulptur. Die Ziege auf dem Berg ist nicht echt. Machen wir das wir weiterkommen.“ Der Traktor setzte sich stockend in Bewegung. Wir sprachen kein Wort. Ich konnte sehen, dass Pierre enttäuscht war. Mir ging es nicht viel anders. Vielleicht war er ja doch kein schlechter Kerl, wenn ihn das genauso nah ging wie mir. Wir fuhren und fuhren. Es kam mir wie eine Ewigkeit vor. Ich hielt weiterhin Ausschau. Doch es war alles verlassen und still. Plötzlich standen wir vor einem großen Kreisverkehr. Wir waren in Tuttlingen angekommen. Wir hatten nun drei Möglichkeiten unseren Weg fortzusetzten. „Der Sprit ist fast leer, Jim.“ „Fahr zur Seite, wir gehen zu Fuß weiter.“ Ich hatte keine Ahnung wie spät es war, und die Sonne stand schon tief. „Welchen von den drei Wegen sollen wir nehmen, Pierre?“ Er sah mich an und zeigte auf den äußersten rechten Weg. Wir nahmen unser Gepäck und liefen los. Ein riesiges Gebäude war an der Seite zusehen und irgendwie kam mir der Name bekannt vor. Ich brauchte nicht lang zu überlegen, da fiel es mir ein. Ich hatte davon in meinem Medizinstudium gehört. Ich fasste Pierre an die Schulter. „Wir müssen hier die Nacht verbringen. Ich muss hier ein paar Dinge besorgen und ich weiß nicht, ob ich später nochmal dazu komme.“ Er drehte sich um und fragte: „Was für Dinge?“ „Medizinische Instrumente. Das erkläre ich dir später, Pierre.“ Er schüttelte den Kopf und lief weiter, bis wir an einem Tunnel vorbei kamen. Spike begann zu knurren. „Wir gehen nicht hindurch, Pierre.“ „Aber vielleicht ist es kürzer, Jim.“ Ich sah ihn an und erläuterte: „Ja und gefährlicher.“

Ein paar Minuten später trafen wir auf einen kleinen Wohnblock, der auf einem Hügel stand. „Auf dem Dach hätten wir eine prima Aussicht.", schnaufte Pierre. Er hatte Recht. „Okay, wir bleiben diese Nacht hier." Wir sahen uns nochmals um und liefen zu der Eingangstür. Sie war verschlossen. „Es ist gut möglich, dass darin Hunde oder Menschen sind. Wir müssen jedenfalls alles durchsuchen." Pierre nickte mir zu und nahm sein Gewehr zur Brust.

Ich trat die Eingangstür auf und sprang zurück. Wir zielten in den dunklen Hausgang. Nach wenigen Augenblicken stolperten wir langsam hinein. Pierre ging in den Keller hinunter, während ich in den ersten Stock lief. Dann kam er wieder hoch: „Sauber." Wir durchsuchten Stockwerk für Stockwerk, bis wir ganz oben ankamen. Alles war verlassen. „Ich verriegle die Eingangstür.", sagte Pierre und rannte schnell hinunter. In der obersten Wohnung war alles so ordentlich, als würde gleich jemand zurückkommen. Es war nichts durchwühlt oder kaputt. Es war ein schönes Zuhause gewesen. Ich sah mir die Fotos an den Wänden an und musste wieder an meine Familie denken. „Nicht träumen, hilf mir lieber die Wohnungstür zu verriegeln. Unten ist schon zu.", murmelte Pierre als er wieder nach oben kam. Wir schoben einen großen Schrank vor die Eingangstür. Dann warf ich einen Blick aus dem Fenster. Die Aussicht war grandios. Man konnte fast die gesamte Stadt sehen. „Hey, Jim. Komm her!" Ich lief zu ihm und er zeigte auf eine Luke, die auf das Dach führte. „Also los Pierre. Dann sehen wir mal ob wir vom Dach aus eine noch bessere Aussicht haben." Eine kleine Leiter führte direkt auf das Dach hinauf. Wir legten uns auf den Bauch und hatten einen optimalen Ausblick. Einen besseren Platz hätten wir nicht finden können. Man konnte Kilometerweit sehen. Selbst eine Burg auf einem Berg war gut zu erkennen. Ich kramte die Karten heraus, die ich aus dem Buchladen mitgenommen hatte. „Siehst du diese Burg auf dem Berg, Pierre? In diese Richtung müssen wir. Und sieh, nicht mehr weit entfernt, liegt ein kleiner Flugplatz." Pierre lächelte. Das war das erste Mal. Er blickte in die Ferne und lächelte weiter. Es war ein schöner Anblick und ich schmunzelte auch. Nun hatte ich Hoffnung. George wäre stolz auf mich gewesen.

Als wir wieder in der Wohnung waren, durchsuchten wir alles. Die Schränke waren gefüllt mit Reis, Bohnen und Hafer. Auch Wasserflaschen waren zu finden. „Hier wollte wohl jemand länger bleiben.", bemerkte ich. „Und wo sind die hin, Jim?" Mein Schulterzucken sagte alles. Die Sonne war schon fast hinter den Bergen verschwunden. Es war nun April und eigentlich sollte alles blühen dachte ich so bei mir, während die letzten Sonnenstrahlen über die Stadt strichen. Es sah wunderschön aus. So friedlich. So hoffnungsvoll.

„Ich habe einen Gaskocher gefunden, Jim. Und der funktioniert noch. Lass uns kochen!", lachte Pierre aufgeregt. Wir hatten nun so viel Essen gefunden, wir hätten unmöglich alles mitnehmen können. „Lass uns kochen und uns mal wieder so richtig vollstopfen, Pierre." In diesem Moment fühlte ich mich, als ob nie etwas passiert wäre. So als ob die Welt wäre, wie ich sie kannte. Keinen Hunger und keinen Durst. Eine schöne Couch mit Kissen und Decken. Es war fast so schön wie Zuhause. Pierre füllte Trinkwasser in einen Topf und kochte Reis und Bohnen. Sogar Gewürze fanden wir. Es war einfach unglaublich. In einer Schublade lagen Päckchen mit Trockenfleisch. Ich konnte es nicht fassen. Es war wie im Paradies. „Genieß es Jim, genieß es", flüsterte ich mir leise zu. Wer wusste schon wann es uns wieder so gehen würde. Ich gab Spike etwas Trockenfleisch und stellte ihm eine Schüssel mit Wasser hin. Davon war ja reichlich vorhanden. Dieser Moment, als Spike wohlig das Fleisch und das Wasser zu sich nahm, ließ mich an eine bessere Zukunft glauben.

Im Wohnzimmer fand ich eine Flasche Whisky und Zigarren. „Na Pierre, wie wäre es nach dem Essen?" Er lächelte wieder und zwinkerte mir zu. „Man gönnt sich ja sonst nichts Herr Pierre.", meinte ich noch mit gehobener Stimme. „Wohl war, Herr Jim, wohl war."

Es war ein schöner Abend. Ich deckte Spike zu und streichelte ihn. Pierre machte eine Kerze im Nebenraum an, damit das Licht nicht aus den Fenstern schien und wir legten uns besonnen zur Ruh. Wir tranken den Whisky und machten uns die Zigarren an. Pierre fragte mich nach meiner Familie. Ich wollte jedoch nichts dazu sagen. Er verstand dies und beließ es dabei. „Was hast du gemacht, bevor die ganze Scheiße losging, Jim?", hauchte er mit dem Qualm der Zigarre aus. „Ich war Medizinstudent in England. Aber das alles ist jetzt nicht mehr wichtig." Ich wollte nicht über meine Vergangenheit sprechen. Mein altes Leben war verschwunden, genau wie meine Familie.

„Lass uns eine Weile hier bleiben, Jim. Es sind genügend Vorräte und Wasser da. Wir sind hier einigermaßen sicher, jedenfalls besser als auf der Straße." Ich überlegte einen kurzen Augenblick. „Wir bleiben hier bis Spike wieder völlig gesund ist. Ich habe ein Ziel, Pierre. Das schiebe ich nicht auf." Er wusste, dass ich dieses Thema sehr ernst nahm und wiedersprach nicht. „Ich brauche mal frische Klamotten. Vielleicht finde ich was in den Kleiderschränken.", sprach ich und ging in das Schlafzimmer. Im Schrank fand ich eine passende Hose und eine Jacke. Für Pierre fand ich auch etwas. „Ich bin kurz im Badezimmer, wenn es für dich in Ordnung ist." Er sah mich an: „Ja mach du nur. Ich bleibe solange bei Mr. Whisky."

Ich nahm eine Wasserflasche zum Waschen mit. Seife fand ich im Bad ebenfalls. „Na wenigstens das gibt es noch.". Der Geruch der Seife tat so gut. Meine Socken und meine Unterhose ließ ich im Seifenwasser einweichen und hing sie anschließend über die Wanne. „Jim, komm schnell. Jim!" Ich rannte aus dem Badezimmer und fragte was los sei. „Sieh mal da hinten in der Stadt. Da ist doch ein Licht zusehen, oder?" Es war sehr schwach, doch ich konnte es auch erkennen und schnappte mir mein Zielfernrohr. „Das Licht kommt aus einem Haus.", sagte ich und gab ihm das Zielfernrohr. „Vielleicht sollten wir uns das mal genauer ansehen. Meinst du da gibt es überlebende, Jim?" Urplötzlich hörten wir ein Summen. Es wurde immer lauter und lauter. Ein Flugobjekt erschien am Himmel. „Eine Drohne.", stöhnte Pierre. Ich nah das andere Zielfernrohr und sah hindurch. Sie war ungefähr so groß wie ein Kleinwagen und flog direkt auf das Licht zu. Dann verschwand das Licht. Die Drohne kreiste um das Haus herum. „Ist das Ding vom Militär?", wollte ich wissen. „Ja von wem denn sonst." Die Drohne umkreiste das Haus weiterhin, bis sie sich auf einen Fleck fixierte. Ein helles Licht strahlte von ihr ab und dann zischte eine Rakete direkt in das Haus. Ein dumpfer Ton war zu hören und der Himmel leuchtete kurz hell auf. Dann explodierte das komplette Haus. Wir zuckten zusammen und starrten entsetzt aus dem Fenster. „Ach du Scheiße, was war das denn jetzt?", kreischte ich laut. „Wahrscheinlich sind das die Sucher, aber es ist besser das nicht genauer herauszufinden.", stotterte er. Die Drohne kreiste ein weiteres Mal um den brennenden Schutthaufen und zog sich zurück. „Pierre, hat das Ding etwa auf das Licht reagiert?" Er sah mich mit verstörten Augen an. „Die Kerze, Jim, die Kerze!" Ich sprang in den Nebenraum um die Kerze zu löschen. Kaum hatte ich diese Ausgepustet, strahlte auf einmal ein helles blaues Licht durch die Wohnung. „Versteck dich und bleib unten, Jim!", rief Pierre. Dann begann dieses Summen erneut. Es war so laut das mir fast das Trommelfell platzte. Ich lag mit dem Gesicht auf dem Boden und rührte mich kein Stück. Auf dem Teppich konnte ich das Licht durch die Wohnung wandern sehen. Die Schallwellen der Drohne zerstörten einige Fenster. Die Glassplitter regneten wie in Zeitlupe auf den Boden, während sie dabei blau funkelten. Ich dachte jetzt ist es gleich vorbei. Jetzt fliegt uns gleich die Rakete um die Ohren. Also schloss ich meine Augen und dachte ganz fest an meine Familie. „Falls ihr nicht mehr leben solltet, bin ich gleich bei euch.", hauchte ich leise und schloss mit meinem Leben ab.

Schlagartig wurde es wieder Still und dunkel. Ich öffnete langsam die Augen und hob den Kopf. Die Drohne flog davon. Überall war Glas auf dem Boden. „Spike!", rief ich und er kroch unter der Couch hervor. „Pierre… Pierre!" „Ja! Ich bin hier. Es ist alles in Ordnung." Wir beobachteten die Drohne und konnten nicht fassen was gerade passiert war. „Das Ding hat die scheiß Kerze gesehen oder gespürt. Was ist denn das für eine Scheiße hier!", rief ich laut und Pierre starrte mich mit großen Augen an. „Wir müssen sofort weiter Jim. Sofort!"

„Pack alles an Verpflegung ein was du tragen kannst und dann nichts wie los.", stotterte er hektisch. Ich versuchte mich zu beeilen, denn vielleicht würde das Ding wiederkommen. Als wir soweit waren, kletterte ich auf das Dach um mich umzusehen, ob die Luft war rein. Keine Drohne, kein Militär und keine Hunde. Was kommt denn noch alles, dachte ich und stieg wieder hinunter. „Ich bin soweit und die Luft ist rein, Pierre. Also los!"

Wir rannten in die Richtung, die uns zum Flugplatz führen

sollte. Ich konnte trotz der schweren Ladung rennen wie ein Windhund. Spike wich mir nicht von der Seite. Als wir ein paar Straßen hinter uns ließen, sah ich eine kleine Firma die Medizinische Instrumente hergestellt hatte. „Warte hier mit Spike ich bin sofort wieder da."

Ich trat die Tür auf und sah mich um. Es war still und dunkel. Ich fühlte eine Kiste auf dem Boden stehen und griff hinein. „Genau das habe ich gesucht." Ich steckte die medizinischen Instrumente ein und lief zurück. „Was hast du denn dort gemacht?", fragte Pierre aufgeregt. „Ich habe etwas geholt, das wir vielleicht brauchen werden und so schnell nicht mehr herbekommen. Und jetzt weiter." Einige Minuten später lag vor uns der Berg mit der Burg. „Da oben sind wir ein leichtes Ziel, Jim." Er hatte Recht, doch außen herum würden wir viel Zeit verlieren und uns unnötig in Gefahr bringen. „Los weiter, nicht diskutieren.", keuchte ich. Ohne Wiederworte stiegen wir den Berg hinauf. Oben angelangt, konnte ich gut das brennende Haus sehen, als unerwartet das Summen wieder zu hören war. Ich schaute zurück zu der Wohnung, in der wir gewesen waren. Die Drohne war zurückgekehrt und umkreiste dieses Haus. „Oh Shit.", hörte ich Pierre sagen als auch schon eine Rakete in das Haus hineinflog. Es folgte ein helles Licht und ein riesen Knall. „Los weiter, Pierre." Nach kurzer Zeit ging es den Berg wieder hinunter und wir waren wieder in der Stadt. „Wohin laufen wir Jim?", jammerte er. „Immer geradeaus, Pierre. Dann können wir den Flugplatz nicht verfehlen!"

Als wir durch die Straßen liefen blieb Spike plötzlich stehen und fing an zu knurren. „Spike, wir müssen weiter. Komm Spike!", bettelte ich ihn an. Er spitzte die Ohren und lief uns weiter nach. Ich wusste genau, dass er etwas gewittert hatte und hoffte nicht auf Hunde zu treffen. Wir nahmen die Gewehre an die

Brust und liefen weiter und weiter. „Alle Ecken und Gassen im Auge behalten, Pierre!“ Einige Minuten später, erreichten wir einen Wald. „Hier hindurch und den Hügel hinauf dann sind wir da!“, erklärte ich energisch. Im Wald wurden wir etwas langsamer und machten hin und wieder eine kleine Pause. Es schien kein Ende zu nehmen, als wir überraschend auf ein Feld kamen und ich in der Ferne den Flugplatz sah. „Da, vor uns ist der Flugplatz!“, freute ich mich. „Okay, Jim. Wir müssen den Flugplatz zuerst beobachten bevor wir ihn betreten. Wer weiß was dort alles auf uns wartet.“ So gingen wir in Deckung und beobachteten das Umfeld.

Mehrere Gebäude standen auf dem Flugplatz. Ein paar kleinere Flugzeuge standen kreuz und quer. Ich beobachtete jedes einzelne mit meinem Zielfernrohr. Kurz darauf öffnete sich eine Tür. Ein kleines Kind sah sich um und schlich hinaus. Vorsichtig ging es um das Gebäude herum. „Da ist ein Kind Pierre.“ „Ich habe es gesehen, Jim. Also sind dort Menschen. Aber keine Spur vom Militär. Wir sollten uns den kleinen krallen, wer weiß wieviel Leute im Gebäude sind. Ach und was ich noch hinzufügen möchte, uns läuft die Zeit davon. Ich sage nur Drohne.“ Wir rannten zügig auf das Gebäude zu. Die Gewehre am Anschlag. Pierre rannte links herum und ich rechts. Dann standen wir vor dem Kind. Es war ein kleiner Junge. Er sah uns mit erschrockenen Augen an und war starr vor Angst. Ich konnte sehen, dass seine Hose nass wurde. Er musste wahrscheinlich mal und hat sich vor Angst in die Hose gemacht. „Jim.“, flüsterte Pierre. „Ja los.“, stammelte ich leise zurück. Ich konnte in den Augen des Jungen sehen, dass er kein Wort verstand. Würden die uns im Gebäude überhaupt verstehen? Ich schnappte mir den Jungen und lief langsam zum Eingang. Pierre legte sich etwas weiter weg auf den Boden und zielte auf die Tür. Ich schob den Jungen vor mich und zielte mit meinem

Gewehr auf seinen Kopf, aber ich könnte ihm nie etwas antun. Das müssten die anderen ja nicht wissen, also horchte ich kurz an der Tür. Es war still im inneren. Dann öffnete ich die Tür und sah einen Mann der an einem Flugzeug rumschraubte. Neben ihm stand eine Frau die ihm mit Streichhölzern Licht gab. Sie hatten mich nicht bemerkt. Wahrscheinlich dachten sie, dass der Junge wieder zurück sei. „Mama….“, quengelte der Junge. Es waren also seine Eltern. Sie drehten sich um und die Frau begann sofort zu weinen, als sie mich mit ihrem Sohn sah. Der Mann legte sein Werkzeug aus der Hand und ging auf die Knie. Er fing an zu flehen, doch ich konnte kein Wort verstehen. „Pierre nicht schießen!“, rief ich nach hinten. Kurz darauf kam er angerannt. Wir gingen in das Gebäude und schlossen die Tür. Pierre durchsuchte das Ehepaar. „Die sind sauber, Jim.“, murmelte er, als der Mann ihn unterbrach: „Ich verstehe die Sprache die ihr sprecht. Tut meinem Sohn nichts, er ist doch noch ein Kind. Bitte…!“

„Ist sonst noch jemand hier? Und wehe du lügst mich an.“, knirschte ich ihm zu. Der Mann schüttelte den Kopf. Die Frau verstand jedenfalls kein einziges Wort. Das konnte ich ihr ansehen. „Nein, hier ist sonst niemand. Schaut euch doch um.“ „Wo sind eure Waffen?“, wollte Pierre von ihm wissen. „Wir haben keine, wirklich nicht.“

„Sieh mal nach Pierre.“ Er sah überall gründlich nach, aber es war Nichts zu finden. „Was macht ihr hier?“, fragte ich und ließ gleichzeitig den Jungen los. Er rannte sofort zu seiner Mutter, die ihn fest umarmte. Ich würde meine Mutter auch gerne noch ein letztes Mal umarmen, dachte ich noch, als der Mann erzählte, dass er Pilot sei und mit einem Flugzeug in eine sichere Gegend fliehen wollte. „Jetzt haben wir ja schon zwei Piloten. Na das wird ja immer besser.“, lachte Pierre. Der Mann erzählte uns von den letzten Monaten, die sie in der Nähe verbracht hatten, bevor ihnen der Proviant ausging. „Verschenk jetzt bloß kein Essen Jim.", ermahnte mich Pierre. „Wir haben mehr als genug. Wenigstens der Junge sollte etwas essen.", sprach ich laut und gab ihm ein Päckchen Trockenfleisch.

„Hey Opa, warum schraubst du an dem Flieger rum? Wieso seid ihr denn noch nicht schon längst über alle Berge?", säuselte Pierre. „Und wie sieht es mit Kerosin aus?" Der Mann stand auf und kam auf Pierre zu. „Kerosin ist genügend vorhanden. Die Tankanlage ist so gut wie voll. „Wo liegt dann das Problem?", fuhr Pierre fort. „Die Flugzeuge wurden alle fluguntauglich gemacht. Jemand hat bei allen etwas am Motor manipuliert, damit die Kisten nicht mehr fliegen können. Das ist das Problem und ich kann es einfach nicht finden."

Pierre wurde neugierig und sah in den Motorraum des Fliegers. „Es fehlt ein Kabel.", schnaufte er. Anschließend ging er zu einem anderen Flugzeug und riss an den Kabeln herum. Er ging zurück und stopfte das Kabel hinein. Er nahm eine Zange und einen Schraubenschlüssel und montierte es. Kurze Zeit später rief er: „Fertig, dass müsste passen. Aber die andere Maschine ist jetzt im Arsch!" Der Mann sah uns an und war erstaunt. „Danke, dass ihr uns helft.", schluchzte er. „Moment Opa, das habe ich nicht für euch gemacht, klar? Das ist jetzt unser Flugzeug, denn wir haben noch eine ganz schöne Strecke vor uns." „Wie heißt du alter Mann?", fragte ich ihn. „Ich bin Michael und das ist meine Frau Susanne. Unser Sohn heißt Peter. Aber ihr wollt uns doch nicht einfach hier zurücklassen oder? Habt ihr die Drohne gesehen?", stotterte er. „Ich bin Jim und das ist Pierre. Und nein wir lassen euch nicht einfach zurück." „Spinnst du jetzt, Jim? Wir passen nicht alle in das Flugzeug!", schimpfte Pierre. „Es stehen genügend Flieger hier herum. Reparier doch einfach noch einen, dann hat jeder ein Flugzeug. Wir und Sie." Pierre sah mich schräg an: „Und warum sollte ich das tun?" Ich ging auf ihn zu und flüsterte: „Weil du kein Arschloch bist, oder?" Er atmete tief ein und stammelte: „Okay. Ich mach es ja. Aber ich brauche Hilfe." Michael erwiderte schnell: „Ich helfe." Pierre sah mich an und verdrehte die Augen. „Also los Opa."

Die beiden waren einige Zeit beschäftigt. Ich ruhte mich etwas aus und sah die Frau mit ihrem Sohn an. Ich konnte nicht mit ihnen sprechen, da sie mich nicht verstanden, aber ich konnte ihnen zulächeln. Der Frau fiel ein Stein vom Herzen. Man konnte regelrecht spüren wie sie sich entspannte. Sie Strich dem Jungen über den Kopf und gab ihm einen Kuss. Ich stand auf und gab ihnen eine Flasche Wasser und einen weiteren Pack Trockenfleisch. Sie lächelte mich dankend an. Ich hoffte, dass falls meine Eltern noch leben sollten, ihnen auch jemand helfen würde.

„Wir sind fertig, Jim." Bevor Pierre wieder böse wurde, wenn er mitbekommen würde, dass ich ihnen mehr Verpflegung gegeben hatte, sagte ich es ihm gleich. Er war nicht begeistert, aber das war mir egal. „Wir haben die anderen Flugzeuge leer gemacht und die Zwei Maschinen mit Kerosin aufgefüllt. Im Morgengrauen geht es los." Michael bedankte sich. Wieder und immer wieder. „Wo wollt ihr eigentlich hin ihr zwei?", fragte Michael mit großen Augen. Ich sah ihn an und atmete tief ein: „Australien." Er war still und dachte nach. „Warum gerade dorthin?" Ich sah ihn an und meinte: „Hoffnung, Michael. Hoffnung."

Er ging zu seiner Frau und seinem Sohn und sah beide an. „Können wir mitkommen?"

„Jim, jetzt komm schon. Mit einem Kind?", krächzte Pierre. „Wieso nicht.", antwortete ich Michael und ignorierte die Aussage von Pierre. „Die Sonne geht gleich auf, wir müssen uns fertig machen." Also beluden wir die Maschinen mit dem jeweiligen Gepäck. „Wie weit kommen wir damit, Pierre?" „Also sie ist voll mit Sprit, das Gewicht stimmt und wir sind zu zweit. Unsere Maschine ist eine Chessna 182 Skylane. Ein Klassiker. Die Reichweite beträgt etwa 1700 km je nach Wetter." Ich nahm meine Karten aus der Tasche und warf einen Blick darauf. Pierre blickte mir gleichzeitig über die Schulter und deutete mit dem Finger auf einen Flughafen in Bulgarien. „Bis zu dieser Stadt reicht der Sprit und keinen Kilometer weiter." „Und wie weit kommen die anderen mit ihrem Flugzeug, Pierre?" Er sah mich an und zeigte auf einen anderen Punkt. Es war nicht sehr weit von unserem und ich hoffte, dass sie uns einholen könnten während wir dort warten würden. Ich nickte Pierre zu und verlor kein Wort über meine Gedanken.

Die Sonne ging auf und wir schoben die Maschinen in Richtung Startbahn. „Michael, hör zu. Wir fliegen zuerst los, falls etwas schief geht, seid ihr hier wenigstens etwas in Sicherheit. Wir bleiben über Funk im Kontakt." Er hob den Daumen und wünschte uns einen guten Flug. „Bis später Jungs.", hörte ich ihn noch rufen während ich die Tür schloss und die Kopfhörer aufsetzte. Spike saß ganz still auf der Rückbank. Dann rollten wir zur Startbahn. Pierre wusste genau was er tat, was mich sehr beruhigte. Ich war noch nie mit einer kleinen Maschine geflogen. Seine Stimme war gut durch den Kopfhörer zu verstehen. „Jetzt geht es los, Jim!", lachte er und schob den Gashebel nach vorn. Wir rasten die Bahn entlang und hoben ab. Ich konnte unten die Maschine von Michael sehen die zur Startbahn rollte. Wir stiegen schnell nach oben und von dort aus konnte ich sehr weit sehen. Ich dachte an die Drohne und hoffte, dass diese uns nicht entdecken würde. „Wir haben jetzt eine gute Höhe, hier bleiben wir.“, hörte ich Pierre durch die Kopfhörer nuscheln. Es dauerte nicht lang und Michael flog direkt neben uns. Es war ein tolles Gefühl.

Im Cockpit waren viele Instrumente und ich sah mir alles genau an. Ich war froh Pierre getroffen zu haben, denn wer weiß, wo ich heute sonst wäre.

Nach einigen Stunden nahm ich die Karte und fragte Pierre wie lang der Flug dauern würde. „Noch ungefähr fünf Stunden, wenn das Wetter so bleibt.“, antwortete er. Ab und zu meldete sich Michael per Funk. Ich musste an George denken. Ihm hätte das sicher auch gefallen.

Wie aus heiterem Himmel hörte ich eine andere Stimme in meinem Kopfhörer, aber ich konnte kein Wort verstehen. „Wer spricht da, Pierre?“ Pierre sah mich an: „Woher soll ich das wissen, ich verstehe kein einziges Wort, das ist deutsch!“ Michael sah zu uns rüber. Er hatte einen ängstlichen Gesichtsausdruck. Mit dem Finger deutete er nach hinten. Ich legte meinen Gurt ab und sah durch die hinteren Scheiben.

Zuerst konnte ich nichts erkennen, als ich plötzlich zwei Kampfflugzeuge am Himmel entdeckte. Sie folgten uns mit Abstand. „Haben die uns angefunkt, Michael?“ Er sah mich traurig an. „Ja, und sie wollen, dass wir ihnen folgen, ansonsten würden sie uns abschießen.“ Pierre hatte es auch gehört: „Jim, wenn wir ihnen folgen, dann sind wir erledigt.“ Was sollten wir nur tun? Während ich nach einer Lösung suchte, hörten wir erneut den Funkspruch des Militärs. Ich hatte absolut keine Ahnung was wir tun sollten. Ich sagte zu Michael, dass er mit ihnen reden solle, dass ein Kind an Bord sei. Er sprach mit ihnen und sie antworteten ihm. „Was haben sie gesagt Michael?" Aber er antwortete mir nicht. Er sah mich einfach nur an. „Michael!", rief ich. Doch er sah mich nur weiter an. Ruckartig sah ich ein grelles helles Licht, dass von hinten nach vorne auf die Maschine von Michael zuraste. Ich sah seinen Sohn an der Scheibe. Er sah mir direkt in die Augen. Dann zerriss es das Flugzeug in tausend Stücke. Plötzlich war es verschwunden. Tränen liefen mir über die Wangen. Das ist jetzt nicht wirklich passiert. Das ist doch alles nicht echt. Ich fing an zu schreien wie ein verrückter. Pierre hatte alles ebenfalls mitbekommen und sah mich streng an, worauf ich mich beruhigte. „Es war schön dich kennengelernt zu haben, Jim.", sagte er und blickte wieder nach vorn. Ich bekam kein Wort heraus und schaute ebenfalls vor. Ich erwartete jeden Moment den Einschlag des Geschosses. „Nun macht schon, worauf wartet ihr!", rief ich mehrmals. Aber es passierte nichts. Ich drehte mich nach hinten, um nach den Kampfflugzeugen zu sehen. Aber ich konnte sie nicht mehr ausfindig machen. Sie waren ebenfalls verschwunden. „Was hat das zu bedeuten, Pierre?", fragte ich ihn ängstlich. „Hol die Karte raus und schau nach wo wir sind!" Ich fragte mich wozu das jetzt in diesem Moment gut sein sollte, tat aber was er wollte. Ich suchte und suchte die Karte ab. Dann wusste ich was Pierre meinte. Wir hatten die slowenische Grenze überflogen. Scheinbar galt der Grenzbereich noch bei dem Militär.

Ich zitterte am ganzen Körper. Pierre ging es nicht anders. Wir flogen weiter und weiter. Immer mit den Augen auf den Himmel. In der Ferne konnte ich am Boden mehrere schwarze Rauchschwaden erkennen. Ich bekam ein mulmiges Gefühl. „Ist es das was ich denke, Pierre?" Er sah mich mit verweinten Augen an: „Ja, Jim. Es ist überall das Gleiche."

Ein paar Stunden vergingen noch bis er meinte, dass wir die

Landung vorbereiten müssten und ich beten sollte, dass die Landebahn frei sei. Von weitem konnte man die Landebahn schon sehen. Ich nahm mein Zielfernrohr und suchte den Grund ab. Die Bahn war frei und es waren auch keine beunruhigenden Dinge festzustellen. Das Flugzeug sank immer weiter, bis wir auf der Landebahn aufsetzten und zum Stehen kamen. Dann lenkte Pierre die Maschine von der Bahn in Richtung einer offenstehenden Halle weg. Er nahm die Karte und zeigte auf die gleiche Stelle wie davor in Deutschland. Wir hatten es tatsächlich geschafft. Ich versuchte den Gedanken an Michael und seine Familie zu verdrängen. „Wir sind jetzt in Burgas, Bulgarien, Jim. Du musst das was da oben war vergessen. Es muss weitergehen.“ Ich sah ihn an und fing an zu schreien: „Wie soll man so etwas vergessen? Ich bin kein Soldat wie du. Ich war ein Medizinstudent und nun bin ich nichts mehr.

Ich weinte und ging ein paar Schritte. Pierre lief mir nach und legte seine Hand auf meine Schulter. „Sie haben uns gezwungen Soldaten zu sein. Wer nicht wollte wurde aus der Biosphäre verbannt. Wir hatten ja keine Ahnung, dass die Mikroben für Menschen nicht tödlich sind. Es tut mir sehr leid Jim.“

Ich wischte mir die Tränen von den Augen und sah ihn schweigend an. „Jim, was soll ich sagen? Wir müssen weiter.“ Er hatte ja Recht und selbst mein Zuhause war bereits viel zu weit entfernt. Es gab keinen Weg mehr zurück. Hier waren wir nun. Ich nahm die Karten erneut aus der Tasche und mir fiel auf, dass es nur einen Weg gab. Durch Istanbul. In einer solch großen Stadt, lauerten sicher viele Gefahren. Ich sah zu Spike hinunter und meinte: „Also los mein kleiner, weiter geht's. Wir haben noch einen weiten Weg vor uns.“

Kaum hatte ich diesen Satz ausgesprochen, rief Pierre: „Lauf Jim!" Ich drehte mich zu ihm um und sah zwei schwarze Lieferwagen auf uns zurasen. Pierre rief erneut, dass ich laufen solle. So lief ich los und Spike heftete sich an meine Fersen. Pierre brüllte während wir rannten zu mir rüber: „Die haben unser Flugzeug gesehen und das ist mit Sicherheit kein Begrüßungskomitee!" Wir liefen und liefen. Einer der Lieferwagen trennte uns voneinander. Spike und ich rannten nun auf einen Zaun zu und der andere Lieferwagen blockierte mir den Weg. Ich drehte mich kurz zu Pierre um und sah ihn in Richtung des Flughafengebäudes rennen. Im selben Moment stiegen vier Männer mit schwarzen Masken aus dem Lieferwagen und zielten mit Gewehren auf mich.

„Na zemyata.", sagte einer. Ich konnte kein Wort verstehen und sah ihn ängstlich an. Er wiederholte diesen Satz und wurde immer lauter dabei. Ich senkte meinen Kopf und blickte in die Augen von Spike. Dann schrie ich: „Lauf!", während ich ihm mit der Hand auf das Hinterteil schlug. Spike sprintete los und einer der Männer eröffnete das Feuer auf ihn. „Lauf, Spike!", rief ich erneut und im gleichen Moment spürte ich einen harten Schlag auf meinen Kopf. Dann fiel ich zu Boden und mir wurde schwarz vor Augen.

Als ich wieder zu mir kam, lag ich in einem der Lieferwagen gefesselt auf dem Boden. Die Männer lachten und unterhielten sich. Ich verstand jedoch nicht ein einziges Wort. Einer der Männer bemerkte, dass ich wach geworden war und zog meinen Kopf an den Haaren nach oben. „Du bist also Engländer?", nuschelte er mit einem starken Dialekt. Dann ließ er meinen Kopf wieder auf den Boden prallen und lachte mit den anderen. Ich konnte sehen, dass sie meinen Rucksack durchsuchten und mein Gewehr bei sich hatten. Dann hörte ich einen Funkspruch. Es war ein anderes Flugzeug welches in Burgas landen wollte. Der Pilot sprach auf Englisch und der Mann der mich an den Haaren gezogen hatte hörte sehr aufmerksam zu. Als er den Funkspruch für die anderen Männer übersetzt hatte, funkte er auf seiner Sprache die wohl Bulgarisch sein musste jemanden an. Mit Sicherheit wollten sie dieses Flugzeug auch abfangen. Aber was haben sie denn mit uns vor? Haben sie Pierre auch geschnappt? Und was ist mit Spike? Lebt er noch? Mir schossen urplötzlich eine Menge Gedanken durch den Kopf. Eines wusste ich sicher, ich saß mächtig tief in der Scheiße. Dann stoppte der Lieferwagen kurz und fuhr langsam abwärts, so als ob wir in eine Tiefgarage fahren würden. Sie verbanden mir die Augen und hoben mich hoch. Die Tür ging auf und sie trugen mich aus dem Wagen hinaus. Sie schliffen mich eine ganze Weile über den Boden. Es ging links und rechts, dann wieder links und noch einmal links. Ich hörte auf dem Weg mehrere Türen aus Metall, die sie öffneten und wieder schlossen. Mit einem Ruck drückten sie mich zu Boden und nahmen mir die Fesseln ab. Ich zog die Augenbinde runter und konnte sehen, dass ich in einer Art Verließ war.

„Willkommen in Phoria.", sagte der Mann mit dem Akzent und schloss die dicke Stahltür. Wo zum Teufel war ich hier und was wollten diese maskierten Männer von mir. Ich befand mich in einem dunklen nassen Raum. Kein Stuhl oder Bett war zu sehen. Nur eine kleine Lampe über der Tür gab etwas Licht. Sie hatten mir alles abgenommen. Ich sah alle meine Hosentaschen durch, aber sie hatten etwas übersehen. Das Foto meiner Familie hatten sie nicht ertasten können. Soll es das nun gewesen sein? „Warum bin ich hier?", rief ich immer wieder. Ich schlug so hart wie ich konnte an die Tür und rief den Satz erneut als die Tür sich plötzlich öffnete und mich drei dieser maskierten Männer aus dem Raum holten. Sie banden mich auf eine Art

Liege wie in einem Krankenhaus und schoben mich den Gang entlang. Auf dem Weg konnte ich aus anderen Räumen Schreie von verschiedenen Menschen hören. Sie weinten und schrien fürchterlich.

„Was macht ihr mit mir?" Ich versuchte mich loszureißen doch die Gurte waren einfach zu fest. Die Regierung ist das sicher nicht, dachte ich noch als wir in einen großen Saal fuhren. Ich konnte dort ein Piepen hören, so wie bei einem EKG im Krankenhaus. Was war hier los? Sie schoben mich unter ein helles Licht und stellten die Bremsen an der Liege fest. Dann blickte mich ein älterer Mann mit weißen Haaren an und stammelte: „Globa obrazets." Das bedeutete sicher nichts Gutes. Er holte eine Spritze und führte diese zu meinem Arm. „Stopp!", brüllte ich. „Hört auf damit!"

Der alte Mann sah mich an und schmunzelte: „Oh, da haben wir einen Engländer. Na das ist ja eine Überraschung." Er rammte mir die Spritze in die Vene und entnahm mir sehr viel Blut. Mir wurde ganz komisch dabei und ich fing an die Augen zu verdrehen, bis ich an meinem anderen Arm nochmals einen heftigen Stich spürte. Ich sah hinunter und sah, dass ich eine Milchige Substanz verabreicht bekam. Im gleichen Moment schlossen sich meine Augen und ich schlief ein.

Als sich meine Augen langsam öffneten, fing ich sofort an zu schreien: „Was soll das, nehmt die Finger von mir ihr Schweine!" Aber ich war bereits wieder allein in diesem dunklen Raum.

Meine Arme taten weh und ich sah sie mir unter der kleinen Lampe an der Tür genauer an. Es waren aber keine größeren Wunden zu erkennen. Ich klopfte wieder an die Tür, als ich plötzlich einen heftigen Schmerz am Kopf spürte. Als ich danach tastete, bemerkte ich, dass sie mir den Kopf rasiert hatten. Etwas wurde mir an der Seite eingepflanzt. „Was ist da in meinem Kopf!", schrie ich aus voller Kehle. „Was ist das?" Ich versuchte die Naht zu öffnen, doch es waren höllische Schmerzen. Ich konnte es einfach nicht herausholen. „Was ist das hier für eine Scheiße!", brüllte ich wieder und wieder. Dann öffnete sich die Stahltür erneut und zwei dieser Männer kamen hinein. Sie schlugen mich mehrmals ins Gesicht. Ich hatte das Gefühl meine Nase sei explodiert. „Hör gut zu, Engländer. In deinem Kopf ist ein Chip, verstehst du. Wenn du ihn heraus-reißen willst, nur zu. Aber dann stirbst du. Hast du das ver-standen?" Ich sah ihn an und nickte. „Warum bin ich hier?" „Das wirst du noch früh genug erfahren. Verhalte dich ruhig und mach keinen Ärger dann wird alles gut."

Sie warfen mir einen Proteinriegel und eine Metallschale mit Trinkwasser zu und schlossen die Tür. Ich überlegte kurz ob das Essen oder das Wasser giftig sein könnte, entschloss mich dann aber es doch zu probieren. Als ich den Riegel gegessen hatte versuchte ich einen Ausweg aus dem Raum zu finden. Die Wände waren nass und durchgeweicht. Ich brauchte etwas womit ich an der Wand kratzen konnte. „Denk nach Jim.", flüsterte ich mir leise zu, als ich ein leises Klopfen an der Wand hörte. Ich legte mein Ohr an und klopfte zurück. Es klopfte wieder und ich ebenfalls. Dies ging eine Weile bis ich bemerkte, dass die Klopfzeichen einen Rhythmus hatten. Ich klopfte also das SOS in Morsezeichen. Dreimal kurz, dreimal lang, dreimal kurz. Das Klopfzeichen wurde in der gleichen Reihenfolge erwidert. Jetzt wusste ich, dass dies ein anderer Gefangener sein musste. Doch ich konnte keine Morsezeichen außer dem SOS. Also versuchte ich Musikstücke und Lieder zu klopfen. Ich nahm das erste was mir einfiel. Unsere Britische National-hymne. Ich klopfte den Anfang immer und immer wieder doch es kam keine Antwort mehr. Ich überlegte schon, ob ich mir das alles nur einbildete und es von den Medikamenten die sie mir verabreicht hatten kommen würde, als das Klopfen die Hymne vollendete. Ich war erstaunt und begann direkt von vorn und jedes Mal wurde das Lied mit dem Klopfen richtig vollendet. Wer auch immer auf der anderen Seite war, ich müsste unbedingt mit ihm sprechen. „Vielleicht ist das Pierre?", fragte ich mich leise und verbog die Schüssel, in der das Trinkwasser gewesen war, zu einer Art Löffel. Dann grub ich ein kleines Loch in die nasse spröde Wand, bis ich einen Finger in dem Loch sehen konnte. Ich legte mich auf den Boden und sah hindurch. Ein Auge starrte mich an und ich dachte, wenn das die maskierten Männer wären, dann gäbe es keine Gnade mehr für mich.

„Ich bin James. Und wer bist du?", fragte mich eine junge männliche Stimme. „Ich bin Jim.", antwortete ich leise. „Bist du Engländer, Jim?", flüsterte er leise durch das Loch in der Wand. „Ja, bin ich." Er schnaufte tief durch: „Man bin ich froh, dass du meine Sprache sprichst, Jim. Ich bin auch aus England. Genauer aus London und ich habe einen Trip hinter mir, den willst du nicht erleben." Das ist ja interessant dachte ich und erzählte ihm von dem Pärchen welches ich in London getroffen hatte und wie sie hießen. Er zog sofort seinen Kopf von dem Loch zurück und drückte seinen Fuß dagegen. Nach einem Augenblick nahm er den Fuß vom Loch sah erneut hindurch: „Meine Eltern heißen auch Mary und Steve." Erstaunt antwortete ich ihm: „Ich glaube ich kenne deine Eltern, James."

Kapitel 8

Er schwieg und setzte sich so an die andere Wand des Raumes, dass ich ihn durch das Loch sehen konnte. Nun erkannte ich sein Gesicht. „Ja du bist es, James. Ohne Zweifel. Du bist der Sohn von Mary und Steve." Er sprang zurück zum Loch: „Hast du ihnen etwas angetan? Antworte!"

„Beruhige dich James. Bleib ganz ruhig. Ihnen geht es gut.", flüsterte ich leise zurück. Dann erzählte ich ihm die ganze Geschichte mit George und dem Aufenthalt bei seinen Eltern. „Sie warten auf dich.", ließ ich ihn noch wissen. Er schluckte mehrmals und knirschte mit den Zähnen: „Hör zu Jim. Mein Vater ist einer der Generäle, die den Biosphären dienen. Er war immer fort. Und irgendwann kam er nicht mehr wieder zurück. Ich musste für meine taube Mutter alleine sorgen und suchte alle Lebensmittel Nacht für Nacht zusammen. Alle Menschen waren weggebracht worden!".... „Stopp, James!", unterbrach ich ihn. „Wohin wurden alle gebracht? Sag es mir bitte. Meine Familie ist auch verschwunden. Wenn du etwas weißt, dann sag es mir bitte. Ich flehe dich an."

Er sah durch das Loch und hauchte: „Du weißt ja gar nichts, oder?" Ich bat erneut um Antwort. „Hör gut zu, Jim. Das Militär holte sämtliche Leute aus den Häusern und nahm sie mit. Andere wurden zu verschiedenen Orten gebracht, erschossen und verbrannt. Sie wollten nicht, dass sich die Mikroben ausbreiten. Keine Ahnung was mit den anderen Menschen geschehen ist, die fortgebracht worden sind. Ich weiß es wirklich nicht." Ich hatte schon einen Hauch von Hoffnung gehabt endlich zu erfahren ob meine Familie tot sei oder nicht. „Wie konntest du meinen Vater treffen, wenn er doch in der

Biosphäre ist, Jim?" Meine Antwort kam wie aus der Pistole geschossen: „Dein Vater hatte erzählt er sei bei der Polizei gewesen und er hätte sämtliche Waffen auf dem Polizeirevier mitgehen lassen. Doch das stellte sich schnell als Lüge heraus, als ich seinen Schutzanzug im Kofferraum seines Jaguars fand, nachdem er uns das Auto gegeben hatte." „Was er hat dir seinen Jaguar gegeben? Das glaub ich dir nicht. Das war sein ein und alles." Ich erklärte James die ganze Angelegenheit. „Mein Vater war also zuhause sagst du, Jim? Okay. Dann hat er doch eingehalten was er versprochen hatte. Er meinte er komme zurück und würde bei uns bleiben. Egal wie er es anstellen müsse." Einen kurzen Moment schwieg ich. Dann hauchte ich: „Das hat er James. Das hat er."

Kaum hatte ich diesen Satz ausgesprochen, öffnete sich meine Tür. Zwei dieser maskierten Männer kamen hinein und packten mich an den Armen. Sie zogen mich hoch und schliffen mich durch den Gang in einen anderen Raum. Dieser Raum sah aus wie ein gewöhnliches Wohnzimmer. Die Männer warfen mich auf eine Couch und drückten meine Schulter nach unten. Dann betrat ein großer Mann ohne Maske in einem schwarzen Anzug das Zimmer. Er setzte sich auf einen Sessel vor mir und starrte mich an.

„Also Engländer. Ich habe eine Frage an dich. Woher hast du die Karte auf der alle Biosphären eingezeichnet sind?" Ich sah ihn an und knurrte: „Was geht dich das an, du Scheißkerl!" Im selben Moment schlug mich einer der Männer fest in mein Gesicht. Der Mann im Anzug unterbrach ihn so, dass ich es verstehen konnte: „Beschädige den Mikrochip bitte nicht." Dann sah er mich wieder an und fragte erneut woher ich diese Karte hätte. „Du kommst in die Biosphären nicht hinein, du Arsch!", schrie ich ihm zu. „Bist du dir da sicher Engländer?", grinste er. „Ich habe keine Ahnung ob du es weißt, aber in Bulgarien gibt es keine Biosphäre mehr. Sie wurde überrannt. Und zwar von uns.“

Er lachte und fuhr fort: „Von der slowenischen Grenze bis nach Indien gibt es eine militärfreie Zone. Als sie anfingen die Menschen zu ermorden, machte sich Wiederstand breit. Es gibt verschiedene Milizen die das Militär vertrieben haben. Diese Biosphären zu überlaufen war ein Kinderspiel. Sie hatten Tonnenweise Nahrung und Waffen gebunkert. Wir hatten jedoch nichts. Findest du das etwa fair, Engländer?“ Mit erschrockenen Augen blickte ich ihn an und wusste warum die Kampflugzeuge an der Grenze abgedreht hatten. „Und warum habt ihr mich entführt und etwas in meinen Kopf implantiert?“

Der Mann schritt langsam auf mich zu und drückte seinen Finger auf die Narbe der Operation. „Meinst du etwa diese kleine Beule hier an deinem Kopf, Engländer? Nun das ist ein Datenchip mit einer Ortungsfunktion. Geld ist in der heutigen Welt nichts mehr wert. Also muss man sich, wenn man überleben will, einen neuen Markt schaffen. Auf dem Chip in deinem Kopf sind alle Daten über deine Organe gespeichert. In welchem Zustand sie sind und welche schon entfernt wurden. Bis hin zu deiner Blutgruppe ist dort alles erfasst.“

Schnell schlug ich seine Hand von meinem Kopf: „Wollt ihr mir etwa meine Organe herausnehmen um damit zu handeln?“ Er lächelte und ging zurück zu seinem Stuhl. „Du darfst das nicht persönlich nehmen, Engländer. Die Organe sind heutzutage das Zahlungsmittel. Keine Wartelisten mehr wie früher. Nicht nur die reichen bekommen nun Organe sondern alle die etwas anzubieten haben. Ob Benzin, Waffen oder Nahrung. So läuft das jetzt nun mal. Aber du hast Glück, Engländer. Vorerst haben wir das was benötigt wurde schon bekommen. Dein Zellennachbar wird in diesem Moment zu unserem Arzt gebracht. Du kannst dich also glücklich schätzen und somit bekommst du vorerst eine andere Aufgabe."

Was sind das für kranke Menschen dachte ich, als er mir eine Karte auf den Tisch legte. „Zeige mir wo dein Freund ist mit dem du aus dem Flugzeug gestiegen bist!" Ich sah auf die Karte und konnte durch eine Markierung erkennen, dass wir in der Nähe von Istanbul waren. „Woher soll ich das wissen. Er ist vermutlich schon über alle Berge.", fluchte ich genervt. „Okay, Engländer. Wir werden ihn schon finden. Und falls nicht, dann wahrscheinlich eine der Drohnen, die uns das Militär ständig von außen schickt. Und somit zu deiner Aufgabe."

Er lehnte sich über den Tisch und sah mir tief in die Augen: „Du wirst für uns den Köder für die Drohnen spielen, damit wir diese abschießen können. Du wirst dich draußen frei bewegen bis dich eine dieser Drohnen erfasst. Dann wirst du diese zu einem gewissen Ort lotsen und wir machen dann den Rest. Flink bist du ja und daher denke ich, dass du den Lauf schon überleben wirst." Ich schlug mit der Faust auf den Tisch: „Das mach ich nicht, ihr seid wohl irre!" An diesem Punkt schlug auch der Mann auf den Tisch und schrie: „Und ob du das machen wirst. Uns gehen die Köder aus und die Drohnen werden immer mehr!" Er atmete tief ein und fuhr fort: „Normalerweise nehmen wir dazu die Menschen, für die wir keinerlei Verwendung haben. Alte oder kranke. Säufer oder drogensüchtige. Bei dir müssen wir wohl eine Ausnahme machen." Daraufhin grinste ich ihn an: „Und was ist, wenn ich einfach weglaufe und ihr mich dann mal am Arsch lecken könnt?" Er schlug wieder auf den Tisch: „Mit diesem Chip können wir dich immer und überall orten. Wir haben einen alten Telefon Satelliten angezapft mit dem wir alle diese Chips orten können. Und keine Sorge darüber, dass uns der Strom ausfallen könnte. Wir haben eine hochqualitative Solaranlage für Sonnenenergie. Diese läuft und läuft."

Ich hatte keine Ahnung was ich sagen oder tun sollte. Ich war wie erstarrt. Sie packten mich an den Armen und schliffen mich zurück in meine Zelle. „James!", rief ich immer wieder. Doch die Zelle neben mir war leer. Ich bekam keine Antwort mehr von James.

Tage vergingen. Ich hatte absolut kein Zeitgefühl mehr. Ich wusste nicht ob es Tag oder Nacht ist. Ob morgens oder abends. Ich hatte ja nur eine kleine Lampe über der Tür. Es gab immer das gleiche Essen. Immer diese Proteinriegel und Was-ser. Das hatten sie bestimmt aus der Biosphäre, die sie über-rannt hatten. Ich wollte mir gar nicht vorstellen, was dort los-gewesen sein musste. Plötzlich öffnete sich die Stahltür und sie holten mich heraus. Wieder brachten sie mich in den Raum mit dem Mann im Anzug. „So, Engländer. Die Zeit ist gekommen. Ich gebe dir nun eine Karte mit. Sieh dir diese genau an und präge sie dir ein. Es wäre doch äußerst unpraktisch wenn du nach dem Weg schauen müsstest während eine dieser Drohnen hinter dir her ist, oder? Ebenfalls siehst du eine Markierung darauf. Wenn dich eine Drohne aufgespürt hat, dann führst du sie zu diesem Punkt. Dort warten unsere Männer, um sie ab-zuschießen. Soweit alles verstanden?"

Ich nickte und spuckte ihm ins Gesicht. „Spar dir deine Energie, Engländer. Du wirst sie noch brauchen." Er murmelte etwas auf Bulgarisch und schon hatte ich einen Sack über dem Kopf. Sie zerrten mich in einen Lieferwagen und fuhren los. Keiner der Männer sprach ein Wort. Ich konnte nur den Funk hören, aber nichts verstehen. Nach einer Weile hielt der Wagen und sie warfen mich heraus. Ich zog den Sack von meinem Kopf und sah den Lieferwagen davon fahren. Es war dunkel. Vermutlich schon spät nachts. Neben mir lag ein Rucksack. Schnell schnappte ich mir diesen und rannte in eine sichere Ecke. Als ich ihn öffnete, fand ich zwei Flaschen Wasser und fünf dieser Proteinriegel. Okay, viel Zeit hatten sie mir ja nicht gegeben, dachte ich und nahm die Karte zur Hand. Jetzt war auch eine zweite Markierung darauf. Diese war wohl mein Ausgangspunkt.

Es war zu erkennen, dass die Stadt Saray hieß. Sie war nicht sehr groß, aber es gab viele Gassen und Ecken um sich zu verstecken. Ich griff mir an den Kopf um nach dem Chip zu tasten. Irgendwie musste ich diesen Chip heraus bekommen. Hätte ich nur die medizinischen Instrumente die ich in Deutschland mitgenommen hatte. Soweit ich sehen konnte war die Stadt menschenleer. Zügig lief ich zu einem der Häuser und stolperte hinein. Ich hatte keine Waffe und eine Scheiß Angst. Im Haus war niemand zu finden. Dann fand ich ein Badezimmer. Durch den Mondschein konnte ich mich etwas im Spiegel erkennen und sah die Narbe an meinem Kopf. Sie hatte eine Länge von ungefähr acht Zentimetern. Sie war mit Klammern verschlossen worden. Ich war mir sicher, dass die Wunde längst angefangen hatte zusammen zu wachsen und ich den Chip ohne Hilfsmittel sicher nie heraus bekommen würde. Also suchte ich das ganze Haus nach einem scharfen Gegenstand ab, doch ich fand nichts. Mit dem Ellenbogen zerschlug ich den Spiegel und nahm eine der Scherben um mir den Chip heraus zu schneiden.

Ich setzte die Scherbe an der Naht an. Dann schnitt ich los. Es waren höllische Schmerzen doch ich versuchte keinen Laut von mir zu geben. Mir flossen die Tränen hinab und mir wurde übel.

Als ich die Naht entlang geschnitten hatte, versuchte ich mit den Fingern, den Chip heraus zu ziehen. Aber er bewegte sich kein Stück. „Was soll die Scheiße?", flüsterte ich entmutigt. Erneut versuchte ich den Chip heraus zu ziehen, doch er bewegte sich immer noch nicht. Ich schob die Scherbe unter den Chip, um ihn so zu lösen. Doch egal wie ich es anstellte, der Chip bewegte sich kein Stück.

Mit einer anderen Scherbe versuchte ich zu erkennen warum ich das Ding nicht heraus bekam. Der Chip war in meinem Schädelknochen verankert. Ich hatte ohne die entsprechenden Hilfsmittel keine Möglichkeit dieses Ding zu entfernen. „Verdammt!", was sollte ich jetzt nur tun?

Würde ich einfach weglaufen, würden sie mich finden. Und selbst wenn ich die Drohne überleben und sie zu ihnen führen könnte, wäre ich wieder bei ihnen gefangen. Ich wusste also wo sie auf mich warten würden. Ohne Waffen, hatte ich aber keine Chance. Was hätte George an meiner Stelle getan. „Denk nach Jim, denk nach." Vielleicht könnte ich die Drohne zu meinem Vorteil nutzen. Nur wie sollte ich das anstellen? Ich beschloss mich an dieser Zielmarkierung, zu der ich die Drohne führen sollte, umzusehen. Als ich das Haus verließ, war keine Drohne zu sehen. Sie würden mich sicher orten, doch ich brauchte einen Plan. Und ohne zu wissen was mich an der Markierung erwartete, hätte ich vermutlich keine Chance die Drohne gegen sie einzusetzen. Ich riss mir den Ärmel ab und verband mir damit den Kopf. „Jetzt noch einen kurzen Blick auf die Karte und dann geht es los."

Mit der Karte vor Augen lief ich die Straßen entlang. Jede Minute machte ich eine Pause um mich nach den Drohnen umzusehen. Bisher war alles ruhig gewesen, als ich plötzlich das

Gefühl hatte, dass mich jemand verfolgen würde. Waren es die maskierten Männer oder eine andere Miliz? Ich lief noch ein paar Straßen weiter und versteckte mich um zu sehen wer mich da beschattete. Nach einem kurzen Augenblick in meinem Versteck hörte ich leise Schritte, die immer näher kamen. Was sollte ich nur tun? Ich machte mich so klein wie ich nur konnte und hielt die Luft an, damit mein Atem nicht zu hören war. Die Schritte kamen immer näher, bis ich einen Mann erkennen konnte, welcher eine Waffe trug. „Die Waffe musst du dir holen, Jim.", sprach ich mir Mut zu. Also nahm ich einen Stein und warf ihn in eine Ecke an einem Haus gegenüber. Der Mann lief direkt darauf zu. Plötzlich sah ich einen Hund an seiner Seite. Ich wollte keinen Laut von mir geben und doch rief ich leise: „Spike?"

Der Hund rannte sofort auf mich zu. Es war tatsächlich Spike. Mein guter alter Spike. Dann musste der Mann, der bei ihm war, Pierre sein. Oder doch nicht? Denn er lief mit gehobener Waffe direkt auf mich zu. Jetzt würde wohl meine Reise ein Ende haben. Ich dachte an meine Schwester Kate und an meine Eltern. Vielleicht würde ich euch gleich wiedersehen. Ich war bereit diese Hölle zu verlassen.

„Jim? Ja, du bist es. Gott sei Dank, ich habe dich gefunden.", hörte ich unerwartet den Mann sagen. „Ich bin es. Pierre! Man bin ich froh dich zu sehen. Was haben sie nur mit dir gemacht? Du siehst ja fürchterlich aus mein Freund.", plapperte er und hob mich hoch. „Komm, Jim ich bringe dich in ein Versteck. Es ist nicht weit."

Es war wahrhaftig Pierre gewesen. Und er hatte Spike dabei. Ich war so froh die beiden zu sehen. Wir liefen einige Straßen weiter bis zu einem kleinen Haus. „Komm Jim. Hier hinein." Er half mir die Treppen hoch und legte mich auf eine alte Couch. „Wie kommst du denn hierher?", wollte ich von ihm wissen. „Als die Männer dich vor ein paar Tagen in diesen schwarzen Lieferwagen gezogen hatten, bin ich ihnen gefolgt." Ganz verblüfft fragte ich: „Und wie hast du das geschafft? Wir sind mindestens eine Stunde gefahren." Pierre sah mich an und erzählte mir, dass der Lieferwagen Öl verlor und Spike die Fährte aufnehmen konnte. Sie waren einen Tag unterwegs gewesen und hatten schließlich das Hauptquartier der Männer, in dem ich gefangen war, ausfindig gemacht.

„Sie haben ständig Menschen in diesen Gebäudekomplex hinein geschafft. Ich konnte sie mit meinem Zielfernrohr sehen, als sie diese Leute aus den Lieferwagen holten." Pierre öffnete seinen Rucksack und holte etwas Wasser für mich heraus. „Dem anderen Lieferwagen der hinter mir her gewesen war, konnte ich entkommen. Ich hatte mich in einem Kanal versteckt. Als ich wieder nach oben kam, fand ich Spike hinter einer Mülltonne. Er hatte auch Glück gehabt. Dann sind wir sofort los um dich zu suchen."

Ich war sehr berührt. „Ich hatte schon gedacht du bist über alle Berge. Und auch von Spike hätte ich gedacht, dass ich ihn nie wiedersehen würde."

Ich erzählte Pierre von dem Chip in meinem Kopf und wozu die Milizen die Menschen entführten. Er war schockiert und erzählte mir, dass die Männer alle eine schwarze Sonne tätowiert hätten. Dies musste wohl das Zeichen dieser Miliz sein. Ebenfalls erklärte ich ihm, dass ich mit diesem Chip nicht flüchten könne und sie mich aufspüren würden. „Hast du einen Plan, Jim?" Ich streichelte Spike und meinte: „Wir müssen irgendwie die Drohnen die hier umher fliegen gegen diese Miliz verwenden. Ich weiß nur noch nicht wie.“

„Seit ich hier in dieser Stadt bin, habe ich noch keine einzige Drohne gesehen, Jim.“ Ich erschrak. „Wieso hast du keine Drohne gesehen, Pierre. Ich bin doch der Köder für die Dinger!“ „Jim, hör zu. Ich bin hier seit Tagen und ich habe nicht eine einzige dieser Dinger gesehen.“

Was sollte das alles nur bedeuten? Vielleicht wollten sie mich verfolgen, damit ich sie zu Pierre führen würde. „Wir müssen sofort hier weg Pierre, schnell!“ Ich erklärte ihm meinen Verdacht und wir rannten sofort los. „Ich muss den Chip loswerden!“, rief ich ihm zu, als unerwartet ein blaues Licht durch die Straße schien. „Los versteck dich!“, kreischte ich laut. Dann konnte ich dieses Summen hören. Es war das gleiche Geräusch wie in Deutschland. Pierre sah mich an und zuckte mit den Schultern, so als wolle er ausdrücken, ja hier gibt es doch Drohnen. Aber wieso hatte Pierre tagelang keine gesehen, aber seit ich auf der Straße war verfolgte uns eine? „Vielleicht können die meinen Chip auch orten, Pierre!“, stotterte ich ihm zu.

Die Drohne kam immer näher und ich konnte sie deutlich hören. „Was sollen wir tun?“, rief Pierre. „In Ordnung ihr maskierten Spinner. Mal sehen, ob ihr die Drohne auch bei euch Zuhause empfangen möchtet. „Pierre, leite uns zu dem Haus, in dem ich gefangen war!“ Er verstand sofort auf was ich hinaus wollte und grinste. Sofort machten wir uns auf den Weg. Pierre kannte sich in dieser Stadt schon gut aus und nach ein paar Minuten kamen wir in einem Industriegebiet an. „Siehst du diese große Halle dort vorn? Das ist das Haus in welches die Lieferwagen hinein fahren.“ Wir mussten diese Einrichtung zerstören. James konnte ich nicht mehr retten, aber vielleicht gab es noch andere Menschen darin denen wir helfen konnten.

Ich packte den Kopf von Spike und drückte ihn zu Boden. „Mein kleiner, du bleibst hier. Das wird zu gefährlich für dich. Sei ein braver Hund, Spike." Dann gab ich ihm einen Kuss und wir rannten auf das Gebäude zu.

Die Drohne kam derweil immer näher. Der blaue Lichtstrahl suchte alle Winkel ab. „Wie geht es weiter, Jim? Was nun?", fragte Pierre mit erregter Stimme. Im selben Moment kam einer dieser Lastwagen angefahren, der wohl vor der Drohne flüchtete. Als er an der Pforte abbremste, liefen wir schnell geduckt zu ihm und krochen darunter. Wir klammerten uns unten am Wagen fest. Der Lastwagen fuhr mit uns in das Gebäude hinein. Es waren viele Männer zu hören die herumliefen. Als der Wagen stoppte ließen wir uns fallen und krochen in einem unbemerkten Moment hinter einen anderen Wagen der etwas abseits stand.

Nun konnten wir alles genau überblicken. Pierre zielte mit seinem Gewehr auf die umherlaufenden Männer. Am Ende der Halle entdeckte ich eine große Tür. „Wie geht es weiter, Jim?", flüsterte Pierre. „Lass mich überlegen, nur noch einen Augenblick.", brummte ich zurück, als wie aus heiterem Himmel, eine Explosion das Gebäude erschütterte. Die Männer liefen wie wild umher und schrien unverständliche Wörter. Dann war eine zweite Explosion zu spüren und die Männer öffneten das Tor welches hinaus führte. Vom Boden aus konnte ich sehen, wie die Drohne das Gebäude beschoss. Die Miliz erwiderte das Feuer energisch. Die Funken flogen uns um die Ohren. Es qualmte und rauchte. „Jim, die Tür ist offen, sieh doch." Ich drehte mich um: „Los, los, los…!" Geradewegs rannten wir auf die offene Tür, die in das Innere des Gebäudes führte, zu. Die Miliz war mit der Drohne beschäftigt und dies ließ uns etwas Zeit. Im Inneren angekommen, wurde es sehr ruhig. Das Gebäude musste also gepanzert sein. Vielleicht war es ein ehemaliges Militärgelände auf dem wir uns befanden. Pierre ging langsam voraus. Wir liefen einen langen Gang entlang und ich konnte die kleinen Lampen über den Türen sehen. Mir wurde gleich ganz übel. Überraschend öffnete sich eine Tür und zwei dieser Maskenmänner kamen heraus. Pierre zielte schnell und traf beide. Sie fielen sofort zu Boden. „Schnapp dir eine Waffe, Jim." Eilig hob ich das Gewehr auf und folgte Pierre.

Hinter uns knallte es mehrmals, doch ich konnte nur schwarzen Rauch erkennen. „Stopp, Jim. Hörst du das?" In einem Raum vor uns hörte ich den Mann mit dem Anzug, der mich für die Drohnenjagd auserwählt hatte. Mein Hals wurde ganz trocken und ich schlich langsam mit angelegter Waffe auf diesen Raum zu. Der Mann im Anzug bemerkte mich und verzog den Mund: „Der Engländer…", knurrte er, als ihn eine Kugel von Pierre zu Boden zwang. „Das war wohl der Chef hier, wie es aussieht.", bemerkte Pierre und verließ den Raum. Ich folgte ihm, bis ich ein Gewehr an meinem Hinterkopf spürte. Ich drehte mich langsam um und sah, dass ein Mann mit der gleichen Narbe am Kopf auf mich zielte. Ich zog langsam meinen Verband vom Kopf, damit er mein Implantat sehen konnte. Er nahm das Gewehr runter und sagte: „Wir müssen uns beeilen, sonst kommen wir hier nicht mehr raus." Ich rief Pierre zu uns. Er hatte von all dem nichts mitbekommen. Pierre zielte auf den Mann, worauf ich sein Gewehr nach unten drückte. „Siehst du die Narbe am Kopf, Pierre? Das ist keiner der Miliz." „Und wer ist das dann, Jim?", schimpfte er. Der Mann ging auf Pierre zu und brummte: „Mein Name ist Alexander, und ihr habt mir gerade noch gefehlt. Aber es ist nett euch kennenzulernen, ihr Pfeifen."

Durch den Nebel waren unerwartet Taschenlampen zu sehen.

„Wir müssen los! Dawai, dawai!", schrie Alexander. Blitzschnell setzten wir uns in Bewegung und liefen bis zu einer Tür den Gang entlang. „Schnell hier hinein!", schrie ich den beiden zu und schloss diese dann. Pierre und Alexander blieben an der Tür stehen und erwarteten jeden Moment jemanden der sie öffnete. Ich sah mich derzeit in diesem Raum um. Er war sehr groß und gut beleuchtet. Viele Regale voll mit Lebensmitteln waren zu sehen. Weiter hinten waren Waffen und am Ende des Raumes lag ein riesiger Haufen Taschen und Koffer. Dies waren bestimmt die Sachen der Gefangenen. Schnell suchte ich nach meinem Rucksack. Kurz darauf konnte ich ihn tatsächlich finden. Die Karten und Bücher waren noch darin. Ebenfalls wurden die medizinischen Instrumente nicht entnommen. Nur die Munition und die Verpflegung fehlten. Ich suchte nach den passenden Patronen für das Gewehr und wurde fündig. Im Rucksack war noch Platz und so packte ich noch Verpflegung ein. Einen zweiten Rucksack füllte ich ebenfalls mit Verpflegung. „Alexander! Hier nimm!", rief ich ihm zu und warf die Tasche zu ihm hinüber. Pierre warf mir seinen Rucksack zu und ich füllte ihn genauso. „Wie geht es weiter Leute? Hat jemand einen Plan?", wollte ich erfahren. „Warum siehst du mich an, Jim. Frag mal lieber Alexander. Der scheint sich ja hier auszu-kennen."

Alexander wurde sauer: „Was soll denn das heißen, du Pfeife? Als die Scheiße hier losging wollten sie mich gerade zu Doktor Frankenstein schieben, um mir meine zweite Niere heraus zu schneiden. Eine hatten sie mir bereits vor ein paar Monaten genommen. Und als hier das Chaos ausbrach, sah ich meine Chance und haute den Kranken, die Scheiße aus der Birne. Dann schnappte ich mir ein Gewehr und ging auf die Jagd. Und jetzt stehe ich mit zwei Pfeifen in einer Besenkammer und muss mir anhören, dass ich mich hier auskennen würde. Nein! Ich kenne mich hier nicht aus!"

„Beruhigt euch mal. Wir müssen jetzt einen Weg hinaus finden. Der Eingang ist blockiert, also muss es einen anderen Ausgang geben.", teilte ich den beiden mit. Pierre und ich begannen den Raum nach Türen oder Schächten abzusuchen, während Alexander die Tür bewachte. „Jim, hier oben ist ein Lüftungsschacht." Wir schlugen das Gitter ein und schmissen ein paar Taschen und Koffer aufeinander, damit wir hinauf klettern konnten. „Alexander! Komm schon! Wir haben einen Weg gefunden. Der müsste uns nach oben bringen.", behauptete ich ganz optimistisch. Und so krochen wir den Schacht entlang. Pierre als erster, danach Alexander und ich zum Schluss. Es war sehr dunkel und man konnte die eigene Hand vor Augen nicht sehen.

„Hier ist eine Klappe, Jim. Ich krieche mal hindurch.", schnaufte Pierre und verschwand vor mir. Schnell folgte ich ihm und Alexander mir. „Was stinkt denn hier so ekelhaft?", fluchte Alexander. Ich konnte es auch riechen. Es war wohl der schlimmste Geruch den ich je in der Nase hatte. Der Untergrund wurde immer holpriger und weicher. Ich hatte einen bösen Verdacht.

Ruckartig öffnete sich eine Tür und etwas Licht schien herein. Einer dieser Maskenmänner sah sich kurz um. Der Raum war gefüllt mit etlichen Leichen. Diese waren teilweise schon stark am verwesen. Wir ließen uns auf die Toten fallen und blieben regungslos liegen. Der Mann an der Tür leuchtete mit einer Taschenlampe im Raum umher. Von dem Geruch wurde mir ganz schlecht. Ich dachte mir, dass dies bestimmt die Menschen waren deren Organe sie bereits entnommen hatten. Als ich die Augen etwas nach oben drehte, um zu sehen ob der Mann an der Tür noch da sei, sah ich direkt in das Gesicht von James. Ich lag direkt auf ihm. Seine Augen waren geöffnet und er war nicht mehr rötlich sondern bläulich. Die Tür schloss sich und es wurde wieder dunkel. Mit einem Satz sprang ich auf und versuchte mir die Flüssigkeiten die an meiner Kleidung klebten abzustreifen. Ich wollte schreien, aber ich unterdrückte es und Pierre flüsterte leise, dass wir seiner Stimme folgen sollten.

So stieg ich im Dunkeln über die toten Menschen, bis ich direkt hinter Pierre stand. An meiner Schulter konnte ich die Hand von Alexander spüren. Pierre trat mehrmals an eine Luke, bis diese aufsprang. Sofort strömte frische Luft hinein und ich sah den Sternenhimmel. Zügig krochen wir aus diesem großen Sarg heraus und schlossen die Luke. Mit einem schnellen Blick um die Ecke konnten wir erkennen, dass wir am anderen Ende des Komplexes angelangt waren. Auf der anderen Seite waren immer noch Lichtblitze zu sehen. Die Drohne war also noch nicht besiegt.

„Was ist mit Spike?", fragte ich Pierre. Er sah mich kurz an und drehte sich daraufhin weg. „Jim, vergiss Spike. Er ist auf der anderen Seite. Oder willst du freiwillig wieder dorthin?"

Alexander räusperte sich: „Hallo ihr zwei verrückten. Geht es mal weiter? Wir sollten hier so schnell wie möglich verschwinden. Und was soll das mit einem Spike? Habt ihr vielleicht die ganze Familie dabei?"

„Ja Alex. Spike ist meine Familie.", erwiderte ich. Pierre sah Alex an und meinte: „Es ist sein Hund." „Achso! Naja dann ist ja alles klar. Ihr seid nicht nur Pfeifen, ihr seid irre.", kicherte Alex und griff mich am Arm: „Entweder wir hauen sofort hier ab oder ich lass euch zurück. Jetzt oder nie!"

Pierre nickte ihm zu und sah mich bettelnd an. Ich blickte zurück in die Richtung, wo Spike auf mich wartete. „Was ist jetzt?“, fluchte Alex. Wir rannten so schnell es ging in die Dunkelheit. Während ich lief sah ich immer wieder nach hinten, ob Spike nicht doch kommen würde. Aber er war nirgends zu sehen.

Nach ungefähr einer halben Stunde, hatten wir genügend Abstand zum Gebäude. Wir standen auf einer Anhöhe und konnten den Kampf der Männer gut erkennen. Mittlerweile waren es drei Drohnen die das Gebäude attackierten. Feuer und Rauch stiegen auf. Das Summen der Drohnen, sowie die Explosionen waren ohrenbetäubend. Wir konnten erkennen, dass immer mehr Männer zu dem Haus eilten. „Das sind wohl die Männer, die bei der Markierung auf der Karte, mich erwartet hatten.“, schluchzte ich den beiden zu.

Während wir den Kampf beobachteten, berührte mich etwas leicht an meinem Bein. Ich blickte nach unten und sah direkt in die Augen von Spike. „Du bist ein Teufelskerl, Spike!“, lachte ich und umarmte ihn. Alex zog das Gewehr und zielte Spike zwischen die Augen. „Jetzt gehst du mal lieber weg, Jim. Das ist kein Kuscheltier. Das sind Teufelshunde. Also mach das du von dem Vieh wegkommst!“

Pierre stellte sich vor Spike und rief dazwischen: „Dieser Hund ist anders, Alex. Glaube es uns. Wir haben keine Ahnung wieso, aber er ist anders. Sieh in seine Augen. Sie sind nicht wie die der anderen. Nimm die Waffe runter, bitte.“ Alex überlegte einen Augenblick und nahm anschließend langsam das Gewehr herunter: „Ihr seid mehr als irre. Viel mehr. Wisst ihr das?“

Ich war froh das Spike wieder bei uns war. Er gab mir halt in dieser Hölle. „Jim, sieh auf die Karte. In welche Richtung müssen wir?", schnatterte Pierre eilig. „Gib mir eine Minute." Aus dem Rucksack zog ich die Karte die ich für diese Gegend brauchte. Schnell hatte ich unsere Position ermittelt und zeigte in die Richtung in die wir mussten. Alex beugte sich ebenfalls über die Karte: „Durch Istanbul? Seid ihr wahnsinnig? Ja ihr seid wahnsinnig. Warum frage ich überhaupt." Er schnaufte ein paar Mal tief durch: „Also gut ihr Pfeifen, lasst uns weiter gehen."

„Es ist schön dich bei mir zu haben, Spike.", flüsterte ich ihm zu. Alex verdrehte die Augen: „Jetzt fängt er noch an mit dem Hund zu reden. Das kann ja lustig werden."

So schnell es ging entfernten wir uns von dieser Stadt. Ein paar Minuten später bemerkte Alex etwas. „Versteckt euch. Wir werden verfolgt." Vor uns begann ein Waldstück und wir liefen geradewegs darauf zu, um uns in Sicherheit zu bringen. Alex blieb wie angewurzelt stehen. „Alex!", rief ich mehrmals, aber er rührte sich nicht vom Fleck. Am Horizont konnte ich einen großen Mann erkennen der langsam auf Alex zuging. Er war äußerst riesig, hatte eine Maske auf, die schwarze Sonne auf dem Arm und einen riesigen Hammer in der Hand. Es sah aus wie David gegen Goliath. Ein absoluter Gigant. Alexander stellte sich ihm entgegen und fluchte heftig auf Russisch. Der Riese lief unbeirrt weiter auf Alexander zu und begann mit dem großen Hammer zu schwingen.

Alex nahm das Gewehr und schoss mehrmals auf den Kerl, doch er lief einfach weiter auf ihn zu. Er hatte wohl eine Kugelsichere Weste an. Ich war starr vor Angst. „Was ist das für ein Mensch?", fragte ich Pierre, doch ich bekam keine Antwort. So sahen wir beide dieser Situation weiterhin einfach nur zu.

Der Riese erreichte kurz darauf Alex und versuchte ihn mit dem

Hammer zu erwischen. Doch Alexander konnte immer wieder ausweichen. Dann stürzte der Riese plötzlich auf ihn und sie begannen am Boden zu ringen. Man konnte nicht erkennen wer die Oberhand hatte so schnell drehten sie sich. Sie fingen beide an zu schreien. „Sollen wir nicht helfen, Pierre?", fragte ich mit gehobener Stimme. „Vergiss es, Jim. Wenn der den platt macht, dann sind wir auch im Arsch. Bleib geduckt, dann findet er uns vielleicht nicht.

In diesem Moment schrie der Riese laut und tief auf. Es hörte sich an, als würde man einem Bullen das Herz herausschneiden. Dann sackte der große Maskenmann zusammen und Alexander kroch unter ihm hervor. Alex stand auf und fluchte wieder auf Russisch. Er trat ihn noch mehrmals und drehte sich schließlich zu uns um. In seinen Augen konnte ich sehen, dass er nicht zu ersten Mal getötet hatte. In seiner Hand erkannte ich ein Messer, dass er an der Hose abwischte und danach in den Stiefel steckte.

Zügig lief er zum Wald: „Wo seid ihr zwei Hasen?" Pierre pfiff kurz, worauf er uns fand. „Worauf wartet ihr? Dawai! Weiter, weiter!", parlierte Alex. Ich stand auf und fragte was da gerade abgelaufen sei. Alexander lachte und meinte: „Ich musste nur noch kurz ein Schwein erledigen. Aber keine Sorge. Es kann weitergehen." Ich sah Pierre an und fragte Alex erneut was da los gewesen sei. „Also kleiner Mann, jetzt höre mir gut zu. Du hast diesen Riesen gesehen? Ja? Und was hättest du machen wollen? Dich verstecken? Ich habe ihn gestoppt, damit du mit deinem Hund schön durch das freie laufen und Stöckchen werfen kannst. Sonst noch Fragen?"

Pierre antwortete: „Wie hast du das geschafft? Er war viel stärker wie du?" Alexander wollte das wir weitergingen: „Ich erzähle es euch unterwegs. Einverstanden?" Wir nickten und liefen weiter.

Nach einigen Kilometern fing er endlich an zu reden. „Ich war damals in einer Spezialeinheit in Russland. Sie nannte sich SOBR. Wir hatten die Aufgabe gegen Drogen und Terrorismus zu kämpfen. Später lösten sie die Einheit auf. Doch was ich dort alles lernte, ist unbezahlbar. Aber das habt ihr ja eben mitbekommen. Mit 18 Jahren bin ich der Einheit beigetreten. Nun bin ich schon 50, aber ich habe nichts verlernt. Könnt ihr das auch von euch behaupten ihr Pfeifen?"

Er erinnerte mich irgendwie an George. Ich fragte ihn, wie er hierhergekommen sei. Er meinte dass seine Tochter entführt wurde und er sie verfolgte. Doch es stellte sich als Falle heraus: „Soviel ich weiß, wurde meine Tochter nie entführt. Meine Frau, mein Sohn und meine Tochter müssten eigentlich zuhause sein. In Sholymbet, Kasachstan. Und ich werde jetzt genau dahin zurückkehren. Und wehe einer hat ihnen auch nur ein Haar gekrümmt, dann werden sie Alexander persönlich erleben."

Pierre fragte, wie er den Weg nach Kasachstan schaffen wolle und erklärte ihm die Sache mit der militärfreien Zone. „Ich werde euch eine Weile begleiten ob ihr wollt oder nicht. Ich will auch gar nicht erst wissen, wohin ihr wollt. Wenn ich meinen Punkt erreiche, werde ich euch verlassen und heimkehren."

Kapitel 9

Ohne einen Kommentar hinzuzufügen liefen wir weiter und weiter. Ich ließ die beiden wissen, dass ich eine Pause brauchte und setzte mich auf den Boden. Ich wollte gerade einen Proteinriegel essen, als Alex ihn mir aus der Hand nahm: „Junge, du musst mit deinem Kopf denken. Nicht mit deinem Magen. Sieh dich doch mal um. Was fällt dir auf?" Ich zuckte mit den Schultern und hatte keine Ahnung wovon er sprach. „Pack den Riegel weg. Den brauchst du später noch. Die Pflanzen und Bäume sind zwar schon halb tot, aber die Wurzeln nicht. Die enthalten alles was du brauchst." Alex nahm sein Messer und grub in der Erde herum. Dann schnitt er etwas von der Wurzel ab und hielt es mir entgegen: „Das ist etwas dreckig, aber genauso nahrhaft wie dein komischer Riegel."

Ich dachte ich esse das jetzt lieber, bevor er böse wird. Also kaute ich auf der Wurzel herum und sie wurde tatsächlich immer weicher und essbarer. Alex lachte: „Ja das schmeckt, oder? Es hat zwar einen Geschmack wie die Handtasche einer Oma, aber es besaß alles was man brauchte. Das lernt man beispielsweise in einer Spezialeinheit. Also ihr Pfeifen. Haut rein. Es ist genug für alle da."

Spike jedoch konnte ich nicht dazu bewegen die Wurzel zu probieren und gab ihm schließlich den Proteinriegel. Während ich auf der Wurzel kaute, stupste mich Alex an der Schulter an. „Jim, eines kann ich dir mit auf den Weg geben. Du wirst deine Angst überwinden und du wirst zu dir selbst finden. Du bist kein Krieger, aber du hast das Zeug dazu. Zögere nie. Egal wie aussichtslos es scheint."

Alex hatte vollkommen Recht. Ich war kein Krieger. Ich war eigentlich nur ein Student mit einer Matheschwäche. Pierre reichte mir eine Pistole und überzeugte mich diese anzunehmen. Ich fragte woher er diese habe. Doch er wich dieser Frage aus. „Danke Pierre, aber vielleicht solltest du sie behalten." Pierre sah mich an: „Nein, Jim. Du brauchst sie mehr wie wir. Behalte du sie." Ich sah hinüber zu Alex und er nickte langsam. In diesem Moment wusste ich wieder, dass ich nur ein Trottel aus der Vorstadt war. Ich war mit einem Ex Soldaten und einem ehemaligen Mitglied einer Spezialeinheit unterwegs. Wer war ich da schon. Der Klotz am Bein? Mit einem Hund? Ich schaute bedrückt nach unten, als mich Alex erneut an die Schulter fasste. „Wir müssen die Chips in unseren Köpfen heraus bekommen. Sonst finden die Schweine uns noch und wer weiß was sie dann mit uns anstellen."

Pierre ließ Alexander wissen, dass ich im medizinischen Bereich studierte. „Achso, du kannst uns also die Dinger heraus operieren?", kicherte Alex. „Okay, gut zu wissen. Dann machst du das so schnell es geht, Jim." Alex überlegte und fuhr fort: „In Istanbul sollten wir Sachen finden die die Operation erleichtern müssten. Du machst das bei mir, Pierre sieht zu und dann machen wir das bei dir. Okay. Das hört sich doch gut an. Also los geht's. Worauf warten wir noch?" Alle erhoben sich und der Marsch ging weiter. Pierre sah auf die Karte und führte uns in Richtung Istanbul. „Wir haben mehrere Stunden vor uns. Wenn es hell wird machen wir eine Pause. Dann sammeln wir uns erst einmal und machen einen Plan. Wir haben ja keine Ahnung was uns dort erwartet.", schnatterte Alex und marschierte, als ob er nie etwas anderes getan hätte.

Wir folgten ihm bedingungslos. Was sollten wir auch anderes tun. Pierre stieß mich unterwegs an und reichte mir eine Machete: „Nimm sie. Ich fand die Machete nachdem du entführt wurdest in einem anderen Flugzeug. Ich bin mir sicher, dass du sie nötiger brauchst als ich." Er drückte sie gegen meine Brust und sah in die Ferne. Ich nahm sie in meine Hand und fühlte mich dadurch irgendwie geborgen. Pierre machte sich Sorgen um mich. Das war ein Gefühl das ich schon seit Monaten nicht mehr hatte. „Du sorgst dich wirklich um mich, Pierre.", flüsterte ich. Er sah mich an und lächelte: „Du hast mich aus der französischen Hölle gerettet, Jim. Ich bin dir zu Dank verpflichtet."

Wir liefen und liefen. Alexander sah ständig auf die Karte und verglich diese mit den Sternen am Himmel. Als wir so durch die halb toten Wälder liefen kam es mir wie in einem schlechten Witz vor. Ich sagte: „Ein Engländer, ein Franzose und ein Russe liefen durch den Wald…" Beide sahen mich an und meinten: „Sehr witzig Jim, echt sehr witzig." Ich schmunzelte und zwinkerte Spike zu: „Das schaffen wir schon Spike. Wir kommen bis nach Australien." Alex sah mich an und quietschte: „Australien? Oh Mann. Jim du hast echt einen Schaden. Aber ich will das alles gar nicht so genau wissen. Mach du und dein Köter nur die Reise die ihr geplant habt. Ich hau sowieso vorher nach Kasachstan ab. Ehrlich? Australien? Ihr seid doch Wahnsinnig." Alexander schüttelte den Kopf und stammelte ständig: „Australien? Verrückt seid ihr."

Nach ein paar Schritten sackte Alexander langsam zusammen und keuchte: „Die hatten mir eine Spritze gegeben, wahrscheinlich etwas für die Operation. Ich muss mich etwas ausruhen solange das Mittel noch wirkt."

Kurz darauf war Alex nicht mehr ansprechbar. Er hatte Puls und atmete noch. Es musste eine Art von Betäubung sein. Also zogen wir ihn an einen Platz, an dem wir nicht gleich bemerkt werden würden. „Es wird gleich hell Jim, dann können wir ein Feuer machen. Würden wir jetzt eines anzünden, hätten die Drohnen uns gleich entdeckt."

„Und wie willst du das Feuer machen, Pierre?" Er blickte zu Alex hinüber und zog das Messer aus seinem Stiefel. „Hier ist ein Feuerstein am Griff enthalten und das Holz hier überall ist trocken. Das klappt schon."

Ich fragte mich woher Alex solch ein Messer hatte. Vermutlich gehörte es einem der Maskenmänner und er hatte es sich gekrallt.

Allmählich ging die Sonne auf. Wir sahen uns um, ob jemand in der Nähe sei. Doch es war niemand zu sehen. „Ich suche etwas Holz für das Feuer zusammen.", schnaufte ich und ging los. Spike begleitete mich. Er war schon ein außergewöhnlicher Hund.

Kurze Zeit später hatte ich etwas Holz zusammen gesammelt und lief zurück. Alex war immer noch bewusstlos. Pierre zündete das Feuer an und es brannte sehr rasch. Die Wärme war wundervoll. Ich lehnte mich an einen Baum und dachte über die vergangenen Tage nach. Irgendwie kam mir alles vor wie ein Traum. So unreal und verrückt. Ich dachte an meine Familie und George. Ja auch an James musste ich denken. Mir ging dieses Bild von ihm in der Leichenkammer nicht mehr aus dem Kopf. Wie er da gelegen hatte mit offenen Augen. Kurz davor hatte ich mich noch mit ihm unterhalten und dann das. Ich wusste nicht, ob ich für diese Reise geschaffen war. Soviel Leid und verderben. Die Eltern von James würden sicher noch ewig auf ihren Sohn warten. Sie wussten ja nicht, dass er nun tot war und es könnte ihnen auch niemand außer mir erzählen. Doch ich würde wohl nie nach London zurückkehren.

Dann kam mir der Gedanke, wie ich Pierre kennenlernte und ich erinnerte mich daran, dass ich ihn mit meinem Gewehr geschlagen hatte. Das war mir sehr unangenehm. „Pierre?" „Ja was ist los, Jim?" „Weißt du noch in Deutschland…?", schluchzte ich. „Ja was denn, Jim?" Ich sah auf den Boden und sprach leise weiter: „In Deutschland habe ich dir unrecht angetan. Ich habe dich zusammen geschlagen und mich bisher nie dafür entschuldigt. Das möchte ich hiermit tun. Es tut mir sehr leid." Er nickte und sah ebenfalls auf den Boden. „Das ist schon in Ordnung, Jim. Ich konnte es verstehen. Ich wüsste nicht, wie ich mich an deiner Stelle verhalten hätte. Vielleicht hätte ich dich kalt gemacht. Mach dir deshalb keine Gedanken. Es ist vergeben und vergessen."

„Was sülzt ihr hier denn für ein Zeug?", rief Alex dazwischen. Er war wieder bei uns, aber mit der gleichen Laune wie davor: „Ich sehe ihr habt mein Messer zum Feuermachen benutzt. Ja vielleicht seid ihr ja doch nicht solche Pfeifen wie ich dachte."

Ich fragte Alex ob er laufen könne, aber er winkte ab: „Gebt mir noch ein paar Minuten Jungs."

In mir loderte seit einiger Zeit eine Frage die ich nun stellen wollte. Ob mir die Antwort gefallen würde oder nicht. Ich musste es nun endlich wissen: „Wenn alle Pflanzen absterben, dann gibt es doch irgendwann keinen Sauerstoff mehr, oder?" Pierre sah Alexander an: „Sagst du es ihm?" Alex setzte sich auf und atmete tief durch: „Also gut. Hör zu, Jim. Wenn die Pflanzen alle verschwunden sind, dann gibt es keinen Sauerstoff mehr. Der letzte Mensch welcher verhungert, ist der erste welcher ersticken wird."

Ich sah Pierre und Alexander an: „Und wann wird das sein?"
Alex räusperte sich: „Ich habe in Kasachstan nachdem die
Pflanzen eingingen immer wieder den Sauerstoffgehalt in der
Luft gemessen. Wie ist jetzt gerade egal. Jedenfalls ist der Sauerstoffgehalt in der Luft trotz weniger Bäume und Pflanzen
hoch, was sehr merkwürdig ist und es dafür eine Erklärung
geben muss." Pierre erläuterte die Aussage von Alex: „Der
Sauerstoffgehalt ist zwar niedriger als früher, aber er ist für
einige wenige Menschen auf der Erde ausreichend." Mit erschrockenen Augen sah ich Pierre an und schrie: „Du wusstest
das?"

„Beruhige dich, Jim. In der Biosphäre war dies das Hauptthema.
Wir mussten ständig den Sauerstoffgehalt messen." Ich verdrehte meine Augen und wollte wissen, ob dies der Grund dafür
gewesen sei, die Menschen zu erschießen und zu verbrennen.
„Jim, hör zu. Es ist nicht so wie du denkst. Die unten in ihren
Biosphären wissen nicht, dass die Mikroben für Menschen nicht
tödlich sind. Und ja sie wollten die Menschheit an den noch
verbliebenen Sauerstoff anpassen."

Ich glaubte ich hörte nicht richtig und wurde wütend: „Diese
Menschen sterben also alle, weil die Regierung glaubt es sei ein
tödlicher Virus und das man die infizierte Bevölkerung eliminieren muss, damit die Menschen aus den Biosphären später
wieder nach oben kommen können wenn alles vorbei ist und
der Sauerstoff dann genau für diese reichen wird?"

Ich war entsetzt. Hier läuft einfach alles falsch. Ich konnte nur
noch mit dem Kopf schütteln. „Aber man muss ihnen doch
irgendwie sagen, dass die Mikroben nicht tödlich sind. Vielleicht
kann man dann etwas finden um die Pflanzen zu retten. Die

haben doch haufenweise Technik da unten!" Tränen liefen mir die Wangen hinunter und ich sah beide mit fragendem Blick an. „Und wie willst du das machen, Jim? Vielleicht mal eben anrufen? Vergiss es kleiner.", säuselte Alex und stand auf: „Es ist Zeit weiterzugehen, Jungs. Also Bewegung."

Sie packten alles zusammen und liefen los. Ich folgte ihnen mit etwas Abstand. Enttäuschung machte sich bei mir breit. Jeder dachte nur an sich. Die da unten und wir hier oben. Es musste doch irgendeine Lösung geben, oder war ich einfach nur noch nicht bereit die Wahrheit zu akzeptieren.

Momentan waren am Himmel keine Drohnen zu sehen und das Land um uns herum schien auch sicher zu sein. Leider hatte ich die Karte, auf dieser die Biosphären verzeichnet waren, nicht mehr. Es war einfacher dem Militär aus dem Weg zu gehen, wenn man wusste wo sie sich befanden.

Mein Kopf schmerzte sehr. Ich wollte unbedingt diesen Chip herausbekommen. Zumal ich nicht wusste, ob sie ihn orten konnten oder nicht. Denn von Überraschungen hatte ich die Nase gestrichen voll.

Während wir zügig weiter schritten, überlegte ich schon einmal, wie ich diesen Chip bei Alex und mir entfernen könnte. Ich hoffte ihn, ohne den Knochen zu verletzen, herauszubekommen. Wenn sie an diesen Chips eine Art von Widerhaken integriert hatten, gäbe es ein riesiges Problem. Ich konnte dieses Scheißding deutlich spüren und wollte es so schnell es irgendwie möglich war loswerden. Diese Gedanken kreisten immer und immer wieder durch meinen Kopf und ich wusste Alex ging es nicht anders. Er konnte es nur besser verbergen, aber die Angst, mittels dieses Metallstückes entdeckt und getötet zu werden, sah ich ihm deutlich an. Zum Glück hatte ich die medizinischen Instrumente aus Deutschland noch.

Unvermutet hörten wir Motorengeräusche. Jeder griff sofort zur Waffe und ging in Deckung. Pierre kroch etwas nach vorn, um bessere Sicht zu haben. Er zeigte uns mit seiner Hand, dass wir in Deckung bleiben sollten. Ich konnte die Motorengeräusche nun auch gut hören. Es waren mehrere Motorräder. Bestimmt hatten uns die Maskenmänner mittels des Chips gefunden, dachte ich, als Pierre zurück kroch und meinte: „Es sind ein paar Typen auf Bikes. Soweit ich sehen konnte waren es vier und sie sehen mit einem Fernglas in unsere Richtung." Alex richtete sich auf: „Sind das die komischen Clowns mit den Masken?" „Nein, sie sehen eher unorganisiert aus."

Wir krochen alle vorsichtig zu dem Platz, an dem Pierre sie sah. Durch mein Zielfernrohr konnte ich sie gut erkennen. Sie hatten keine schwarze Sonne auf dem Arm tätowiert. Also waren es keine Männer dieser Miliz. Einer der Typen sah durch ein Fernglas direkt in unser Waldstück. Alex schnaufte: „Wenn der Köter jetzt auch nur einen Laut von sich gibt, dann dreh ich ihm den Hals um."

Die Männer auf den Motorrädern waren gut bewaffnet. „Suchen die uns?", wollte ich von beiden wissen. „Wenn die uns geortet hätten, dann würden sie sicher nicht mit einem Fernglas in den Wald starren, Jim.", stammelte Alex. Pierre unterbrach ihn: „Und was sollen wir jetzt bitte tun, Alex?" Wir beide starrten ihn an und warteten auf eine gute Antwort. Alex kroch zurück und zuckte mit den Schultern: „Ich habe keine Ahnung. Entweder hier abwarten und hoffen, dass die sich verpissen, oder sich die Motorräder krallen. Sucht es euch aus. Aber eines sage ich euch gleich im Voraus. Ich laufe keinen Meter mehr, wenn vor meiner Nase ein fahrtüchtiges Motorrad steht."

Ich atmete tief ein und wusste, dass es nun ärger geben würde. „Oh verdammt, Pierre. Das hört wohl nie auf, oder?", flüsterte ich. „Nein, Jim. das hört nie auf. Heute nicht und morgen auch nicht."

Pierre stieß Alex mit dem Ellenbogen an: „Und? Wie sollen wir vorgehen?" Alexander sah ihn vertrotzt an: „Ja rabiat natürlich. Oder denkst du sie geben uns die Dinger freiwillig?" Dann lud er sein Gewehr: „Wir verteilen uns. Ich bleibe hier und ihr beiden schwärmt aus. Einer links und einer rechts. Aber in Sichtweite bleiben. Und wenn ich ein Zeichen gebe schießt ihr." Ich wunderte mich: „Und wenn wir alle drei auf den gleichen schießen?" „Dann sucht sich vorher jeder einen aus. Das kann doch nicht so schwer sein.", murmelte Alex und deute auf sein Ziel. „Jim. Ich entscheide mich für den in der roten Jacke und du dann einen von den anderen beiden.", zischte Pierre. Schließlich kroch ich nach links und Pierre nach rechts. Spike blieb bei Alex in der Mitte. An meinem Platz angekommen, sah ich durch das Zielfernrohr. Ich hatte also die Wahl zwischen den letzten beiden. Was für ein Mist. Ich entschloss mich für einen der beiden und signalisierte Alex, dass ich soweit wäre. Er nickte mir zu und hob die Hand. Pierre war nun auch in Stellung. Alex hob vier Finger und zählte mit diesen langsam herunter. Ich machte mich bereit. In diesem Moment dachte ich noch kurz, ob wir nicht doch lieber laufen sollten, als Alex den letzten Finger einzog.

Ich drückte den Abzug. Es war wie in Zeitlupe. Der Mann fiel wie eine Puppe von seinem Motorrad. Ich konnte auch die anderen beiden fallen sehen. Der vierte fuhr direkt los. Alex und Pierre versuchten ihn noch zu erwischen doch sie schafften es nicht. Er war nun auf und davon.

„Los geht's!", rief Alex und sprang auf. „Packt schnell die Sachen ihr Pfeifen und nichts wie hinter ihm her. Wer weiß, ob da wo die herkamen noch mehr dieser Typen sind. Wenn er Alarm schlägt, dann haben wir vielleicht ein riesen Problem. Also macht euch Beine!", brüllte Alexander und wuchtete seine Rucksack über seine Schulter. Ohne groß zu überlegen tat ich das gleiche. Pierre sammelte ebenfalls alles auf und lief los. So schnell wie wir konnten rannten wir zu den Motorrädern. Die Motoren liefen noch. Ich zog den Mann von der Maschine weg und starrte ihn an. Die anderen zwei saßen bereits auf den Rädern. „Jim. Beweg dich!", kreischte Pierre und so sprang ich auf den Bock auf. Ich klopfte kurz auf den Sattel und Spike saß mit einem Satz ebenfalls darauf. Ich schob ihn vor mich und gab Gas. Wir fuhren so schnell es ging in die Richtung, in welcher der andere Motorradfahrer geflüchtet war.

Der Boden war sehr staubig und trocken. Ich konnte die Staubwolke die von ihm stammte noch deutlich erkennen. Die Maschinen waren sehr laut und der Dreck flog um uns herum.

In der Ferne konnte man so eine Art Steinbruch erkennen. Die Staubwolke des Flüchtenden führte direkt dort hinein. „Stopp. Das ist mit Sicherheit deren Lager dort.", rief Alexander. Ich nahm mein Gewehr und sah durch das Visier. Ich konnte mehrere Wohnwagen und Baracken entdecken. Die anderen beiden sahen ebenfalls durch ihre Zielfernrohre. „Jim, Pierre. Wir müssen uns jetzt aufteilen und die Bande platt machen. Sonst werden sie uns wie streunende Hunde jagen. Die Motorräder sind nicht umsonst und nun kommt unsere Rechnung. Habt ihr das verstanden?", brüllte Alex laut und fuhr los. Ohne zu zögern stieß ich Spike vom Rad und sagte ihm, dass er hier warten solle: „So wie in Frankreich mein guter. Wenn ich nicht wieder komme, dann lauf bitte weg."

Im Rückspiegel konnte ich ihn noch kurz sehen, bis der Staub mir die Sicht nahm. Ich fuhr links um den Steinbruch herum. Plötzlich konnte ich links ein anderes Motorrad auf mich zu rasen sehen. Es war weder Alex noch Pierre. Ich versuchte ihn abzuhängen doch er verfolgte mich weiterhin. Wahrscheinlich wussten sie von unserer Attacke und waren auf Rache aus.

Links und rechts ragten hohe Steine aus dem Boden. Ich fuhr so geschickt ich konnte um sie herum, bis ich mich schließlich direkt im Lager befand. Jemand schoss von vorn auf mich. Ich konnte es blitzen sehen und ein pfeifen zischte an meinen Ohren vorbei. „Ständig schießt jemand auf mich!", schrie ich laut und lenkte das Motorrad geschickt um die Wohnwagen und Baracken herum. Im Rückspiegel sah ich, dass ich immer noch verfolgt wurde.

Ich fuhr erneut um einige Wagen und konnte ihn zwischen den Lücken sehen. Ich zog meine Pistole und wartete. Dann kam er angeschossen und ich drückte mehrmals ab. Er fiel sofort zu Boden. Als ich mich nach vorn umdrehte stand ein andere dieser Typen mit einem Gewehr vor mir. Ich zielte auf ihn und drückte erneut ab. Doch mein Magazin war leergeschossen. Jetzt war ich erledigt. Der Mann konnte sehen, dass ich keine Munition mehr in der Pistole hatte und lachte. Mein Gewehr konnte ich nicht erreichen, denn würde ich danach greifen, wäre ich sofort tot.

Er lief langsam auf mich zu und lachte weiterhin. Ich kam mir vor wie auf der Schlachtbank. Als er unmittelbar vor mir stand, bekam er einen sehr bösen und aggressiven Blick. Er hob seine Waffe und zielte direkt auf meinen Kopf.

Jetzt ist es vorbei Jim, dachte ich bei mir und schloss die Augen. Im selben Moment hörte ich einen Stumpfen Aufschlag und dachte, dass die Kugel meinen Kopf durchdrungen hatte. Doch ich war immer noch da. Ich öffnete die Augen und konnte erkennen, dass Alex diesen Mann mit seinem Motorrad umgefahren hatte. Er lag einige Meter weiter am Boden. „Alles klar, Jim?" Ich war so froh ihn zu sehen. Unvermutet flogen wiederum Kugeln durch die Luft. „Das ist hier wohl ein Bienennest, oder wie?", brüllte Alexander und schoss mit seinem Gewehr auf alle möglichen Fenster der Wohnwagen und Baracken. Ich zog ebenfalls mein Gewehr vom Rücken und begann wie wild zu schießen. Dann konnte ich sehen, dass die Kugeln aus einem bestimmten Wohnwagen kamen und zielte auf diesen. Plötzlich sah ich am Himmel eine Rakete. Sie flog im hohen Bogen direkt auf uns zu. „Das war es Alex!", rief ich ihm zu. „Abwarten kleiner!", schnaufte er zurück.

Die Rakete kam immer näher auf uns zu und schlug schließlich direkt in den Wohnwagen ein, den wir beschossen hatten. Die Druckwelle warf uns beide von den Rädern. Eine riesige Staubwolke füllte das Gelände und es wurde dunkel. Ich bekam keine Luft mehr und glaubte ersticken zu müssen, bis sich der Staub langsam verzog.

Als sich der Qualm lichtete, konnte ich Pierre auf einem der Hügel erkennen. Er hatte einen Raketenwerfer in den Händen. „Gut gemacht, Pierre!", rief Alex ihm zu. „Siehst du. Immer abwarten, Jim.", feixte Alexander und half mir hoch. Der Rauch hatte sich bald verzogen und wir sahen uns auf dem Gelände um. „Vorsichtig, Junge. Vielleicht sitzen hier noch ein paar Ratten in den Löchern versteckt.", ließ mich Alex wissen und ich schlich um die Baracken herum. Nach kurzer Zeit traf ich auf Pierre. „Wo hast du denn den Raketenwerfer her?", fragte ich ihn und er grinste nur: „Gefunden."

Wenig später hatten wir den kompletten Platz abgesucht doch es war niemand weiteres zu finden. „Das waren wohl so Typen die aus einer Miliz ausgestiegen sind und es sich hier bequem gemacht hatten. Lasst uns mal schauen was wir hier so alles finden.“, forderte uns Alex auf. Wir durchsuchten alle Wagen und Baracken. Nur das übliche Gerümpel war zu finden. Kerzen, etwas Vorräte Waffen und Landkarten. In einer Schublade fand ich ein Funkgerät: „Seht mal Leute, das können wir sicher gebrauchen.“ Beide nickten mir zu und verließen die Baracke. Ich wollte ihnen gerade folgen, als ich ein wimmern vernahm. Ich sah mich genauer um, doch ich konnte nichts erkennen. „Jungs!“, schrie ich und die beiden kamen direkt zurück. „Was ist los, Jim?“ „Ich habe so eine Art wimmern gehört.“ „Ach Jim. Dir klingelt bestimmt noch die Rakete in den Ohren.“ Pierre lachte als das Wimmern wieder zu hören war. In ihren Augen konnte ich sehen, dass sie es auch gehört hatten. Gemeinsam durchsuchten wir erneut die Baracke. Doch wir fanden überhaupt nichts. Das Geräusch war erneut zu hören und ich bemerkte, dass es aus dem Boden kam. Ich kniete mich langsam auf die Bretter nieder und legte mein Ohr an. Doch ich hörte nichts. Gerade wollte ich aufstehen, als ich es ganz deutlich hörte. Mit meinem Finger deutete ich nach unten. Pierre und Alex suchten den ganzen Boden der Baracke ab und fanden schließlich eine Luke unter einem Bett. „Waffen laden.“, flüsterte Alex. Dann zog er das Bett quer durch den Raum, damit die Luke frei sichtbar war. „Bei drei machst du das Ding auf, Pierre.“, flüsterte Alex erneut. Er Zielte auf die Luke und hob die Hand. Drei seiner Finger waren zu sehen. Dann noch zwei und schließlich nur noch einer. Kaum hatte er die Hand zu einer Faust geballt, öffnete Pierre mit einem riesen Knall die Luke. Etwas Staub flog umher und wir hielten die Gewehre in die Öffnung. Eine Frau mit einem Kind auf dem Arm sah uns an und hielt sich an der Brust. „Ina, Ina…“, sagte sie immer wieder. „Ich glaube sie heißt Ina.“, quasselte Alex und half ihr hinaus. Kaum war Ina oben, sah ich noch mehrere Menschen die mich anblickten. Sie riefen verschiedene Namen und reichten mir die Hände. Pierre und ich zogen sie alle nach oben. Darunter waren auch einige ältere Menschen. Viele waren abgemagert und sahen kränklich aus. Als wir alle oben hatten, warf ich noch einen Blick hinunter. Es roch sehr streng und ich konnte einige tote in den Ecken erkennen. Alexander unterhielt sich mit Ina auf Deutsch. Nach ein paar Minuten sah er uns an und bat uns kurz mit vor das Haus zu kommen. Er erzählte uns, dass Ina mit ihrer Gruppe in Europa aufgegriffen und verschleppt wurde. Sie wollten sie höchstwahrscheinlich an die Milizen verkaufen. Die Menschen waren etwa seit zwei Monaten unter der Baracke eingesperrt und ihre Augen konnten sich nur schwer an die Sonne gewöhnen. Sie traten nur langsam aus der Hütte hinaus. Ich bekam Gänsehaut als ich die Menschen in den Himmel schauen sah. Sie lachten und weinten zugleich. Einer der älteren kam zu mir und kniete sich in den Dreck. Er umfasste meine Beine und legte seinen Kopf auf meine Füße. „Danke, Danke…!“, stotterte er mehrmals. Ich verdrückte es mir, dieses Mal an meine Familie zu denken und half ihm hoch. Wir gaben ihnen die Lebensmittel, die wir auf dem Gelände gefunden hatten und Alex unterhielt sich erneut mit Ina. Pierre trat an mich heran und meinte: „Die können wir unmöglich alle mitschleppen, Jim.“ „Ich weiß, Pierre. Ich weiß.“

Alex kam zu uns herüber und schnaufte erleichtert auf: „Diese Leute wissen selbst, dass sie uns nicht begleiten können. Wir geben ihnen ein paar Waffen, etwas Verpflegung und dann sehen wir, dass wir weiter kommen. Vergiss nicht das Metallstück an deiner Birne, Jim. Also fertig machen zur Abfahrt.“ Ich pfiff ganz laut um Spike zu rufen. Kurze Zeit später kam er auch schon angerannt. Die Menschen hatten plötzlich eine riesen Angst und rannten wild umher. „Ihr braucht keine Angst zu haben!“, schrie ich ihnen entgegen. Als sie sahen, dass ich Spike in den Arm nahm und mit ihm schmuste wurden sie ruhiger. Sie zeigten auf ihn und plapperten umher.

„Ist es in Ordnung, wenn wir diese Leute hier zurück lassen, Alex?“, schluchzte ich ihm zu. „Sieh es mal so, Jim. Wären wir nicht gewesen, hätten sie überhaupt keine Chance gehabt. Jetzt haben sie wenigsten eine kleine.“ „Also Männer, Abfahrt!“

Ich setzte mich auf ein Motorrad und Spike nahm vor mir Platz. Dann fuhren wir los in Richtung Istanbul. Im Rückspiegel konnte ich Ina mit ihrem Kind noch eine Weile gut erkennen. Sie sah uns nach, bis wir hinter einem Hügel verschwunden waren. Ich hoffte, dass diese Leute eine Zukunft hätten und sie einen sicheren Ort finden würden.

Nach einigen Kilometern konnte ich ein Straßenschild erkennen worauf Istanbul stand. Es waren nur noch wenige Kilometer bis dahin. Wir alle hielten Ausschau ob uns jemand beobachten oder verfolgen würde. Alexander gab uns ein Zeichen, dass wir etwas langsamer fahren sollten. Die ersten Häuser von Istanbul waren zu erkennen. Wir hielten kurz an und Alex verlangte nach der Karte. Ich wühlte in meinem Rucksack umher und fand die Passende. Er nahm sie und studierte sie sehr genau: „Okay, Jungs. Ihr müsst ab jetzt die Augen offen halten. Wir haben absolut keine Ahnung was uns in dieser Stadt erwarten wird. Und noch etwas was ihr euch gut merken müsst, sollte einer verloren gehen, wird nicht nach ihm gesucht. Denn sonst sind alle verloren. Habt ihr das verstanden?“

Ohne einen Kommentar fuhren wir weiter in die Stadt hinein.

Umso tiefer wir fuhren, umso höher wurden die Häuser. Ich versuchte so viele Ecken und Winkel mit den Augen zu erfassen wie ich konnte. Unser Tempo war sehr langsam damit wir nicht unnötigen Krach machten. Die Autos standen kreuz und quer. Viele Fensterscheiben waren zersprungen und der Asphalt hatte tiefe Risse. In manchen Gebäuden waren Raketeneinschläge zu erkennen. Sicherlich kamen diese von den Drohnen. Ich wollte mir gar nicht erst ausmalen was sich hier wohl in dieser großen Stadt abgespielt hatte. Es musste das reinste Chaos gewesen sein.

Alex fuhr voraus und ich zum Schluss. Die Straßen waren endlos. Spike saß still auf dem Sattel und hielt die Nase gegen den Wind. Als ich den Kopf nach rechts drehte, sah ich plötzlich einen Teddybären in einer Gasse auf dem Boden liegen. Ich hielt kurz an und wollte ihn für Spike aufheben, als ich hinten in der Seitenstraße eine junge Frau sah. Sie stand wie versteinert auf der Straße und bewegte sich kein Stück. Spike sprang unerwartet vom Motorrad und rannte auf sie zu. Sie schrie kurz laut auf und rannte davon. „Warte!", rief ich laut, als Alex und Pierre neben mir hielten. Alexander schimpfte: „Ich weiß nicht ob du mich verstanden hast Jim, deshalb sage ich es noch einmal. Wer verloren geht hat Pech gehabt. Soweit verstanden, Jim?" Ich erzählte beiden von der jungen Frau und das Spike ihr nach gelaufen sei. „Ihr könnt ja weiter, wenn ihr wollt. Ich fahre aber nicht ohne Spike." Als ich Spike folgte, sah ich im Rückspiegel, dass sie mir folgten. Ich war ihnen so dankbar, dass sie mich nicht allein ließen und folgte weiter dem bellen von Spike.

Die Frau und Spike waren hinter einer Hausecke verschwunden. Vorsichtig fuhr ich um das Gebäude herum, als ich sah wie Spike in eine U-Bahnstation rannte. „Spike!", schrie ich aus voller Kehle, doch er hörte nicht. Vorsichtig fuhren wir an den

Eingang der nach unten führte. Es war dunkel und unheimlich darin. Alex meinte, ich solle Spike vergessen und weiterfahren. Doch das konnte ich nicht. Nicht ohne Spike. „Ich weiß das es eine sehr dumme Idee ist da herab zu steigen und Spike zu suchen, aber ich werde ihn hier nicht zurücklassen."

Sie sahen mich an und stiegen von den Rädern. „Also gut du Pfeife, dann fahren wir etwas U-Bahn.", feixte Alex und lud sein Gewehr. Pierre stupste mich an: „Nach dir, Jim. Es ist dein Hund." Alex blickte sich nochmals oberhalb um, ob jemand zu sehen sei, der unsere Motorräder stehlen könnte. Dann schlichen wir langsam in die Tiefe. Unten angekommen rief ich leise: „Spike….Spike!" Doch es rührte sich nichts. Ich sah die Gleise entlang, als ich plötzlich ein Bellen hörte. „Hier entlang.", flüsterte ich leise und sprang auf die Gleisen. Die anderen folgten mir langsam. Man konnte die Hand vor Augen nicht sehen und dennoch liefen wir immer weiter. Nach ein paar Minuten war in der Ferne ein Licht zu erkennen. „Was ist das?", fragte Pierre. Alex antwortet: „Eigentlich sollten wir das nicht heraus finden." Ich lief unbeirrt weiter bis das Licht immer näher kam. Dann hörte ich Menschen reden und ich stoppte. „Da ist jemand.", brummte Alex und blieb ebenfalls stehen. „Ich werde jetzt Spike holen.", knurrte ich und lief los. Hinter mir konnte ich die Schritte von Alex und Pierre hören. Da wusste ich, dass sie mich nicht allein gehen lassen würden.

Das Licht kam immer näher und ich legte das Gewehr an. Ich lief immer schneller und schneller. Am Licht angekommen, könnte ich es kaum fassen. Diese U-Bahnstation war ein Flüchtlingslager. Hunderte Menschen liefen umher. Männer Frauen und auch Kinder waren unter ihnen. Sie hatten nicht einmal Angst vor unseren Waffen. Ich fühlte mich wie in einem kleinen Dorf. Die Menschen sahen so friedlich aus. Wir nah-

men die Waffen runter und schlichen uns durch die Menge um
Spike zu suchen. Dann sah ich ihn. Er saß bei der jungen Frau
die er verfolgt hatte. Sie streichelte ihn zärtlich und Spike schien
das zu gefallen.

„Das ist mein Hund.“, sagte ich zu ihr und sie antwortete: „Das
habe ich mir schon gedacht.“ Ich lächelte: „So, du sprichst also
meine Sprache.“ Ich konnte meine Augen nicht mehr von ihr
lassen. Sie war wunderschön und hatte das bezauberndste
lächeln, das ich je gesehen hatte. „Ja, ich spreche deine Sprache.
Aber Italienisch ist mir lieber.“, quietschte sie liebevoll und fuhr
mit der Hand durch ihre Haare.

„Was ist das hier?“, wollte Pierre von ihr wissen. Ein älterer
Mann schritt hervor und setzte sich neben diese Frau: „Das
mein Junge, ist die letzte Hoffnung für diese Menschen hier. Sie
sind schon seit Monaten hier unten und hoffen auf bessere
Zeiten.“ Alex kniete sich vor dem Mann: „Warum seit ihr denn
alle hier unten?“ Als der Mann die Narbe an Alex Kopf sah,
verstummte er. Dann sprach er etwas auf Italienisch und wurde
ganz aufgeregt. Ich konnte noch immer nicht die Augen von ihr
lassen und stammelte: „Ich bin Jim und wie heißt du?“ Sie sah
mich kurz an und sprach weiterhin mit dem älteren Mann. Jetzt
hast du dich zum Affen gemacht, dachte ich, als sie aufstand
und mir mit ihren Fingern über meinen Chip am Kopf strich.
Sie berührte mich so zärtlich, dass ich die Augen schloss. „Ihr
seid unsere Rettung.“, flüsterte sie und legte ihren Kopf an
meinen. Der Mann war ganz aufgeregt und fing an zu lachen. Er
rief immer wieder die gleichen Wörter auf Italienisch und
lachte. „Ich heiße Stella und das ist mein Vater.“, sagte sie mir
leise ins Ohr und gab mir einen sanften Kuss auf die Wange. Ihr
schwarzes Haar glänzte sanft im Licht und ich wurde ganz rot.
Der ältere Mann rief laut in die Menge und sie brachten uns

Wasser und Essen. „Das ist doch nicht nötig.“, stammelte ich, als mich Alex schupste: „Lass sie doch. Wir brauchen unsere Verpflegung noch.“

Stella erzählte uns alles Haargenau. Die Menschen in dieser Station können nicht nach oben weil die Drohnen über Istanbul besonders oft kreisen. Viele waren schon umgekommen bei der Suche nach Lebensmitteln. Andere suchten nach einem Ausweg aus der Stadt und sind seit her verschwunden. Sie erzählte uns, dass sie mit einer Gruppe aus Italien gekommen waren und nach Australien wollten. Ich dachte ich höre nicht recht. „Australien? Genau wie ich!“, unterbrach ich sie. Sie sah mich an und nahm meine Hand. Dann erzählte sie von dem Funkspruch über Australien und die ganzen Menschen die sie auf dem Weg verloren hatten. Sie waren Tagelang ohne Wasser unterwegs gewesen, bis sie einer dieser Leute hier her brachte und sie sich seit dem hier versteckten. Sie sah mich an und säuselte: „Jim. Ich glaube das dieser Funkspruch eine Falle ist, um alle übrigen Menschen in die Militärfreie Zone zu locken.“ Ich wich zurück: „Woher wollt ihr das denn wissen? Was ist wenn es doch so ist, wie in diesem Funkspruch. Was wenn dort der Horror ein Ende hat?“

Ich sah zu Alex und Pierre hinüber. Sie hatten beide den Blick gesenkt. Pierre fasste mich an der Schulter und sagte: „Vielleicht gibt es in Australien überhaupt nichts.“ Ich wollte das nicht hören und stand auf: „Wenn ihr hier bleiben wollt dann bitte, ich werde diesen Weg machen, auch wenn es umsonst ist. Ich habe es einen Freund versprochen. Ich habe ein Ziel und es gibt keine andere Lösung. Das waren seine Worte und er ist gestorben, als er mir half diesen Weg zu gehen. Nein ich werde hier nicht aufgeben!“

Stella umarmte mich. Ich fühlte mich so geborgen in ihren Armen. Der Mann sprach erneut auf Italienisch mit Stella und darauf ließ sie mich wieder los und fing an zu weinen. Er stand auf und trat vor uns: „Wir brauchen diese Chips die ihr am Kopf tragt. Damit könnten wir die Drohnen anpeilen und aufspüren. Die Drohnen können diese Chips orten, aber wir haben eine Möglichkeit gefunden den Chip umzupolen, sodass wir die Drohnen orten können. Es gibt keine andere Chance für diese Menschen hier. Wir haben schon viele gute Leute verloren. Sobald sich einer länger an der Oberfläche bewegt, kommt eine Drohne und eliminiert ihn. Wir sind hier regelrecht gefangen. Und um diesen Bann zu brechen brauchen wir diese Chips.“

Alex sah mich an und lachte: „Das ist doch nicht euer Ernst, oder?“ „Leider doch mein Junge. Euch hat der Himmel geschickt.“, sprach der Mann und setzte sich wieder. Stella nahm meinen Kopf in die Hände und meinte: „Ihr seid die ersten die einen Chip tragen und überlebt haben. Wir nehmen euch die Chips ab und vernichten die Drohnen.“ Ich senkte meinen Blick: „Die kann man nicht einfach abnehmen. Die muss man herausoperieren. Ich habe es schon versucht es geht nicht ohne Operation. Die sind verankert.“

Stella sah ihren Vater an und stammelte etwas auf Italienisch. Danach blickte sie mir tief in die Augen: „Wir haben keinerlei Operationsmöglichkeiten, ganz zu schweigen von Instrumenten.“ Pierre trat hervor: „Was habt ihr denn nur für ein Glück. Heute ist wirklich euer Glückstag. Jim kennt sich im Fach Medizin hervorragend aus und jetzt kommt das Beste, er hat auch medizinischen Instrumente dabei.“ Die Menschen sahen mich an und verstummten. „Ist das wahr, Jim?“, fragte Stella vorsichtig. „Ja und nein. Ich bin nur ein Medizinstudent. Aber ich könnte Pierre eine Anleitung geben, wie er bei Alex und mir den Chip entfernen kann. Dazu bräuchte ich allerdings noch ein paar Dinge." Pierre machte große Augen: „Ich soll das machen?" Ich atmete tief durch: „Ja du Pierre. Und Stella soll dir assistieren. Ich vertraue dir, Pierre. Du oder keiner. Du weißt, dass wir die Dinger loswerden müssen. Das ist die Gelegenheit." Er sah mich mit großen Augen an und nickte schließlich. „Was für Dinge brauchen wir noch dafür, Jim?", fragte Stella und ich zählte ihr auf, was wir benötigten. Sie schickten direkt ein paar Männer los die oben in der Stadt danach suchten. Das Desinfektionsmittel war mir besonders wichtig. Ohne dieses würden wir vielleicht eine Infektion bekommen und darauf hatte ich nun wirklich keine Lust. Doch ich ließ mir nichts anmerken, denn ich wollte ja nicht wie ein Weichei vor Stella wirken. Ich fragte sie warum sie keine Angst vor Spike hatte so wie alle anderen da draußen. Sie lächelte wieder so süß und erklärte mir, dass dieser Hund ein Xolo sei. Ein mexikanischer Nackthund. „Die Mikroben haben vermutlich keinen Einfluss bei dieser Hunderasse, deshalb ist er so zahm. Ein Glückspilz eben. Er hat so viel Glück, wie wir mit euch.", piepste Stella und zwinkerte mir zu. Sie ist so wunderschön, dachte ich still bei mir und zwinkerte zurück. Sie lächelte verschämt und streichelte Spike. Er genoss es sichtlich und ich fühlte mich in diesem Moment irgendwie angekommen.

Alexander versteckte in dieser Zeit die Motorräder. „Viel Sprit ist in den Maschinen nicht mehr drin. Damit schaffen wir es aber noch aus der Stadt heraus.", grummelte er, als er wieder kam. Ich fragte Stella, ob auch Engländer unter den Leuten hier sein. Doch die Hoffnung meine Familie hier zu finden verlor sich schnell. Stellas Vater brachte uns Seife und Wasser, denn ich roch schon etwas, um es mal sanft auszudrücken. „Habt ihr vielleicht auch einen Rasierer für mich?", fragte ich Stella und sie nickte ganz verlegen.

Es gab so eine Art provisorisches Badezimmer mit Vorhängen. Die Seife duftete so gut und ich fühlte mich, nachdem ich mich gewaschen hatte, wie neu geboren. An der Wand hing ein alter verschmutzter Spiegel und ich konnte mich seit langem mal wieder betrachten. Ich hatte noch nie einen solch langen Bart gehabt. Die Öllampen spendeten nur wenig Licht doch es reichte um mich zu rasieren. Als ich fertig war und wieder zu Stella ging, machte sie große Augen und hauchte: „Du bist ja ein ganz hübscher, Jim." Im selben Moment kamen die Männer mit den Utensilien für die Operation zurück. Ich fragte woher sie die Sachen hatten und Stella erklärte mir, dass diese Männer aus Istanbul stammten und jede Apotheke kannten. „Sie waren schon öfters zum Medikamente holen oben gewesen und sie haben uns so viele nützliche Informationen gesammelt. Aber manchmal ging ein Mann verloren. Wir können hier so nicht mehr weitermachen. Das muss ein Ende haben. Und dafür brauchen wir diese Chips."

„Bist du bereit Alex? Lass uns die Dinger entfernen.", brabbelte ich und holte den Spiegel vom Badezimmer. Pierre desinfizierte die medizinischen Instrumente, die ich in meiner Tasche hatte und fragte wer als erstes wolle. Weil ich Stella beindrucken wollte legte ich mich als erster auf einen alten Tisch: „Fang bei mir an, Pierre." Sie stellten viele Öllampen um meinen Kopf herum. Stella hielt den Spiegel so, dass ich meinen Kopf im Spiegel sehen konnte. „Was soll ich machen, Jim?", stotterte Pierre ängstlich. „Zuerst beruhigst du dich und dann reinigst du die Wunde am Kopf. Wenn du das gemacht hast musst du die Haut so aufspannen das der Chip gut sichtbar ist." Als Pierre das Desinfektionsmittel auf meinen Kopf schüttete, wurde mir schlecht. Ich ließ einen kurzen Schrei heraus. Es waren höllische Schmerzen. Alex zog seinen Gürtel aus und klemmte ihm mir zwischen die Zähne. Als der Chip frei lag betrachtete ich ihn genauer. Ich nahm den Gürtel aus dem Mund und erklärte Pierre, dass das Ding mit Widerhaken am Schädel befestigt sei. Man könnte dieses Teil leicht entfernen wenn man es in der Mitte zertrennen würde. Da er aber ganz bleiben sollte, meinte ich zu Pierre: „Du musst mit dem Skalpell den Schädelknochen abschaben, damit sich der Haken lösen kann. Hast du mich verstanden?" Er zitterte etwas und begann mit der Arbeit. Ich biss so fest wie ich konnte auf den Gürtel. Die Schmerzen waren unerträglich und plötzlich wurde mir schwarz vor Augen.

Langsam kam ich wieder zu mir und öffnete die Augen. Um mich herum stand eine riesige Menschentraube. Sie sahen mich alle schweigsam an. „Du hast es geschafft, Jim. Der Chip ist ab und funktioniert noch.", lächelte Stella und reichte mir etwas Wasser. „Einen Spiegel bitte.", stotterte ich ihr leise zu. Mein Kopf war bereits verbunden. „Es ist alles in Ordnung. Wir haben alles gesäubert und vernäht.", bemerkte Pierre und zeigte mir den Chip. Er hatte sehr dicke Haken an den Seiten. „So jetzt holst du bitte das Teil aus meinem Kopf.", bemerkte Alex. Stella half mir hoch und ich stieg vom Tisch. Alex legte sich darauf nieder: „Pierre, du machst das genau gleich wie bei Jim. Klar? Genau gleich. Exakt gleich!" Pierre nickte und begann die Naht zu reinigen. Es dauerte nicht lang und Alex begann zu schreien: „Mein Gürtel!" Während der gesamten Operation knurrte und stöhnte er. Zwischendurch rief er mehrmals: „Bist du bald mal fertig, Pierre?"

Etwa nach einer halben Stunde hatte Pierre den Chip abbekommen. Stella vernähte die Wunde sorgfältig. Dann wurden die Chips gesäubert und einige der Leute machten sich daran diese umzupolen. Scheinbar waren Techniker unter ihnen, denn es war zu erkennen, dass sie sich auskannten. Am Ende schlossen sie einen alten Lautsprecher sowie eine Batterie an diesen an und ein Piepen mit großen Abständen dazwischen war zu hören. „Hörst du das, Jim? Das ist die Drohne. Umso näher sie kommt, umso öfters hört man dann das Piepen. Ein perfektes Warnsystem. Vielleicht können wir mit diesem Gerät die Drohnen sogar aufspüren und zerstören. Ich danke dir, Jim.", schluchzte Stella und gab mir einen Kuss auf den Mund. Ich wurde gleich ganz rot.

Die Menschen lachten und freuten sich sichtlich. Manche fingen an Lieder zu Singen und zu tanzen. „Siehst du Stella, es gibt immer Hoffnung. Komm bitte mit mir mit nach Australien.", flehte ich sie an, worauf sie zu ihrem Vater ging und mit ihm sprach. Einen Augenblick später blickte sie zu mir und lächelte. „Wir kommen mit, Jim!", rief sie lachend. „Die Menschen hier haben jetzt eine Chance bekommen das Blatt zu wenden. Einen dieser Chips nehmen wir mit, damit uns keine dieser Drohnen überrascht.", jubelte sie und begab sich darauf zu den Technikern.

Alex kam zu mir herüber und setzte sich neben mich. „Da hast du dir ja was geangelt, kleiner. Vielleicht wird ja aus der Pfeife noch irgendwann mal eine Flöte, wenn du weißt was ich meine, Jim.", lachte er und klopfte mir auf die Schulter.

Wir hörten eine Weile dem Piepsen zu, als die Abstände zwischen den Tönen urplötzlich kürzer wurden. Die Menschen wurden immer leiser bis alle letztendlich verstummten. Das Piepsen hallte durch die Station und die Leute wurden immer unruhiger. „Das Scheißding kommt näher.", knurrte Alex und stand auf. Das Piepsen wurde schneller und schneller, bis es schließlich keine abstände mehr hatte. Nur noch ein lautes

Pfeifen war zu hören. „Die Drohne ist genau über uns.", zischte Pierre und zeigte nach oben. Einer der Techniker nahm die Batterie von dem Lautsprecher ab und das Pfeifen verstummte. Nun war die Drohne deutlich zu hören. Das altbekannte Summen. Ich fragte mich, ob sie wohl die Chips geortet hatten, bevor diese umgepolt wurden. Alle waren wie versteinert und keiner machte auch nur einen Mucks.

Nach einigen Augenblicken wurde das Summen wieder leiser. Die Techniker schlossen die Batterie erneut an und das Piepsen war wieder deutlich zu hören. Nach und nach wurden die Abstände zwischen den Tönen immer länger. Da wussten wir, dass die Drohne sich entfernte. „Das war der ultimative Test, ob die Chips so funktionieren, wie ihr es euch erträumt habt Freunde.", kicherte Alex und hielt den Daumen hoch. Die Menschen applaudierten und nahmen sich in die Arme.

„Morgen brechen wir auf, Jim. Ich muss zu meiner Familie in Kasachstan.", flüstere Alex mir zu und gesellte sich zu Pierre. Stella erzählte mir, dass drei weitere Leute mitkommen würden und oben in einer Garage ein Wagen mit genügend Sprit versteckt sei. Ich strich durch ihre Haare und sagte ihr leise ins Ohr, dass ich mich freute sie gefunden zu haben. Ihre Augen fingen an zu strahlen und sie küsste mich erneut. Ich hielt sie ganz fest bei mir. Stellas Vater sah zu uns herüber und lächelte. Auch Alex und Pierre sahen uns an. Beide hatten ein dickes Grinsen im Gesicht. Ich glaube ich hatte beide noch nie so gesehen. Sie wirkten so unbeschwert.

Ich bat Stella darum, ihren Leuten Bescheid zu geben, dass wir bei Tagesanbruch aufbrechen würden und sie alles fertig gepackt haben sollten.

In der Station wurde es langsam kühler und die Nacht brach an.

Die Öllampen wurden etwas dunkler gedreht und die Menschen legten sich auf den Boden. Dieser Anblick tat mir im Herzen weh. Soviel Leid in einer U-Bahnstation. Man konnte manche husten hören ansonsten war es sehr still. Stella deckte ihren Vater mit einer Jacke zu und kuschelte sich dann fest an mich. Ich legte meinen Arm um sie, damit ihr nicht so kalt wäre. Pierre und Alex hatten sich in einer anderen Ecke zurückgezogen. Sie unterhielten sich noch einige Zeit, bis sich beide schließlich auch hinlegten. Ich konnte nicht einschlafen und betrachtete Stella. Sie war so bezaubernd und ihre Haare rochen nach der wohlriechenden Seife. Sanft streichelte ich ihren Kopf, als sich Spike zwischen uns drückte. „Komm her zu uns in die Mitte und mach es dir bequem.", flüsterte ich leise, bis ich endlich einschlief.

Ich träumte wieder vom Strand und saftigen Gräsern. Vom blauem Himmel und fliegenden Vögeln, als mich Stella weckte: „Wir brechen auf, Jim." Die meisten Menschen in der Station schliefen noch und wir bemühten uns leise zu sein. Alex zwinkerte mir zu und grinste. Dann sprang er auf die Gleise und lief zum Ausgang. Ich sah mich noch einmal um und packte meine Tasche. Stella flüsterte: „Die Sonne ist bereits aufge-gangen. Wir müssen uns beeilen." Als ich fertig war, waren die anderen schon am Ausgang. Die drei Männer die mit uns mitkommen wollten standen auch an der Treppe nach oben. Sie gaben mir die Hand und stellten sich vor. Francesco war der älteste. Serkan und Gaetano waren etwa in meinem Alter.

„Wo ist dein Vater, Stella?", fragte ich. Sie erklärte mir, dass er mit Alex und Pierre das Auto holen würde und gleich zurück wäre. Kurz darauf kamen sie auch die Treppe herunter gelaufen. „Leute. Es geht los.", schnaufte Alex und sprang die Treppe wieder hinauf. Wir liefen ihm nach und sahen oberhalb der

Station einen großen Geländewagen stehen. Pierre hatte die Motorräder bereits startklar gemacht. Ein dickes Grinsen war in seinem Gesicht zu sehen. Ich sah mich kurz um und dachte, okay. Jetzt sind wir zu acht. Stella und ihr Vater, die drei neuen, meine Crew und ich. Also keine Zeit verlieren. Schnell sprang ich mit Spike auf mein Motorrad. Stella, ihr Vater und die anderen drei fuhren mit dem Wagen.

Alex fuhr als erstes. Danach Pierre und ich. Der Wagen war nicht weit hinter mir. Ich behielt ihn immer durch den Rückspiegel im Blick. Die Straßen wurden immer enger und umso tiefer wir in die Stadt hinein fuhren, umso mehr Gassen waren vorhanden. Alex hatte die Karte von Istanbul gut studiert und ich vertraute ihm, dass er uns auf dem schnellsten Wege hier heraus führen würde.

Mein Blick war auch nach oben gerichtet. Ich betrachtete während der Fahrt alle Fenster der Gebäude, ob uns jemand beobachten würde. Es war absolut nichts zu sehen. Irgendwie machte mich das sehr traurig, auch wenn es wohl besser für uns wäre auf niemanden zu treffen. Solch eine riesige Stadt und es war keine Menschenseele zu sehen. Irgendwie war dies sehr beängstigend.

Plötzlich blieb Alex stehen. Pierre und ich fuhren zu ihm. Er starrte uns an und meinte: „Ich habe ein Piepsen auf dem Chip gehört und vor uns liegt die Brücke die wir überqueren müssen. Was sollen wir machen Jungs?“ Ich sah Pierre an und zuckte mit den Schultern. Pierre knurrte: „Das ziehen wir jetzt durch, wir sind so gut wie aus der Stadt.“ Diese Brücke verband Europa mit Asien. Wir mussten sie in jedem Fall überqueren. „Es Piepst wieder! Entscheidet euch mal!“, rief Alex. Ich sah nach hinten zum Wagen. Stella sah mich mit fragenden Augen an. Ich zeigte nach vorn zu der Brücke und sie blickte zu Serkan der den Wagen fuhr. Sie nickten und waren bereit die lange Brücke zu überqueren. „Also Alex, bring uns schnell über die Brücke.", nuschelte ich, als er auch schon mit quietschenden Reifen davon rauschte. Wir hielten uns alle direkt hinter ihm, als wir auf die Brücke fuhren. Alex hob die Hand, immer wenn er ein Piepsen hörte. Auf der Brücke waren überall hunderte Autos verstreut. Ich machte mir Sorgen, dass der Wagen nicht vorbeikommen würde, doch es gelang Serkan gut, allem auszuweichen. Ich bemerkte, dass Alex immer schneller wurde und seine Hand in immer kürzeren Abständen hob.

In meinem linken Rückspiegel konnte ich die Drohne sehen. Sie schimmerte bläulich und hielt genau auf uns zu. Alex und Pierre gaben Vollgas, doch der Wagen konnte nicht so schnell. Ich drehte mich um und deutete auf die Drohne die immer näher kam. Serkan versuchte den Hindernissen auf der Brücke schneller auszuweichen. In meinem Spiegel konnte ich erkennen, dass die Drohne ein helles Licht an der Spitze aufbaute. Es sah genauso aus wie damals in Deutschland. Jetzt werden sie uns abschießen, dachte ich und wurde langsamer. Alex und Pierre waren bereits weit vorn und hatten das Brückenende fast erreicht. Kurz überlegte ich, ob ich Gas geben sollte um der Drohne zu entkommen. Aber ich konnte es nicht. Im selben Moment sah ich im Rückspiegel ein blaues Licht auf mich zurasen. Spike bellte laut und ich zog am Gashebel, als ich auf einmal einen Ruck unter dem Rad spürte. Im Spiegel sah ich, dass die Drohne die Brücke beschossen hatte und Trümmer durch die Luft flogen. Wo war der Wagen? Wo waren Stella und die anderen? Ich blieb stehen und schaute nach hinten. Es war nur eine riesige schwarze Rauchwolke zu erkennen. Wo waren sie nur? Die Drohne kreiste um das Loch herum, als ich den Wagen sah. Er war unversehrt. Doch alle stiegen aus und rannten zurück. Ich rief: „Stella!", als die Drohne den Wagen mit voller Wucht traf.

„Nein! Stella! Nein!", rief ich laut. Im selben Moment drehte sich die Drohne in meine Richtung und fing an zu Summen. Ich gab Vollgas und fuhr in die Richtung von Alex und Pierre. Das blaue Licht blendete mich im Spiegel und ich wusste die Drohne hatte mich im Visier. Ich versuchte das Motorrad so oft ich konnte von links nach rechts zu bewegen, damit ich nicht so ein einfaches Ziel abgeben würde. Doch ich rechnete jeden Moment mit dem Einschlag des Geschosses. Die Drohne feuerte in meine Richtung und ich konnte die tödliche Ladung anrauschen hören. Es Summte laut mit kurzen Unterbrechungen, dann folgte ein heftiger Schlag und mir zog es kurz die Reifen weg. Ich drehte mich um und konnte erkennen, dass die Brücke schon massive Löcher hatte, als die Drohne plötzlich abdrehte und zurück flog. Ich hatte es fast geschafft. Ich konnte schon Alex und Pierre sehen.

Als ich bei ihnen ankam rief ich laut: „Was ist mit den anderen?", Pierre und Alex sahen durch ihr Zielfernrohr und meinten ich solle mich beruhigen. Die anderen hätten es auf die andere Seite geschafft. Es gäbe keine Verletzten. „Was ist mit Stella?", jammerte ich und packte Alex am Arm. Er nahm mich an den Schultern und erwiderte: „Hör zu Jim. Wir können hier nicht darauf warten bis sie einen anderen Weg finden. Wir müssen weiter. Aber einen Trost habe ich für dich. Ich weiß ja was dir Stella bedeutet. Das haben wir beide ja deutlich genug gesehen. Ich habe mit den anderen ausgemacht, dass wenn wir uns verlieren, uns im Iran treffen. Sie haben eine Karte und wissen wohin sie müssen. Mach dir keine Sorgen es geht allen gut. Die Drohne hat sie nicht erwischt."

„Welche Stadt?", jammerte ich weiterhin. „Tabriz. Und sollten sie uns dort nicht auffinden, haben wir noch weitere Städte auf unseren Karten markiert. Ebenso in Afghanistan und Pakistan bis nach Indien. Das machen wir so in der Spezialeinheit, Jim. Und wenn sie einen Weg finden, dann werden wir sie an einem dieser Orte treffen.

Ich blickte mit Tränen in den Augen zurück und hoffte Stella wieder zu sehen. „Wir müssen jetzt weiter, Jim.", stieß mich Pierre an. Ohne ein Wort zu sagen fuhr ich los. Alex und Pierre folgten mir und ließen mich die Führung übernehmen. Ich dachte daran, ob ich nicht besser mit im Wagen gesessen wäre und ein anderer das Motorrad gefahren hätte. Dann wäre ich zu mindestens bei Stella. Diese scheiß Drohnen. Als wären wir Ungeziefer.

Nach einiger Zeit blieb ich stehen. Die beiden hielten neben mir an und fragten was los sei. Ich erklärte ihnen, dass ich zurück fahren wolle um Stella zu suchen. „Wenn du das versuchst, wirst du Australien nie erreichen. Ich dachte das ist dir so wichtig.", flüsterte Alex. Ich sah zu Pierre und ich konnte in seinen Augen erkennen, dass er der gleichen Meinung war. „Ihr habt ja Recht. Aber Stella!", stammelte ich zurück. Alex starrte mich an: „Wir verstehen das mit Stella. Aber hast du das flie-gende Ungeheuer gesehen, dass aus der riesigen Brücke einen Haufen Schutt gemacht hat?" Dann klopfte Pierre mir auf die Schulter und sprach leise: „Wie waren deine Worte Jim? Es gibt ein Ziel. Und dieses Ziel wird verfolgt. Egal wer oder was auch kommt. Es wird nicht vom Ziel abgeschweift. Erinnerst du dich daran? Ich weiß, dass es für dich schwer sein muss, nachdem du jemanden gefunden hast, der dir Kraft gibt. Aber Alex hat auch jemanden. Und er muss schnell dahin zurück. Und du hast deinem Freund versprochen, dass du das Ziel Australien nie aus den Augen verlieren wirst. Ist dir das alles jetzt egal?"

Ich schüttelte den Kopf und nickte beiden zu. Alex lächelte: „Du wirst sie wieder sehen, Jim. Ich weiß es."

Kapitel 10

„Sie haben keinen Chip der sie vor der Drohne warnt. Den haben wir.", stotterte ich beiden entgegen. Pierre sah mir tief in die Augen und meinte: „Sei froh, dass wir den Chip haben. Wer weiß wie weit wir ohne kommen würden." Ich war entsetzt. Wie konnte Pierre so etwas sagen, obwohl er genau wusste, dass bei dieser Gruppe zwei ältere Männer dabei waren. Sie konnten nicht so rennen, springen und sich verstecken, so wie wir es konnten. „Du bist echt ein Arschloch, Pierre!", rief ich ihm zu. Alex unterbrach mich: „Wir müssen weiter, Jim." Sie fuhren los und ich sah nochmals zurück. Der Rauch, welcher von der Brücke aufstieg war sehr dunkel und ich konnte die andere Seite nicht erkennen. Ich streichelte Spike über den Kopf und flüsterte ihm zu: „Sie war die Einzige, die dich nicht gleich gehasst hat, Spike. Wir müssen sie unbedingt mit nach Australien nehmen."

Dann fuhr ich hinter Alex und Pierre. Mein Blick war im Rückspiegel fest verankert. Ich konnte nicht wegsehen, bis die Rauchwolke hinter einem Hügel verschwand.

Ich sah tief in die Augen von Spike. Er sah mich an und irgendwie ließen mich seine Augen hoffen. Ja sie ließen mich auf eine bessere Zukunft hoffen. Spike hatte einen Blick, den ich noch nie bei einem Hund gesehen hatte. Ich konnte spüren, dass er genau verstand, was ich fühlte. Dieser Hund ist einmalig, dachte ich und zwinkerte ihm zu. Im selben Moment leuchteten seine Augen, wie zwei Sterne und er legte seinen Kopf auf meinen Schoß. Das war alles verrückt. Ich saß auf einem Motorrad mit einem Hund, auf dem Weg nach Australien. Vor mir zwei andere Männer mit Waffen, die mich begleiteten. Ich war doch nur ein Medizinstudent aus Harlow. Was ist nur in den letzten Monaten passiert. Ich erkannte mich selbst nicht wieder. Die Welt hatte sich genauso verändert wie ich. Es war wie ein Traum. Aber wenn ich jemals aufwachen würde, dann nicht ohne Stella. Sie ging mir nicht aus dem Kopf. Ich musste pausenlos an sie denken. War ich etwa verliebt? Verliebt in Stella? Ich fühlte mich so unbeschwert und frei. Ja, ich war verliebt. Denn nur so, konnte es sich anfühlen, verliebt zu sein in dieser kalten leeren Welt. Ich musste sie unbedingt wiedersehen und hoffte darauf, dass Alex die Treffpunkte gut gewählt hatte. Mit einem Lächeln gab ich Gas und holte die beiden ein. Pierre sah zu mir hinüber und fing an zu lachen. Alex hörte das Gelächter und sah ebenfalls zu mir. Genau wie Pierre fing er auch an zu lachen. Und dann musste ich auch laut lachen. Sie verstanden mich, das war deutlich zu sehen und es freute mich sehr. Nun wusste ich, dass sie nicht einfach nur weiter wollten, sondern wirklich der Meinung waren, die Gruppe später wieder zu treffen. Ich vertraute Alexander vollkommen. Ich hätte es zwar nie gedacht, aber es war so und wahrscheinlich war dies auch gut so. Etwas Verantwortung abzugeben, war in allem Maße nötig. Ich musste den Kopf etwas frei bekommen und nun konnte ich dies mit guten Gewissen tun.

Nach kurzer Zeit bemerkte ich, dass ich nur noch Sprit für wenige Kilometer im Tank hatte und machte die beiden darauf aufmerksam. Sie hielten an. „Mein Tank ist ebenfalls fast leer.", meinte Pierre, während Alex sein Motorrad ausschaltete und abstieg. „Endstation Freunde. Ab jetzt müssen wir zu Fuß weiter.", ließ er uns wissen und stieß das Motorrad mit dem Fuß um. „Worauf wartet ihr?" Pierre sah mich an und stieg ebenfalls ab. Spike sprang von der Maschine und wedelte mit dem Schwanz. Kurz sah ich mich nochmals um, ob Stella vielleicht zu sehen war. Aber ich konnte sie nicht entdecken, was auch kein Wunder war.

So machten wir uns zu Fuß auf den Weg. Vorbei an Dörfern und kleineren Städten. Alex schaltete hin und wieder den präparierten Chip ein um zu hören, ob eine Drohne in der Nähe war. Es war jedoch kein Piepsen zu hören. Ich hoffte innerlich, dass die Drohne nicht Stella und die anderen verfolgte. Ihnen geht es gut und sie werden bald nachkommen, versuchte ich mir einzureden. Mein Vater sagte immer, wenn man das Gute anzieht, dann wird es auch so kommen. Und so machte ich mir lauter positive Gedanken.

„Sieh mal, Jim. Da in der Ferne ist ein Freizeitpark.", lachte Pierre. „Na, wer hat Lust auf eine Fahrt im Karussell?", kicherte Alex und begann zu rennen. Pierre und ich folgten ihm zügig. Meine Augen suchten den gesamten Horizont ab, ob uns jemand beobachten würde. Alex bemerkte dies. „Sei mal locker, Jim. Hier ist keine Sau. Vertrau mir. Hier ist es so verlassen wie die Regierungsgebäude der Nationen. Kein Schwein ist hier."

Ich vertraute ihm und dennoch sah ich mich um. Es waren nur noch wenige Meter bis zum Freizeitpark. „Ob Sau oder Schwein, wir suchen den Platz trotzdem ab.", rief Pierre dazwischen worauf wir uns aufteilten. Spike blieb treu an meiner Seite. Die anderen liefen links und rechts herum. Also blieb für mich nur die Mitte. Kurz bückte ich mich hinunter zu Spike und gab ihm einen Kuss auf die Stirn. Seine nackte Haut war sehr warm und in diesem Moment wusste ich, dass dies hier alles echt ist. Dies passierte genau hier. Genau jetzt. „Komm!", rief ich Spike kurz zu und schon liefen wir los. Ich legte das Gewehr an und fixierte mich auf die wichtigsten Punkte während ich lief.

Glasscheiben und Fenster. Türen und Tore. Kisten und Wagen. Alles behielt ich im Auge. Mir wurde sehr heiß und ich fing an Angstschweiß auszustoßen. Kurz kamen mir die Bilder der Maskenmänner in den Sinn. Pierre und Alex waren nicht zu sehen und ich lief weiter und weiter, als plötzlich kurz vor dem Ende des Freizeitparkes eine Gestalt auftauchte. Ich zielte mit meinem Gewehr und rief: „Wer bist du?", als die Gestalt rief: „Ich bin es Alex, du Vogel. Nimm die Waffe runter oder willst du mir ein drittes Auge verpassen? Danke, ich sehe schon genug Scheiße mit zwei Augen. Also nimm das Ding runter."

Kurz darauf tauchte auch Pierre auf. Sie hatten den gesamten Freizeitpark umlaufen und niemanden gesehen. Ich war mittendurch gerannt und konnte ebenfalls niemanden finden. „Es wird in wenigen Stunden dunkel. Wir bleiben besser über die Nacht hier.", erklärte Alex und sah sich nach einem passenden Schlafplatz um. Pierre legte seinen Arm um mich und fragte ob ich Lust hätte eine Runde mit dem Karussell zu drehen. In seinen Augen konnte ich erkennen, dass er mich auf den Arm nehmen wollte. Pierre wurde immer mehr wie Alex. Nicht das dies mich störte, aber es war ungewohnt.

Alexander hatte einen passenden Platz für die Nacht gefunden, und wir entspannten etwas. Es war unheimlich still. Als die Sonne unterging fragte mich Pierre, ob ich mit hoch auf das Riesenrad steigen würde. Er wollte etwas die Aussicht genießen.

Ich willigte selbstverständlich ein. Es könnte ja sein, dass ich Stella sehen würde. Vielleicht waren sie schon auf dem Weg. Also nahm ich mein Zielfernrohr mit und wir stiegen hinauf. Es war ein sehr hohes Riesenrad, aber die Höhe hielt mich nicht davon ab, den Blick von oben zu bekommen. Als wir oben ankamen, setzten wir uns in einen dieser Gondeln, die an dem Riesenrad befestigt waren und sahen uns um. Der gesamte Horizont wurde schwarz. Es war nicht ein einziges Licht zu sehen. Ich kam mir vor wie auf einem anderen Planeten. Ich dachte, es gab doch immer irgendwo ein Licht. Und nun ist alles so schwarz. Minutenlang sah ich durch mein Zielfernrohr, doch ich konnte Stella nicht finden. Vermutlich waren sie immer noch in Istanbul. Vielleicht waren sie zurück zu der Station geflüchtet. Ich vermisste sie sehr. Es wurde immer dunkler, bis kein Himmel mehr zu erkennen war.

„Ich werde mit Alex nach Kasachstan gehen.", flüsterte Pierre. Ich sah ihn an und dachte ich höre nicht recht. „Was ist mit Australien?", stotterte ich zurück. „Alex braucht meine Hilfe. Wir haben uns in Istanbul viel unterhalten und er meinte ich könne ihm helfen, seine Familie zu finden und sie mit einem Flugzeug von dort auszufliegen. Jim. Ich bin der einzige der fliegen kann und habe bereits zugesagt. Ich wollte es dir heute sagen."

Im selben Moment rief uns Alex etwas zu. Wir konnten ihn aber nicht verstehen und dachten, dass jemand kommen würde. Pierre und ich hielten Ausschau, konnten jedoch niemanden erkennen. Alex rief wieder. „Es ist besser wir sehen mal nach, Jim.", sagte Pierre und begann im Dunkeln wieder hinab zu steigen. Die Nacht war so finster, es war eine einzige Tortur den Weg nach unten zu finden. Nach einiger Zeit waren wir unten angelangt. Alex trat vor mich, hielt mir das Funkgerät entgegen und meinte, dass mich jemand sprechen möchte. Er betonte jedoch, nicht zu erwähnen wo wir uns befanden. Eventuell würde jemand mithören.

Ich nahm das Funkgerät und flüsterte kurz: „Ja?" Kurz darauf hörte ich Stella. Sie erzählte mir von einer Polizeiwache in dieser sie sich versteckt hatten. Sie fanden dort einige Waffen und Funkgeräte. „Jim, ich wusste von Alex, dass ihr ein Funkgerät habt und habe seit Stunden auf jedem Kanal versucht euch zu erreichen. Und dann endlich hat Alex uns geantwortet." Mein Herz schlug schneller und ich fragte, ob es allen gut gehen würde. „Ja, es geht allen gut. Jim? Wo seid ihr? Wir kommen zu euch.", erläuterte sie. Ich durfte ihr nicht sagen wo wir waren. Alex hatte Recht. Wenn jemand diesen Funk abhörte, dann wären wir alle verloren. „Stella, hör zu. Ihr habt mit Alex einen Treffpunkt ausgemacht. Dort treffen wir uns. Und vor allem, seit vorsichtig."

Kurz war das Funkgerät still, dann hörte ich Stella flüstern: „Du fehlst mir." Mein Hals wurde ganz trocken. „Du mir auch.", antworte ich und dann war das Gespräch auch schon beendet. Alex und Pierre sahen mich an und schwiegen. „Also Jungs, wie geht es weiter?", fragte ich laut. Alex erwiderte, dass er einen alten Lastwagen auf dem Platz gesehen hatte. „Zuerst legen wir uns aufs Ohr. Sobald es hell wird, werden wir uns den Lastwagen ansehen. Sollte er Sprit haben, wird Pierre versuchen ihn zum Laufen zu bringen. Das kannst du doch oder Pierre?" Er sah Alex an und grinste. „Während ihr beiden in der Gondel geschaukelt habt, habe ich die Verpflegung kontrolliert. Sie reicht uns etwa noch drei bis fünf Tage. Dann ist Schluss. Das bedeutet wir müssen uns ständig fort bewegen, bis wir Nachschub finden. Während Pierre den Lastwagen zum Laufen bringt, sehen wir uns um, ob wir noch etwas im Freizeitpark finden, was uns nützlich sein könnte. Soweit alles klar?" Ohne Worte stimmten wir Alex zu und suchten einen passenden Platz für die Nacht. In einer alten Bude fanden wir den passenden Ort zum Schlafen. Die Gegend war sehr staubig und trocken. Meine Kehle war sehr trocken, doch ich durfte mein Wasser nicht einfach trinken. Ich füllte Spike jedoch etwas Wasser in einen alten Aschenbecher und nahm mich zurück. Er hatte sehr großen Durst. Hunger und Durst plagten mich. Doch gegessen wird morgens. Das hatte ich nicht vergessen.

„Hey Casanova. Aufstehen.", quasselte Alex und stieß mich mit dem Fuß. Es war bereits hell und die Sonne schlich sich langsam über den Horizont. Ich musste wohl gleich eingeschlafen sein. Die Nacht kam mir vor, wie wenige Minuten. Spike lag direkt neben mir und schlief noch. Ich hatte solchen Hunger und setzte mich auf um etwas zu essen. Als Spike dadurch aufwachte winselte er, um auch etwas abzubekommen. Ich gab ihm die Hälfte und wir kauten genüsslich während wir uns ansahen.

Überraschend hörte ich eine Art Geige spielen. Spike spitzte die Ohren während seine Nase zuckte. Der Klang des Instruments kam immer näher. Ich dachte ich träumte noch, als Pierre mit einem Instrument um die Ecke kam. Er hatte ein Streichin-strument namens Rababa gefunden und versuchte ihm einige Töne zu entlocken. Ich hatte früher einmal dieses Instrument in einer Dokumentation gesehen. Es klang sehr Orientalisch. In diesem Moment wurde mir klar, wo ich mich gerade befand. Ich war tatsächlich im Orient. Ich hatte auf dem bisherigen Weg nicht eine Sekunde um auch nur eine Kleinigkeit wirken zu lassen. „Ich weiß, ich kann nicht spielen, aber es macht so viel Spaß.", sang Pierre und spielte weiter während er tanzte. Ich hatte schon so lang keine Musik mehr gehört. Es war mir egal, ob er falsch spielte. Ich wollte mehr davon hören und feuerte

Pierre weiter an, als Alex in die Hände klatschend um die Bude kam: „So jetzt hat es sich ausgedudelt. Leg das Ding weg, wir haben zu tun.“

Pierre lachte und legte das Instrument bei Seite. Alex beugte sich über mich und schimpfte: „Herr Jim? Das gleiche gilt für Sie. Aufstehen und helfen den Lastwagen flott zu machen. Sprit ist drin. Nicht viel aber es sollte reichen, um etwas vorwärts zu kommen.“ Ich stand auf und nahm meine Sachen. Nicht weit entfernt stand der Lastwagen. Er war sehr alt und sah aus, als würde er nicht mehr laufen. Pierre sah sich den Motor genauer an und meinte, dass er es schaffen könnte ihn zum Laufen zu bringen. Während die beiden mit dem Motor beschäftigt waren, sah ich mich um und hielt Wache. Dieser Freizeitpark musste schon lange, bevor die Marsmission die Mikroben mitbrachte, stillgelegt worden sein. Ich wusste nicht woran, aber man konnte es deutlich erkennen, dass hier schon eine halbe Ewigkeit keine Menschenseele mehr gewesen war. Ich lief etwas über den Platz, als der Lastwagen plötzlich startete. „Super gemacht, Pierre. Echt super!“, rief Alex ihm zu. In diesem Moment kam ich mir vor, wie das fünfte Rad am Wagen. Vielleicht fühlte ich so, weil mir Stella so sehr fehlte. „Wir können los, Jim!“, kreischte Pierre und stieg ein. Ich pfiff Spike zu und kurz darauf waren wir auch schon mit dem alten Gefährt unterwegs. Die Stassen wurden immer holpriger und dann blieb Pierre blitzartig stehen.

„Der Motor ist zu heiß. Wir brauchen Wasser um ihn zu kühlen.“, stammelte er während er ausstieg. Alex und ich folgten ihm. Als wir die Motorhaube öffneten, dampfte es ziemlich. Alex sah Pierre an und meinte er solle zur Seite gehen. Dann kletterte er auf den Lastwagen und öffnete seine Hose. „Was schaut ihr denn so?“, fragte er als er in den Kühler urinierte:

„Das ist zwar noch etwas warm, aber es wird seinen Zweck erfüllen." Als er fertig war, forderte er uns auf, ebenfalls in den Kühler zu Pinkeln. Es war wohl die beste Lösung für dieses Problem. Das Trinkwasser würden wir mit Sicherheit nicht verschwenden.

Nachdem wir uns ebenfalls erleichtert hatten, lachte Alex: „Noch kurz warten und dann kann es weitergehen." Und tatsächlich lief der Wagen dann wieder, ohne zu dampfen. Die Fahrt ging also weiter. Die Gespräche nahmen immer mehr ab und ich vertiefte mich in der Karte, während Pierre fuhr und Alex Ausschau hielt. Die Landschaft wurde immer öder und es waren kaum noch Dörfer zu sehen. Nur lange kahle Straßen erhoben sich in der Ferne. Hin und wieder waren einige Autos am Straßenrand zu finden, in denen noch etwas Diesel zu finden war, welches wir abzapften und in den Lastwagen füllten. Schließlich war ein Straßenschild zu erkennen, an diesem ich mich auf der Karte orientierte, während Alexander ab und zu den präparierten Chip einschaltete um zu hören, ob eine Drohne in der Nähe sei. Es war jedoch kein einziges Piepsen zu vernehmen und so führte unsere Reise immer tiefer in die Steppe. Auf der Karte konnte ich erkennen, dass wir fast im Iran angekommen waren. „Wie lang hält der Sprit noch, Pierre?", fragte ich. Er sah auf die Tankanzeige und meinte: „Das reicht noch ein bisschen. Es ist ein Diesel, der verbraucht nicht so viel. Aber wenn die Straßen weiter so holprig bleiben, verbrauchen wir mehr. Um es kurz zu machen, ich habe keine Ahnung wie lange uns der Sprit noch reicht." Ich sah zum Fenster hinaus, als ich urplötzlich ein Piepsen hörte. Pierre stoppte und Alex hielt den Chip etwas in die Höhe. Nach einigen Sekunden war ein weiteres Piepsen zu vernehmen. Ich konnte sehen, dass an Alex Stirn eine Schweißperle langsam hinunter lief. Keiner sagte ein einziges Wort. Wir sahen uns um, wohin wir fliehen konnten, sollte die Drohne unseren Weg kreuzen. Doch um uns herum war nur staubige trockene Steppe. So blieben wir also im Wagen sitzen und warteten auf das nächste Piepsen. Doch es kam nicht. „Das Scheiß Ding muss wohl einen anderen Kurs eingeschlagen haben.", vermerkte Alex und gab Pierre ein Zeichen, um weiterzufahren. Langsam schlichen wir vorwärts, ohne zu wissen, was uns hinter dem nächsten Hügel erwarten würde. Wir waren sehr angespannt und ich fragte mich, wie wohl die andere Gruppe diesen Weg schaffen sollte. „Da ist die Grenze.", erklärte Pierre und fuhr noch langsamer. Alex nahm sein Zielfernrohr ab und sah hindurch: „Sieht so aus, als wäre alles sauber. Es ist niemand zu entdecken."

„Meint ihr die andere Gruppe schafft diesen Weg, ohne von einer Drohne, Miliz oder etwas anderem gestoppt zu werden?", fragte ich nach und Pierre knurrte: „Das wirst du dann schon sehen, wenn es soweit ist. Falls nicht, wirst du sowieso deinen Weg gehen und das alles wird dich, falls das in Australien so sein sollte wie du es sagst, nicht mehr interessieren." Ich wurde wütend und schrie: „Wenn ich das über dich gedacht hätte, dann hätte ich dich im Kofferraum erschossen und später wäre es mir egal gewesen. Na, wie klingt das, Pierre?"

Er sah mich an und schwieg. „Du willst doch sowieso nicht nach Australien.", fuhr ich fort, als sich Alexander einmischte: „Was ist denn hier auf einmal los?" „Das kläre ich jetzt mit Pierre, also halte dich bitte raus.", erwiderte ich ihm. „Ich finde es richtig Scheiße, dass du hinter meinem Rücken ausgemacht hast mit nach Kasachstan zu gehen und mich allein zulassen!", schrie ich laut. Plötzlich grölte Pierre zurück: „Du warst doch schon bevor ich auf dich traf allein. Wieso machst du jetzt solch ein Theater?" „Hört auf!", brüllte Alex. „Jim, hör zu. Ich hatte

Pierre darum gebeten, weil er Flugzeuge fliegen kann und ich meine Familie von dort raushaben möchte. Wir kommen später nach. Versprochen.", fügte er hinzu und klopfte mir auf die Schulter. Ich kannte Alex nur halb so lang wie Pierre, aber glaubte ihm mehr.

„Der Sprit ist fast leer, also vertragt euch wieder, denn jetzt müssen wir zu Fuß weiter. Das war es mit bequemen fahren.", vermerkte Alex und starrte durch sein Zielfernrohr. Ich war dennoch sauer auf Pierre und ließ es ihn spüren.

Nach kurzer Zeit blieben wir stehen. Der Sprit war leer und es waren auch keine anderen Autos zu sehen, in diesen wir etwas Sprit hätten finden können. „Alles austeigen!", rief Pierre und schwang sich aus dem Lastwagen. „Komm Spike. Jetzt müssen wir etwas zu Fuß weiter.", flüsterte ich ihm zu und packte meine Sachen. Die Luft war sehr trocken und die Sonne knallte mir auf den Kopf. Während ich so hinter den Beiden her lief sah ich in den Himmel hinauf. Ich konnte mich einfach nicht daran gewöhnen, keinerlei Tiere zu sehen. Ich starrte weiterhin in den Himmel und stellte mir vor, wie hier viele verschiedene Vogelarten umher kreisen würden. Ich konnte mir sogar das Zwitschern vorstellen. Es war herrlich. „Kommst du, Jim?", fragte Alex. Ich zeigte den Daumen nach oben und senkte den Kopf. Ich fragte mich, wie ich bloß ohne die Beiden bis nach Australien kommen sollte. Ich hätte niemals allein solch einen Trip gemacht. Nur der Gedanke daran, kam mir schon wahnsinnig vor.

„Dort hinten ist eine Wasserstelle. Dort machen wir Rast und kühlen uns ein bisschen ab. Außerdem geht die Sonne schon langsam unter.", hechelte Alex und deutete darauf. Als wir dort ankamen, war ein kleiner See zu erkennen. Die Abendsonne schimmerte rötlich im Wasser und es war sehr friedlich an diesem Ort. Alex schaltete hin und wieder den Chip ein, um zu hören, ob eine dieser Drohnen in der Nähe war. Doch es blieb alles still.

„Ihr sprecht jetzt wohl nicht mehr miteinander, oder wie? In Ordnung, dann übernehme ich jetzt das Sprechen.", bemerkte Alex und legte auch gleich los. „Wenn wir in diesem Tempo zu Fuß weitergehen, wird uns früher oder später die Verpflegung ausgehen. Habt ihr das verstanden? Wir müssen also die Rationen sparen und trinkbares Wasser, sowie Nahrung finden." Er hatte natürlich recht, aber woher sollten wir das hier herbekommen? Dann fuhr er fort: „Die rote Brühe im See werden wir wohl nicht trinken können, also wirst du ein tiefes Loch graben bis du auf das Grundwasser triffst Pierre. Der Boden ist sandig, also sollte das wohl kein Problem sein. Jetzt zu dir, Jim. Du suchst nach essbaren Wurzeln. Etwas anderes werden wir hier wohl nicht finden. Ich werde solang ein Feuer machen und auf Drohnen achten. Also los ihr beiden, worauf wartet ihr?"

Pierre fing in der Nähe des Wassers an zu graben. Niemand wiedersprach Alex. Wir funktionierten nur noch. Ich merkte mir alles, was Alex an Wissen in der Natur hatte. Später würde ich dieses sicher noch brauchen können. Langsam lief ich am Rand des Wassers entlang und suchte hin und wieder an den Vertrockneten Pflanzen nach essbaren Wurzeln, doch sie waren alle hart und vertrocknet. Plötzlich hörte ich im Wasser etwas blubbern. Ich suchte die Wasseroberfläche mit meinen Augen ab, doch es war nichts zu erkennen. Vielleicht hatte ich mir dies nur eingebildet und begann weiter Wurzeln zu suchen. Dann hörte ich es wieder und noch einmal. Ich rief Alex zu mir und zeigte ihm das Blubbern im Wasser. „Was ist das?", fragte ich ihn. Er sah mich an und meinte, dass dies ein Fisch sein müsse.

„Ein Fisch?“, stotterte ich und konnte es nicht glauben. Alexander wurde ganz aufgeregt: „Auf der Erdoberfläche rotten die Mikroben die Tiere aus. Aber was ist wenn die Tiere, die im Wasser leben, davon nicht betroffen sind?“ Er rannte los und holte sein Gewehr. Dann stieg er langsam in das Wasser und verharrte ganz ruhig. Pierre bekam von der ganzen Aufregung überhaupt nichts mit, aber ich ließ ihn sein Loch weiterhin graben. Ich war immer noch wütend auf ihn und wollte seine Visage in diesem Moment nicht sehen.

Alex stand still und beobachtete die Wasseroberfläche. Es wurde immer dunkler und bald würde Alex nichts mehr erkennen. Dann urplötzlich hörte ich das Blubbern und Alex drückte ab. Das Wasser spritze hoch in die Luft, während er abtauchte. Dann wurde das Wasser wieder ruhig. Ich hielt nach Alexander Ausschau, als er plötzlich mit einem Satz aus dem Wasser sprang und rief: „Ist das nicht ein fetter Fisch?“ Er lachte laut und rief Pierre zu uns. In seinen Händen hielt er tatsächlich einen Fisch. Ich dachte, ich traute meinen Augen nicht. Also hatte Alex Recht. Die Mikroben färben zwar das Wasser rötlich, haben jedoch keinen Einfluss auf Wassertiere. Es war erstaunlich. Wir mussten es unbedingt Stella und den anderen erzählen. Ich rannte zum Funkgerät aber konnte sie nicht erreichen. Ich versuchte es weiterhin, als mich Alex darauf aufmerksam machte, dass der Akku nicht ewig halten würde und ich es doch alle zwei Stunden einmal versuchen sollte. Ich nickte ihm zu und betrachtete den Fisch. Es war der helle Wahnsinn. Ein echter Fisch, dachte ich bei mir während Alex die Gewehrkugel herausschnitt und ihn dann über das Feuer hielt.

„Das Wasserloch ist auch fertig und das Grundwasser ist nicht von den Mikroben betroffen.“, lachte Pierre, als er es in seinem

Becher präsentierte. „Gut abkochen, dann können wir es trinken.", fügte er hinzu und füllte die Becher. Es war einfach unglaublich. Wir hatten einen frischen fetten Fisch und sauberes Trinkwasser. Es war überwältigend.

„Können wir den auch wirklich essen? Ich habe etwas bedenken.", ließ ich Alex wissen. „Was die Mikroben überlebt hat, das kann man auch essen, Jim. Du musst ja nicht von diesem Fisch probieren wenn du nicht willst. Dann haben wir etwas mehr davon.", antwortete er und grinste. Ich hatte schon etwas Angst, dass mit dem Fisch etwas nicht stimmen könnte, aber wen er genießbar wäre und ich nicht davon gegessen hätte, würde ich es sicher bereuen. „Ich bin dabei.", stammelte ich und setzte mich zu Alex.

Der Fisch fing langsam an zu garen und ich konnte diesen leckeren Geruch vernehmen. Frisch gegrillter Fisch. Mir lief schon das Wasser im Mund zusammen und ich konnte es kaum erwarten, bis er fertig war.

Alex stieß mich an: „Jim. Mittlerweile ist es schon sehr dunkel geworden. Wir müssen solang das Feuer brennt hin und wieder den Chip einschalten und den Horizont beobachten, damit wir nicht überrascht werden. Machst du das bitte?" „Sehr gerne.", entgegnete ich und griff mir den Chip. Es war allerdings kein Piepsen zu hören. „Bist du sicher, dass der noch funktioniert?" „Nur keine Sorge Jim. Hörst du am Lautsprecher so ein leises Rauschen?" „Ja Alex, aber sehr leise." „Dann ist alles in Ordnung, Jim. Der Chip funktioniert einwandfrei. Und jetzt hör auf dir in die Hosen zu machen." Pierre fing an zu lachen. „Halt du bloß die Fresse. Du hast wohl schon vergessen, wie du in Deutschland gejammert hast. Also mach den Mund zu und sei still!", knurrte ich ihm entgegen, worauf er verstummte.

„Wir werden die Nacht über hier verbringen, Jungs. Nach dem Essen werden wir das Feuer ausmachen und uns direkt aufs Ohr legen. Und hört endlich auf zu streiten, das hält ja kein Mensch aus."

Wenige Augenblicke später war der Fisch auch schon fertig. Alex schnitt ihn in drei Teile und fing an zu essen. „Es ist sehr heiß, aber unglaublich lecker. Fangt endlich an, bevor ich euch alles wegschnappe.", schmatzte Alex und ich biss ebenfalls in den Fisch. Es schmeckte ganz normal nach Fisch, nur viel besser. Ich konnte mich nicht mehr erinnern, wann ich das letzte Mal einen solch leckeren Fisch gegessen hatte. In diesem Moment musste ich an Stella denken und wie schön es wäre, wenn sie jetzt bei mir sein könnte. Sie fehlte mir sehr.

„Jim, du als Mediziner. Erkläre uns doch bitte mal, warum wir nur das frische Wasser trinken dürfen und nicht das rötliche. Infiziert sind wir doch schon.", plapperte Pierre und ich antwortete ihm umgehend: „Wasser ist eine chemische Verbindung aus den Elementen Sauerstoff und Wasserstoff. Die Wassermoleküle werden im Körper gespalten und erreichen dann das Gehirn. Sollten sich in den Molekülen diese Mikroben befinden, kann es zur Folge haben, dass die Hirnzellen massiv Wasser aus dem Blut ziehen, aber dieses nicht als Trinkwasser anerkennen. Der Durst wird immer mehr und der Hirndruck steigt durch die Menge an Wasser an. Dann kollabierst du und bist tot. Noch Fragen, Pierre?"

Alex sah traurig zu Boden. Pierre atmete tief ein und aß weiter. Spike wollte keinen Fisch, also gab ich ihm etwas von meiner Ration aus dem Rucksack. Als wir fertig mit essen waren, versuchte ich es erneut mit dem Funkgerät, doch ich erreichte Stella wieder nicht. Alex nahm mir den Funk aus der Hand und schaltete ihn ab. „Spar den Akku, Jim. Du wirst ihn noch brauchen.", stöhnte er, als er sich wieder hinsetzte. „Wir müssen Stella erreichen und ihnen das mit dem Fisch erzählen.", konterte ich als Pierre mich unterbrach: „Das ist zwar ein Militärfunkgerät, aber es ist nicht mehr in der Reichweite der anderen. Seit wir die Grenze überquert haben ist der Funk nutzlos." „Und wie sollen wir die anderen erreichen?" Alex sprach leise: „Gar nicht, Jim. Deshalb haben wir ja verschiedene Treffpunkte ausgemacht. Jetzt ruh dich etwas aus. Morgen haben wir einen langen Marsch vor uns. Ich übernehme die erste Wache. Danach Pierre und dann du im Stundentakt."

Ich versuchte mich etwas schlafen zu legen und genoss noch etwas die Wärme des Feuers. Überraschend hörte ich in der Ferne Hunde bellen und setzte mich auf. Alex beruhigte mich und meinte, dass sie zu weit entfernt wären um uns zu wittern. Ich solle weiter schlafen und mir keine Sorgen machen. Die machte ich mir dennoch. Spike wurde nervös und spitzte die Ohren. Ich zog ihn an mich heran und streichelte seine Ohren. „Bleib still mein Kleiner. Die sind weit weg."

Es wurde wieder leise und ich schlief langsam ein. Ich fing an vom Ozean zu träumen. Haushohe Wellen und ein riesiger Sturm warfen mich hin und her, als ich plötzlich von einem pfeifenden Ton geweckt wurde. Ich öffnete die Augen und sah, dass Alex wie verrückt das Feuer mit Dreck bewarf. Dann erloschen die Flammen und es war finster. Das Pfeifen war jedoch laut zu hören. Alex Sprang in die Richtung seines Rucksacks und da wusste ich, woher das Pfeifen kam. Es war der Chip. „Was ist los?", fragte Pierre. „Seid beide still.", schluchzte Alex. Ich sah hinauf, aber konnte keine Drohne erkennen. Ich suchte den gesamten Himmel ab, aber es war nichts zu sehen. Auf einmal zuckte Spike zusammen und begann zu knurren. „Sie zu, dass der Köter die Fresse hält.“, krächzte Alex leise und legte sich auf den Boden. Ich hielt Spike die Schnauze zu und suchte weiterhin den Himmel ab. Es war so dunkel, sodass ich die anderen Beiden kaum erkennen konnte.

Wie aus heiterem Himmel hörte ich dieses schreckliche Summen. Mir gefror das Blut in meinen Adern. Ich spürte mein Herz immer schneller schlagen. Dann urplötzlich sah ich das blaue Licht hinter einem Berg hervorscheinen. „Sie kommt. Nicht bewegen und keinen Laut.“, flüsterte Alex mit wackliger Stimme.

Die Drohne kam langsam immer näher. Sie hatte eine Art Suchscheinwerfer auf den Boden gerichtet und suchte diesen Gründlich ab. Ich dachte einen Augenblick daran wegzulaufen, doch wohin? Alex meinte still liegenbleiben und so zog ich langsam Spike an mich damit er nicht plötzlich losrennen würde. Mit meinen Augen folgte ich der Drohne, die langsam auf uns zu flog und währenddessen hin und her schwebte. Der blaue Scheinwerfer war äußerst hell. Sollte er uns erreichen wären wir geliefert. Das Summen wurde immer lauter. Es dröhnte in den Ohren und Spike fing an zu zittern. Ich drückte ihn noch fester an mich ran und versuchte etwas ruhiger zu atmen. Jeden Moment könnte uns eine Rakete treffen, musste ich immer wieder denken, als der Scheinwerfer nicht einmal mehr fünf Meter von uns entfernt war. Schleichend kam er immer näher. Das war es also. In meinen Beinen konnte ich spüren, dass sie laufen wollten. Das war wohl der Selbsterhaltungstrieb. Doch das hätte sowieso keinen Sinn, also schießt doch, dann wäre es endlich vorbei.

Ich schloss meine Augen und wartete darauf, dass sie uns entdeckten, als das Summen unvermutet leiser wurde. Langsam öffnete ich die Augenlieder und konnte sehen, dass die Drohne sich von uns entfernte. Sie hatten den Grund abgesucht und genau vor uns die Suche abgebrochen. Das war mehr als nur Glück. Das war einfach nur unbeschreiblich. Ich zitterte am ganzen Körper, als Alex flüsterte: „Sie sind weg." Mir gingen die verschiedensten Dinge durch den Kopf. Ich grübelte bis ich schließlich einschlief.

Die Sonne weckte mich langsam und ich erschrak. Ich hätte doch Wache halten sollen. Als ich mich umsah, entdeckte ich Pierre umherlaufen. Alexander schlief noch. „Warum habt ihr mich nicht geweckt? Wir wollten uns doch abwechseln zum Wache halten." Pierre stammelte: „Wir haben dich schlafen lassen und die Wache zu zweit gehalten. Du musst dich ausruhen, sonst kommen wir nicht weit. Die Idee kam von Alex, falls du dich fragst."

Meine Haut war bedeckt mit feinem rötlichem Staub. Als ich ihn abwischte schien meine rötliche Haut hindurch. Dies machte mich traurig. Würde ich je wieder so aussehen wie früher? Der ganze Planet war in ein leichtes Rot getaucht. Insgesamt war alles sehr befremdlich geworden.

Nachdem Alex sich erhob und wir noch frisches Wasser aufgefüllt hatten, marschierten wir weiter. Da ich gut geschlafen hatte, fiel mir das laufen sichtlich leichter. Ich bedankte mich bei Alex, dass er mich schlafen lassen hatte und klopfte ihm auf die Schulter. Nach einer Weile trafen wir auf ein Dorf. Ich dachte kurz, dass die Dörfer alle gleich aussahen, als Pierre verlangte die Häuser zu durchsuchen.

Aus der Ferne beobachteten wir den Ort genau, ob irgendjemand dort sei. Ich hatte keine Lust auf eine Miliz oder Organhändler oder sonstiges Ungeziefer zu treffen. Es schien alles verlassen zu sein und wir schlichen langsam heran. Die meisten Häuser waren beschädigt. Es sah hier aus, als wären Bomben gefallen. Ich ging in das erste Haus auf das wir trafen. Es war sehr staubig und dunkel darin. Die Wände standen teilweise nicht mehr und es sah aus wie bereits leergeräumt. An einer Tür hingen ein paar alte Jacken, ähnlich wie Regenmäntel und ein Hut. Der Boden war völlig mit Glasscherben bedeckt. Dann blitzte mich etwas im Augenwinkel. Ein Sonnenstrahl schien direkt auf einen Gegenstand. Als ich ihn mir genauer betrachtete, konnte ich erkennen, dass es sich um eine Taschenuhr handelte. Ich machte die Uhr etwas sauber und öffnete sie. Die Zeiger standen still. An der Seite war ein Rädchen mit dem man die Uhr aufziehen konnte. Als ich daran drehte, begannen die Zeiger zu laufen und es war ein leises Ticken zu hören. Jetzt bräuchte ich nur noch die genaue Zeit, dachte ich und ging hinaus zu den anderen. Die beiden hatten bereits einige andere Häuser durchsucht, aber nichts Brauchbares gefunden. „Seht mal was ich hier habe.“, schnatterte ich vergnügt. „Da hast du ja einen kleinen Schatz gefunden, Jim. Läuft sie denn noch?“, entgegnete mir Alex. „Ja sie geht noch. Ich bräuchte nur noch die aktuelle Zeit.“ „Das ist ganz einfach. Wenn die Sonne ganz oben steht, dann stellst du die Uhr auf die zwölf. Dann stimmt sie.“, fügte Pierre hinzu und stieg in das nächste Haus. Gut zu wissen, dachte ich und steckte die Uhr in meine Tasche. Gerade als ich Alex erzählte, wo ich die Uhr gefunden hatte, flackerte ein helles Licht auf und dann starrte er mit einem ängstlichen Gesichtsausdruck, welchen ich noch nie bei ihm gesehen hatte, in die Ferne. „Was ist los, Alex?“, fragte ich nervös und er deutete mit dem Finger in die Richtung die hinter mir lag. Ich drehte mich langsam um und brach direkt zusammen. Ein riesiger Atompilz ragte in den Himmel.

Pierre stieß zu uns und sagte entsetzt: „Um Himmels Willen. Gott steh uns bei." Ich drehte mich um und Alex sah mich mit feuchten Augen an. Plötzlich war ein dunkles grollen zu hören. Es war sehr tief und beängstigend. „Kommt jetzt die Druckwelle?", fragte ich Alex. „Nein Jim. Das ist zu weit entfernt. Es sollte uns hier im Iran nicht erreichen. Wenn ich das so richtig sehe kommt die Explosion entweder aus Aserbaidschan oder aus dem Kaspischem Meer."

Der Atompilz sah aus wie ein Foto. Die Rauchwolke bewegte sich überhaupt nicht. Sie stand einfach so am Himmel. Alex wirkte sehr bedrückt. „Was hast du denn? Ich dachte wir sind hier sicher?", wollte ich wissen. Er sah mir tief in die Augen und meinte, dass die Explosion nicht von einem alten Atomkraftwerk kommen könne. Es musste sich um eine Kernwaffe handeln. „Also hat sie jemand gezündet?", fragte ich mit wackeliger Stimme. „Ja, Jim. Entweder war es gewollt oder es war tatsächlich im Kaspischem Meer. Dort lagen früher einige Atom-U-Boote und vielleicht gab es auf einem eine Fehlzündung oder ähnliches." Die zweite Version gefiel mir deutlich besser. Aber was wenn nicht? Was wäre, wenn die Regierungen nun schon mit Atomwaffen herumwerfen würden?

Spike hatte sich in einer Ecke verkrochen und fiepte leise. Ich streichelte ihm zart über seine nackte Haut. Sie war eiskalt. „Komm Spike, komm in die Sonne. Du brauchst keine Angst zu haben." Ich machte etwas Spaß mit ihm damit er sah, dass ich nicht besorgt war. Aber ich war besorgt. Und wie ich besorgt war. Ob Stella und die anderen die Explosion auch gesehen hatten. Schnell sah ich nach, ob das Funkgerät noch ging oder ob der elektromagnetische Impuls es zerstört hatte. Zum Glück lief es noch und ich konnte ein Rauschen hören. Ich versuchte Stella zu erreichen, auch wenn ich wusste, dass dies unwahrscheinlich war. Aber ich musste es einfach versuchen. Leider bekam ich keine Antwort und schaltete den Funk wieder ab. Mittlerweile hatte die Rauchwolke sich etwas aufgelöst und die Sonne stand genau über uns. Ich zog die Uhr aus meiner Tasche und stellte sie auf zwölf. Pierre beobachtete mich. Er deutete auf die Rauchwolke und spottete: „Kennst du das Sprichwort, jetzt hat die zwölfte Stunde geschlagen?" Er hatte sich in letzter Zeit zu einem richtigen Arschloch entwickelt.

Als wir die restlichen Häuser durchsucht hatten, in denen wir rein Garnichts gefunden hatten, verließen wir das Dorf. Da wir alle unterschiedlichen Häuser durchsuchten, fragte ich bei Verlassen des Dorfes nochmals nach, was sie alles entdeckt hatten. Pierre erzählte von kleinen Glasflaschen mit einer ekeligen Flüssigkeit darin. Alex fand einige Schuhe und Kinderspielzeug. Also alles Dinge die wir nicht gebrauchen konnten. Und so liefen wir weiter und weiter über die Steppe. Der Wind wehte auf und es tat gut etwas frische Luft, wenn man dies so nennen konnte, zu spüren.

Das Dorf hatten wir schon einige Kilometer hinter uns gelassen, als Alex plötzlich meinte: „Da kommt ein Gewitter auf uns zu." Ich drehte mich um und sah dunkle Wolken und Blitzschlag in der Weite. Ich hatte ein unwohles Gefühl. „Von wo sind wir genau gekommen?", fragte ich. „Pierre sah sich um und zeigte in eine Richtung. „Von dort, Jim." „Und wo war die Atomexplosion?", fragte ich erneut. Alex sah sich um und zeigte auf die Richtung aus dieser der Sturm kam. Er stoppte abrupt und drehte sich zu uns um. „Wir müssen sofort zurück in das Dorf!", schrie er und lief los. Wir rannten ihm hinterher. „Was ist los?", fragte Pierre. „Der Sturm kommt direkt aus der Richtung der Explosion. Wenn es regnen sollte und der Regen uns trifft, ist es sehr wahrscheinlich, dass wir mit dem radioaktiven Material in Berührung kommen. Und das wär absolut beschissen.", keuchte Alex, als er immer schneller rannte. Spike sprintete los und war kaum noch zu sehen. Er fühlte wohl das, was wir dachten. So rannten wir schneller und schneller um rechtzeitig in das Dorf zurück zu kehren. Ich konnte die dunklen Wolken sehen, die den Himmel schwarz färbten. Mein Hals war ganz trocken und mir wurde schlecht. Dennoch rannte ich weiter und weiter. Schlagartig fing es an zu tröpfeln. „Oh Scheiße!", rief ich und rannte noch schneller. Die Tropfen wurden immer mehr und dicker. Ich konnte das Dorf schon sehen und nahm alle Kräfte zusammen, um es rechtzeitig zu erreichen, ohne in den Sauren Regen zu kommen. Meine Füße schmerzten unheimlich, aber ich riss mich zusammen ohne auch nur ein Wort zu verlieren. Der Regen nahm stätig zu und die Entfernung zu dem Dorf kam mir vor wie eine Ewigkeit. Einen Augenblick dachte ich, ich würde auf der Stelle laufen, als wir plötzlich an einem Haus ankamen und darin verschwanden. „Alles in Ordnung bei euch beiden?", fragte Alex. Ich nickte ihm zu und sank völlig erschöpft zu Boden. „Was passiert, wenn man einen Tropfen vom Regen in das Auge bekommen hat?", stotterte Pierre leise. „Was! Hast du etwa etwas ins Auge bekommen? Wenn das Regenwasser Radioaktiv ist, dann bist du vergiftet!"

Kapitel 11

Entsetzen strahlte aus seinen Augen. „Die Radioaktivität lässt sich von der Haut abwaschen. Kommt sie aber in den Körper, bist du verloren. Die Schleimhäute des Auges nehmen das sofort auf.", fügte ich hinzu. „Sterbe ich jetzt, Jim?", fragte er sehr leise. „Nicht wenn wir so schnell wie möglich Kaliumjodid finden. Aber das handelsübliche flüssige Jod tut es auch. Dieses müsstest du trinken und hoffen, dass es funktioniert. Die Schilddrüse braucht kontinuierlich eine gewisse Menge Jod, um es in Hormone einzubauen. Für gewöhnlich stammt dieses Jod aus der Nahrung und dem Trinkwasser. Wenn aber radioaktives Jod in die Umwelt gelangt, wird dieses ebenso wie nichtradioaktives Jod aus dem Wasser in den Körper aufgenommen. Es reichert sich in der Schilddrüse an und setzt Strahlung frei. Diese schädigt die Zellen und führt zum Tod. Aber woher sollen wir Jod nehmen?" Alex lief wie verrückt hin und her. „Du hattest doch in einem dieser Häuser eine kleine Flasche mit einer ekeligen Flüssigkeit gefunden. Wie sah diese aus?", wollte Alex wissen und Pierre antwortete prompt: „Es war eine kleine Glasflasche mit einer bräunlichen Flüssigkeit darin. Es sah aus wie ein Hustensaft oder so etwas. Ich konnte die Sprache nicht lesen, aber auf der Rückseite war ein großes I abgebildet." „Der Buchstabe I steht für Jod. Du hast mehr Glück als Verstand, Pierre. In welchen Haus war diese Flasche?", erkundigte ich mich, als uns Alex darauf aufmerksam machte, dass es draußen immer noch regnete und wir keinen Schutz hätten. Er hatte Recht. Wie sollten wir nur zu diesem Haus am anderen Ende des Dorfes kommen, um das Jod zu holen? „Ein Schutzanzug wäre jetzt wohl nicht schlecht.", stammelte Pierre, als ich mich daran erinnerte, dass ich ein paar Häuser weiter, alte Regenjacken hängen sah. Ich erzählte beiden davon und nun war die große Frage, wie wir wohl dort hinkämen.

Alex fackelte nicht lange und riss eine Tür aus den Angeln. „Also Männer, über den Kopf halten und dann los!", rief er lautstark. Mit der Tür über dem Kopf rannten wir die Straße entlang. Pierre und Alex hielten die Tür und ich Spike in der

Mitte. Wir versuchten so gut es ging die Pfützen zu umlaufen, damit es nicht spritzte. Nach einigen Minuten waren wir angekommen und ich holte die Jacken. Es waren zwar keine direkten Regenjacken, aber sie waren Wasserabweisend. Dies musste reichen. Schnell zogen wir uns diese Art von Mänteln an und machten uns auf den Weg zu dem Haus, in dem das Jod sein sollte. Ich hielt Spike wiederum in den Armen, während ich rannte und beugte mich soweit wie möglich nach vorn, damit ihn kein Regenwasser treffen würde.

Pierre rannte voraus und sprang auch direkt durch die Holztür in das Haus. Mir kam alles wie in Zeitlupe vor. Dann hatte er die kleine Flasche in der Hand und hielt sie sichtbar hoch. Ich sah sie mir kurz genauer an. Die Sprache darauf war nicht zu lesen und das Etikett war auch schon ausgeblichen und beschädigt. Kurzerhand öffnete ich das Fläschchen und roch daran. Es war Jod. Ich drehte mich Pierre zu: „Du musst jetzt die ganze Flasche austrinken. Du wirst dich sicher übergeben, aber dann musst du weiter trinken. Eine andere Chance hast du nicht, falls du vergiftet bist."

Er sah uns an, als wollten wir ihn auf den Arm nehmen. Doch dann setzte er an und schluckte das Jod. Kurz darauf übergab er sich mit einem quälenden Schrei. „Weiter Pierre, weiter!", riefen wir ihm zu. Er wollte nicht mehr und stellte die Flasche bei Seite. Alexander nahm die Flasche, drückte seine Wangen zusammen und flößte es ihm ein. Endlich war alles geschluckt. Pierre rollte sich auf dem Boden und begann zu zittern. „Ist das normal, Jim?", fragte Alex. „Ja, ist es. In seinem Körper geht nun ein kleines Feuerwerk los. Das kann ein paar Stunden dauern, bis er wieder gehen kann."

„Alex, ich muss unbedingt noch etwas loswerden. Alles was mit dem Regen in Berührung gekommen ist, dürfen wir nicht Essen. Keine Wurzeln und auch keinen Fisch. Selbst das Grundwasser ist verseucht.", quietschte ich leise. Alex sah mich mit betrübtem Blick an und meinte: „Ja ich weiß, Jim. Das ist wohl das schlimmste daran, nicht zu wissen, wo es überall geregnet hat, wenn alles später getrocknet ist." Er nahm mir die Worte aus dem Mund und verstand ganz genau, worum es hier ging.

Ich war vom vielen Rennen kaputt. Meine Beine brannten wie Feuer. „Wir müssen uns die Haut mit Wasser abwaschen." Er nahm seine Trinkflasche und fing an sich zu waschen. Ich tat dies ebenfalls. Anschließend spülte ich Spike ab. Zum Glück hatte Spike kein Fell. Mit den ganzen Haaren hätte das sicherlich nicht viel gebracht.

Einige Stunden später kam Pierre langsam zu sich: „Hab ich es geschafft?" „Ja, das hast du.", antwortete ich ihm, obwohl ich das nicht genau wusste. Die Vergiftung durch Radioaktivität würde sich viel später bemerkbar machen. Ich hoffte das Beste für ihn und ließ mir meine Bedenken nicht anmerken.

Der Regen hatte mittlerweile aufgehört. „Kannst du laufen, Pierre?", keuchte ich, als ich ihm hoch half. „Ich denke schon." Plötzlich kam Alex angerannt: „Da sind etwa ein Dutzend Panzer auf dem Weg hier her. Wir müssen uns verstecken! Los!" „Von welcher Seite?", fragte ich. „Aus derselben Richtung, aus der wir auch gekommen sind." Ich ging einen Stock höher und sah durch mein Zielfernrohr. Tatsächlich. Mindestens zwölf Panzer bewegten sich langsam in einer Reihe auf das Dorf zu. Es waren jedoch keine Männer zu erkennen. Waren es die Maskenmänner oder eine andere Miliz? Die Panzer hatten rote Totenköpfe an den Seiten aufgemalt. Die Regierung war das sicher nicht. Ich hatte keine Ahnung wie viele Männer das waren, aber es würde sichtlich reichen, um mir in die Hose zu machen.

Schnell rannte ich wieder nach unten, wo Alex und Pierre bereits eine Luke, die in den Keller führte, gefunden hatten. „Los da hinein.", befahl Alex und wir sprangen direkt hinunter. Er warf mir Spike und die Rucksäcke in die Arme. Dann stieg er ebenfalls hinab und zog beim schließen der Luke einen Teppich so darüber, dass man die Öffnung nicht gleich bemerken würde. Es war sehr dunkel und nur wenig Licht schien durch die Bodenbretter. Langsam kamen die Panzer immer näher. Man konnte das Quietschen der Ketten deutlich hören. Es wurde immer lauter und lauter, als es abrupt aufhörte. Dann war es sehr still. „Was bedeuten die roten Totenköpfe, Alex?", flüsterte ich leise. „Das willst du nicht wissen, Jim. Und jetzt halt die Klappe."

Es war deutlich zu hören, dass die Männer die Panzer verließen. Ich hatte keine Ahnung, welche Sprache sie verwendeten. Sie war mir völlig fremd. Laute Schreie und Befehle konnte ich jedoch verstehen. Es musste sich also um eine Art Militär handeln. Aber mit Totenköpfen auf den Panzern? Vielleicht waren es Söldner oder Organeintreiber. Wer das auch immer war, es war nicht gut, dass sie hier waren.

Alex hatte ein kleines Loch gefunden, mit diesem er nach draußen sehen konnte. Er starrte die ganze Zeit hindurch. Pierre ging es wieder schlechter. Die Menge an Jod machte seiner Schilddrüse sehr zu schaffen. Aber hätte er das Jod nicht getrunken, wäre das radioaktive Jod aus dem Wasser, welches in sein Auge tropfte, zu seiner Schilddrüse gewandert, wäre es in wenigen Tagen mit ihm vorbei gewesen. Ich beruhigte ihn kurz und wollte dann ebenfalls sehen, was Alex draußen beobachtete. Spike blieb zum Glück still neben Pierre liegen. Es wäre sicherlich unser Todesurteil gewesen, wenn er plötzlich zu bellen angefangen hätte.

„Was siehst du, Alex?", flüsterte ich so leise, dass ich es selbst kaum hörte. Er reagierte nicht. Also fragte ich erneut etwas lauter, worauf er mir seine Hand auf den Mund legte und mich mit Augen ansah, die mir sagten, dass wenn sie uns finden würden, es keinen nächsten Tag mehr gäbe. Ich nickte und er ließ meinen Mund los, während er weiterhin durch das Loch starrte.

Schlagartig waren über uns langsame Schritte zu hören. Die Bodenbretter knarrten bei jedem Schritt. Ich hielt die Luft an. Alex verharrte wie eine Schaufensterpuppe. Die Fußschritte kreisten einmal langsam durch den gesamten Raum, bis sie schließlich wieder verschwanden. Jetzt musste ich erst recht durch das Loch hindurch sehen. Ich schob Alex bei Seite und sah hindurch.

Als ich durch das kleine Loch blickte, konnte ich viele Männer mit schweren Waffen sehen. Sie waren mit einer Art Uniform bekleidet und auf dem Ärmel war der rote Totenkopf zu sehen. Dann hörte ich einen Lastwagen näher kommen. Ich versuchte so viel wie möglich durch dieses kleine Loch zu erkennen. Die Männer signalisierten ihm, dass er an den Panzern vorbei fahren solle. Der Lastwagen stoppte bei jedem einzelnen Panzer. Als er uns näher kam, konnte ich erkennen, dass es sich um einen militärischen Lastwagen handelte, welcher ebenfalls den roten Totenkopf an den Türen hatte. Sie luden an jedem Panzer Wasser und Verpflegung aus. Nachdem der Wagen alle beliefert hatte, setzte er wieder zurück an das Ende der Reihe.

Es sah so aus, als würden die Männer hier Rast machen und wahrscheinlich auch über Nacht bleiben. Wer zum Teufel waren diese Typen? Waren es Söldner, die von den Regierungen geschickt wurden? Oder schlimmeres?

Wir hatten kaum noch Wasser. Dieses hatten wir zum abwaschen der Radioaktivität benutzt. Die Männer hatten sicherlich große Mengen davon dabei. Nur wie sollten wir da nur rankommen? Eigentlich war es unmöglich. Oder eher Selbstmord.

Wir könnten uns hier unten verstecken und abwarten, bis sie weiter ziehen würden. Aber dann würde uns das Wasser bald ausgehen. Das Grundwasser in dieser Region, war auch nicht mehr trinkbar, also mussten wir versuchen irgendwie an die Verpflegung der Totenköpfe zu kommen.

Es vergingen Stunden und draußen wurde es bereits dunkel, als unerwartet ein paar dieser Männer in das Haus kamen. Es hörte sich an, als würden sie es sich oben bequem machen. Alex stupste mich an und versuchte mir mit Zeichensprache zu erklären, dass wir auf den Lastwagen aufspringen sollten, wenn sie weiter ziehen würden. Er machte sich also ebenfalls Gedanken um das Wasser. Na hoffentlich hatte er das gut durchdacht. Pierre war noch nicht auf den Beinen und Spike durfte man ja auch nicht vergessen. Ich hoffte nur, dass Alex wusste was er von uns verlangte.

Wie aus heiterem Himmel, zog einer der Männer den Teppich zur Seite und fand die Luke. Er rüttelte daran herum und fluchte dabei. Alex und ich zogen Pierre unter die Treppe und ich hielt Spike das Maul zu. Jetzt würden sie uns finden, dachte ich, während Alex sein Gewehr in die Hand nahm und auf die Holztreppe zielte. Mit einem lauten Quietschen krachte die Luke auf und das Licht einer Taschenlampe schien herunter.

Wir standen unter der Treppe und hofften, dass er nicht hinab steigen würde. Dann machte er zwei Schritte nach unten und blieb anschließend stehen. Ich konnte seine Stiefel sehen, während er mit der Taschenlampe den Raum unten absuchte. Mein Herz schlug so laut, dass ich dachte, er würde es jeden Moment hören. Mit einem Mal, schaltete er die Taschenlampe aus, stieg langsam wieder hinauf und ließ die Luke wieder zufallen. Da er keinen Alarm machte und die anderen sich ruhig verhielten, ging ich davon aus, dass er uns nicht bemerkt hatte.

Man konnte hören, dass die Männer aßen und tranken. Sie lachten laut und schrien umher. Ein Schlag war auf dem Boden direkt über mir zu hören und einer der Männer brüllte einen anderen an. Dann tropfte eine Flüssigkeit durch die Bodenbretter direkt auf meine Stirn. Es war Whiskey. Sie hatten also nicht nur Wasser und Verpflegung, sondern auch noch andere Dinge wie es schien. Alle Städte und Dörfer waren völlig leergeräumt. Also mussten sie schon eine längere Zeit mit ihren Panzern unterwegs sein, wenn sie noch solche Schätze wie Whiskey hatten.

Ich nahm mir vor die Nacht über wach zu bleiben, um nicht den Moment der Abreise zu verpassen.

Es dauerte eine Ewigkeit, bis es oben ruhiger wurde. Ich konnte kaum noch die Augen offen halten, als Alex plötzlich zu schnarchen anfing. Er war wohl eingenickt. Ich befürchtete, dass die Männer das Schnarchen hören würden und hielt Alex die Nase zu. Er wachte auf und war sichtlich erschrocken. Spike fing an zu fiepen. Ich gab ihm mein letztes Wasser. Jetzt hatte ich nichts mehr. Nun war mir bewusst, dass ich keine andere Wahl hatte und dem Plan von Alex folgen musste.

Einige Stunden später knallte oben die Haustür auf und ein

anderer Mann rief ein paar laute Worte hinein, worauf die anderen sich langsam rührten. Er hatte sie wohl geweckt, also müsste es bald losgehen. Ich sah durch das kleine Loch zwischen Kellerwand und Decke, und konnte sehen, wie aus verschiedenen Häusern Männer langsam und müde heraus stolperten. Alex war ebenfalls schon hell wach und auch Pierre stand schon auf den Beinen. Pierre sah schon viel besser aus und wusste bereits alles über unseren Plan auf den Lastwagen aufzuspringen.

Draußen starteten die ersten Panzer ihre Motoren. Es war höllisch laut und das tiefe brummen machte Spike ganz verrückt. Nach ein paar Minuten waren alle Männer auf ihre Panzer aufgesessen und abfahrbereit. Wir öffneten die Luke nach oben und rannten hinauf. Dort sahen wir versteckt zum Fenster hinaus, als sich die Panzer auch schon in Bewegung setzten. Einer nach dem anderen rollte langsam mit seinen schweren Ketten am Haus vorbei. Es quietschte und dröhnte laut. Als ich meinen Kopf etwas neigte, konnte ich den Lastwagen, der am Ende der Reihe fuhr, schon erkennen. Es dauerte nicht mehr lange und er würde direkt am Haus vorbei fahren. „Seid ihr bereit?", flüsterte Alex, während er seine Hände rieb. Ich konnte deutlich erkennen, dass er genauso verunsichert war wie ich. Aber wir hatten keine andere Wahl. Entweder aufspringen oder verdursten.

Die Panzer hinterließen eine Menge Qualm, was für uns ein riesiger Vorteil war. So würden sie uns vielleicht nicht so schnell entdecken. „Er kommt, alles fertig machen.", deutete Alex an, als der Lastwagen auch schon langsam am Haus vorbei fuhr. Schnell schnappte ich mir Spike und hob ihn mit beiden Armen hoch. Alex stieß die Tür auf und so rannten wir auch schon los. Der Abgasqualm war sehr dicht, was die Sicht erheblich einschränkte. Da der Lastwagen eine Plane als Abdeckung hatte, war es ein leichtes auf ihn aufzuspringen. Alex sprang mit einem großen Satz und landete direkt darin. Pierre sprang ebenfalls und Alex zog ihn hinein. Spike war schwer und ich mit ihm um einiges langsamer. Ich sah beide im Lastwagen sitzen, während sie mich stumm anfeuerten. Nach einigen Schritten war ich dem Wagen etwas näher gekommen und warf mit aller Kraft Spike, Alex entgegen. Er lehnte sich aus dem Heck und fing ihn auf. Einen Moment dachte ich, er würde mit Spike heraus fallen, doch er hatte ihn. Jetzt nahm ich nochmals alle Kraft zusammen und rannte, was die Beine noch hergaben. Pierre und Alex griffen nach meinen Armen und zogen mich hinein. „Geschafft.", keuchte ich, als mir Alex auch schon eine Flasche Wasser reichte, die er hier gefunden hatte. Ich trank sie komplett aus und sah mich um. Es gab alles was das Herz begehrte. Von Benzin bis Schokolade es gab nichts was hier nicht zu finden war. Alex hatte sogar Zigaretten gefunden und freute sich sehr darüber.

Ich blickte zum Dorf zurück, welches wir nun langsam aber sicher verlassen hatten und fragte mich, wohin die Fahrt wohl gehen würde. Also kramte ich die Landkarte aus meiner Tasche und suchte sämtliche Straßen ab. Eine führte nach Teheran. Das war einer der Treffpunkte mit Stella. Vielleicht würden sie hindurch fahren und wir könnten dort abspringen und auf Stella warten.

Ich beobachtete die Landschaft und verglich sie mit der Karte, während ich Spike etwas zu Fressen und Wasser gab. Dann bogen wir auf einmal von der Straße, die nach Teheran führte, ab. Schnell sah ich auf der Karte nach, wohin diese Straße führte. Als ich der Straße auf der Karte folgte, bemerkte ich, dass diese um Teheran herum führte. Sie wollten also die große

Stadt umfahren. „Verdammt!", knurrte ich und Alex gesellte sich zu mir. Er fragte, was los sei und ich zeigte es ihm. Er verstand sofort was mich bedrückte: „Du musst wohl den nächsten Treffpunkt in Erwägung ziehen, Jim."

Es machte mich fertig, dass es nie so lief, wie ich es mir vorstellte. Pierre nahm mir meinen Rucksack ab und stopfte ihn mit Wasserflaschen und Verpflegung voll. Ich nickte ihm zu und er lächelte mich an. „Das ist das mindeste, was ich für dich tun kann. Immerhin hast du mir das Leben gerettet, Jim." Ich hatte ihn schon lange nicht mehr lächeln gesehen und es tat richtig gut.

Die Straße wurde immer steiniger und der Lastwagen fing an hin und her zu schaukeln. Das grollen der Panzer vor uns war Ohrenbetäubend, als der Lastwagen unvermittelt stoppte. „Was ist los?", fragte ich. Alex wagte einen Blick nach vorn. „Die Panzer zerstreuen sich.", sagte er leise, als auch schon schwere Schüsse zu hören waren. Es knallte und krachte. Ein Schuss nach dem anderen hallte durch das Tal. Mit einem Mal wurde es still und der Lastwagen setzte sich wieder in Bewegung.

Als wir die Straße weiter entlang fuhren konnte ich erkennen, worauf sie geschossen hatten. Am Straßenrand standen einige Autos und ein Bus. Sie brannten und waren teilweise zerfetzt. Überall lagen Menschen umher. Ich konnte spüren, dass wir über große Gegenstände fuhren. So, als ob große Steine auf der Straße liegen würden. Aber das waren keine Steine. Es waren Menschen. Alte Männer, Frauen und Kinder. Es war ein entsetzlicher Anblick. Es lagen so viel Trümmer und Körper auf der Straße, dass der Lastwagen sehr langsam fahren musste. Am Ende des Trümmerfeldes konnte ich eine Frau erkennen, welche noch lebte. Sie lag auf dem Boden und hielt sich den

Bauch. Sie war Hochschwanger und sah mir weinend in die Augen. Vermutlich dachte sie, dass wir zu den Totenköpfen gehören würden.

„Wir müssen ihr helfen, Alex.", stotterte ich und deutete auf die Frau. Alex atmete tief ein und sagte: „Wie denn, Jim? Du kannst ihr nicht helfen. Am besten du vergisst was gerade geschehen ist."

Ich sah der Frau noch einige Zeit nach, bis sie im Rauch der brennenden Trümmer verschwand. Was waren das bloß für Menschen, die so etwas ohne einen Hauch von Reue tun konnten. Ich würde wohl nie die Augen der Frau, die sich tief in meiner Seele eingebrannt hatten, vergessen können. Was war nur mit der Welt passiert? Überall Leid, Hunger und Tod, während sich die anderen in ihren Biosphären ein schönes Leben machten. Ich war so tief traurig und fragte mich einen Augenblick, ob diese Reise hier überhaupt einen Sinn hatte. Vielleicht machte ich mir ja wirklich nur etwas vor und in Wahrheit würde ich nur davor weglaufen, was mich in meinen Träumen verfolgt.

Im selben Moment nahm Alex mir die Landkarte ab und starrte darauf: „Soweit ich das sehen kann, haben wir Teheran gerade umfahren und bewegen uns nun weiter in Richtung Afghanistan."

Auf der Karte konnte ich erkennen, dass wir uns einen weiteren Treffpunkt näherten, an dem wir Stella und die anderen treffen sollten. Ich deutete mit meinem Finger auf das Kreuz, welches Alex mit Stella auf die Karte gezeichnet hatte. „Vergiss es, Jim. Solange wir in Bewegung sind, bleiben wir auf dem Wagen. Ein Treffpunkt kommt doch noch." Er hatte Recht. Ein letzter von vier Treffpunkten stand noch aus. „Diesen müssen wir aber nehmen.", ermahnte ich Alex. Er klopfte mir auf die Schulter und zwinkerte mir zu.

Es verging einige Zeit, als Alex meinte: „Es dauert nicht mehr lang, bis die Panzer auftanken müssen. Es wäre besser, wenn wir vorher verschwinden würden." Auf der Karte legte er einen passenden Punkt fest, an dem wir abspringen würden. Pierre und ich machten uns bereit und warteten darauf, dass Alex uns das Zeichen für den Absprung gab. „Okay, Jungs. Hier müssen wir raus.", verkündete er und sprang auch gleich darauf. Ich nahm Spike in die Arme und sprang zugleich mit Pierre. Die Landung war äußerst unsanft und wir versteckten uns schnell hinter einem großen Felsen. Die Panzer und der Lastwagen rollten langsam weiter. Sie hatten unseren Abgang nicht bemerkt.

„Also, wo sind wir jetzt genau?", fragte Pierre und ich warf ihm die Karte entgegen: „Siehst du das Kreuz ganz rechts? Wir befinden uns dort in der Nähe."

Alex sah sich mit dem Zielfernrohr das umliegende Gelände an: „Ja genau Freunde. Wir sind kurz vor der Afghanischen Grenze und kurz vor dem letzten Treffpunkt, den wir mit der anderen Gruppe ausgemacht hatten."

Es war sehr heiß und die Sonne brannte erbarmungslos auf uns herab. Wir marschierten dennoch motiviert los. Der Treffpunkt lag in einer kleinen Stadt namens Taybad in der Nähe der Afghanischen Grenze. „Wir sollten Taybad vor Einbruch der Dunkelheit erreichen.", merkte Alex an, als plötzlich Hundegebell zu hören war. „Stopp!", rief Pierre und zeigte auf einen Hügel. Wir sahen durch unsere Zielfernrohre und konnten erkennen, dass sich dort ein Rudel dieser Höllenhunde befand. Spike wurde ganz aufgeregt und fiepte. „Können die uns wittern?", stammelte Pierre. Alex feuchtete seinen Finger an und hielt ihn in die Luft: „Nein, das können sie nicht. Der Wind kommt aus ihrer Richtung." „Und was ist, wenn der Wind dreht?", fragte ich mit zitternder Stimme. „Dann sind wir im Arsch.", antwortete Alex, während er die Hunde durch sein Fernrohr beobachtete. „Nichts wie weiter.", quietschte ich und setzte mich auch gleich in Bewegung.

Hin und wieder sah ich durch das Fernrohr, um nach den Hunden zu sehen. Sie waren mit fressen beschäftigt. Ich konnte nicht sehen was sie fraßen, bis einer der Hunde ein Stück Stoff umher wirbelte. Es war ein Kleidungsstück. Mir wurde ganz schlecht und ich trank etwas Wasser. Alex und Pierre hatten es ebenfalls gesehen, worauf Pierre mit seinem nassen Finger wiederum die Windrichtung kontrollierte.

Nach einiger Zeit waren wir außer Sichtweite der Höllenhunde gelangt und atmeten erleichtert auf. „Es würde sich lohnen ab und zu einen Blick nach hinten zu werfen, falls sie den gleichen Weg nehmen sollten.", forderte ich Alex auf, während er sich eine Zigarette anzündete. Man konnte es ihm deutlich ansehen, dass er diese Zigarette brauchte. „Wollt ihr auch eine?", fragte er schmatzend. „Ne, lass mal gut sein.", kommentierte ich und auch Pierre schüttelte den Kopf. „Umso besser. Dann gibt es mehr für mich."

Während wir durch die trockene und kahle Landschaft liefen, sah ich immer wieder durch das Fernrohr. Ich beobachtete alle Richtungen sehr genau, bis ich schließlich eine kleine Stadt am Horizont sah: „Ich glaube da vorn ist Taybad." Alex nahm die Karte und überprüfte alles. „Ja da hast du Recht, Jim. Das ist Taybad."

Für einen kurzen Moment dachte ich daran, ob Stella vielleicht schon dort sein könnte. Mir war bewusst, dass es eigentlich unmöglich war, doch ich versuchte mir ein Wunder einzureden. Vielleicht hatte mir auch die Sonne schon zu lange den Kopf erhitzt. Jedenfalls teilte ich diesen Gedanken nicht mit den anderen beiden. Sie würden mich vermutlich für verrückt halten.

In der Nähe der Stadt bezogen wir Position und beobachteten alles penibel genau. Vielleicht waren noch Menschen dort oder auch andere Gefahren. „Ich denke, dass es sicher ist. Wir halten uns dennoch am Rand der Stadt auf.", zischte Alex, während wir uns der Stadt näherten. „In kurzer Zeit würde es dunkel werden und wir sollten uns schnell ein Lager für die Nacht suchen.", merkte Pierre an, worauf ich ihm zustimmte.

Der Wind frischte etwas auf und der trockene Staub flog umher. Die Häuser lagen sehr dicht aneinander und wir betraten auch gleich das Erste. Es war nicht besonders groß, aber es war unbeschädigt. Nachdem wir es durchsucht hatten, verriegelten wir die Tür und betrachteten die nähere Umgebung durch die Fenster. Es schien alles ruhig und verlassen zu sein. Im obersten Raum führte eine kleine Leiter direkt auf das Dach. Ich stieg hinauf und legte mich flach auf den Boden. Es war wirklich sehr still. Man konnte sein eigenes Herz schlagen hören. Dann nahm der Wind wieder zu. Er wehte aus der Richtung, aus der wir gekommen waren. Überraschenderweise hörte ich wieder Hundegebell. Der Wind trug die Töne von weit her. Ich nahm mein Gewehr zur Hand und sah durch das Visier. In weiter Ferne konnte ich, durch den Staub, den der Wind aufwirbelte, das Hunderudel, welches wir auf einem Hügel gesehen hatten, erkennen. Es bewegte sich auf die kleine Stadt zu. Schnell stieg ich wieder in das Haus hinab und berichtete den anderen beiden davon. Alex meinte, dass sie vielleicht unsere Fährte aufgenommen hatten und uns nun gefolgt seien.

Es dauerte nicht lang, als wir sie schon außerhalb des Hauses kläffen hörten. Sie sprangen an die Tür und fletschten die Zähne. Das Rudel bestand aus sehr vielen Tieren, was sehr ungewöhnlich war. Normalerweise bilden Hunde kleine Rudel, aber das waren ja auch keine normalen Hunde. „Was machen wir jetzt, Alex?", stotterte ich. „Die Viecher müssen so schnell wie möglich verschwinden. Die locken uns sonst noch eine Drohne her.", brummte Alex und stieg auf das Dach. Pierre und ich folgten ihm nach oben. Als wir vom Dach sahen, konnten wir alle Höllenhunde gut erkennen. Das Rudel war noch größer wie angenommen. Pierre nahm sein Gewehr und zielte auf einen dieser Teufel: „Sollen wir sie erschießen?" Alex sah sich genau um: „Es sind zu viele. Wir würden unsere gesamte Munition vergeuden." Er nahm den Chip aus der Tasche und schaltete ihn ein. Die Hunde waren so laut, dass er in das Haus zurückkehren musste, um überhaupt etwas zu hören. Gleich darauf kam er wieder hinauf: „Bisher ist keine Drohne in der Nähe. Aber das kann sich schnell ändern."

Überraschend hörten die Hunde auf zu bellen und rannten wieder davon. „Was ist jetzt los?", wollte ich wissen. Keiner der beiden hatte eine Antwort auf meine Frage. Sie gingen in das Haus zurück, während ich noch eine Weile oben auf dem Dach blieb und mir den Sonnenuntergang ansah. Ich fragte mich, warum die Hunde genau dann wegliefen, als die Sonne den Horizont berührte. Vielleicht hatten sie gelernt, dass die Drohnen bei Dunkelheit öfters auftraten und es besser für sie sei sich zu verstecken.

Ich dachte ununterbrochen an Stella. Wenn sie es bis hier her geschafft hatte, dann würde sie sicherlich versuchen mich mit dem Funkgerät zu erreichen. Schnell schnappte ich mir meinen Rucksack und schaltete den Funk ein. Als ich Kanal für Kanal durchging, fing ich einen Funkspruch ab. Zwei Männer unterhielten sich in meiner Sprache über die Atomexplosion, welche wir auch gesehen hatten. Ich gab keinen Mucks von mir, denn ich wollte nicht auf mich aufmerksam machen. Sie sprachen darüber, dass die Explosion gewollt war, weil sich in diesem Gebiet zu viele Milizen befanden. Ich war schockiert. Wer waren diese Männer am Funkgerät? Sie sprachen auch darüber, dass sich in Indien in der Nähe von Bathinda, die Hauptzentrale für die Drohnen befand und die Drohnen nun nur noch zum Auskundschaften der Gebiete benutzt würden, um später gezielt die Kernwaffen einzusetzen, da es effektiver sei und sie befürchteten die Grenzen nicht mehr lang halten zu können. Jetzt wusste ich auch wer die Männer mit den Totenköpfen waren. Sie waren wohl auf dem Weg zur Indischen Grenze, um dort die Regierungsfreie Zone zu erweitern.

Ich stieg die Leiter hinab und berichtete den anderen beiden von dem Funkgespräch. Sie waren sichtlich überrascht und konnten es kaum glauben. Pierre fragte mich, warum ich das Funkgerät angeschaltet hatte. „Nur so. Ich wollte mal sehen, ob es noch funktioniert.“, stammelte ich leise, als Alex dazwischen rief: „Wegen Stella, Pierre. Warum denn sonst.“ Pierre lachte leise: „Das hatte ich mir schon gedacht. Unser Romeo, Jim.“

„Ihr zwei seid echt anstrengend, wisst ihr das eigentlich?“ Dann musste ich auch lachen, obwohl es eigentlich überhaupt nichts zu lachen gab. Ich versorgte noch schnell Spike und legte mich aufs Ohr. „Brauchen wir für heute Nacht eine Wache, Alex?“, gähnte Pierre. „Nein, Jungs. Hier ist weit und breit niemand. Ruht euch aus.“

Spike kuschelte sich ganz nah an mich heran und leckte meine Hand. Es war schön einen Freund, wie ihn zu haben. Ich musste an die schwangere Frau auf der Straße denken und konnte einfach nicht begreifen, wie man zu solch etwas fähig sein konnte. Was würde wohl mit ihr passieren? Würden sie die Hunde fressen oder würde sie verdursten? Die verschiedensten Gedanken kreisten mir durch den Kopf und ich wusste, dass dies auch nicht an Pierre und Alex spurlos vorbei ging. Es sprach nur keiner darüber.

Unterdessen wurden meine Augenlieder immer schwerer, bis sie schließlich zu fielen. Ich hatte fürchterliche Albträume von toten Menschen und dickem schwarzem Rauch, bis mich schließlich ein Hundebellen weckte. „Spike, sei still.", brabbelte ich und öffnete die Augen. Spike lag vor mir und sah mich an. Das Bellen kam nicht von ihm. Draußen war es bereits wieder hell geworden. Die Höllenhunde waren zurückgekehrt. Auf einmal sprangen sie wieder an die Tür. Pierre und Alex wachten von dem Lärm auf. „Was ist los?", fragte Pierre. „Die Viecher sind zurück.", stammelte ich und stieg erneut auf das Dach. Es war das gleiche Rudel wie am Vortag. Die anderen beiden kamen ebenfalls nach oben und wir überlegten uns gemeinsam, wie wir die Hunde ohne unsere Kugeln zu verschwenden, aus dem Weg schaffen könnten.

Alex sprang auf: „Ich habe eine Idee." Wenn wir irgendwie auf die andere Straßenseite kommen würden, könnten wir sie in die Luft jagen." Pierre und ich sahen uns fragend an. „Und wie? Hast du etwa eine Granate?" Alex deutete auf das Haus gegenüber: „Wie es aussieht, war das mal ein Blumenladen." „Ja, und? Willst du sie mit nichtvorhandenen Blumen in die Luft sprengen?" Ich fragte Pierre, ob Alex genügend Wasser getrunken hatte oder ob er dehydriert sei. Alex verdrehte die

Augen: „Ihr zwei Pfeifen habt auch von nichts eine Ahnung. Es gibt in diesem Laden mit Sicherheit noch Dünger. Und aus Dünger lässt sich, wenn man weiß wie, leicht Sprengstoff herstellen." Ich musste laut lachen: „Und du kannst das?" „Ihr werdet schon sehen, ihr Oberpfeifen aller Pfeifen."

„Und wie willst du dorthin gelangen? Willst du einfach über die Straße gehen, während sich zwei Dutzend Höllenhunde um dich rum scharen?" Pierre unterbrach mich: „Wir knallen sie einfach ab, dann ist Ruhe." Alex schüttelte den Kopf und stieg die Leiter hinunter. Dann suchte er alte Kleidung, Vorhänge und Teppiche zusammen. „Helft mir mal. Wir müssen alles in Streifen schneiden und aneinander Knoten. Und versichert euch das die Knoten halten." Ich dachte, ach warum nicht und begann mit meiner Machete die Sachen in Streifen zu schneiden.

Als wir fertig waren, hatten wir ein dickes langes Seil. Jetzt verstand ich, was er vorhatte. Er wollte sich hinüber hangeln. „Wir brauchen aber noch etwas, wie einen Enterhaken.", merkte ich an, als Alex mit einem alten Küchenstuhl aus Metall um die Ecke bog. Er formte die Stuhlbeine so, dass es aussah wie ein Enterhaken. Dann befestigte er das Seil daran und stieg auf das Dach. Irgendwie erinnerte er mich an George, dachte ich noch, als er das Seil, wie ein Lasso in der Luft schwang. Er warf es herüber, doch er verfehlte das Dach. Er zog den Stuhl wieder nach oben und versuchte es erneut. Nach einigen Fehlversuchen hatte er es geschafft. Der Stuhl verkeilte sich am Dach des anderen Hauses und die Hunde beobachteten uns ganz genau.

Wir zurrten das Ende des Seils fest und Alex zog sich langsam über den Abgrund. „Hoffentlich hält das, Pierre." Kurz verlor

Alex halt und drohte hinunter zu stürzen. Die Höllenhunde Sprangen wie verrückt hoch und versuchten nach ihm zu schnappen. Sie fletschten die Zähne und attackierten sich teilweise selbst. Wenn Alex jetzt abrutschen würde, wäre er verloren. Sie würden ihn sofort zerfetzen. Mein Herz raste wie wild, bis er es schließlich geschafft hatte. Er kletterte auf das Dach und sah nach unten: „Ja, das könnt ihr nicht, ihr Scheißviecher." Dann verschwand er im Haus. „Meinst du er findet dort Dünger?", fragte mich Pierre. „Wer weiß, Plünderer haben dafür sicher keine Verwendung gehabt."

Einige Minuten Später kam Alex wieder auf das Dach und zeigte stolz eine Packung Dünger. Er hatte noch einige andere Sachen dabei und alles in eine Tüte gepackt. „Ich werfe sie jetzt rüber!" „Okay, alles klar!" Er holte ein paar Mal aus und dann flog die Tüte im hohen Bogen über die Häuserschlucht. Pierre konnte sie fangen und freute sich fühlbar. Unten versuchten die Hunde ebenfalls in das andere Haus zu gelangen und schlagartig sprang die Tür auf. „Alex komm schnell zurück. Die Viecher sind im Haus!" Sein Lachen verwandelte sich urplötzlich in Panik. Mit einem Satz sprang er auf das Seil und hangelte los. Einige Hunde waren bereits auf dem Dach angekommen und zerrten am Seil. Alex hatte gerade erst die Hälfte erreicht, als sich der Stuhl vom Dach löste und Alex mit dem Seil an unsere Hauswand knallte. „Nicht loslassen Alex!", schrie ich aus voller Kehle. Wir versuchten ihn nach oben zu ziehen, doch die Knoten im Seil machten es fast unmöglich. Sie verhakten sich immer an der Dachkante. „Ich kann nicht mehr lange! Beeilt euch bitte!", schrie er ängstlich hinauf. Die Hunde flippten völlig aus. Sie erwarteten jeden Moment den Fall von Alex. Ich hatte kaum noch Kraft und meine Beine zitterten schon unkontrolliert herum, als Spike unverhofft auf das Dach kam und ebenfalls mit am Seil zog. Er hatte viel mehr Kraft wie ich und so konnten wir Alex sicher nach oben ziehen. Ich war fix und fertig und sank zu Boden. Alex keuchte und hustete: „Noch eine Sekunde länger und ich hätte mich nicht mehr halten können. Spike du bist der Beste. Ich nehme alles zurück, was ich schlechtes über dich gesagt habe."

Alex hatte eine kleine Platzwunde am Kopf durch den Aufprall an der Wand erlitten. Ich sah mir die Wunde an und reinigte sie etwas. Als ich fertig war, begann er auch schon die verschiedenen Chemikalien, die er gefunden hatte, in einer Flasche zusammen zu mischen. Er schüttelte sie kräftig und bohrte ein kleines Loch in den Deckel. Um die Flasche herum band er noch ein Stück Vorhang, welches übrig geblieben war und steckte etwas Essen hinein. „Seid ihr bereit, Männer?", fragte er mit einem Grinsen und steckte sich eine Zigarette an. Genüsslich zog er ein paar Mal daran und steckte sie anschließend in das Loch am Deckel. Er ging zum Rand des Daches und pfiff mehrmals laut. Die Hunde versammelten sich unter ihm. Mit einmal holte er aus und warf die Flasche weit in die Straße hinein. Die Hunde rannten wie wild dem Geschoss hinterher und stürzten sich auch gleich darauf. Sie zerrten an dem Stoffrest herum und fraßen die Köder.

Doch es passierte nichts. „Sollte es nicht explodieren, Alex?", spottete Pierre. „Abwarten Männer. Abwarten." Das gesamte Rudel war mit der Flasche beschäftigt. Dann, mit einem riesigen Schlag, explodierte die Flasche. Die Hunde flogen in alle Richtungen. Dann wurde es still. Auf der Straße war ein tiefes Loch zu sehen. Die Sprengkraft war so enorm, dass die Fenster der umliegenden Häuser zersprangen. Einige der Hunde zuckten noch, doch es dauerte nicht lange und alle lagen still auf der Straße herum.

„Woher kannst du sowas, Alex?“, wollte ich von ihm wissen. „Weißt du Jim, das ist eigentlich völlig egal. Mach dir darüber keine Gedanken. Wichtiger ist, wie es jetzt weiter geht. Ich weiß, dass du hier auf Stella warten musst, aber ich kann nicht warten. Ich muss zu meiner Familie. Wir werden morgen nach Kasachstan aufbrechen. Das heißt dann auf Wiedersehen sagen, Kleiner.“

„Und was soll ich nur ohne euch machen?“ Sie schwiegen mich an und sahen auf den Boden. Ich wusste, dass sie es ernst meinten. Ab morgen wäre ich mit Spike allein. „Wir wissen ja wo du hin willst, Jim. Wir versuchen nachzukommen.“, sagte Pierre und klopfte mir auf die Schulter. „Ach und noch etwas, Jim. Wenn deine Vorräte zuneige gehen, während du nach Stella Ausschau hältst, warte nicht bis du alles komplett verbraucht hast, sondern zieh dann weiter. Vergiss das nicht.“, ermahnte mich Alex, während er sich eine weitere Zigarette ansteckte. Ich hoffte nur, dass es nicht soweit kommen würde und die andere Gruppe bald auftauchte.

Den gesamten Tag verbrachte ich auf dem Dach und hielt Ausschau nach Stella. Hin und wieder schaltete ich den Funk ein, doch es war rein gar nichts zu hören. Alex kam abends zu mir auf das Dach und setzte sich neben mich. Er drückte mir den Chip in die Hand und meinte, dass ich ihn haben sollte. Ich nahm ihn, sagte jedoch kein Wort. Ich konnte ihm ansehen, dass es ihm nicht leicht fiel, mich allein zu lassen. Wiederum konnte ich ihn ja verstehen. An seiner Stelle würde ich auch meine Familie aufsuchen, um sie in Sicherheit zu bringen. Der Unterschied war nur, dass er wusste, wo sich seine Familie befand.

Die Sonne ging langsam unter und es wurde kühler. Die Sterne leuchteten sehr hell und ich beschloss die Nacht auf dem Dach zu verbringen. Spike leistete mir Gesellschaft. Wenigstens bin ich dann nicht ganz allein, dachte ich und streichelte seinen Kopf. Dann deckte ich uns mit dem Mantel zu und wir schliefen friedlich ein.

Am nächsten Morgen weckte mich die Sonne sanft aus meinem Schlaf. Ich öffnete die Augen und blickte direkt in den Himmel. Er war sehr klar und friedlich. Ich stieg die Leiter herab, um noch etwas Zeit mit Alex und Pierre zu verbringen, doch ich konnte sie nirgends finden. Auf dem Tisch stand eine Flasche Whiskey, welche Alex im Lastwagen gefunden hatte. Es war ein Geschenk zum Abschied. Sie waren bereits fort. Sie hatten mich schlafen lassen und sind still verschwunden. Ich hätte mich so gern noch verabschiedet. Ein Gefühl der Traurigkeit überkam mich und es tat sehr weh. Die beiden waren für mich wie eine Familie geworden. Ich versuchte sie vom Dach aus zu entdecken, jedoch vergebens. Sie waren fort. Einfach so verschwunden. Spike sah mich an, als könnte er genau verstehen, wie ich mich fühlte.

Nun war ich allein. Ganz allein, mit einem Hund in einer kleinen Stadt, irgendwo im Iran. Pierre und Alexander fehlten mir jetzt schon. Ich wusste, dass die Chance sehr gering war oder besser gesagt, so gut wie gar nicht bestand, die beiden jemals wieder zu sehen. Ich konnte nur hoffen, dass Stella und die anderen bald auftauchen würden. Meine Verpflegung würde etwa eine Woche für Spike und mich reichen, dann müsste ich weiterziehen, um nicht zu verhungern. Wie man nach Grundwasser gräbt, hatte ich ja von Pierre gelernt. Und falls ich einmal an einem See vorbei kommen würde, wusste ich, wie ich auch ohne Angel einen Fisch heraus bekommen könnte. Ich hatte von ihnen viel gelernt und dafür bin ich sehr dankbar.

Die meiste Zeit verbrachte ich Ausschau haltend auf dem Dach. Weit und breit war jedoch keine Menschenseele zu entdecken. Hin und wieder schaltete ich das Funkgerät und den Chip ein. Doch nur Stille füllte meine Ohren. Einen Augenblick dachte ich daran, ob es nicht besser gewesen wäre, die Beiden zu begleiten. „Australien, Jim. Australien.", sagte ich immer wieder vor mich her.

Der Tag verging. Es kam mir vor, wie eine Ewigkeit. Als die Sonne sich senkte, nahm ich mein Abschiedsgeschenk in die Hand und rief laut: „Du bist der Beste, Alex!" Ich öffnete die Flasche und nahm einen großen Schluck daraus. Der Whiskey brannte wie Feuer. Ich fing an wie verrückt zu husten und keuchte: „Wow, was ist denn das für ein Zeug." Es waren schon einige Monate her, als ich das letzte Mal etwas Hochprozentiges getrunken hatte. Doch die Wirkung des Alkohols ließ mich nach mehr verlangen und so nahm ich einen weiteren großen Schluck aus der Flasche. „Das ist nichts für dich, Spike.", lallte ich lustig herum. „Komm mein Kleiner. Wir schlafen heute im Haus." Als ich es mir mit Spike gemütlich machte, musste ich an die anderen Beiden denken. Wie es ihnen wohl gerade ginge? Ob sie einen ruhigen Platz für die Nacht gefunden hatten und ob sie auch an mich dachten? Im Kopf ließ ich meine bisherige Reise Revue passieren, wie Pierre jetzt sagen würde. Ich hatte nie wirklich Zeit gehabt, die erlebten Dinge zu verarbeiten. Doch umso mehr ich darüber nach dachte, umso schlechter ging es mir. Außer bei dem Gedanken an Stella. Sie fehlte mir so unheimlich sehr. Ich stellte mir vor wie es wäre, wenn ich morgen die Augen öffnen würde, und sie mit ihrem schönem Haar und ihrer süßen Stubsnase vor mir stehen würde. Ich konnte sogar ihr Lachen hören und spürte ihre Lippen auf meinen. Es war so außergewöhnlich schön.

Dann brach ein neuer Tag an und von Stella war weit und breit nichts zu sehen. Auch das Funkgerät gab keinen Laut von sich. Ich fragte mich, ob ihr etwas passiert sei. Ach wäre ich doch besser mit im Wagen mitgefahren, anstatt auf dem Motorrad. Dann könnte ich sie nun in meinen Armen halten.

Die Tage vergingen wie in Zeitlupe. Einer schlimmer als der andere. Nun war ich schon vier Tage allein in diesem Haus und noch immer war Stella nicht in Sicht. Die Verpflegung würde nur noch wenige Tage reichen und im Umkreis gab es absolut nichts. Was sollte ich also tun? Ich wollte aber nicht weiter ziehen. Dies war für sie und mich der letzte Treffpunkt. Würde ich bleiben, könnte ich verhungern. Würde ich fortgehen, könnte ich Stella nie wieder sehen.

Vielleicht würde ich in dieser kleinen Stadt noch etwas Nahrung finden. Es war zwar äußerst unwahrscheinlich, aber der Optimismus begleitete mich schon immer. Ich wusste ebenfalls, dass es sehr gefährlich werden könnte, allein in die Stadt zu gehen. Immerhin war ich am äußersten Rand und wer wusste schon, was sich in der Stadt befand. Dennoch wollte ich es versuchen. „Spike, morgen früh machen wir einen Spaziergang.", flüsterte ich ihm zu und wartete gespannt auf den Sonnenaufgang.

Kapitel 12

Sobald die Sonne ihre ersten Strahlen über den Horizont streckte, machten wir uns auf den Weg. Die Straßen waren staubig und trocken. Wir liefen von Haus zu Haus. Im inneren der Häuser waren die meisten Möbel zertrümmert und außer Staub und Dreck war nichts darin zu finden. Spike war meine Alarmanlage. Ich wusste, wenn er die Ohren spitzen würde, dann wäre etwas zu hören, was für meine Ohren zu leise oder zu weit entfernt war. So behielt ich ihn immer im Blickfeld.

Nach einigen Stunden hatten wir dieses Viertel abgesucht. Unsere bisherige Ausbeute waren nur Enttäuschung und Frust. Doch ich wollte nicht aufgeben. Es musste doch in dieser kleinen Stadt irgendetwas geben, was mir von Nutzen sein konnte. Durch die viele Bewegung in der prallen Sonne, schrumpften die Wasservorräte schneller als erwartet.

Als wir in die nächste Straße einbogen, stand am Ende der Straße ein großes Gebäude. Es hatte etwas von einer Bibliothek und war dennoch anders. Ich dachte mir, dass es dort vielleicht Getränkeautomaten oder etwas in dieser Art gab und beschloss einen Blick hinein zu werfen. Die Türen standen weit offen und es war absolut finster darin. Spike sprang hinein und verschwand. „Spike!", rief ich laut, doch er hörte nicht. Langsam und Schritt für Schritt folgte ich ihm in die Dunkelheit. Glas und Staub knirschte unter meinen Schuhen. Umso tiefer ich hinein ging umso schlechter wurde die Luft. Es roch nach Batteriesäure oder etwas in dieser Art. Am Ende des Gangs war ein kleines Licht zu sehen und ich konnte das bellen von Spike von dort vernehmen. Er hatte seit Stunden keinen Laut von sich gegeben, also musste er etwas gefunden haben. Sehr wahrscheinlich war es nicht das, wonach ich suchte. Ich nahm mein Gewehr und schlich langsam auf das Licht zu. Als ich näher kam, bemerkte ich, dass dieses Licht von außen in einen Raum hinein schien. Die Tür stand offen und Spike sprang aus dem Raum heraus. Er hechelte mich an und sah so aus, als ob ich ihn loben sollte, dass er etwas gefunden hatte. Doch was hatte er gefunden? Was war in diesem Raum? Besonnen betrat ich diesen großen Raum, welcher von der Sonne durch die Dachfenster geflutet wurde.

An den Wänden konnte ich Landkarten mit Markierungen finden. Sie zeigten das Gebiet auf, in dem ich mich befand. Im Raum standen viele Tische mit den modernsten Computern die es zu dieser Zeit gab. Ebenfalls lag haufenweise modernste Militärtechnologie herum. Akten lagen auf dem Boden verstreut und in den Wänden waren Einschusslöcher zu finden. Im hinteren Teil des Raumes waren zwei weitere Türen zu sehen. Beide waren angelehnt. Mit meinem Lauf schob ich die erste der beiden Türen langsam auf. Darin standen hunderte Feldbetten. Es sah wie ein Auffanglager aus. Auf dem Boden lagen Schuhe, Fotos und Kleidung verstreut. Ich hob eines der Fotos auf und konnte darauf ein älteres Paar mit einem kleinen Mädchen sehen. Spike begann vor der anderen Tür zu bellen. Behutsam schlich ich zu der anderen Tür, wo Spike schon auf mich wartete. Ich schob sie ebenfalls mit dem Lauf meines Gewehres langsam auf und traute meinen Augen nicht. Ein großer Haufen Knochen und Schädel ragte sich vor mir bis zur Decke. Die Schädel hatten alle Einschusslöcher an der Stirn. Manche waren total zertrümmert. Viele der Knochen waren zerbrochen. Was war hier nur geschehen? Wer hat so etwas getan? Als ich mich umdrehte sah ich an der Innenseite der Tür den gleichen roten Totenkopf wie bei den Männern im Dorf. Waren sie für diese grauenvollen Taten verantwortlich oder war dies einer ihrer provisorischen Stützpunkte? Sicher war, dass hier hunderte Menschen Zuflucht gesucht hatten, ausgezogen hingerichtet, vermutlich verbrannt und auf einen Haufen geworfen wurden. Was ich aber nicht verstehen konnte, war die Tatsache, dass eine Art von Militär ihnen Schutz bot. Dies passte aber nicht zu den Totenkopfmännern, genauso wenig wie zu den Biosphären der Regierungen. Sie hätten kein Auffanglager errichtet. Sie hätten sie direkt getötet. Aber was machte der rote Totenkopf an der Innenseite der Tür? Das alles ergab keinen Sinn. Ich war verwirrt. Und plötzlich musste ich an Stella denken. Vielleicht hatten sie diese Stadt vor uns erreicht und waren hier im Auffanglager gewesen. Schnell rannte ich in den Raum in dem die Betten standen und suchte nach ihrer Kleidung oder ihren Schuhen. Während ich mich durch hunderte Kleidungsstücke wühlte kamen mir die Tränen. Ich weinte laut und schrie: „Nein! Bitte nicht!"

Doch ich fand nichts, was ich ihr zuordnen konnte. Alles was ich zwischen der ganzen Kleidung und Schuhen fand war eine kleine Spieluhr, ein orientalisches Kartenspiel und ein Feuerzeug. Stella war nicht unter den Toten. Erleichtert sank ich auf die Knie. Was spielte sich nur in dieser Welt ab?

Ich steckte die gefundenen Dinge ein und betrachtete die Landkarten genauer. Schnell war festzustellen, dass die Grenze der Regierung unmittelbar an dieser kleinen Stadt verlief. Zum jetzigen Zeitpunkt verläuft die Militärfeie Zone bis nach Indien. Auch die Akten nahm ich mir vor. Ich wurde jedoch nicht schlau daraus. Pierre und Alex hätten dieses Chaos sicher besser verstanden. Aber möglicherweise könnte ich etwas von der Militärtechnik gebrauchen können. Jedes dieser Geräte war beschädigt oder funktionsunfähig gemacht worden.

„Wieso sollte jemand, der solch eine Technik in die Hände bekommt, sie anschließend zerstören?", sprach ich laut aus, als mich Spike mit einer roten Flüssigkeit im Gesicht erschreckte. „Was hast du denn da an der Nase, Spike? Ist das etwa Blut?" Ich wischte es ihm ab und bemerkte, dass es Farbe war. Spike rannte darauf in den Raum mit den vielen Toten. Ich war neu-

gierig, woher Spike diese Farbe hatte und folgte ihm. In einer
Ecke stand ein Farbtopf mit dieser roten Farbe. „Die haben sie
also verwendet um den Totenkopf an die Tür zu malen. Aber
wenn der Farbtopf offen stand und die Farbe noch nicht ausgetrocknet ist, muss das heißen, dass dieses Bild erst vor kurzem
an die Tür gemalt wurde.“

Ich war ratlos. Dieser Stützpunkt war mit Staub überdeckt. Der
Farbtopf hatte jedoch keinerlei Staubpartikel an sich. Mir wurde
außerordentlich unwohl. Ich nahm den Topf und pfiff Spike zu.
Wir rannten aus dem Gebäude und machten uns aufmerksam
auf den Rückweg. Ich hatte das unwohle Gefühl, dass sich hier
noch jemand anderes aufhalten könnte.

Der Rückweg kam mir vor wie eine Ewigkeit. So viele Fenster
und Gassen. Wir liefen verschiedene Umwege, um eventuelle
Beobachter zu verwirren, bis wir endlich unser Haus erreichten.
Bevor wir hinein gingen betrachtete ich mir die Umgebung
äußerst genau ob sich etwas rührte. Mit einem Satz sprangen wir
hinein und ich verriegelte die Tür. Geradewegs stürmte ich auf
das Dach um mich erneut umzusehen. Bewegungslos lag ich
einige Stunden, mit dem Blick in die Stadt, auf dem Haus.
Allerdings blieb alles still und bewegungslos. Eventuell waren
diejenigen mit der Farbe schon aus der Stadt verschwunden
oder sie hielten sich in einem anderen Viertel auf. Da uns die
Nahrung ohnehin langsam ausging, hatte ich entschieden, mit
der Farbe die ich mitgenommen hatte eine Nachricht für Stella
groß an eine Hauswand zu schreiben und die Stadt dann zu
verlassen. „Morgen geht es weiter, Spike. Wir müssen hier weg
mein großer.“

Als es dämmerte legte ich mich mit Spike in eine Ecke, um früh
einzuschlafen. Wir würden morgen viel Kraft benötigen. Wer

wusste schon was uns nach der Stadt erwarten würde. Ich zog die Sachen aus meiner Tasche die ich heute gefunden hatte. Die Spielkarten waren schon alt, aber noch in einem guten Zustand. Ich hatte keine Ahnung, wie man damit spielte und doch fand ich gefallen an diesen Karten. Das Feuerzeug war sehr schmutzig. Es war aber ein leichtes es zu säubern. Es bestand aus Metall und hatte eine Gravur, die ich nicht entziffern konnte. Es sah sehr edel aus und erinnerte mich irgendwie an England. Die Spieluhr war etwas zerbeult aber sie schien zu funktionieren. Ich zog den Schlüssel an der Seite auf und sie fing auch direkt an zu spielen. Es war eine sehr schöne Melodie. Sie war etwas traurig aber gleichfalls auch fröhlich. Es tat so gut etwas Musik zu hören. Ich hatte ja keine Ahnung wie wichtig Musik für die Seele war. Sie berührte mich zu tiefst und meine Augen wurden feucht. Ich musste weinen und zur selben Zeit lachen. Es war ein sehr merkwürdiges Gefühl. Auch Spike hatte gefallen an der Musik gefunden. Er legte seinen Kopf auf meine Beine und blickte mich erfreut an. Dieser Moment war unbezahlbar und ich genoss ihn mit etwas Whiskey bis die Sonne vollkommen verschwunden war. Ich legte die Spieluhr bei Seite, kontrollierte den Funk und den Chip und schloss dann meine Augen. Die ganze Nacht wachte ich immer wieder schweißgebadet auf. Mir ging das Bild der vielen Toten nicht mehr aus dem Kopf. Ich hatte fürchterliche Angst, denn ich war allein. Dennoch versuchte ich in der Nacht so viel Schlaf zu bekommen wie nur möglich war.

So wie die Sonne mich weckte war ich übermäßig aufgeregt. Heute würde ich dieses sichere Haus verlassen und mich weiter auf eine ungewisse Reise machen. Ich beobachtete zunächst mit meinem Zielfernrohr die Umgebung. Danach blickte ich hoffnungsvoll zum Horizont, ob Stella nicht vielleicht doch in letzter Sekunde erscheinen würde. Doch ich musste mir eingestehen, dass dies nicht geschah und machte mich daran die Botschaft für sie sichtbar an die Hauswand zu malen. Während ich den ersten Buchstaben mit den Fingern an die Wand strich, überkamen mich die Gedanken daran, wie wohl jemand in einem Raum, mit so vielen toten, mit der gleichen Farbe den Totenkopf an die Tür strich. Ich fragte mich, was dieser Totenkopf überhaupt zu bedeuten hatte.

Nach wenigen Minuten war ich mit meiner Botschaft fertig. Sie war unübersehbar.

Jim war hier. Nach fünf Tagen weitergezogen in Richtung Indien. Bathinda. Punjab. Ich liebe dich Stella.

Anschließend packte ich alles zusammen und wir zogen los. Ich entschied um die Stadt herum zu laufen und nicht hindurch. Nachdem ich mir nicht mehr sicher war, ob ich hier allein war, hielt ich es für das Beste in Deckung zu bleiben. Wir blieben dennoch dicht an den äußersten Häusern, um wenigstens etwas Schutz zu bekommen. Viele Gassen mündeten in die Stadt hinein und ich achtete auf jede Kleinigkeit. Hinter einem der Häuser fand ich überraschenderweise ein altes Fahrrad. Der Lenker war zwar verdreht, aber das konnte ich schnell wieder richten. Die Reifen hatten allerdings sehr wenig Luft. Ich versuchte es trotzdem und trat in die Pedale. Spike hastete mir hinterher und ich konnte feststellen, dass ihm der Auslauf richtig gut tat.

Wir kamen deutlich schneller voran als davor und verließen auch bald die Stadt in Richtung afghanische Grenze. Ein großes blaues Schild, ähnlich wie ein Tor verband die zwei Länder. Jalalabad, Kabul und Kandahar stand mit entsprechenden Kilometerzahlen darauf. Nun waren wir in Afghanistan angekommen. Die Straße war sehr staubig und schwer mit dem

Fahrrad zu befahren. Außen herum waren viele Hügel und Berge. Ich hoffte nicht auf Höllenhunde oder andere Gestallten zu treffen. Denn von hier gab es nur eine Richtung. Vor oder zurück.

Möglicherweise würde ich ab und zu in ein kleines Dorf gelangen, in dem ich mich etwas verstecken und ausruhen könnte. Jedenfalls musste ich schnell weiter. Umso eher ich die Grenze hinter mir lassen würde umso eher würde ich mich freier bewegen können. Das Wasser und die Nahrung würden uns nur noch zwei Tage reichen. Also musste ich achtsam Ausschau nach Wurzeln und einer geeigneten Stelle für Grundwasser halten. Ich hätte Alex besser gefragt, ob Hunde auch Wurzeln fressen. Denn was sollte ich machen, wenn nicht?

Es kam mir vor, als würde ich mich keinen Meter vom Fleck bewegen. Meine Beine wurden müder und wir mussten immer öfters eine Pause machen. Selbst Spike wurde langsamer und man konnte ihm deutlich ansehen, dass er völlig erschöpft war. Aber hier konnten wir nicht bleiben. Wir mussten irgendwo etwas finden, dass uns Schutz gab, aber es waren keine Häuser in Sicht. Kilometerweit gab es kein einziges Dorf, bloß Schotter und Steppe. Ich hatte das Gefühl, als würden die Reifen immer mehr Luft verlieren. Kurz hielt ich an, um nachzusehen. Spike keuchte erleichtert, als wir hielten. Die Reifen waren fast komplett leer und ich fuhr eigentlich nur noch auf den Felgen. Dennoch entschied ich mich weiter zu fahren. Es war trotz allem besser als zu laufen.

Wir hatten nur noch sehr wenig Wasser. Es reichte gerade für einen von uns beiden. Spike brauchte es mehr als ich. Seine Zunge hing schon fast zum Boden. Ich trank die restliche Flasche Whiskey leer. Es war ja trotzdem Flüssigkeit. Die Tour ging schleppend weiter, bis meine Kehle wieder völlig trocken war. Zudem hatte ich, von dem Whiskey, mächtig einen sitzen.

Wir brauchten dringend Wasser. Sauberes Trinkwasser. Ich suchte eine Stelle und fing an mit der Machete nach Grundwasser zu graben. Aber wie tief ich auch grub, der Boden blieb Staubtrocken. Ein weiteres Loch musste her. Vielleicht hatte ich nur nicht die richtige Stelle erwischt. Ich grub immer tiefer, doch es tat sich nichts. Nach einer langen Zeitspanne hatte ich mindestens zehn dieser Löcher gegraben und war noch durstiger als zuvor. Alles um uns herum war völlig ausgetrocknet. Hätte ich den Whiskey nicht ausgetrunken, wäre ich sicher schon in Panik verfallen. Ich hatte keine Kraft mehr weiter zu fahren, geschweige denn zu gehen. Die Stundenlange Fahrt hatte mich vollkommen erledigt. Ich legte mich auf den trockenen Boden und starrte in den Himmel. Es war so unglaublich heiß. Kurz dachte ich daran, dass ich demnächst irgendwann Geburtstag hätte. Doch ich wusste nicht genau wann. Welchen Monat hatten wir eigentlich? Ich hatte kein Zeitgefühl mehr. Ich deckte Spike und mich mit dem Mantel zu, damit wir etwas Schutz vor der Sonne hatten. Irgendwann bin ich schließlich eingeschlafen.

Plötzlich fing ich an zu frieren. Ich öffnete die Augen und sah, dass es bereits Nacht geworden ist. „Wie lange war ich weggetreten, Spike?", fragte ich ihn. Er sah mich an als wolle er sagen, dass wir den nächsten Tag nicht überleben würden.

Die Temperaturen sind extrem gefallen und der Mantel war vom feuchten Tau komplett durchnässt. Ich versuchte den Mantel auszuwringen, um etwas Wasser aus ihm heraus zu bekommen. Mir war im diesem Moment egal, ob er mit dem Radioaktivem Regen in Berührung gekommen war. Doch der

Stoff ließ keinen einzigen Tropfen frei.

Durch die Nässe wurde mir immer kälter. Auch Spike zitterte stark. „Wir brauchen ein Feuer, Spike!" Ich sammelte totes Gestrüpp auf und zündete es mit dem Feuerzeug an. Es dauerte eine Ewigkeit bis es brannte, doch dann wärmten uns die Flammen sanft.

Ich schaltete den Chip alle paar Minuten ein, ob er einen Laut von sich gab. Denn wie ich wusste reagieren die Drohnen auch auf Licht. Zu unserem Glück blieb das Piepsen aus. Die Feuchtigkeit drang bis tief in die Kleidung und mir wurde noch kälter. Es war schon ein merkwürdiger Moment. Einerseits haben wir kein Wasser und schrecklichen Durst, und andererseits lässt einen die Feuchtigkeit fast erfrieren. Ich fragte mich was ich hier eigentlich tat? Ich versuchte die Nacht so schnell wie möglich hinter mich zu bringen und schloss die Augen um schlafen zu können. Aber es war eher ein Halbschlaf. Ständig wachte ich auf und sah nach dem Feuer.

Sobald die Sonne aufging machten wir uns zitternd auf den Weg. Das Fahrrad ließ ich liegen. Ich hatte keine Kraft mehr in die Pedale zu treten. Meter für Meter schleppte ich mich vorwärts. Es dauerte nicht lang und die Temperaturen stiegen rasant an. Nach einigen Stunden Fußmarsch schwitzte ich noch mehr, wie am Vortag. Ich wünschte mir die kalte nässe der Nacht zurück. „Wieso gibt es hier kein Wasser oder wenigstens ein Dorf?", nuschelte ich immer wieder. Spike wurde immer langsamer. Ich hatte Angst, dass er aufgeben würde und einfach liegen blieb. „Komm mein Kleiner.", feuerte ich ihn an und er schleppte sich schleichend weiter. Ich wollte ein weiteres Loch graben, um nach Grundwasser zu suchen, doch ich hatte keine Kraft mehr. Ständig legte ich mich auf den Boden um mich auszuruhen. Ich fragte mich ob ich nicht einfach hier liegen bleiben und einfach mit allem abschließen sollte.

Als ich schlapp im Staub lag, sah ich in der Ferne etwas aufblitzen. Müde streckte ich meinen Kopf nach oben und versuchte zu erkennen, was das sei. Es flimmerte wie eine Wasseroberfläche. Ich sah nochmals genauer hin und es sah tatsächlich aus wie Wasser. „Spike! Komm schon! Dort hinten gibt es Wasser!", rief ich und nahm alle meine Kraft zusammen, um aufzustehen. Spike sah mich nur an, aber bewegte sich kein Stück. Ich hob ihn auf und lief in Richtung Wasser. Meine Lippen waren schön komplett ausgetrocknet und rissig. Ich hatte den Mund voller Staub und Dreck. „Gleich haben wir es geschafft, mein Kleiner.", keuchte ich mit jedem Schritt. Doch das Wasser kam einfach nicht näher. Ich fing an zu rennen und dann verschwand es auf einmal. „Wo ist das Wasser hin?", schrie ich und war völlig geschockt. „Ich habe es doch deutlich gesehen! Es muss doch hier irgendwo sein!" Mit Spike auf den Armen rannte ich immer weiter in die Gegend in der ich das Wasser funkeln gesehen hatte, bis ich vollständig zusammen brach. Ich hatte eine Fata Morgana gesehen. Mein Gehirn, jenes langsam zu verdunsten begann, versuchte mir vorzumachen Wasser gesehen zu haben, damit ich weiter lief. Es war wohl eine Art Selbsterhaltungsschutz.

Ich fantasierte die verrücktesten Dinge. Von Autos mit Musik bis hin zu Milchkühen. Irgendwann konnte ich nur noch darüber lachen. Dann hatte ich die kurioseste Fata Morgana von allen. Ein Mann mit einem Turban und einer Art Schubkarre trottete auf mich zu. Er hob die Hand und winkte mir zu. Er kam immer näher und ich dachte, hier werde ich sterben. In diesem Moment empfand ich rein Garnichts und ließ mich fallen. Mir wurde ruckartig schwarz vor Augen.

Doch dann öffnete ich langsam die Augen und war an einem völlig anderen Ort. Ich sah über mir Steine und Fels. War ich tot? In diesem Moment sprang Spike auf mich und schleckte mein Gesicht ab. Wenn ich tot war, was machte dann Spike hier? Ich drehte meinen Kopf und blickte in ein Gesicht eines älteren Mannes mit langem Bart. Ich erschrak und schrie. Er legte gleich darauf seine Hand auf meine Stirn und stammelte Wörter, die ich nicht verstand. Ich hatte Angst. Wo war ich? Und wer war dieser alte Mann? Er setzte mich auf und reichte mir einen Tee. Er war heiß und roch köstlich. Ich dachte, okay Jim. Du bist tot. Das musste wohl der Himmel sein. Dann war Spike also auch tot, wenn er bei mir war. Und meine Familie? Sie war hier nicht zu sehen. Vielleicht lebten sie ja noch. Ich trank den Tee und er schmeckte wirklich himmlisch. Spike sprang hin und her. Der Raum sah aus, wie eine Höhle. Überall standen Säcke mit Reis und Bohnen herum. Ein Kessel köchelte über einem kleinen Feuer und daneben stand eine Schüssel mit klarem Wasser. Der Mann nahm ein Tuch weichte es in der Schüssel ein und legte es mir auf die Stirn. Dann stand er auf und verließ die Höhle. Ich rappelte mich ebenfalls auf und folgte ihm. Dann wurde mir alles klar.

Es war der gleiche Mann, welchen ich gesehen hatte bevor ich ohnmächtig geworden war. Er musste mich in diese Höhle, die hoch oben auf einem Berg lag, gebracht und mich versorgt haben. Vom Eingang der Höhle konnte man bis weit in die Ferne schauen. Der Mann war unterdessen auf dem Weg ins Tal, wo er eine Art Pumpbrunnen hatte. Ich konnte gut erkennen, dass er mittels einer Apparatur frisches Wasser tief aus dem Boden pumpte. Anschließend kam er wieder hinauf, schüttete das Wasser in den Kessel und beobachtete die Landschaft mit einem Fernglas. Es war deutlich festzustellen, dass dieser Mann schon länger hier oben in der Höhle war. Ich sah nach meinen Sachen und Waffen, als er mich etwas auf einer fremden Sprache fragte.

Er wiederholte es ständig, doch ich konnte ihn nicht verstehen. Ich fragte ihn, ob er mich verstehen konnte, doch er sagte immer die gleichen Wörter. Der Mann zeigte in die Ferne und schilderte etwas in seiner Sprache. Er sah ein, dass ich nicht ein einziges Wort verstand und blickte traurig zu Boden. Ich nahm meinen Rucksack und suchte nach den Sprachbüchern die ich mitgenommen hatte. Doch ich konnte seine Sprache nicht darin finden.

Die Tage vergingen rasant. Ich bekam jede Menge Reis und Bohnen. Ich war seit langem nicht mehr so satt gewesen, wie zu dieser Zeit. Ich bemerkte, dass er das Feuer immer mit zwei Feuersteinen anzündete. Es sah sehr mühsam aus und ich entschloss als Dankbarkeit ihm das Feuerzeug zu überlassen. Als er wieder am Feuermachen war, reichte ich es ihm. Er sah mich dankend an und entzündete das Feuer. Nachdem die Flammen loderten, wollte er es mir zurückgeben. Ich versuchte ihm zu erklären, dass ich es ihm schenken möchte. Nach einer Weile verstand er es. In seinen Augen funkelte die Dankbarkeit. Er lächelte sanft und umarmte mich. Ich drückte ihn auch und bemerkte, dass er roch wie mein Vater. Es war schon sehr merkwürdig. Vielleicht waren es Sehnsüchte?

Ich nahm meine Karte heraus und versuchte herauszufinden wo Osten lag. Ich hatte jegliche Orientierung verloren. Der Mann beobachtete mich und nahm die Karte an sich. Er warf einen Blick darauf und deutete mit dem Finger in die Richtung, die ich suchte. Ich wiederholte dies. Zuerst auf die Karte im Osten, dann in der Himmelsrichtung. Er nickte und lächelte. Zudem zeigte er mir wo wir waren. Dann kreiste er mit dem

Finger über der Weltkarte und sah mich fragend an. Es sah so aus, als wollte er wissen woher ich komme und wohin ich gehen wolle. Ich zeigte auf England und fuhr mit dem Finger den bisherigen Weg entlang, bis zu dieser Stelle an der wir uns befanden. Er sah mich mit großen fragenden Augen an. Dann fuhr ich mit dem Finger die Karte weiter entlang bis nach Australien. Der Mann zuckte zurück und schlug mir auf den Finger. Er schüttelte den Kopf und brabbelte etwas. Anschließend nahm er meinen Kopf in die Hände und betete einige Sätze. Irgendwie bekam ich dadurch Angst, doch in seinen Augen war Mut und Zuversicht zu erkennen. Er wusste genau was er tat. Jeder andere hätte mich in der Steppe liegen lassen und mir anschließend meine Sachen entwendet.

Plötzlich hörte ich in der Ferne ein Flugzeug. Wir beide liefen zum Höhleneingang und sahen uns um. Der Mann zeigte mit dem Finger an den Himmel, wo ein kleines blaues Flugzeug langsam Richtung Osten flog. Ich nahm das Zielfernrohr und versuchte zu erkennen was das für ein Flugzeug war. Doch es war zu weit entfernt. Alles was ich erkennen konnte war, dass es sich bei dieser Maschine um ein ähnliches Flugzeug handelte, mit dem Pierre und ich geflogen sind. Es flog sehr tief und war nach einer Minute außer Sichtweite.

Den gesamten Tag dachte ich über dieses Flugzeug nach. Das Land war sehr flach und vielleicht hätten sie mich mitgenommmen, wenn ich in der Steppe gelaufen wäre? Wahrscheinlicher war aber, dass sie mich ignoriert oder erschossen hätten. Und so versuchte ich keinen Gedanken mehr daran zu vergeuden. Das Flugzeug war bereits weit entfernt und sie würden sicher nicht noch einmal hier vorbei fliegen.

Als es dunkel war saßen wir beide am Feuer und hörten dem

Knistern zu. Ich holte das orientalische Kartenspiel aus meiner Tasche und zeigte es dem Mann. Er lachte und sah sich die Karten gerührt an. Er zeigte mir wie man es spielte. Es dauerte zwar einige Zeit bis ich das Spiel verstanden hatte, doch dann machte es riesigen Spaß. Wir spielten die halbe Nacht hindurch. Es tat richtig gut, von allem abgelenkt zu sein und sich auf etwas anderes zu konzentrieren. Nach einigen Runden legte der Mann die Karten weg und reichte mir einen Schal. Es war derselbe, mit dem er mich mit kaltem Wasser abtupfte, als ich fast gestorben wäre. Er wollte ihn mir schenken und ich nahm ihn dankend an. Der ältere Mann, von dem ich bis heute nicht den Namen weiß, zeigte mir wie der Schal am besten angelegt wurde. Dann zog er mich am Arm aus der Höhle und zeigte mir die Sterne. Es war unglaublich schön. Sie waren so klar und funkelnd. Er hob den Finger und stammelte etwas. Als er die Karte hinzu holte verstand ich was er wollte. Er versuchte mir zu erklären, wie ich mich anhand der Sterne orientieren könnte. Ich verstand überhaupt kein Wort aber versuchte anhand seiner Gesten zu verstehen, was er meinte. Etwa nach zehn versuchen hatte ich es raus. Er fragte mich immer wieder und wieder ab, bis ich es ohne Fehler konnte. Es war eigentlich sehr einfach, wenn man wusste wie. Ich legte mich in dieser Nacht an den Höhleneingang, um die Sterne zu beobachten. Der Himmel war nun eine Karte in meinen Augen und es war toll diese lesen zu können. Ich blickte hinauf, bis mir die Augen zu vielen.

Am nächsten Morgen weckte mich der Mann. Ich wunderte mich, denn er hatte mich bisher immer schlafen lassen. Er hatte ein Grinsen im Gesicht und zog an meinem Arm damit ich ihm folge. Nachdem ich mich aufgerappelt hatte, stiegen wir den Berg hinab. Wir entfernten uns immer weiter von der Höhle und langsam machte ich mir Gedanken, was er wohl von mir wollte. Schließlich kamen wir an einer Straße an. Ich dachte er wollte mich loshaben und weiterschicken. Aber Spike und meine ganzen Sachen waren noch in der Höhle. Ich begann zurück zu laufen, doch der Mann holte mich wieder zurück. Dann zeigte er auf eine Stelle neben der Straße. Etwas funkelte von dort. Ich sah ihn an und er zeigte weiter darauf. Langsam näherte ich mich diesem funkeln. Als ich direkt davor stand sah es aus wie eine Glasscherbe. In diesem Moment dachte ich, dass der Mann verrückt geworden war. Er führte mich Minutenlang zu einer Scherbe neben der Straße. Ich schüttelte den Kopf und bewegte mich in Richtung der Höhle. Dann schrie er laut worauf ich mich erschrak und zu ihm umdrehte. Er sah mich an und deutete wieder auf die Scherbe. „Was willst du von mir?!", brüllte ich ihm zu. Er kniete sich hin und begann mit den Händen zu graben. Als er nicht aufhörte wurde ich neugierig und näherte mich ihm, um zu sehen was er dort suchte. Sprunghaft erhob er sich und zeigte auf etwas. Als ich es mir ansah, konnte ich erkennen, dass es ein Solarpanel war. Dann klopfte er darauf und es klang äußerst hohl. Er grinste wieder und grub weiter.

Ich beschloss ihm zu helfen und kniete mich zu ihm. Umso mehr Staub und Dreck wir bei Seite schafften, desto mehr konnten wir erkennen. Ein weißer großer Haufen aus Metall ragte aus dem Boden, bis ich es schließlich begriff. Er konnte in meinen Augen sehen, dass ich erkannt hatte wonach wir hier gruben.

Es war ein Elektroauto mit Solarantrieb. Neben der Straße verlief ein Graben, welchen der Wind mit Staub und Dreck gefüllt hatte. Das Auto war ziemlich demoliert und sah nicht gerade fahrtüchtig aus. Nach einiger Zeit hatten wir es komplett frei. Vor uns lag ein Nissan Leaf. Er war jahrelang das top Elektromobil. Hunderte Menschen fuhren damals damit umher. Ich hätte aber nie damit gerechnet, einen hier zu finden.

Nachdem ich ihn mir genauer angesehen hatte, erkannte ich, dass er nicht starten würde. Die Verbindung vom Solarpanel zur Batterie war kaputt und ich hatte keine Ahnung wie man so etwas reparieren sollte. Pierre hätte sicher eine Lösung gefunden. Ich konnte dem Mann ansehen, dass er mir eine Freude machen wollte und nun enttäuscht war. Vielleicht dachte er, dass ich es reparieren konnte. Doch so war es leider nicht. Ich hatte von Elektronik nicht die leiseste Ahnung.

Enttäuscht schlenderten wir langsam zur Höhle zurück. Ich dachte mir, dass der Mann schon länger von dem Wagen wusste, ihn aber aus irgendeinem Grund nicht versuchte Fahrtüchtig zu machen. Wahrscheinlich war er genauso ratlos wie ich es war.

Auf dem Berg angekommen, konnte Spike meine Traurigkeit spüren. Er versuchte mich zu trösten und kitzelte mich mit seiner Nase. Ich fiel zu Boden und lachte laut. „Hör auf Spike! Das kitzelt!“ Während Spike auf mir herum sprang, sah ich in den Himmel und musste kurz an die Sterne von letzter Nacht denken. Plötzlich hatte ich eine Erleuchtung. Wenn der Himmel das Solarpanel und die Erde die Batterie wäre, dann müsste man sie irgendwie verbinden um die Energie der Sterne hier auf dem Grund zu fixieren. Ich dachte an eine Leiter oder ein Seil. Ich sprang auf und rannte in die Richtung des Wagens. Der Mann rief etwas worauf ich stehen blieb und ihn ansah. Er warf mir eine Flasche mit frischem Wasser zu und deutete grinsend in den Himmel. Ich glaubte zu wissen, wie ich das Elektroauto wieder in Gang bringen könnte.

Am Wagen angekommen, machte ich mich sofort an die Arbeit. Die Batterie, welche im vorderen Bereich lag, war unbeschädigt.

Ich riss die Innenverkleidung ab und folgte den Kabeln der Batterie. Am Dach waren die Kabel durchtrennt und abgerissen. Sämtliche Kabel die ich im Auto fand zog ich heraus und führte sie direkt durch den Innenraum. Es dauerte einige Zeit bis ich herausfand, welches Kabel wo angeschlossen werden musste. Ich zwirbelte alles zusammen und starrte hoffnungsvoll auf die Batterie. Vielleicht würde sie jeden Moment ein Geräusch von sich geben. Während ich die Solarpanelen vom restlichen Staub befreite, dachte ich an Stella. Wie stolz sie doch auf mich wäre, wenn der Wagen gleich startbereit sei. Doch es tat sich nichts.

Vielleicht hatte ich etwas falsch gemacht. Vielleicht war dies überhaupt nicht der Fehler. Aber wo sollte ich suchen? Möglicherweise lag der Wagen hier im Graben, weil er nicht mehr fahrtüchtig war. „Du machst dir etwas vor, Jim. Lass es sein. Du kennst dich zwar mit Medizin aus, aber ein Techniker bist du noch nie gewesen." Kaum hatte ich die Hoffnung aufgegeben, hörte ich ein leises Piepen aus dem Innenraum. Ich sprang hinein und sah eine Kontrollleuchte die schwach aufblinkte. „Die Batterie beginnt zu laden!", schrie ich aus voller Kehle. Ich lachte und war unglaublich stolz auf mich. „Hast du das gesehen Pierre? Da kannst du noch etwas lernen!"

Die Sonne brannte heiß und ich beobachtete die Batterieanzeige ganz genau. Nach einigen Stunden war ein anderer Ton zu hören. Dann wurde es still. Ich setzte mich auf den Fahrersitz und drückte den Startknopf. Ein Zischen war zu hören, worauf ein leises Summen folgte. Der Motor lief. Ich hatte es geschafft. Ich konnte es kaum glauben. Langsam setzte ich den Wagen in Bewegung. Es hatte tatsächlich geklappt. Es dauerte etwas bis ich den Wagen aus dem Graben hatte. Ich war so stolz auf mich und konnte es kaum erwarten dem alten Mann zu zeigen, dass ich es geschafft hatte. Behutsam fuhr ich mit dem Wagen in Richtung der Höhle. Der Mann wartete bereits am Fuß des Berges. Ich stieg aus und er umarmte mich herzlich. Er küsste meine Stirn und sprach in den Himmel hinauf.

In der Höhle saßen wir gemütlich beim Essen zusammen und ich versuchte ihn mit Händen und Füssen zu fragen, ob er mit kommen wolle. Doch er lehnte ab. Ich dachte, dass er mich nicht verstanden hatte und versuchte es erneut. Er zeigte auf die Karte und auf mich. Dann zeigte er auf die Höhle und auf sich. Es war sein Zuhause. Er hatte keinen Grund zu gehen. Ich verstand ihn und gab das auch zu erkennen. Er hatte alles was er brauchte, warum sollte er fort gehen. Ich wünschte ich hätte auch einen Ort, an dem ich mich so fühlen könnte, wie er.

Bei der Reparatur hatte ich meine Flasche Wasser komplett ausgetrunken und der Mann gab mir zu verstehen, dass er frisches Wasser aus dem Pumpbrunnen holen wollte. Ich wollte ihm die Arbeit abnehmen, doch er bestand darauf. Er machte sich auf den Weg und stieg den Berg hinab. Ich beobachtete gegenwärtig das Tal. Am Horizont sah ich etwas, dass sich auf uns zu bewegte. Es war sehr schlecht zu erkennen und so holte ich mein Gewehr, um durch das Zielfernrohr zu sehen. Ein Hunderudel rannte aus der Richtung, in der das Auto gelegen hatte, auf den Mann zu. Er konnte sie nicht sehen und ich schrie herunter: „Hunde! Da kommen Hunde! Schnell komm wieder hoch!" Er sah mich an aber verstand nicht, was ich von ihm wollte. Ich zeigte mit dem Finger auf die Hunde die schon fast bei ihm waren. Er erstarrte als er sie sah. Kurz darauf hatten sie ihn umzingelt. Ich musste ihm irgendwie helfen. Spike knurrte laut und fing an zu bellen. Doch die Hunde schenkten ihm keinerlei Aufmerksamkeit. Ich versuchte den Rudelführer ausfindig zu machen und zielte auf ihn. Ohne zu zögern schoss ich mehrmals. Der Höllenhund fiel sofort um und die anderen rannten davon. Der ältere Mann machte sich so schnell er konnte auf den Weg in die Höhle. Ich beobachtete die Hunde weiterhin. Als sie sich etwas entfernt hatten, blieben sie stehen und schlichen sich erneut an. Ich nahm mir wieder einen ins Visier und feuerte erneut. Als die restlichen Hunde das sahen, flüchteten sie. Auch nach mehreren Stunden waren sie nicht mehr zu sehen. Der Mann bedankte sich und fiel vor mir auf die Knie. Ich half ihm auf und umarmte ihn.

In der nächsten Stunde füllte er mir frisches Wasser und Vorräte auf. Er packte alles in den Wagen und gab mir zu verstehen, dass ich nun los fahren sollte. Ich fragte ihn erneut, ob er nicht doch mitkommen wolle und begründete dies mit den Hunden die tot vor dem Berg lagen. Er lächelte aber winkte jedoch ab.

Aber bevor ich fahren würde, wollte ich noch wissen wie sein Name war. Ich schlug mir auf die Brust und wiederholte immer wieder: „Jim." Dann legte ich meine Hand auf seine Brust und sah ihn fragend an. Er nahm meine Hand und drückte sie fest an seine Brust und sagte: „Jim." Ich schüttelte den Kopf und wiederholte alles. Wieder drückte er meine Hand an seine Brust und sagte: „Jim." Ich schüttelte den Kopf und wollte erneut von vorn beginnen, als er meine Hand dennoch festhielt und nickte. Er meinte wohl, dass Namen nicht wichtig wären, und dass wir beide dieselbe Spezies auf dieser Erde seien.

Ich drückte ihn nochmals ganz fest und stieg dann in den Wagen. Er streichelte Spike und brachte ihn zum Auto. Spike setzte sich auf den Beifahrerplatz und wir fuhren langsam los. Im Rückspiegel beobachtete ich den Mann. Er lächelte und machte eine Faust. Diese hielt er in die Luft bis ich ihn nicht mehr im Spiegel sehen konnte. Ich fragte mich wer dieser Mann wohl war und wie er es schaffte alles so leicht zu nehmen. Vielleicht würde ich dies auch einmal können. Jedenfalls würde ich ihn nie vergessen. Er hatte mein Leben gerettet. Und das einzige was ich ihm geben konnte war ein Feuerzeug und ein Kartenspiel. „Ich werde immer an dich denken, Jim.", sagte ich mit einem Lächeln und fuhr auf die Straße, die nach Osten führte.

Kapitel 13

Während der Fahrt ließen mich meine Gedanken nicht los, ob ich mein Ziel je erreichen würde. Ich beobachtete Spike und er sah zufrieden aus dem Fenster. Dieser Anblick beruhigte mich sehr.

Die Straße war einsam und verlassen. Im Rückspiegel beobachtete ich die Sonne. Sie war sehr rot und sah schon fast wie ein Gemälde aus.

Hin und wieder schaltete ich den Chip ein um zu kontrollieren, ob sich eine Drohne in der Nähe befand. Ich hatte schon länger keine mehr gesehen.

Auf meinem Weg kam ich an kleinen verlassenen Dörfern vorbei, doch ich entschied mich besser nicht zu halten und weiter zu fahren. Es wäre wohl besser so schnell wie möglich Pakistan zu erreichen. Ich hatte zwei Tage fahrt eingerechnet, wenn nichts dazwischen kommen sollte.

Der rötliche Staub fegte über die Straße und sah aus als ob er uns begleiten würde. Irgendwie war das beängstigend. Noch wenige Stunden dann würde es dunkel werden. Ich beschloss die Nacht im Auto zu verbringen und fragte Spike, was er davon halten würde. Er hechelte mich an als wolle er sagen, mach doch was du willst. Ich streichelte seinen Kopf und lachte, als ich in der Ferne etwas auf der Straße stehen sah. Ich drückte sofort auf die Bremse und blieb stehen. Spike setzte sich auf und starrte ebenfalls auf die Straße. Sein Blick wich nicht eine Sekunde davon ab. Ich konnte nicht erkennen was es war und wollte durch das Zielfernrohr sehen, als es sich bewegte. Ich bekam Angst und nahm das Zielfernrohr zur Hand. Ganz langsam sah ich hindurch und konnte nicht glauben was ich sah. Ich setzte das Fernrohr ab, rieb mir die Augen und sah erneut hindurch. Es war keine Einbildung. In der Ferne stand ein Pferd auf der Straße. Ein wahrhaftiges Pferd. „Was ist hier los?“, fragte ich laut. Spike starrte weiterhin auf das Pferd ohne sich zu rühren. Ich fuhr langsam weiter und das Pferd kam immer näher. Kurz vor ihm hielt ich an und konnte es immer noch nicht glauben. Ich lachte und fing gleichzeitig an zu weinen.

„Sollen wir mal hallo sagen?“, fragte ich Spike, worauf er begann an der Tür zu kratzen. Ich stieg langsam aus und öffnete Spike die Tür. Das Pferd sah mir direkt in die Augen. Es war komplett weiß und hatte feuerrote Augen. Vielleicht war es ein Albino, doch warum lebte es? Ich überlegte, ob ich mir das nicht doch einbildete, doch Spike ging langsam auf das Pferd zu. Als er ankam senkte das Pferd den Kopf und ließ sich von Spike beschnuppern. Dann schnaufte es tief und lief direkt auf mich zu. Vielleicht sollte ich mich wieder in das Auto setzten, weil ich nicht wusste wie ich mit dieser Situation umzugehen hatte. Doch ich konnte mich nicht bewegen. Meine Beine waren wie Zementklötze und dann stand es auch schon augenblicklich vor mir. Ich hatte noch nie solche Augen gesehen. Es sah fast aus, als würde das Rot darin fluoreszieren. Ich hob meine Hand und legte sie behutsam auf die Stirn des Pferdes. Ein unglaubliches Gefühl durchfloss meinen Körper. Es hatte etwas von Trauer, Freude, Wut und Angst. Was wenn es das letzte Pferd auf Erden war. Und ich der letzte Mensch der es berührte.

„Du möchtest bestimmt Wasser.", flüsterte ich leise und nahm die Hand herunter. Ich holte das Gefäß und schüttete das Wasser langsam in meine Hand. Das weiße Pferd begann sofort zu trinken. Es hatte wohl schon Tagelang nichts mehr bekommen.

In der Nähe der Straße waren einige Felsen. Ich beschloss die Nacht dort zu verbringen und parkte das Auto so hinter den Felsen, sodass es von der Straße nicht gesehen werden konnte. Überraschend folgte uns das Pferd zu diesem Platz. Wahrscheinlich hatte es Hunger.

Ich machte Feuer so wie es mir der alte Mann gezeigt hatte und kochte Reis. Nachdem dieser sich etwas abgekühlt hatte, versuchte ich das Pferd damit zu Füttern. Doch es zeigte kein Interesse und knabberte an ein paar vertrockneten Grasbüscheln. Ich war weiterhin fasziniert vom Anblick dieser Kreatur. Ich konnte nicht begreifen warum es noch lebte. Und was waren das für Augen? Ich hatte so etwas noch nie gesehen.

Mittlerweile war es dunkel geworden und Spike kuschelte sich neben dem Lagerfeuer an mich, als plötzlich das Summen einer Drohne zu hören war. Ich war so mit dem Pferd beschäftigt, dass ich vergessen hatte den Chip zu kontrollieren. Das Summen kam immer näher. Wohin sollte ich nur flüchten? Mein Herz schlug wie wahnsinnig. Was sollte ich nur tun? Schnell löschte ich das Feuer mit dem Staub der überall um uns herum lag. Dann war es so finster, dass ich rein Garnichts sehen konnte. Auf einmal schaltete die Drohne ihren blauen Scheinwerfer ein. Jetzt konnte ich sie genau erkennen. Sie kam von der Straße auf der wir gefahren sind und bewegte sich auf die Felsen zu. Sollte sie über die Felsen fliegen, würde sie das Auto, Spike und mich sofort entdecken. Ich zog Spike an mich heran und schloss die Augen. War es das nun?

Das Summen wurde immer lauter und ich wartete darauf, dass uns der Lichtstrahl erfassen würde. Doch dies passierte nicht. Als ich die Augen wieder öffnete, konnte ich sehen, dass die Drohne kurz vor den Felsen gestoppt hatte. Und wo war das Pferd geblieben? Gerade eben stand es doch noch direkt vor mir. Ich schlich mich etwas um die Felsen herum um zu sehen was da vor sich ging. Wieso hatte die Drohne gestoppt? Als ich auf der anderen Seite ein gutes Sichtfeld hatte sah ich den Grund. Das Pferd hatte sich auf die Drohne zu bewegt und sich direkt in den Lichtstrahl gestellt. Die Drohne beobachtete das weiße Pferd genau, bis das Licht überraschend erlosch und die Drohne sich langsam zurück bewegte. Ich schaltete den Chip ein und hörte deutlich, dass sie sich immer weiter entfernte.

Mir fiel ein Stein vom Herzen und ich ging zurück zu Spike. Das Pferd war ebenfalls wieder an der Feuerstelle. Aber wieso? Hatte es etwa die Drohne mit Absicht abgelenkt? Das wäre unglaublich. Pferde können nicht komplex denken. Das ist eigentlich unmöglich. Doch es sah ganz danach aus, als hätte uns das Pferd das Leben gerettet und uns beschützt. „Was bist du?“, fragte ich es und strich erneut seine Stirn.

Ich wurde müde und legte mich zu Spike. Morgen würde ein langer Tag werden und wir sollten uns besser etwas ausruhen. „Etwas Schlaf wird uns allen gut tun.“, stammelte ich leise und schloss die Augen. Ich schlief direkt ein und hatte einen seltsamen Traum von Feuer, bis der Sonnenschein mich weckte. Sofort sah ich nach dem Pferd. Es stand an derselben Stelle wie letzte Nacht. Ich gab Spike und dem Pferd Wasser und sah auf die Karte. Ich überlegte, was ich mit dem Pferd machen sollte. Sollte ich es hier einfach zurück lassen? Kaum kreiste mir dieser Gedanke durch den Kopf, setzte sich das Pferd langsam in Bewegung und entfernte sich von uns. Ich rief: „Wo gehst du hin!", doch es reagierte nicht auf meine Stimme. Ich sah ihm nach, bis es in der Steppe verschwand.

Wir blieben noch etwas an diesem Felsen. Vielleicht würde es ja zurückkommen. Doch das Pferd war verschwunden. „Wieso lebt das Pferd noch, Spike? Hast du eine Antwort?" Er sah mich an und drehte leicht den Kopf, so als wolle er sagen, dass er selbst nicht glauben konnte was wir erlebt hatten. Ich hatte wieder Hoffnung. Und so fuhren wir behutsam weiter. „Halte immer schön die Augen offen, Spike."

Während der Fahrt befasste ich mich etwas mehr mit dem Auto. Ich hatte solch ein Modell noch nie gefahren. Alles was ich wusste war, dass diese Autos auch beim Bremsen Strom erzeugten. Sobald die Straße es zuließ, fuhr ich schneller um hin und wieder abzubremsen, damit der Akku mit mehr Energie versorgt würde. Der Wagen lag schon eine kleine Ewigkeit in diesem Graben und ich wollte es nicht riskieren, dass der Akku den Geist aufgab. Ebenfalls hatte der Wagen ein Navigationsgerät, doch es funktionierte nicht. Während unserer Fahrt versuchte ich so schnell zu beschleunigen, wie ich konnte. Doch je schneller wir wurden, umso schneller verlor der Akku an Leistung. Es war äußerst anstrengend den Akku und die Umgebung ständig im Auge zu behalten.

Hin und wieder legten wir eine kleine Pause ein um zu trinken, die Landkarte zu studieren und nach Drohnen zu horchen. „Jedenfalls sollten wir nicht in einer Stadt landen, sobald es dunkel wird.", stöhnte ich zu Spike, während ich mir mit etwas Wasser den Kopf abkühlte. Es war brütend heiß. Weit und breit war keine Seele zu sehen und so ging die Fahrt weiter.

Nach weiteren Stunden auf der Straße, konnte ich in der Ferne ein größeres blaues Objekt neben der Strecke erkennen. Sofort hielten wir an und ich betrachtete es durch mein Fernrohr. Es war ein kleines Flugzeug. Doch es waren weit und breit keine Menschen zu sehen. Wir fuhren also langsam weiter, bis wir am Flugzeug ankamen. Ich nahm meine Waffe und stieg vorsichtig aus. Als ich direkt vor der Maschine stand, erkannte ich sie wieder. Es war das gleiche Flugzeug, welches ich vorbei fliegen gesehen hatte, als ich bei dem alten Mann in der Höhle war. Aber wo ist der Pilot? Schnell öffnete und durchsuchte ich es, doch ich fand überhaupt nichts. Als ich den Tank auf dem Flügel öffnete, bemerkte ich sofort, dass der Sprit wohl ausgegangen sein musste. Der Pilot war wohl notgelandet und hatte sich weiter zu Fuß auf den Weg gemacht.

Ich stieg wieder in das Auto ein und fuhr auch direkt weiter. „Wir müssen nun noch wachsamer sein, Spike."

Wir befanden uns unmittelbar vor der Pakistanischen Grenze und würden diese sicher noch erreichen, bevor die Sonne untergehen würde. Ich hatte keinen blassen Schimmer was uns dort erwarten würde. Ich versuchte mir nicht allzu viele Gedanken zu machen und erreichte genau das Gegenteil. Plötzlich musste ich wieder an meine Familie denken. Während der Fahrt versank ich immer tiefer in meinen Gedanken und nahm die Umgebung überhaupt nicht mehr wahr. Dann bellte Spike wie verrückt und holte mich in die Realität zurück. Ich erschrak und bremste sofort heftig. „Was ist los?", rief ich. Spike bellte weiterhin und ich suchte den Horizont ab, in dessen Richtung er starrte. Ich sah eine kleine Gruppe Menschen, die sich vor uns versteckten. Es waren drei Männer und eine Frau. Sie waren alle verschleiert und bewaffnet. Das sah gar nicht gut aus. Ich nahm das Zielfernrohr und versuchte zu erkennen, ob sie mir eine Falle stellen wollten. Doch es sah nicht so aus. Vielmehr schien es so, als hätten sie Angst vor unserem Wagen. Ich nahm die Karte zur Hand und versuchte eine andere Straße zu finden die mich nach Pakistan bringen würde. Doch ich müsste Stundenlang zurück fahren um auf diese aufzufahren. Und ich wusste nicht was mich dort erwarten würde. Wir hatten die Pakistanische Grenze fast erreicht. Nach kurzem Überlegen nahm ich das Tuch, welches mir der alte Mann geschenkt hatte und wickelte es mir um den Kopf, sodass nur noch meine Augen zu sehen waren. Genauso wie die Menschen an denen ich nun vorbei musste. Ich hoffte, dass sie dann nicht auf mich schießen würden, wenn sie sahen, dass ich kein Fremder war. Dennoch nahm ich mein Gewehr, kurbelte die Seitenscheibe herunter und legte es auf die Tür. Sollten sie auf uns schießen, so könnte ich uns wenigstens verteidigen. Ich drückte Spike in den Fußraum, wo er sich dann auch zusammen kauerte. Dann fuhr ich langsam los. Mein Herz schlug immer schneller und umso näher ich ihnen kam, umso unruhiger wurden sie. Mein Finger lag fest am Abzug und mir lief der Schweiß in die Augen. Langsam kam ich ihnen immer näher. Als sie meine Waffe sahen, legten sie ihre auf den Boden und hoben die Hände. Das verblüfte mich sehr. Das war doch kein typisches Verhalten.

In Schrittgeschwindigkeit rollte ich langsam an ihnen vorbei, bis ich sie im Rückspiegel langsam verschwinden sah. „Wir haben es geschafft, Spike!", rief ich erleichtert und nahm das Gewehr vom Fenster. Doch mein Grinsen verging mir, als ich an die

Schwangere Frau dachte, die ich auf der Straße zurückgelassen hatte, als ich mich mit Alex und Pierre im Lastwagen versteckt hatte. Wenn diese Menschen nicht auf mich geschossen hatten, die Hände hoben, waren sie vielleicht in Not oder brauchten Hilfe. Ich stoppte den Wagen und sah in den Rückspiegel. „Sollen wir mal nachsehen ob diese Leute Hilfe brauchen?", flüsterte ich Spike zu und drehte den Wagen um. Ich hatte schon einmal einen Fehler gemacht und dieser Frau nicht geholfen. Das durfte kein zweites Mal passieren.

Als die Gruppe bemerkte, dass ich umgekehrt war, rannten sie wieder umher und versteckten sich. Ich hielt an und stieg langsam aus. Mein Gewehr ließ ich im Auto, um nicht einen Schusswechsel zu provozieren. Als die Gruppe bemerkte, dass ich allein und unbewaffnet war, umkreisten sie mich rasch und hielten ihre Waffen auf mich. Die Frau ging zum Wagen und sah sich um. Sie kam zurück und drückte die Gewehre der anderen herunter. Sie kam auf mich zu und stellte sich direkt vor mich. Sie war wohl der Anführer dieser Gruppe.

In meinem inneren hoffte ich, dass ich keinen Fehler gemacht hatte und sie mich nun nicht bestehlen oder töten würden. Sie nahm mir langsam das Tuch vom Kopf und legte es mir um den Hals. Dann streichelte sie meine Wange und nahm ihres ab. Sie schüttelte ihr Haar und blickte mir tief in die Augen. „Stella?", fragte ich leise. Sie lächelte mich an und nickte. Dann umarmte sie mich fest und begann zu weinen. „Stella?", fragte ich erneut und sie antwortete: „Ja ich bin es, Jim. Du hast mich gefunden."

Ich konnte es nicht glauben. Ich hielt Stella in meinen Armen. Sie war am Leben. Beinahe wäre ich an ihr vorbei gefahren. Sie hörte nicht auf zu weinen und hielt mich immer noch fest umarmt. Dann nahmen auch die Männer die Tücher von ihren

Gesichtern. Zwei davon kannte ich. Es waren die zwei Männer aus Istanbul, Serkan und Gaetano. Ich dachte der andere Mann sei Stellas Vater, doch er war es nicht. „Wo ist dein Vater, Stella?", fragte ich sie leise. Sie sah mich an und schüttelte den Kopf, während ihr noch mehr Tränen die Wangen hinunter flossen.

„Ich habe Spike im Auto gesehen, dann wusste ich, dass du es bist, Jim. Ich bin so froh, dass du mich gefunden hast. Lass mich bitte nie wieder allein.", wimmerte Stella und gab mir einen Kuss. Ihre Tränen schmeckten so salzig wie der Ozean. Dieser Geschmack durchfuhr mich wie ein Blitz und in diesem Moment begriff ich, dass sie wahrhaftig vor mir stand. „Ich werde dir nie mehr von der Seite weichen. Das verspreche ich."

Die Männer sahen sich in dieser Zeit den Wagen an und ließen Spike heraus. Er tollte um Stella herum und man konnte deutlich sehen, dass er sich freute sie wiederzusehen.

„Wo sind Alexander und Pierre?", fragte sie schüchtern. „Pierre begleitet Alexander nach Kasachstan zu seiner Familie. Sie kommen vielleicht später nach." Stella kniete sich hin und spielte mit Spike. Das war einer der schönsten Momente die ich seit langem hatte. Sie fragte mich, woher ich den Wagen hatte, denn sie hätten von der Luft aus keinerlei Fahrzeuge entdecken können. „Wie von der Luft aus?", fragte ich verwundert. „Wir sind eine Weile mit einem kleinen Flugzeug geflogen. Ali, den du noch nicht kennst, hat uns geflogen." Ich war verwundert, denn ich hatte doch ein kleines Flugzeug einige hundert Kilometer von hier an der Straße gefunden. „War das Flugzeug mit dem ihr geflogen seid etwa blau?" Sie sah mich fragend an: „Ja, woher weißt du das?" Ich lächelte und flüsterte: „Du bist an mir vorbei geflogen. Ich saß auf einem Berg, in einer Höhle bei einem alten Mann, der mir das Leben gerettet hatte und sah dich an mir vorbeifliegen. Ich kann es nicht glauben, dass du das warst. Du warst mir so nah und dann wieder so fern. Doch nun halte ich dich in meinen Armen und lasse dich nie mehr gehen." Sie strahlte mich an und küsste mich so zärtlich, dass meine Knie ganz weich wurden.

In der Nähe stand eine kleine Hütte. Die Männer hatten sie schon kontrolliert und wir legten fest, die Nacht dort zu verbringen. Wir versteckten den Wagen hinter der Hütte und ich schaltete den Chip zur Kontrolle ein. Es war keine Drohne in der Nähe. Gaetano machte ein kleines Feuer und wir richteten uns das Essen her. Stella und die Männer hatten schon Tage nichts gegessen und waren äußerst hungrig. Ich ließ sie sich von meinen Vorräten erst einmal satt essen. Währenddessen beobachtete ich Stella ununterbrochen. Es war so schön sie wieder bei mir zu haben.

Nachdem sie gegessen hatte, wollte sie von mir ganz genau wissen was passiert war, nachdem wir uns in Istanbul verloren hatten. Ich erzählte ihr alles, bis ins kleinste Detail. Auch die anderen setzten sich zu uns und hörten aufmerksam zu. Stella blickte zu Boden und war bedrückt. „Ich hätte bei dir im Wagen mitfahren müssen, als wir getrennt wurden. Es tut mir sehr leid.", sagte ich leise, während ich ihren Kopf vorsichtig anhob und ihr in die Augen sah. „Was ist mit deinem Vater passiert, Stella?"

Sie sah erneut auf den Boden und fing an zu weinen. Ich ließ ihr die Zeit und schließlich begann sie mir alles zu erzählen: „Als die Brücke von der Drohne gesprengt wurde, versteckten wir uns in einer alten Polizeiwache. In einer Zelle fanden wir einen Mann der mit Ausreichend Wasser und Nahrung versorgt war.

Er versprach uns, wenn wir ihn freilassen würden, uns aus der Stadt heraus zu führen. Nach einer kurzen Besprechung befreiten wir ihn und er führte uns zu einem kleinen Boot mit dem wir auf die andere Seite fuhren. Der Mann hieß Mustafa. Wir rannten so schnell wie wir konnten in Richtung Osten. Nach einigen Tagen ging uns das Wasser aus und wir suchten nach Nahrung in kleineren Dörfern. Dort entführten uns einige Männer und trennten uns zunächst. Später fanden wir uns in einem Keller wieder. In diesem Keller befand sich auch Ali, der nun bei uns war und erzählte, dass diese Männer auf der Jagd nach Herumtreiber wie uns waren, um ihnen alles abzunehmen. Er war schon mehrere Wochen hier und wollte eigentlich nur seiner kranken Mutter, die sich versteckte, Medikamente besorgen. Ali kannte den Ablauf und wusste genau, wann es hier eine Möglichkeit zur Flucht gab. Nach einigen Tagen kam der Moment zur Flucht. Es ging sehr schnell. Ich hörte Schreie, doch ich konnte nicht viel erkennen. Als wir es geschafft hatten, nahmen wir sämtliche Vorräte, die sie dort hatten mit und flüchteten weiter in Richtung Osten. Die Männer verfolgten uns und erschossen Francesco.“

Stella verstummte kurz und erzählte dann leise weiter.

„Als Francesco starb rannte mein Vater zu mir, um mich zu schützen. Eine Kugel traf ihn ins Bein. Wir rannten dennoch weiter und konnten uns verstecken. Mein Vater blutete sehr stark. Serkan versuchte ihm zu helfen, doch er konnte die Blutung nicht stoppen. Sie banden das Bein ab und trugen ihn weiter. Wir liefen die ganze Nacht hindurch bis wir in ein kleines Dorf kamen, wo uns freundliche Menschen aufnahmen. Sie versuchten ebenfalls die Blutung zu stoppen, doch sie hatten nicht die nötigen Medizinischen Instrumente dazu. Wir hätten dich gebraucht, Jim.“

Stella weinte und schluchzte. Ich hatte einen Kloß im Hals und mir blieb die Spucke weg. Ich wollte sie gerade trösten, als sie weiter erzählte:

„Mein Vater sagte mir, dass ich dich wiedersehen würde und du mich beschützen würdest. Er hatte dich nur kurz gekannt, doch er hielt großes auf dich. Er starb in meinen Armen mit einem Lächeln. Seine letzten Worte waren: Nur tote Fische schwimmen mit dem Strom. Sei stark meine kleine Stella. Kämpfe gegen die Dunkelheit an und du wirst im Licht erblühen.“

Ich strich Stella über den Kopf und sah die anderen an. Sie sahen alle auf den Boden. Ich fühlte mich in diesem Moment sehr schwach. Stella nahm meine Hand und erzählte weiter: „ Nachdem mein Vater gestorben war, begruben wir ihn auf einem kleinen Hügel. Die Aussicht war bezaubernd. Es hätte ihm sicher gefallen. Nach einigen Tagen fasste ich Mut und wir zogen weiter. Die netten Leute wollten jedoch nicht mit uns kommen und wir verließen sie zum Morgengrauen. Wir hatten ihnen aus Dankbarkeit, etwas unserer Vorräte dagelassen. Nach etlichen Tagen zu Fuß konnten wir eine Drohne in der Ferne erkennen. Es war jedoch die einzige die wir auf dem gesamten Weg sahen. Serkan meinte einen Atompilz gesehen zu haben, doch das war wohl nur ein Haufen brennender Menschen oder sonstiges, dachte ich, bis du mir erzählt hast, was du gesehen hast.“

Ich hatte keine Worte und schwieg Stella an, bis sie fortfuhr:

„Irgendwann kamen wir zu einem kleinen Bauernhof. Dort trafen wir eine Familie, die uns für einen Teil unserer Vorräte ein Flugzeug geben wollte. Ali war mal bei der Luftwaffe und konnte fliegen. Das hörte sich soweit gut an, bis wir merkten, dass die Familie uns beklauen wollte. Es gab einen Kampf und eine Schießerei. Wir fanden heraus, dass sie das wohl schon mit vielen anderen gemacht hatten, denn es waren massenhaft Rucksäcke und Taschen im Haus gelagert. Ich suchte sofort nach deinen Sachen, Jim."

Stella weinte erneut und ich gab ihr etwas Wasser. Nach einigen Minuten begann sie weiter zu erzählen:

„Ich fand deine Sachen nicht und war irgendwie froh und irgendwie auch nicht. Ich wusste nicht wo du warst, oder ob du überhaupt noch leben würdest. Gaetano fand dann im Schuppen tatsächlich dieses Flugzeug. Ein kleines blaues Flugzeug. Ali meinte wir sollten unsere Kleidung loswerden und uns der Umgebung hier besser anpassen. Nur falls das nochmal passieren sollte. Im Haus fanden wir reichlich Orientalische Kleidungsstücke. Das Flugzeug war so gut wie voll betankt. Wahrscheinlich hatten sie es für den Notfall bereits startklar gemacht. Noch am selben Tag flogen Ali, Serkan, Gaetano und ich in Richtung Osten, bis uns der Sprit ausging. Ali landete neben einer Straße, damit wir uns nicht in der Steppe verirrten. Nach einigen Tagen Fußmarsch, kam ein Auto. Und das warst du, Jim. Mein Engel."

Ich kämpfte mit den Tränen. Sie legte ihren Kopf an meine Schulter und fügte hinzu: „Wer weiß was aus uns geworden wäre, wenn du uns nicht gefunden hättest."

Ich konnte sehen, dass sie kaum noch Wasser hatten und wusste dies würde nur für einige Tage zu Fuß reichen.

„Jim. Mein Vater hatte eine Theorie, warum Spike noch lebt und anders ist, als die anderen Hunde. Er meinte er sei eine Art Albino Hund, nur nicht so ganz und dass die Mikroben mit dieser DNA vermutlich nicht klarkommen würden. Er sei vielleicht eine Art Antikörper. Das sollte ich dir ausrichten.“

Ich erzählte Stella von dem Fisch, den wir gefangen hatten. Sie war sehr erstaunt darüber, dass die Fische die Mikroben überlebt hatten. „Wenn wir es bis ans Meer geschafft haben, gibt es Nahrung im Überfluss.“, fügte ich hinzu und konnte damit ein kleines Lächeln auf ihre Lippen zaubern.

Die Nacht verlief sehr ruhig. Serkan, Gaetano und Ali hielten abwechselnd Wache. Sie schienen gute Männer zu sein. Es tat gut in so einer schweren Zeit hauptsächlich positive Menschen getroffen zu haben. Das hätte auch anders laufen können. Bevor ich die Augen schloss, schaltete ich das Funkgerät ein, um zu hören, ob jemand in Reichweite sendete. Jedoch war nur Stille zu empfangen. Ich kuschelte mich an Stella und Spike quetschte sich zwischen uns. So gefiel mir das.

Am nächsten Morgen überprüfte ich die Vorräte. Sie waren rapide geschrumpft. Wir mussten unbedingt weiter. Wir quetschten uns alle in das Auto und dann ging die Fahrt los. Spike saß auf Stellas Schoß. Die anderen drei hinten auf dem Rücksitz und inspizierten die Umgebung sehr genau. Es tat gut wieder unter Gesellschaft zu sein. Nicht das Spike mir nicht ausreichen würde, aber mit Stella und den anderen an meiner Seite fühlte ich mich einfach wohler.

Die Stunden vergingen schleppend. Umso näher wir der Pakistanischen Grenze kamen, umso mehr versperrten Autos uns den Weg.

Schließlich erreichten wir die Grenze. Ein Lastwagen versperrte die Straße, doch es gelang uns nach mehreren Versuchen um ihn herum zu fahren. Die Pakistanischen Straßen waren noch verstopfter mit alten verlassenen Fahrzeugen. Mittlerweile war es kurz vor Mittag. Nach einer kleinen Pause, setzten wir die Fahrt fort. Ich hoffte der Akku des Wagens würde noch etwas halten. Nach einigen Stunden kamen wir der Indischen Grenze etwas näher. Ich hatte keine Ahnung was uns in Indien erwarten würde. Ich wusste nur, dass an der Indischen Grenze die Militärfreie Zone endete. Ich versuchte jedoch mir meine Sorgen nicht anmerken zu lassen und fuhr entspannt weiter. Die Straßen sahen hier alle gleich aus. Ab und zu kam ein Bahnübergang. Aber hier war wohl schon länger kein Zug mehr gefahren.

Ungeahnt trafen wir auf ein Passagierflugzeug welches abgestürzt oder abgeschossen war. Es lag direkt neben der langgezogenen Straße. Vielleicht hatten sie versucht noch notzulanden. Das Heck des Flugzeuges war abgebrochen und lag direkt dahinter. Gaetano gab Stella zu verstehen, dass er sich das ansehen wollte. Sie bat mich anzuhalten und ihnen Deckung zu geben.

Ich kontrollierte die Umgebung und dann stiegen wir aus. „Stella, nimm den Chip und halte nach Drohnen Ausschau.", bat ich sie, während ich ausstieg und mit den anderen langsam auf die Vorderseite der Linienmaschine zuging. Der rote Staub wehte sanft über die Straße und es war sehr still. Wir umkreisten das Flugzeug und bewegten uns langsam auf das Heck zu. Dort angekommen, sahen wir ein riesiges Loch. Es hatte die Maschine in zwei Teile gerissen und man konnte in das Innere des Flugzeuges blicken. Als wir das Innere sahen erstarrten wir alle wie Eis. Die Passagiere saßen alle noch in ihren Sitzen. Es roch furchtbar. Ich zog mir das Tuch vor meine Nase und hörte in diesem Moment ein Geräusch aus dem Flugzeug. Die anderen sahen sich fragend an. „Hallo?", rief ich. Dann war es plötzlich wieder Still. „Hallo?", rief ich erneut, doch es kam keine Antwort. Als wir etwas näher heran gingen, hörten wir das Geräusch erneut. Es hörte sich an, als wolle sich jemand aus seinem Sitz befreien. Ich konnte mir nicht vorstellen, dass man solange in diesem Flugzeug überleben konnte. Die Leichen waren schon am verwesen. Wenn man das so nennen konnte, nach dem die Mikroben die Erde veränderten. Die Maschine musste vor einigen Wochen oder Monaten hier abgestürzt sein. Serkan ging langsam in die Kabine hinein. Wie aus heiterem Himmel schoss er wie verrückt um sich. Dann wurde es still. Der Staub hatte die Fenster des Flugzeuges verdunkelt, sodass wie nicht tief in den Innenraum sehen konnten.

Wir riefen Serkan zu, doch er antwortete nicht. Keiner traute sich wirklich ihm zu folgen. Ich dachte daran, dass im Cockpit eventuell Sachen wären, die uns weiter helfen könnten. Also musste ich es wohl wagen, ebenfalls in dieses dunkle Wrack zu steigen. Im selben Moment kroch Serkan blutend aus der Maschine. Wir halfen ihm hoch und brachten ihn schnell zum Wagen.

Was war hier los? Ich rannte zurück zum Heck und stieg einfach hinein. Es roch noch fürchterlicher als ich es mir je hätte vorstellen können. Nach einigen Metern spürte ich eine Hand auf meiner Schulter. Mein Blut gefror mir in den Adern. Schnell drehte ich mich um und zielte mit meiner Waffe hinter mich. Gaetano war mir gefolgt. Er zuckte zusammen als er meinen Lauf spürte. Ich hätte ihn fast erschossen. Was machst du nur für Sachen, dachte ich, während ich mich umdrehte und weiter lief. Zusammen schritten war langsam nach vorn. Als ich überhaupt nichts mehr sehen konnte, schoss ich in die Wand. Die Funken erhellten den gesamten Innenraum für einen Augenblick. Es war ein Anblick der nur schwer zu verkraften war. Nach einigen Metern schoss ich erneut in die Wand. Durch die

Löcher strahlte etwas Licht hinein. Nach einigen Löchern mehr, konnte ich sehen worauf Serkan geschossen hatte. Ein kleines Rudel Höllenhunde hatte sich an den Toten zu schaffen gemacht. Es war das reinste Paradies für sie gewesen. Sie mussten Serkan wohl attackiert haben, als er auf sie traf. Er hatte sie alle erwischt. Vor uns lag das Cockpit. Ich stieß die Tür auf und fand die Piloten. Wir durchsuchten alles, doch es war rein Garnichts brauchbares zu finden. Schnell bewegten wir uns wieder hinaus und liefen zum Wagen. Stella wollte wissen was passiert sei. Ich schwieg sie an und versorgte zunächst einmal die Wunden, die Serkan von den Hunden erlitten hatte. Es waren zum Glück keine tiefen Bisse gewesen. Als ich damit fertig war, fragte Stella mich erneut. Ich erzählte ihr, dass darin ein kleines Hunderudel gewesen sei, die ihn angegriffen hatten. Über die vielen Toten schwieg ich. Ich wollte sie nicht noch mehr beunruhigen. Sie hatte schon genug mitgemacht.

So schnell wie es ging machten wir uns wieder auf den Weg. Als wir am Flugzeug vorbei fuhren, sah Stella in das Heck hinein. Danach sah sie mich an, aber sagte kein Wort. Dann sah sie aus dem Fenster und weinte. Ich hatte keinerlei Worte, um sie nach diesem Anblick zu trösten und fuhr still weiter.

Während der Fahrt war es sehr still im Wagen. Keiner sagte etwas bis ich Stella fragte, ob es ihr gut ginge. Sie sah mich an und ich konnte in ihren Augen erkennen, dass sie kurz davor war jede Hoffnung auszugeben. „Wir schaffen das.", stammelte ich ihr entgegen. Sie drehte den Kopf weg und sah erneut still aus dem Fenster.

Ich hoffte die Grenze vor Einbruch der Dunkelheit zu erreichen. Wir hatten nur noch wenige Stunden bis die Sonne sich verabschiedete. Es war beängstigend, in einem Land stundenlang keine Menschenseele getroffen zu haben. Vielleicht versteckten sich einige. Aber vielleicht gab es niemand mehr, der sich hier verstecken könnte.

Schlagartig nahm der Wind zu. Man konnte ihn pfeifen hören. Er wurde immer stärker, sodass das Auto regelrecht seitlich geschoben wurde. Alle wurden sehr unruhig. „Was ist das, Jim?", fragte Stella. Doch ich hatte keine Antwort. Der Wind wurde noch stärker, bis ich schließlich anhalten musste. Ich konnte den Wagen kaum noch steuern. Spike fing an zu fiepen und verkroch sich im Fußraum. „Was ist das?", wimmerte Stella, als ich im Rückspiegel einen riesigen Sandberg sah. „Was zum Geier ist das?", fragte ich leise und drehte mich um. Als die anderen dies sahen schauten sie sie ebenfalls aus der Heckscheibe. „Das ist ein Sandsturm!", schrie ich und Stella griff nach meinem Arm. Er war unbegreiflich groß und steuerte genau auf uns zu. Ich hatte einmal etwas über diese Stürme gelesen, aber nicht wie man sich verhalten sollte.

Der Himmel verdunkelte sich rasch. Im Wagen wurde es immer unruhiger. Jeder begann wild auf seinem Sitz herum zuspringen. Das Auto wackelte hin und her. Der Wind außen war so stark, dass es den Wagen etwas verschob. Alle schrien kurz auf, dann kam die Sandmauer schnell näher. Mir wurde ganz unwohl. Ich nahm die Hand von Stella und hielt sie fest. Dann wurde es stockdunkel und der Sandsturm packte uns mit all seiner Kraft. Das Auto schaukelte hin und her. Man konnte spüren, dass es sich von der Stelle bewegte. Wir konnten nichts sehen, aber alle wussten, dass dieser Sturm alle die keinen Schutz hatten, ersticken lassen würde.

Gegenstände flogen gegen den Wagen und es hörte sich an, als würde jemand mit einem Knüppel auf das Auto schlagen. Wir konnten überhaupt nichts sehen und jeder hatte mit seiner Angst zu kämpfen. Keiner von uns hatte jemals so etwas erlebt. Das konnte man deutlich fühlen. Stella drückte meine Hand so heftig, dass ich dachte, sie würde sie mir zerquetschen. Ich fragte mich, wann das endlich vorbei sein würde, als es noch heftiger wurde. Das Auto wippte auf und ab. Wir schlitterten über den Grund und drehten uns in alle Richtungen. Langsam kam Sand durch die Lüftung in den Innenraum. Ich stopfte so gut ich konnte mein Tuch hinein, um zu verhindern, dass der Sand unseren Innenraum füllen würde. Ich hatte Spike noch nie so gehört. Es war ein fiepen und jaulen zur selben Zeit. Ich wusste, dass es nicht gut um uns stand. Ich wollte nur, dass es endlich aufhörte.

Plötzlich ließen die Winde etwas nach und die Dunkelheit verflog langsam. Nachdem der Sandsturm über uns hinweg gefegt war, konnte ich dennoch nicht aus den Fenstern sehen. Es sah aus, als hätte man die Scheiben mit einem Schleifpapier abgeschliffen. Licht drang hinein, doch man konnte nicht hinaus sehen. Wir warteten noch einen Moment bis das Pfeifen des Windes völlig verstummt war und öffneten dann die Türen. Sie ließen sich nur schwer aufschieben. Es hatte sich eine Menge Sand um das Auto gestapelt. Ich war nur froh, dass der Sand uns nicht verschüttet hatte. Das wäre unser Ende gewesen. Nun verstand ich auch, warum dieses Auto im Graben unter Sand verschüttet war. Es muss sich wohl ähnlich abgespielt haben.

Nachdem wir ausgestiegen waren, betrachten wir das Ausmaß des Sturmes. Die Straße war überhaupt nicht mehr zu erkennen. Nur die Sonne ließ uns ahnen in welcher Richtung Indien lag. Die Scheiben des Wagens waren so zerkratzt, dass es unmöglich gewesen wäre damit sicher zu fahren. Dennoch wollten wir es versuchen, denn wir hatten noch ein kleines Stück bis zur Grenze. Als wir den Wagen vom Sand befreit hatten, ließ er sich nicht mehr starten. Der Akku zeigte keine Reaktion. Ich sah mir das Dach an um zu sehen ob die Sonne den Akku noch laden könnte. Doch die Solarzellen waren völlig zerstört. Dieser Wagen würde mit Sicherheit keinen Meter mehr fahren.

Alle waren sichtlich im Schock. Man konnte es ihnen deutlich ansehen. Ich nahm die Karte zur Hand und legte sie auf die Motorhaube. Die anderen traten um mich herum. „Meiner Meinung nach sind es noch zwei Stunden Fußmarsch bis zur Indischen Grenze.", stöhnte ich. Die Männer packten darauf alles zusammen. Gaetano suchte die Straße die unter dem Sand verborgen war. Nach einigen Minuten hatte er sie gefunden. Nun wussten wir exakt in welche Richtung wir zu gehen hatten. Spike war noch sichtlich verstört, doch er rappelte sich auf und so marschierten wir los. Mir tat es sehr leid, den Wagen zurück lassen zu müssen. Es blieb uns jedoch nichts anderes übrig.

„Was uns wohl an der Grenze erwartet?", fragte Stella mit nervöser Stimme. Ich nahm ihre Hand und antwortete: „Die Zukunft und die Vergangenheit zugleich."

Nach einiger Zeit sahen wir in der Ferne eine riesige schwarze Rauchwolke. Ich wusste genau was dies bedeutete. Ich beobachtete vorsichtig die anderen, ob sie davon wussten. In ihrem Blick konnte ich sehen, dass sie ganz genau wussten, was diese Rauchwolken verursachte.

Nachdem wir immer weiter in Richtung Indien gelaufen waren, schaltete ich den Chip und das Funkgerät ein. Der Chip ließ mehrere Drohnen ertönen und das Funkgerät spuckte auch Töne aus. Also befanden wir uns kurz vor der Grenze. Jetzt hieß es wachsam sein. Ali machte uns klar, dass es besser sei etwas auseinander zu laufen. Somit hatte jeder eine größere Chance zu überleben, als wenn wir alle auf einem Haufen wären. Stella ließ ich jedoch nicht allein. Ich hielt nach wie vor ihre Hand. Schließlich standen überall zerstörte Panzer umher. Es sah aus wie auf einem Schlachtfeld. Dann sah ich auf den Panzern die roten Totenköpfe. Sie hatten wohl versucht die Zone zu vergrößern. Doch gegen die Drohnen hatten sie wohl keine Chance.

Schließlich kamen wir in einer kleinen Ortschaft Namens Matwala an. Hier waren mit Sicherheit keine Menschen mehr. Alles war zerstört. Ich zückte die Karte und sah, dass es bis zur Indischen Grenze etwa fünf Kilometer waren. Ich wunderte mich sehr darüber, dass hier viele Panzer und andere Fahrzeuge herumstanden, doch nicht eine Leiche zu sehen war. Als hätte man sie weggebracht.

Dann konnten wir die Grenze erkennen. Ich sah durch mein Zielfernrohr und suchte eine Stelle an der wir sie passieren konnten, bevor uns eine Drohne erwischte. Die Grenze bestand aus hohen Zäunen und einer Menge Stacheldraht. Danach war ein kleines Stückchen nichts, bis anschließend wiederrum Zäune und Stacheldraht aufgetürmt waren. Alles war stark beschädigt und man konnte sehr gut hindurch schlüpfen.

Wir bemühten uns schnellstmöglich an der Grenze anzukommen. Dort sahen wir uns gründlich um. Ali schlängelte sich behutsam durch den beschädigten Zaun. Wir folgten darauf. Auch durch die zweite Abzäunung kamen wir mühelos. Nun waren wir endlich in Indien angekommen. Ali pfiff und freute sich. Auch die anderen hatten ein Lächeln auf dem Gesicht. Ali lief auch weiterhin voraus. Gefolgt von mir und den anderen. Serkan und Gaetano unterhielten sich das erste Mal, seit ich sie wieder getroffen hatte. Ich konnte spüren wie alle etwas erleichtert waren, als ich urplötzlich einen lauten Knall hörte, mir Blut ins Gesicht spritzte und ich Ali vor mir zu Boden fallen sah. Es war so laut gewesen, dass ich ein heftiges Dröhnen in meinen Ohren hatte. Ich war wie benommen und versuchte meine Sinne wieder zu schärfen. Doch ich war wie betäubt. Alles schwankte hin und her. Ich hatte Probleme mit dem Gleichgewicht und konnte einfach nicht verstehen was gerade geschehen war. Ali lag immer noch am Boden. Ich machte einen Schritt nach vorn um ihn zu helfen. Dann hörte ich auf einmal zwischen dem Pfeifen in meinen Ohren, ein leises Gebrüll. Ich drehte mich um und sah, dass die anderen mich anschrien. „Was?", rief ich. Und drehte mich wieder nach vorn um Ali zu helfen. In diesem Moment wurde das Gebrüll deutlicher. „Mienen!", hörte ich immer wieder. Ich drehte mich erneut um und wurde langsam klarer im Kopf. Sie brüllten mich mit ängstlichen Gesichtern an, weil wir uns direkt auf einem Mienenfeld befanden. Jetzt verstand ich auch was mit Ali passiert war. Es ging so schnell, dass innerhalb eines Augenzwinkerns, alles vorbei war.

Nun war ich wieder völlig bei Besinnung. „Nicht bewegen!", schrie Stella. „Was sollen wir nun machen?", antwortete ich, als Serkan einen größeren Stein aufhob und ihn nach vorn auf den Boden warf. „Das ist eine gute Idee!", bemerkte ich leise und suchte einen Stein in meiner Reichweite. Ich konnte gut erkennen, wo das Mienenfeld endete. Dort lag eine Straße. Bis dahin müssen wir es einfach schaffen. Stella nahm Spike auf den Arm, damit er nicht losrennen würde. Ich warf den Stein und zuckte zusammen. Doch es passierte nichts. Mit einem großen Satz sprang ich zu dem Stein. Ich drehte mich um und sah wie die anderen jeweils auf die Stelle des vorherigen sprangen. „Das könnte so funktionieren!", rief ich und warf den Stein erneut.

Dies wiederholten wir einige Male, bis Stella plötzlich schrie: „Stopp!“ Ich sah in ihren Augen, dass sie nicht sauber gesprungen und auf einer Miene gelandet war. „Beweg dich nicht, hörst du!“, brüllte ich aus voller Kehle. „Was soll ich tun?“, fragte sie mit wackeliger Stimme. „Bleib wo du bist!“, erwiderte ich.

Mir musste schnell etwas einfallen. Es war nicht mehr weit bis zur Straße. Ich warf den Stein wieder und wieder bis ich an der Straße angekommen war. Die anderen drei sahen mich entsetzt an. „Wo willst du hin, Jim?“, schrie Stella mit weinender Stimme.

„Wieviel wiegst du, Stella?“, schrie ich zu ihnen hinüber. „Was soll das, Jim. Hilf mir bitte!“ Ich wiederholte die Frage und sie antwortete. Ich suchte einen Stein der etwa genauso schwer war, wie Stella.

Neben der Straße lagen größere Brocken herum. Mein Problem war das Gewicht nun abzuschätzen. Ich hatte Stella bereits auf dem Arm gehabt und versuchte mich an das Gefühl zu erinnern. Ich musste allerdings das Gewicht von Spike mitberechnen. Ich hob etliche Steine hoch, bis ich schließlich einen fand, der dem am nähersten kam. Ich rollte ihn bis zum Mienenfeld und warf ihn mit aller Kraft hinein. Mittlerweile hatten die anderen verstanden, was ich damit wollte. Ich konnte es in ihren Augen deutlich sehen. Es beruhigte mich sehr, dass keine Kommentare kamen.

Ich sprang zu dem Gesteinsbrocken und warf ihn erneut mit aller Kraft. Dies wiederholte ich so oft, bis ich fast an Stella angekommen war. Neben Stella lag ein Ast. Ich bat sie darum ihn mir zu reichen. „Hoffentlich klappt das.“, murmelte ich leise. „Was hast du gesagt, Jim?“, fragte sie ängstlich. „Ich hab gesagt, dass ich nun den Stein auf den Ast legen werde und mit dem beschwerten Ast langsam deinen Fuß von der Miene schiebe. In Ordnung? Bist du bereit?" Sie nickte still und starrte mich an. Ich legte den Ast genau vor ihren Fuß. Dann rollte ich den Gesteinsbrocken darauf. Serkan und Gaetano hielten die Luft an. Langsam schob ich den Ast gegen ihren Fuß. „Alles okay bei dir?", fragte ich sie und sie nickte. Dann schob ich langsam weiter, bis sie plötzlich rief: „Stopp!" Ich zuckte zusammen und fragte was los sei. „Ich bin von der Miene runter. Du kannst aufhören zu schieben. Ich war so erleichtert, dass es geklappt hatte. Vielleicht war die Miene aber auch nur ein Blindgänger gewesen. Aber so genau wollte ich das nun auch nicht wissen.

Man konnte deutlich die Stellen sehen, wo der Gesteinsbrocken jeweils gelandet war. Nun war der Weg bis zu der Straße einfach zu nehmen. Letztendlich schafften wir es alle unverletzt bis zu der Straße. Ali lag weiterhin regungslos am Boden. „Ich hole noch Ali.", sagte ich und Stella hielt mich fest. „Er ist nicht mehr am Leben, Jim. Die Miene hatte ihn schwer verletzt. Das kann er unmöglich überlebt haben."

Ich sah die anderen beiden fragend an. Serkan schüttelte den Kopf. Sie hatten alles genau gesehen. Mir war nicht wohl bei der Sache Ali einfach dort liegen zu lassen. Doch selbst wenn er noch gelebt hätte, wie sollte ich ihm helfen, wenn er so schwer verletzt war. „Du konntest nichts für ihn tun, Jim.", tröstete mich Stella. Im selben Moment hörten wir einen Wagen. Wir versteckten uns hinter einem Busch und beobachteten die Straße. Nach einigen Augenblicken kam ein Militärfahrzeug angefahren und blieb stehen. Es stiegen mehrere Männer in Schutzanzügen aus und betrachteten Ali. Sie nahmen das Funkgerät und meldeten es. Doch danach fuhren sie nicht fort, sondern warteten. „Warum hauen die nicht ab?", fragte ich, als im selben Augenblick eine Drohne angeflogen kam. Diese sah etwas anders aus wie die anderen. Sie hatte eine lange Spitze an der Vorderseite. Sie schwebte um Ali herum und spuckte Flamen auf ihn. Das Ding war ein gewaltiger Flammenwerfer. Nach wenigen Sekunden war Ali nur noch Staub. Stella fing an zu weinen und ich hielt ihr den Mund zu, damit sie uns nicht auffliegen lassen würde. Ich war fassungslos. Nun wusste ich auch, wohin die ganzen Toten auf der Pakistanischen Seite verschwunden waren. Ich hatte keine Worte mehr.

Die Drohne verschwand und die Soldaten stiegen wieder in ihr Fahrzeug und fuhren die Straße weiter entlang. Wir mussten uns so schnell wie möglich von der Grenze entfernen.

Kapitel 14

Bei der ganzen Aufregung hatte ich vergessen, mich darum zu kümmern, dass Spike keinen Laut von sich gab. Er saß zitternd neben mir und machte keinen Mucks. Hätte er gebellt, wären wir alle aufgeflogen. In Stellas Augen saß der Schock noch tief. Ich hatte Mühe, sie wieder auf den Boden der Tatsachen zu bringen. Serkan und Gaetano, die so gut wie nie sprachen, waren äußerst aufgeregt und plapperten eine ganze Menge. „Wir müssen sofort in das Landesinnere.", sagte Gaetano und Serkan nickte zustimmend.

„Okay, dann los!", knurrte ich und begann als erster mit Spike auf dem Arm loszulaufen. Ein langes kahles Landstück lag vor uns. Ich rannte so schnell ich konnte. Als ich mich kurz umdrehte, um nach den anderen zusehen, kam es mir wie in Zeitlupe vor. Stella war einige Meter hinter mir. Danach kamen die anderen beiden. Stellas Augen waren so leer. Sie rannte wie eine Maschine.

Am Horizont sah ich einige Häuser. Ich hatte keine Ahnung was sich dort befand, doch wir hatten keine andere Wahl, als dort den nächsten Schutz zu suchen. Ich glaubte jeden Moment auf eine Miene zu treten. Spike wurde immer schwerer und ich rannte noch schneller um die Häuser zu erreichen. Ich spürte den Atem von Spike an meinem Hals. Die Sonne knallte mir auf den Kopf und durch das rennen wirbelten wir viel Staub auf. Meine Augen richteten sich schließlich zum Himmel, ob eine Drohne in der Nähe war. Und wie ich daran dachte hörte ich auch schon das Summen. Es waren jedoch noch einige Meter, bis wir an den Häusern waren. Wir rannten praktisch auf dem Präsentierteller. Erneut drehte ich mich zu Stella und den anderen um. Ich konnte in ihren Augen erkennen, dass ihnen langsam die Kraft ausging. Mir ging es nicht anders, doch wir konnten jetzt unmöglich, hier mitten im Nichts, stehen bleiben. Das Summen und Brummen der Drohne kam näher. Ich konnte das verdammte Teil aber nicht sehen. „Wo bist du scheiß Ding?", keuchte ich, als es aus der Ferne blitzschnell auf uns zu raste. „Die scheiß Drohnen gehen mir noch mehr auf den Sack als die Höllenhunde!", kreischte ich während ich mein Tempo nochmals erhöhte. Stella und die anderen rannten mir wie verrückt hinterher. Die Drohne würde uns jeden Moment erreichen. Ich konnte mir das Gesicht vorstellen, von demjenigen der diese Höllenmaschine steuerte. Bestimmt saß er mit einem dicken Grinsen an der Steuerung in der Kommandozentrale.

Ich wusste, dass die Drohne uns jeden Moment erfassen würde, rannte aber weiterhin wie von der Tarantel gestochen. Als ich mich wiederum zu Stella umdrehte konnte ich sehen, dass wir mit unseren Füßen eine solch große Staubwolke erzeugten, die weit in die Höhe reichte. Blitzartig blieb ich stehen. Die anderen trafen kurz darauf bei mir ein. „Was ist los, Jim?“, fragten alle. „Der Staub nimmt dem Ding die Sicht.“, keuchte ich und sah nach oben. Wir waren vom Staub umgeben. Das Summen kreiste kurz über uns und entfernte sich schließlich. War das Ablenkung? Oder dachte die Drohne wir seien von ihren Leuten? Der Staub verzog sich nach wenigen Minuten. Wir rannten also weiter, bis wir endlich an den Häusern ankamen. Die Drohne war nirgends zu sehen oder zu hören.

Serkan und Gaetano sahen sich mittlerweile um. Es schien ein kleines Dorf zu sein. Vier gleichlange Mauern zogen sich um das Dorf. Es war eine Art Viereck. Serkan und Gaetano kamen zurück und berichteten, dass in dem Dorf Menschen seien. Sie konnten jedoch nicht sehen, ob diese vom Militär waren oder nicht. Sie konnte nur Gespräche mitverfolgen.

Sollten wir es wagen hinein zu gehen, um uns zu verstecken, oder wäre dies die falsche Entscheidung. Während ich überlegte und die anderen auf eine Entscheidung warteten, sah ich weit entfernt eine dunkle Rauchwolke, die sich bewegte. „Was ist das?“, fragte ich leise und deutete mit dem Finger darauf. Die anderen sahen erstaunt ebenfalls auf diese Rauchwolke, bis Stella tief Luft holte und meinte: „Das ist ein Zug.“

„Ein Zug?“, fragte Serkan ganz erstaunt. „Wohl eher eine Dampflock.“, fügte Gaetano hinzu. Ich sah die anderen an und wollte gerade fragen, ob wir uns dies aus der Nähe betrachten sollten, als plötzlich ein junger Mann vor uns stand. Er war um die Ecke gekommen, als wir uns unterhalten hatten. Er war Inder und trug keinen Schutzanzug. Er hatte eine Art Fußfessel an seinem Bein, welche blau blinkte. Er deutete auf den Zug und begann wie verrückt zu reden. Er wurde immer lauter bis er mich schließlich vor sich her schob und wie wild auf den Zug deutete. Als wollte er, dass wir in diese Richtung laufen. Der Mann schob mich kräftig und drängte uns zur Eile. Ich nickte ihm zu und rief: „Los Leute! Wir müssen hier weg!"

Nach einigen Metern ließ ich Spike herunter und er rannte zügig neben mir her. Ich hatte solchen Durst und dachte daran mich nochmals umzudrehen. Als ich dies tat, sah ich in mitten des Dorfes eine lange Antenne. Sie blinkte ebenfalls blau. Dann klingelte es bei mir. Der Mann war ein Gefangener. Jetzt verstand ich auch warum uns die Drohne nicht weiter verfolgt hatte. Sie nahmen wohl an, dass wir ebenfalls von dieser Einrichtung waren und durch die Staubwolke um uns herum konnten sie nicht genau erkennen wer wir waren. Scheinbar konnten sich die Menschen hier in einem Radius um das Dorf bewegen. Aber wozu das Ganze? Was hatte das zu bedeuten?

Gespannt sah ich den Himmel, während wir uns von dem Dorf fort bewegten. Ich fragte mich ob die Drohne auch so handeln würde, wenn sie bemerkte, dass sich Menschen von dem Dorf entfernten, anstatt sich diesem zu nähern. Es war allerdings keine dieser Drohnen zu entdecken oder zu hören.

Schließlich kamen wir an einigen vertrockneten Gebüschen an. Wir alle waren fix und fertig. Wir mussten uns das Wasser einteilen und so durfte jeder nur sehr wenig trinken. Ich hätte am liebsten alles für mich allein gehabt. Es tat mir in der Seele weh Spike nur wenig Wasser zu geben. Er bettelte förmlich darum.

Nach einigen Minuten hatte ich mich etwas von dieser Strapaze erholt und erkundete die nähere Umgebung. Zwischen diesen Gebüschen verlief eine Schiene. Ob hier wohl dieser Zug vorbei kam? Serkan sah sich ebenfalls um und legte seinen Kopf auf die Gleise. Er nickte und zeigte in eine Richtung. „Der Zug ist hier vorbei gekommen.", sagte er und ging zurück zu den anderen.

Ich war so froh darüber, dass ich diese Landkarten mitgenommen hatte und nahm die passende zur Hand. Darauf war die Zugstrecke gut zu sehen. Sie führte direkt nach Bathinda. Wir mussten unbedingt versuchen dorthin zu gelangen. Die Strecke führte jedoch noch durch eine andere Stadt. Abohar lag auf dem direkten Weg. Die Stadt zu umlaufen war zu gefährlich, da hier zu viele Drohnen umherflogen. Dies war Regierungsgebiet. Das Militär war vermutlich überall. Umso mehr Schutz wir hatten, umso besser würde es sein.

Nachdem ich die Karte zusammengefaltet hatte, erklärte ich den anderen die Lage. Ich versuchte ihnen beizubringen, dass dies der beste Weg sei, auch wenn es sicher bessere gäbe und verschwieg ihnen, dass ich in Bathinda die Zentrale der Drohnen suchte. Ich musste sie einfach finden und irgendwie zerstören. Die Drohnen waren eine äußerst ungemütliche Angelegenheit und hatten einigen Menschen schon das Leben gekostet. Ich wusste, dass die Zentrale in Bathinda war und ich musste mit diesem Wissen etwas dagegen unternehmen. Die anderen würden mich sicher davon abhalten wollen, deshalb behielt ich diese Sache für mich. Nicht einmal Stella sollte davon wissen. Ich wusste, dass sie mich davon abbringen würde. Aber ich musste es tun.

Langsam machten wir uns auf den Weg. Wir liefen die Gleise

entlang und hielten Ausschau nach allem was uns gefährlich werden konnte. Schließlich trafen wir auf einen kleinen Bahnhof. Er war sehr zerfallen und alt. „Jim! Wir brauchen eine längere Pause. Die Sonne geht bald unter, lass uns heute Nacht hier bleiben. Bitte.“, flehte Stella, als sie meine Hand nahm. „Was meint ihr Männer?“, fragte ich die anderen beiden. „Sie ist der Boss.“, antwortete Serkan.

„In Ordnung. Wir bleiben heute Nacht hier am Bahnhof. Aber morgen müssen wir nach Bathinda.“, stammelte ich. „Was ist in Bathinda, Jim? Warum willst du unbedingt dahin?“, flüsterte Stella.

Ich starrte still in die Ferne. „Was befindet sich dort, Jim?“, wiederholte sie. „Mach dir keine Gedanken darüber, Stella. Dir wird nichts passieren.“, sprach ich leise, während ich aufstand und mich nach außen bewegte. Was sollte ich ihr nur sagen. Würde ich ihr die Wahrheit mitteilen, gäbe es sicher einen Streit darüber, ob wir es riskieren sollten die gefährliche Idee zu verwirklichen. Also schwieg ich besser und hielt mich sämtlichen Fragen fern.

Mittlerweile war die Sonne untergegangen und die anderen machten es sich mit den letzten Vorräten bequem. Was sollte ich sagen? Sie hatten es sich verdient.

Abwechselnd hielten wir Wache. Immerhin waren wir im Militärgebiet. Hier konnte jederzeit eine von diesen verdammten Drohnen auftauchen. Man konnte die Aufregung der jeweiligen Wache spüren. Jeder hatte Angst etwas zu übersehen. Stella und Spike legten sich in eine Ecke und versuchten zu schlafen. Ich kannte Serkan und Gaetano nicht wirklich und hatte bedenken, dass sie bei der Wache nicht einschlafen würden. Ich legte mich leise zu Stella und hatte in meiner Ruhephase immer ein Auge offen.

Nachdem beide ihre Schicht beendet hatten, übernahm ich die nächste Wache. Es war außergewöhnlich still. Keine einzige Drohne war am Himmel zu erkennen. Kein Geräusch und keinerlei Licht war wahrzunehmen. Ich merkte schnell, dass ich mit der Müdigkeit zu kämpfen hatte. „Ein Kaffee wäre jetzt Goldwert.", stammelte ich vor mich hin, als ich in der Ferne ein blaues Licht am Horizont vorbei fliegen sah. Wahrscheinlich eine dieser Drohnen, dachte ich als es auch schon wieder verschwand. Da ich der letzte der Wache war, konnte ich den Sonnenaufgang beobachten. Es sah aus, als ob die Welt in rote Farbe getaucht wäre. Ein Lächeln konnte mir dieser Sonnenaufgang jedenfalls nicht bescheren.

Ich weckte die anderen und machte ihnen klar, dass wir demnächst weiter ziehen müssten. Sie waren sichtlich erledigt, doch wir hatten kaum noch Wasser oder Nahrung. Ob sie wollten oder nicht, es ging weiter.

Nachdem wir die Umgebung und die Gleise kontrolliert hatten, machten wir uns auf den Weg. Sollten wir dieser Bahngleise folgen, müssten wir direkt nach Abohar gelangen. Ich hoffte, dass wir dort Wasser und Verpflegung finden würden. Normalerweise würde ich Städte umlaufen, doch mit diesem Mangel an lebenswichtigen Utensilien, blieb uns keine andere Wahl.

Gaetano sah sehr bedrückt aus. Serkan hingegen war schon fast teilnahmslos. Und Stella war wie hypnotisiert. Ich hoffte, dass unsere Gruppe mich unterstützen würde bei dem was ich vorhatte. Doch würde ich es ihnen jetzt sagen, würden sie sicher eigene Wege gehen. Es war so unglaublich wichtig. Es würde vielen Menschen das Leben retten und einiges vereinfachen.

Schleppend bewegten wir uns fort. Immer den Blick am Himmel und auf der Steppe. Es war ein seltsames Gefühl Stundenlang auf einer Schiene zu laufen, ohne einen Zug zu sehen. Ich fragte mich was das für ein Zug gewesen war, den wir gesehen hatten. Eine alte Dampflock, soviel war klar. Aber was transportierte sie? Waffen? Menschen? Nahrung? Ich hatte keine Ahnung und konnte nur wild spekulieren.

„Weißt du wohin wir gehen?“, fragte Gaetano. „Wir sind auf dem Weg nach Bathinda.“, antwortete ich ihm. Serkan schnaufte: „Gib mal die Karte, Jim.“ Ich packte diese aus meinem Rucksack aus und reichte sie ihm. Er sah sie sich während wir marschierten genau an. Ich war gespannt auf seine Aussage.

„Okay. Wir sind hier richtig. Die Gleise führt durch ein paar Städte genau in Richtung Osten.“ Dann reichte er mir die Karte wieder nach vorn und ich packte sie auch sogleich in meinen Rucksack. Stella sah Serkan kritisch an und starrte in die Ferne. Ich wusste genau, dass ihr diese Route nicht passte. Sie wusste zwar, dass ich nach Bathinda wollte, aber sie wusste nicht warum und das machte sie nachdenklich. Sie sah mich ständig an, so als wollte sie mich mit ihrem Blick versuchen zu verstehen. Da merkte ich, dass Stella an mir zweifelte.

Als wir uns Abohar näherten, sahen wir etliche Windräder. Umso weiter wir gingen, umso mehr Windräder wurden es. Das war ein gigantischer Windräderpark um Energie zu erzeugen. Ob diese früher auch schon hier waren? Ich konnte mir das irgendwie nicht vorstellen. Brauchte das Militär diese Menge an Energie oder fütterte sie eine Biosphäre?

Wenige Kilometer später erreichten wir Abohar. Die Gleise führten mitten hindurch. „Seid wachsam.“, knurrte Gaetano.

Links von uns lag ein riesiges Industriegebiet. Doch es waren keinerlei Menschen zu sehen. Mehrere Minuten später war etwas weiter entfernt Musik zu hören. Sie klang fröhlich und festlich. „Was ist das?", wollte Stella wissen, doch wir hatten nicht die geringste Ahnung. Je weiter wir auf den Schienen vorwärts kamen, desto lauter wurde die Musik, bis sie schließlich direkt neben uns aus einem großen Haus schallte. „Da müssen Menschen sein.", bemerkte Serkan während wir etwas in Deckung gingen.

„Wir sollten nachsehen.", tuschelte Serkan mit Gaetano. „Nein, wir gehen besser weiter.", wendete Stella ein. Stella hatte Recht. Es wäre gefährlich in das Haus zu gehen. Aber wir brauchten dringend Essen und Wasser.

„Wir gehen rein.", informierte ich, während Stella mich entsetzt ansah. Ich nahm ihren Kopf zwischen meine Hände, gab ihr einen Kuss und erklärte ihr, dass dies notwendig sei. „Wer weiß ob wir noch Nahrung finden.", fügte ich hinzu. Ihr Blick sagte mir, dass sie es verstanden hatte, aber nicht damit einverstanden war. Wir hatten jedoch keine andere Möglichkeit in diesem Augenblick.

Langsam schlichen wir uns an das Haus heran, während wir uns etwas aufteilten. Die Musik war äußerst laut und dröhnte aus dem oberen Stockwerk. Auf der Rückseite war eine Art Holztür. Sie war beschädigt und nicht wirklich gut gesichert. Spike schlüpfte durch einen Spalt hinein. Ich rief ihn zurück, doch er hörte nicht.

Serkan brach die Tür auf und betrat das Haus. Es war dunkel und staubig. Einer nach dem anderen ging langsam hinein. Nun standen wir in einer Art Eingangshalle. Eine große Treppe führte nach oben, woher die Musik schallte. „Der untere Stock ist sauber.", flüsterte Serkan nachdem er sich gründlich umgesehen hatte. „Hast du Spike gesehen?", flüsterte ich. „Negativ, Jim." Er musste die Treppe herauf gelaufen sein. Er war sicher der Musik gefolgt. Mein Gewehr lag ganz dicht an und ich betrat die erste Stufe der Treppe.

Als ich oben angekommen war, führte ein Gang direkt in den Raum, aus dem die Musik kam. Die Tür stand weit offen, doch ich konnte nichts erkennen. Ich wartete auf die anderen und lehnte mich an der Wand neben der Tür an. Dann riskierte ich einen kurzen Blick in diesen Raum. Es war eine Art Küche und ein Europäischer Mann kochte sich am Herd etwas zu essen. Spike saß direkt vor ihm. Er redete mit Spike und tanzte zur Musik. Er hatte überhaupt keine Angst vor Spike gehabt. Was war das nur für eine Sprache? Ich war mir nicht sicher, aber ich glaubte es war Polnisch. „Was macht der da?", fragte Gaetano, als er auch einen Blick riskierte. Währenddessen hatte Serkan die anderen Räume durchsucht. „Alles sauber.", hauchte er leise. An diesem Punkt betrat ich mit gehobener Waffe den Raum in dem der Mann und Spike waren. Ich zielte auf ihn und fragte ihn was hier mache und ob noch andere in der Nähe waren. Stella rief gleichzeitig Spike zu sich und hielt ihn fest. Der Mann fing an zu lächeln und plapperte auf seiner Sprache munter los. Ich verstand kein einziges Wort. Er sah mein Gewehr, welches auf ihn gerichtet war, doch er war davon nicht sonderlich beeindruckt. Währenddessen rührte er sein Essen im Topf. Er lachte, plapperte und nahm einen kräftigen Schluck aus einer Flasche. Er war wohl angetrunken. Ich verstand die Welt nicht mehr. Wir suchten nach jedem Krümel zu essen und er betrank sich während er laut Musik hörte und kochte. „Wer bist du und was machst du hier?", fragte ich mit gehobener Stimme. Dann sah er mich kurz schweigend an und zeigte anschließend mit dem Finger auf mich. „Engländer.", stammelte er. „Du sprichst also meine Sprache?“ Er lachte: „Natürlich mein Freund.“

Gaetano kam in den Raum und schaltete den Plattenspieler der aus vollem Rohr dröhnte ab. „Was macht ihr da Freunde? Das ist meine Musik. Mach das sofort wieder an. Hörst du!“ Der Mann hatte heute wohl schon einiges getrunken. Serkan durchsuchte ihn und gab Entwarnung. „Was ist los Freunde? Warum so ernst? Meine Musik!“ Serkan nahm ihn sich zur Brust: „Deine Musik lockt noch die Drohnen an.“ Der Mann lachte: „Die Dinger können nichts hören.“ Ich trat vor ihn und wollte wissen woher er das wusste. „Ich hab die scheiß Dinger gebaut. Ja das hab ich Freunde.“ Wir sahen uns überrascht an. „Was willst du damit sagen?“ Er nahm einen kräftigen Schluck aus seiner Flasche und säuselte: „Seht mich an. Ich sterbe. Ich bin genauso rot wie ihr. Ihr werdet auch alle sterben. Es geht bestimmt nicht mehr lang, dann sind wir alle tot.“

„Was redest du da?“, stotterte ich. „Mein Name ist Damian. Schön, dass wir hier alle zusammen gefunden haben.“ Er war offenkundig nicht klar bei der Sache. „Hübscher Hund.“, fügte er hinzu.

„Was machst du hier?“, fragte ich erneut. Er grinste und antwortete: „Seid ihr auch von der T98G in Bathinda?“ Stella sah mich an und ich konnte ihren Blick deutlich spüren. Sie fragte den Mann was das T98G sei. „Na das Drohnenhauptquartier für den Sektor7. Das wisst ihr doch Leute, oder?“ Stella sah mich an: „Das ist also dein Ziel, Jim.“ Ich nickte und hoffte darauf, dass Stella nicht böse auf mich war. Gleichfalls hoffte ich, dass Damian meine Pläne nicht zerstört hatte, die Basis zu finden und zu zerstören.

„So wie ihr schaut, seid ihr nicht von der T98G. Okay. Kein

Problem. Was treibt euch denn sonst hier in diese verlassene Gegend? Und vor allem, wo habt ihr euch denn infiziert?“ Er sah uns mit seinem glasigen Blick fragend an und ich antwortete: „Vor Monaten haben wir uns infiziert. Und wir leben immer noch, weil man daran nicht stirbt.“ Damian sah uns fragend an. Gaetano trat hervor um Kenntnis darüber zu bekommen ob er aus dieser Einrichtung war. „Ja natürlich. Woher denn sonst. Was macht wohl ein Pole in Indien?“ Er lachte und lud uns zum Essen ein. „Es müsste genügend für alle da sein. Kommt Freunde lasst uns essen, dann erzähle ich euch meine Geschichte. Ihr werdet es nicht glauben.“ Er schöpfte jeden einen Teller und stellte ihn dann auf den großen Esstisch. „Kommt Freunde setzt euch und esst etwas. Ihr seht hungrig aus.“

Wie konnten wir dieses Angebot ausschlagen. Wir waren kurz vor dem Verhungern. Er stellte zudem einige Flaschen mit Getränken auf den Tisch und schenkte uns in kleine Gläser ein. „Setzt euch Freunde. Los.“

Serkan und Gaetano kontrollierten den Hof und gesellten sich schließlich zu uns. „Bist du allein?“, fragte ich. „Ja sicher Kumpel. Aber jetzt nicht mehr.“ Ich hatte keine Ahnung was er da gekocht hatte, aber es roch köstlich. In der Ecke standen mehrere leere Konservendosen. Vermutlich hatte er noch mehr davon.

Als wir am Tisch saßen fragte er uns wie wir hießen. Alle zögerten, bis Stella den Anfang machte. Damian sah sehr sympathisch aus. Er schien keine Gefahr zu sein, dennoch war ich vorsichtig und beobachtet ihn genau.

Während er sich das Essen genüsslich hinein schaufelte, verkündete er aufgeregt: „Okay, Leute ich erzähl euch mal wie ich

hier gelandet bin. Und dann ihr. Okay?" Keiner traute sich das
Essen anzufassen. Es war wohl unbedenklich wenn er es selbst
zu sich nahm, also nahm ich einen Löffel. Es war voller Aromen
und wirklich köstlich. Ich hatte noch nie so etwas gegessen. Als
die anderen sahen, dass ich genüsslich am Löffel schmatzte
begannen sie ebenfalls.

Damian lächelte zufrieden und begann zu erzählen: „Also
Freunde, ich bin Damian und komme ursprünglich aus Polen.
Ich arbeitete dort als Mechaniker beim Militär. Als die ganze
Scheiße begann, wurde ich hier her versetzt, weil hier Mechaniker gebraucht wurden. Anfangs war ich skeptisch was das
anging. Wieso Indien, dachte ich, bis ich die Panzer mit den
roten Totenköpfen sah. Die Menschen waren knall rot und
bösartig. Wir hatten viele Geschichten gehört von denen die
den Mikroben ausgesetzt waren. Es hieß, man würde bei le-
bendigem Leibe zerfressen. Und viele andere grausige Geschichten. Deshalb verbrannte die Regierung auch alle, die
infiziert waren, als Schutz. Jedenfalls arbeitete ich stolz an den
Drohnen um die Gefahr einzudämmen. Wir trugen gegenwärtig
immer einen Schutzanzug, damit wir nicht wie die Tiere ende-
ten. Doch an einem verdammten Tag passte ich nicht gut genug
auf und mein Anzug zerriss am Bein, während ich an einer
Drohne rumschraubte. Ich hatte Panik und versteckte den Riss.
Nach einigen Tagen bemerkte ich, dass meine Haut rötlich
wurde. Ich hatte mich mit dem Zeug infiziert. Wenn ich jetzt
nicht abhauen würde, dann würden sie mich sicher bei leben-
digem Leibe verbrennen. Also wartete ich bis es dunkel war und
bin von T98G geflüchtet. Ich habe es bis hierher geschafft und
tagelang Ausschau gehalten, ob sie mich suchen würden.
Wahrscheinlich dachten sie, ich sei schon gestorben. Jedenfalls
machte es nicht den Anschein, als würden sie mich suchen.
Nach einigen Wochen in diesem Haus bemerkte ich, dass in

dieser Stadt keine Menschenseele war. Ich konnte hier machen was ich wollte. So und nun seid ihr auch hier, und wir sterben vermutlich alle zusammen an dem Scheiß."

Ich starrte ihn an und sagte: „Du denkst also, dass du daran stirbst? Hast du nicht zugehört? Wir sind seit Monaten infiziert und wir leben immer noch. Man stirbt daran nicht. Es verändert sich lediglich die Hautfarbe, sonst passiert rein Garnichts." Damian sah uns alle fragend an. „Wie es passiert nichts? Woher wollt ihr das denn wissen?" Gaetano mischte sich ein: „Ich bin Biologe. Ich hatte mit Stellas Vater in Italien gearbeitet. Und ich garantiere dir das. Unsere Körper sind so aufgebaut, dass die Mikroben einfach nur im Gewebe sitzen. Sie zerstören es nicht wie bei anderen Organischen Zellen." Ich nickte ihm zu und erläuterte: „Und die Fische betrifft das genauso. Sie überleben ebenfalls."

Damian sah uns ganz verdutzt an und nahm einen kräftigen Schluck. „Seid ihr euch da sicher? Denn wenn das wirklich so ist was ihr da erzählt, dann müssen wir das unbedingt verbreiten. Vielleicht kommen dann alle aus den Biosphären heraus und der Kampf hört auf." Serkan lachte: „Vergiss es. Das wird nie passieren. Sie werden alle mit roter Haut jagen und abschlachten, bis sie wieder unter sich sind. Wir sind in deren Augen eine Gefahr. Genauso wie du es auch gedacht hast, Damian."

„Die Drohnen sind das größte Problem.", fügte Gaetano hinzu, während Stella ihn unterbrach: „Und die Mienen. Wir haben einen guten Freund verloren." Ich nahm ebenfalls das Glas zur Hand und nahm einen kräftigen Schluck. Damian sprang auf: „Wir können gemeinsam hier bleiben. In der Nähe habe ich einen Supermarkt gefunden. Der ist noch randvoll mit Essen und Trinken. Das reicht uns locker eine Ewigkeit." Ich schüttelte den Kopf: „Das ist ja nett gemeint, aber wir müssen weiter.“ „Wohin denn?“, fragte er verstört. „Nach Australien.“, antworte ich und erzählte ihm alles.

Er war sichtlich verwirrt. „Und ihr denkt wirklich, dass dort alles besser wird. Ich habe jedenfalls nichts von Australien mitbekommen. Seid ihr euch da sicher?“ „Ja, Damian. Ganz sicher. Ein Aufgeben kommt nicht in Frage. Jedenfalls für uns nicht. Aber vorher müssen wir die Drohnenzentrale zerstören. Ich hatte es in einem Funkgespräch mitgehört, daher wusste ich davon.“

Stella sah mich fragend an, so als wolle sie ausdrücken, dass ich ihr Dinge verschweigen würde. Sie wusste nicht, dass ich dies zu ihrem Schutz getan hatte.

„Vielleicht kann ich euch da behilflich sein. Ich kenne mich dort sehr gut aus. Und da ich laut eurer Aussage nicht sterben muss, könntet ihr mich als Gegenleistung doch mitnehmen, oder was haltet ihr davon?“, verkündete Damian ganz aufgeregt. Eigentlich hatte er gar nicht so Unrecht. Es war sicher besser jemanden zu haben, der sich auf dem Gelände auskannte um die Aktion fehlerfrei durchzuziehen, damit alle Menschen in diesem Drohnensektor vor dieser Bedrohung sicher waren. „Abgemacht, Damian. Hilfst du uns, nehmen wir dich mit.“, offenbarte ich, während die anderen mich fragend ansahen. „Was denn, immerhin habt ihr schon einmal einen vollen Magen, oder?“, fügte ich hinzu. „Ja, Freunde. Heute ruht ihr euch erst einmal aus. Und morgen holen wir so viel Essen wie ihr nur tragen könnt.“, lachte Damian und hob sein Glas: „Auf Australien!“

Ich wunderte mich, weshalb Damian keine Angst vor Spike hatte und fragte ihn. Er grinste und meinte: „Dieser Hund hat keinerlei Anzeichen von der Infektion. Sieh ihn dir doch mal an. Er hat zwar keine Haare, aber er hat nicht diese roten Augen, wie die anderen. Als er in die Küche kam, glaubte ich, dass er mich nun erlösen wird. Es machte mir nichts aus. Ich dachte, dass ich sowieso sterben würde. Doch der kleine Racker saß nur da und hechelte. Also dachte ich, dass ich einen neuen Freund gefunden hatte. Einer der sich auch allein durchschlagen musste.“

„Woher kommt eigentlich der Strom, mit dem du den Plattenspieler und den Herd benutzt. Erklär das mal.“, fragte Gaetano während er sich in der Küche umsah. Damian stand auf und ging zum Fenster: „Habt ihr die ganzen Windräder gesehen? Das ist die Stromquelle für T98G. Ich hab mir da etwas abgezwackt.“

Er grinste stolz, während er sich ein weiteres Glas einschenkte. „Was weißt du über die Menschen, die mit einer Art Fußfessel an kleinen Einrichtungen gehalten werden?“, fragte Serkan ihn mit nervöser Stimme. „Was habt ihr mit den Menschen gemacht?“, fügte Gaetano hinzu. Damian setzte sich wieder an den Tisch und starrte auf sein Glas. Er atmete tief ein und erzählte nach längerem Warten, dass diese Menschen eine Art Experiment seien. Sie bekamen einem Prototyp eines Impfstoffes. Da es zu gefährlich war sie in der Biosphäre zu testen, wurden mehrere dieser Freilandeinrichtungen geschaffen. Die Drohnen bewachten und beobachteten sie. „Was habt ihr ihnen nur angetan?“, fragte Stella mit zitternder Stimme. Damian sprang nervös auf: „Ich habe überhaupt nichts getan. Die sind doch alle irre. Die haben Befehle und wenn sie die nicht ausführen, dann werden sie eingesperrt. Und wer sich infiziert, wird sofort verbrannt, um die Seuche aus den Einrichtungen fernzuhalten. Deshalb bin ich ja abgehauen. Habt ihr das nicht kapiert? Ich bin anders. Ich bin einer von euch!“

Damian zitterte am ganzen Körper. Er war äußerst aufgeregt und ich beruhigte ihn erst einmal. Wir brauchten ihn mehr, wie er uns brauchte. Er wusste das nur noch nicht.

Nach einer kleinen Schweigepause, schlug Damian mit beiden Händen auf den Tisch: „Also Leute! Machen wir einen Plan, wie wir T98G ausschalten.“ Wir steckten unsere Köpfe zusammen und machten einen Plan, der funktionieren könnte. Dazu brauchten wir jedoch jeden einzelnen von uns. Auch Stella. Dies gefiel ihr ganz und gar nicht. Aber es musste sein. Ich würde es mir nie verzeihen einfach an dieser Gelegenheit vorbei zu gehen und all diese Menschen, uns eingeschlossen, die von den Drohnen bedroht wurden sind, von dieser Gefahr zu befreien.

Nach Stunden hatten wir es geschafft. Alle waren mit dem Ergebnis zufrieden und einverstanden. Damian schenkte jedem nochmals ein und hob sein Glas erneut: „Also Freunde, morgen holen wir erst einmal noch Verpflegung aus dem Supermarkt, den ich gefunden habe und dann machen wir uns auf den Weg.“

Das Haus war so groß, sodass wir alle einen eigenen Raum für die Nacht bekamen. Damian hatte Seife, Shampoo, Rasierer und Parfum aus dem Markt bereits geholt. Es gab zwar kein fließendes Wasser, aber es waren genügend Wasserflaschen vorhanden, um sich zu waschen und rasieren.

Stella rasierte meinen Bart und meinen Kopf. Sie war der Ansicht, dass ich vielleicht länger keine Möglichkeit hätte mich zu rasieren. „Und außerdem mag ich dich mit kurzen Haaren lieber.“, kicherte sie, während sie mir mit dem Rasierer über den Kopf fuhr.

Das Shampoo roch so gut. Ich schloss meine Augen und träumte von einer ganz normalen Welt. So wie es früher einmal war. Ich stellte mir vor, wie wir beide in unserem Haus wären. Und wie die Geräusche, die aus den anderen Zimmern zu vernehmen waren, unsere Familie sei. Dann öffnete ich wieder die Augen. Indirekt war dies unsere Familie. Ich gab Stella einen Kuss und sie blickte mich liebevoll an. In ihren Augen konnte ich erkennen, dass sie verstanden hatte wie wichtig es war die Drohnen zu zerstören. Sie hatte denselben Blick wie damals in Istanbul.

Am nächsten Morgen weckte Stella mich sanft. Die anderen waren bereits auf. Serkan erklärte mir, dass er mit Damian und Gaetano nun zum Supermarkt gehen würde. Ich fragte, ob ich behilflich sein könnte. Doch sie hatten bereits alles besprochen. „Ihr passt auf das Haus und Spike auf. Wir sind bald wieder da.", verkündete Damian, während sie die Treppe hinunter liefen. Am Fenster konnte ich sehen, wie sie zügig in einer Richtung verschwanden.

„Frühstück?", hauchte mir Stella ins Ohr. Ich lächelte und sie zauberte etwas aus Konserven. Es war so friedlich, dass es mir Sorgen machte. Vermutlich war ich schon von den ganzen Strapazen gezeichnet. Beim Essen ging ich mit Stella nochmals den Plan durch. So wie ich es sah, hatten wir an alles gedacht.

Es dauerte nicht lang und die anderen waren zurück. Sie hatten eine Menge an Wasser, Nahrung und Spirituosen mitgebracht. Damian hatte sogar Hundefutter dabei. Spike freute sich beachtlich. Hier war es so heimisch, ich hätte eigentlich hier bleiben können. Doch mir war klar, dass dies kein gutes Ende nehmen würde.

Serkan und Gaetano bauten aus den Spirituosen mehrere

Brandgeschosse, während Stella und ich uns bereit zum Aufbruch machten. „So Freunde, wir haben einen kleinen Marsch vor uns, bevor wir Bathinda erreichen.", stammelte Damian aufgeregt. Indessen packten wir alles zusammen und machten uns auf den Weg.

Man konnte Damian ansehen, dass er an der ganzen Sache bedenken hatte. Immerhin war er der einzige, der wusste, was uns dort erwarten würde. Ich hielt dennoch an meinem Ziel fest. Nachdem wir Stunden auf der Bahnschiene in Richtung Osten liefen, trafen wir auf ein Dorf namens Malout. Wir hatten es bereits auf der Karte gesehen und wussten, dass es bis Bathinda nicht mehr weit war. Nun sah jeder öfters in den Himmel. Ich konnte in der Ferne Drohnen Summen hören. Dazu brauchte ich keinen Chip mehr.

Wir hatten unseren Marsch so geplant, dass wir in Bathinda ankommen würden, sobald es dunkel werden würde. Nachdem wir Malout ohne Probleme durchquert hatten, begann mein Herz höher zu schlagen. Mittlerweile waren wir Stunden unterwegs. Innerhalb der Pausen die wir machten, sprachen wir kaum ein Wort. Jeder war fühlbar mit sich selbst und dem Plan beschäftigt.

Nach weiteren Stunden konnten wir in der Ferne Bathinda sehen. Es war größer als die bisherigen Städte und Dörfer in Indien. Damian ging voran. Er kannte sich hier bestens aus. Einen kurzen Augenblick dachte ich daran, ob er uns in eine Falle laufen lassen würde. Ich war wohl schon zu misstrauisch geworden. Er hätte keinen Grund dies zu tun. Oder doch? Auf jeden Fall würde ich ihn im Auge behalten.

Über der Stadt kreisten etliche Drohnen. Ich hatte so etwas noch nie gesehen. „Keine Sorge Freunde. Die Dinger sind auf

Standby Modus. Die werden erst außerhalb von Bathinda scharf. Ist so eine Sicherheit für die Einrichtung.“

Langsam ging die Sonne unter und wir warteten neben den Gleisen. Damian rief uns alle zusammen: „Also wie besprochen, Freunde. Wir teilen uns in zwei Gruppen auf. Die einen Sorgen für eine Ablenkung südlich vom T98G und die anderen legen Feuer Westlich von der Einrichtung. Da die Kommandozentrale in einem Einkaufskomplex liegt, sollten diese Ablenkungsmanöver uns ausreichend Zeit verschaffen, um in die Gebäude zu gelangen. Die eine Gruppe kümmert sich um die Leitzentrale und die andere um die Werkstatt. Soweit alles verstanden?“ Alle bejahten seine Aussage und teilten sich auf. Damian und Gaetano würden in die Werkstatt gehen, während Serkan und ich uns die Leitzentrale vornehmen würden. Stella und Spike sollten sich hier in der Nähe verstecken und warten.

Mittlerweile war es dunkel geworden. Damian gab uns ein Walkie-Talkie. Er hatte im Supermarkt welche gefunden. „Könnte nützlich werden.“, fügte er hinzu, bis die beiden losliefen und letzten Endes verschwanden. Wir hatten ausgemacht zu warten bis wir das erste Ablenkungsmanöver mitbekämen. Die Zeit verging sehr schleppend. Ich war sehr aufgeregt und ich konnte es nicht erwarten, endlich loszulegen. Meine Beine zitterten wie verrückt, als plötzlich eine Autoalarmanlage durch die Straßen heulte. „Das ist unser Zeichen, Jim. Los geht’s.“, knurrte Serkan und sprang auf. Ich gab Stella noch einen Kuss und rannte los. „Hoffentlich klappt das alles, so wie wir uns das ausgedacht haben, Serkan.“

Am Himmel waren etliche blaue Lichter zu sehen. Die Drohnen kreisten über uns. Einige starteten und einige landeten auf den Dächern der umliegenden Häuser. Plötzlich war ein Scheinwerfer zu sehen und wir sprangen in eine Gasse. Das Militär war wohl nervös geworden und suchte das Gelände ab. Ich war nur froh, dass die anderen beiden überhaupt ein Auto gefunden hatten, welches mit einer funktionierenden Alarmanlage ausgestattet war. Nun lag es an uns. Nachdem wir durch einige Gassen geflitzt waren, zündete Serkan den Brandbeschleuniger an und warf ihn direkt auf ein Militärfahrzeug. Die Stichflamme ragte weit nach oben. Während das Feuer die Nacht erhellte, konnte ich die Männer vom Militär gut erkennen. Es waren mindestens zwanzig, die auf dem Gelände umher liefen. Sie riefen alle wild umher und versuchten das Feuer zu löschen. Serkan bereitete den zweiten Brandbeschleuniger vor und warf ihn auf eine parkende Drohne. Nun war das Chaos perfekt. Viele der Wachleute waren zu der Alarmanlage unterwegs, welche die anderen beiden ausgelöst hatten. Die anderen waren komplett überfordert mit den Flamen beschäftigt. Die Eingänge waren komplett unbewacht. „Los, Jim. Los!" Wir rannten wie von der Tarantel gestochen auf eine Eingangstür zu. Sie war nicht gesichert und stand offen. Als wir im Gebäude ankamen, schlossen wir die Tür und blockierten diese mit einem Möbelstück. Ich sackte zu Boden. Ich hatte keine Puste mehr. Serkan war auch völlig außer Atem.

Ich nahm das Walkie-Talkie, welches mir Damian gegeben hatte und funkte durch, dass wir im Gebäude waren. Doch es kam keine Antwort. Nach einigen Augenblicken versuchte ich es erneut. Dann endlich antworteten die anderen. Sie waren völlig außer Puste und hielten sich versteckt. Damian meinte wir sollten weiter machen. „Auf geht's, Jim!", keuchte Serkan und wir liefen den Gang entlang. Damian hatte eine grobe Skizze vom Gebäude gemacht. Ich nahm sie zur Hand und versuchte genau zu definieren, wo wir uns befanden. Dann hatte ich es gefunden. Währenddessen kamen wir an einer Art Schleuse an.

Es hingen haufenweise dicke Folien an den Wänden und Decken. Es sah aus als hätte man aus einem Gang mehrere kleine gemacht. Ein Folienkasten führte zum nächsten. Wir konnten am Ende des Ganges Funksprüche hören. Wahrscheinlich waren dort hinter den Folien Wachleute. Serkan schlich sich durch die Folien und ich folgte ihm. Umso weiter wir nach hinten liefen umso heller wurden die Lampen. Schlussendlich sahen wir zwei Schatten am Ende des Ganges. Man konnte durch die Folien deutlich erkennen, dass diese zwei Männer Waffen bei sich trugen. Sie hatten uns bisher noch nicht bemerkt. Ihre Funkgeräte waren auf voller Lautstärke. Der Schall füllte den kompletten Gang. Ich dachte nur, dass wir irgendwie an ihnen vorbei mussten, als Serkan plötzlich losrannte und sie mit seinem Gewehr bedrohte. Nun sah ich drei Schatten durch die Folie, von denen zwei die Hände hoch hielten. Ich hatte Angst, doch es war meine Idee. Also lief ich zu ihnen. Sie hatten ebenfalls, wie die Männer außerhalb, Schutzanzüge an. In ihren Gesichtern war deutlich zu sehen, dass sie überrascht waren.

Ich zielte ebenfalls auf die Beiden. Im selben Moment nahm Serkan sein Gewehr und schlug beide bewusstlos. Ich war erstaunt wie schnell das ging. Wenigstens hatte er sie nicht erschossen, dachte ich während Serkan von einem der Wachmänner die Taschenlampe nahm und auf die dahinter befindliche Tür leuchtete. Sie war, wie von Damian vorhergesagt verschlossen und nur mit einem Zahlencode zu öffnen. Damian hatte mir die Zahlen genannt und ich gab sie vorsichtig ein. Doch es passierte nichts. Ich versuchte es erneut, doch die Tür ließ sich einfach nicht öffnen. Ich versuchte die anderen anzufunken, aber ich bekam keine Antwort. „Was machen wir jetzt, Jim?" Ich war ratlos und versuchte Damian erneut am Walkie-Talkie zu erreichen. „Damian, der Tür Code 56328 geht nicht. Wir brauchen Unterstützung!" Doch das Walkie-Talkie blieb stumm.

„56238!“, schallte nach einigen Sekunden aus dem Funkgerät. „Sorry hab die Zahlen vertauscht.“ Serkan gab die Zahlen ein und die Tür summte nach wenigen Augenblicken. Dann stieß er sie auf. Eine riesige hell beleuchtete Halle befand sich vor uns. „Warte kurz, Jim.“, flüsterte Serkan und ging zurück zu den bewusstlosen Wachleuten. Er zog ihnen den Schutzanzug aus und warf mir einen zu. „Los zieh den an. Es ist scheißegal, ob wir rot in der Fresse sind oder nicht. Ohne diese Dinger machen die uns auf hundert Metern schon fertig.“

Er hatte Recht. Oh und wie Recht er hatte. Während ich den Anzug über meine Kleidung stülpte, sah ich mir die zwei Wachleute an. Serkan bemerkte das und packte meinen Arm: „So wie du sie ansiehst, machst du dir wieder Gedanken. Kurz gesagt, mach dir keine Sorgen wegen den beiden. Sie werden aufwachen und bemerken, dass sie nun auf der anderen Seite mitspielen und verschwinden. Die wollen sicher nicht als infizierte gesehen werden.“

Serkan hatte mit Sicherheit Recht. „Wir sind drin Leute.“, funkte ich noch beim Betreten der Halle durch.

„Okay, verstanden.“, kam leise aus dem Funkgerät, welches ich in eine Tasche am Schutzanzug steckte. Nun mussten wir die ganze Halle durchqueren bis zu einer Treppe die nach oben führte. Die Halle war gefüllt mit Einkaufsgeschäften. Diese waren allerdings mit Folie versiegelt. Nun hatten wir keinerlei Möglichkeiten mehr uns zu verstecken. Soweit ich sehen konnte gab es mehrere Etagen. Man konnte von jeder auf den Boden blicken, auf dem wir uns gerade bewegten. Wir versuchten langsam aber bestimmt unser nächstes Ziel zu erreichen, als unvermittelt eine kleine Gruppe Männer im Schutzanzug direkt auf uns zu rannten. „Bleib ruhig, Jim.", ermahnte mich Serkan. „Spinnst du? Die haben uns gleich!" Er stieß mich an und meinte erneut: „Bleib ruhig." Ich hoffte, dass er einen Plan hatte. Denn wenn nicht wären wir in wenigen Sekunden erledigt.

Ich versteifte regelrecht, als sie direkt auf uns zu hielten. Sie nahmen die Waffen hoch und wurden schneller. Ihre Funkgeräte hallten durch das ganze Gebäude. Ich schloss meine Augen und dachte an meine Familie. Dann spürte ich ruckartig einen Luftzug am Anzug. Ich öffnete die Augen und konnte es nicht glauben. Serkan hatte den Arm in der Luft und sie rannten an uns vorbei. Sie hatten uns nicht erkannt. Sie dachten wahrscheinlich, dass wir zu ihnen gehörten und die Vorfälle außerhalb und nicht im Gebäude stattfanden.

Kapitel 15

Durch die ganzen Informationen von Damian, wussten wir wie viele Menschen sich in der Einrichtung befanden. Als wir an der Treppe angelangt waren, liefen wir direkt hinauf. Das Licht war sehr grell und bläulich. Nach einigen Stufen stoppte Serkan und deutete nach oben. Auf der Treppe kamen vier Männer hinunter. Serkan zielte mit seinem Gewehr auf sie und in diesem Augenblick tat ich dies ebenfalls. Die Männer riefen uns Wörter zu, die wir nicht verstanden. Vermutlich hatte Serkan die Befürchtung, dass sie uns fragen würden, warum wir nach oben liefen, anstatt nach draußen. Mit direkt gerichteter Waffe entwaffnete er die Männer. Ich war am Zittern, doch mein Kopf sagte mir, dass genau dies der richtige Weg sei.

Ich machte mit meinem Gewehr klar, dass wenn sie sich bewegen sollten, ich davon Gebrauch machen würde. Serkan ging langsam auf die Männer zu und öffnete den Schutzanzug einer dieser Soldaten. Er begann sich zu wehren und Serkan schlug ihn nieder. Dann öffnete er den Anzug komplett. Die anderen hatten hörbar Angst. Er nahm sich einen nach den anderen vor. Bis sie alle von ihren Schutzanzügen befreit waren. In ihren Augen war der Schock deutlich zu erkennen. Der Blick sagte mir, dass sie glaubten nun wegen der Mikroben sterben zu müssen. Ebenfalls verriet der Blick, dass sie es nicht glauben konnten, was momentan geschah. Einer begann zu weinen und davon zu rennen. Die anderen folgten ihm. „Du kannst sie laufen lassen, Jim. Die machen uns keine Probleme mehr.“ Damian hatte uns erklärt, warum er geflohen war. Ich konnte mir gut vorstellen, dass die Männer sich so schnell wie möglich von der Einrichtung entfernen wollten, bevor man sie sah.

Wir liefen schnellstmöglich weiter nach oben und kamen am Ende an einem langen Gang an. Dieser hatte wiederum viele dieser Schleusen aus Folien. Dahinter begann ein anderes Gebäude, welches direkt an den Einkaufskomplex anschloss. Es war eine Art modernes Hochhaus. „Wenn der Plan den Damian uns gegeben hat stimmt, dann müsste gleich links ein Lüftungsschacht kommen. Zum Glück sind die Dinger außer Betrieb. Das würde sonst sehr unangenehm für uns werden.“, schnaufte Serkan und fand ihn auch gleich darauf. Er stieß die Klappe auf und sah in den Schacht: „Das muss er sein.“

Wir zogen die Schutzanzüge aus und zwängten uns hinein. Es war sehr dunkel und es roch nach Chemikalien. Ich folgte ihm bis wir in einem Fahrstuhlschacht landeten. „Ist das der Schacht von dem Damian erzählt hatte?“ Serkan antwortete: „Ja das ist er. Nun müssen wir nur noch abwarten, bis die anderen zwei ihren Job gemacht haben.“

Die Zeit verging wie in Zeitlupe. Ich fragte Serkan: „Denkst du sie haben es geschafft? Normalerweise müssten sie schon längst in der Drohnenwerkstatt angekommen sein und das Munitionslager mit Hilfe der Drohnengeschosse in die Luft gejagt haben. Damian meinte doch, dass er dies könne!“ Er wollte gerade antworten, als eine riesige Explosion das ganze Gebäude erschütterte. Staub rieselte von oben herab. „Sie haben es geschafft.“, prahlte Serkan und begann sich zu bewegen: „So, Jim. Jetzt sind wir wieder am Zug.“

Wir kletterten in den nächsten Stock, wo sich eine Fahrstuhltür befand. „Hier müsste es sein.“, murmelte er. Serkan nahm alle Kraft zusammen und schob die dicken Türen auseinander. Eine dicke Folie war direkt davor gespannt. Wir konnten deutlich Menschen umher laufen sehen. Er nahm sein Messer und schnitt einen kleinen Schlitz hinein. Es strömte sofort frische Luft heraus. Sie hatten eine äußerst moderne Lüftung eingebaut. Vermutlich war dies ein Sektor, in dem die Schutzanzüge nicht notwendig waren. Serkan sah währenddessen durch den Schlitz und zählte die sich darin befindlichen Personen. Er drehte sich zu mir um und flüsterte: „Es sind ein paar mehr wie erwartet.“ Ich schluckte und erkundigte mich wie viele es denn seien. „Das geht schon in Ordnung.“, war seine Antwort. Na ganz toll, dachte ich, als er auch schon die Folie langsam von oben nach unten aufschnitt. Es strömte immer mehr frische Luft heraus. „Los geht's, Jim.“, brummte er und kletterte direkt durch die Folie in den sich dahinter befindlichen Raum. Nach kurzem Zögern folgte ich ihm. Er schoss ein paar Mal in die

Luft und alle die umherliefen blieben stehen.

Die Menschen innerhalb dieses Raumes waren alle unbewaffnet. Viele von ihnen saßen vor Monitoren und waren mit dem fliegen von Drohnen beschäftigt. Der Raum war sehr groß. Es war schon eher eine Halle. Die Technik war hochmodern und tausende Lichter blinkten neben den vielen Monitoren. Sie sahen uns an, als wären wir Monster. Langsam schritten wir in den Raum hinein. Es war sehr still, bis einer dieser Leute um Hilfe rief. Die Tür sprang auf und es traten zwei bewaffnete Wachleute ein. Serkan hatte ihnen schnell die Gewehre abgenommen und sie zu den anderen gestoßen. Mir fiel auf, dass trotz dem Trubel, den wir verursachten, die Personen die mit dem fliegen der Drohnen beschäftigt waren, ihrer Arbeit weiter nachgingen. „Ihr seid also die Schweine die uns jagen und abschießen!", schrie ich aus voller Kehle. Aber keiner rührte sich oder gab eine Antwort.

Serkan drängte die Menschenmasse an eine Wand. Ich konnte in ihren Augen erkennen, dass sie wussten, nun ebenfalls infiziert zu sein. Sie verhielten sich sehr ruhig und ich glaubte, dass sie dies taten, weil sie nun keine Wahl mehr hatten. Die anderen würden sie für unser Gleichen halten. Der Raum war Konterminiert und es gab keine andere Möglichkeit für sie, als abzuwarten was wir von ihnen verlangten. Als sie alle an der Wand standen, bewegten die anderen sich jedoch weiterhin nicht von ihren Monitoren weg. Sie waren schwer beschäftigt mit dem Steuern dieser Dinger. Ich nahm mir einen kleinen Augenblick und beobachtete die Monitore. Ich wollte unbedingt wissen, wie sie uns von oben sahen. Es war beängstigend. Die Drohnen hatten einen Rundumblick und sämtliche Wärmefilter. Auf einem Monitor konnte ich eine Gruppe Menschen sehen. Sie rannten um ihr Leben, während das Ding sie einholte. Sofort riss ich den Drohnenpiloten vom Sitz und drückte die Steuerung nach unten. Nach wenigen Sekunden prallte das Ding auf den Boden auf. „Gib mir die Brandbeschleuniger!", brüllte ich Serkan zu. Er reichte mir diese und ich zündete sie an. Dann zog ich alle Piloten einzeln auf den Boden. Sie krochen zu den anderen an die Wand und versteckten ihre Köpfe. „Was haben die hier nur mit euch gemacht?", schrie ich und warf den ersten Brandsatz auf die Steuerkonsole. Nach und nach warf ich die restlichen auf die Computereinheit, die diese Dinger steuerte. Jemand rief: „Nein!", doch ich konnte diese Person nicht ermitteln. Das Feuer begann sich in die Technik hineinzufressen. Ich konnte beobachten wie sich allmählich die Monitore anschalteten. Die Menschen wurden langsam immer unruhiger.

Dann sprang plötzlich eine Tür auf, die in diesen Raum führte. Damian und Gaetano standen plötzlich vor uns. Aber sie waren nicht allein. Sie hatten eine Frau bei sich. „Wer ist das?", brüllte Serkan ihnen zu. „Keine Sorge Freunde. Das ist Maddie. Sie ist in Ordnung. Ich kenne sie von früher aus der Werkstadt und sie hat uns geholfen die Halle hochzujagen. Und was treibt ihr hier so schönes?", kicherte er während ich mir Gaetanos Blick genauestens ansah. Vielleicht waren sie aufgeflogen und man hatte sie geschickt um uns abzulenken. Doch Gaetano sah nicht so aus, als hätte er irgendwelche Geheimnisse. „Seit ihr soweit, Freunde?", fragte Damian. „Sieht es etwa nicht so aus?", antwortete Serkan. Die Flammen des Feuers nahmen langsam zu und fraßen sich durch den Luftstrom in den Fahrstuhlschacht. „Es wird Zeit zum Verschwinden, Leute!", rief ich im Verlauf der Dinge. Serkan und Gaetano liefen die Treppe aus dieser die Wachleute kamen hinunter. „Schaffen wir die Leute hier raus!", schrie ich und schob einen nach den anderen in das Treppenhaus. Als letztes schob ich Maddie hinaus, worauf Damian und ich folgten. Ich sah in Damians Augen, dass er ganz genau wusste, dass ich ihr nicht traute.

Als wir auf dem Weg nach unten waren bemerkte ich, dass ich mich selbst nicht mehr erkannte. Einen kurzen Augenblick fühlte ich mich in den alten Jim hinein. Doch ich hatte mich sehr verändert. George hatte den ersten Funken in mir geweckt. Ohne ihn, wäre ich sicher schon tot.

Nachdem ich wieder klar bei der Sache war, stellte ich fest, dass die vielen Menschen keinen Mucks von sich gaben, während sie mit uns die Treppe hinunter liefen. Nicht einer hatte mehr um Hilfe gerufen. Sie wussten alle, dass sie mit den Mikroben infiziert waren. Nur was sie nicht wussten war, dass sie davon nicht sterben würden. Dies war aber unsere Lebensversicherung. Sie würden es schon noch früh genug erfahren, dachte ich, als wir wieder das Einkaufszentrum erreichten.

Die Menschen stauten sich in der Halle, die ich mit Serkan zuvor durchquert hatte. Nun musste es schnell gehen, bevor einige des Militärs diesen großen Haufen entdecken würden. Keiner hatte einen Schutzanzug an. Sie würden sicher sofort schießen. Wir leiteten die Masse durch den Gang, aus dem wir gekommen waren. Die Menschen wurden immer aufgeregter und lauter. Nun ging es um Sekunden. Als Serkan vorn die Tür aufstieß, sah ich viele grelle blaue Lichter hineinscheinen. Darauf folgten unzählige Explosionen. Das Gebäude erzitterte erneut. Die ersten dieser Leute hatten das Freie erreicht und Gaetano schoss mehrmals in die Luft. Darauf rannte die Menschen noch schneller und verstreuten sich in alle Richtungen. Sie schossen weiter bis auch der Letzte quer über das Gelände lief. Als ich zum Himmel hinauf sah, konnte ich es nicht glauben. Die Drohnen die in der Luft gewesen waren, fielen alle zu Boden. Sie leuchteten blau und funkelten wie Edelsteine. Es sah fast aus wie ein Meteoritenschauer. Damian zog mich am Arm: „Wir müssen weiter, Jim. Nicht stehen bleiben!"

Wieder schlugen einige Drohnen im Einkaufszentrum ein. Mehrere große Explosionen ließen den Boden beben. Als ich mich beim Laufen umdrehte, sah ich wie eine dieser Dinger direkt in das Hochhaus einschlug, aus dem die Flammen kamen, die wir gelegt hatten. Nun wurde ich wieder klar und begriff was wir eigentlich erreicht hatten. Ich löste die Hand von Damian: „Alles Okay. Du kannst loslassen. Ich bin wieder da." Er drehte sich beim Laufen um und lachte: „Ich dachte schon du wärst in einem Trauma gefangen."

Das Chaos am Einkaufskomplex war unbeschreiblich. Keiner wusste eigentlich wohin und was hier los war. Das Feuer, welches die Drohnen mit ihren Explosionen verursachten, blendete meine Augen. Es wurde immer heller und heller. Einige Augenblicke wurde es überhaupt nicht mehr dunkel und es sah aus, wie am helllichten Tage.

Endlich hatte unsere Gruppe das Gelände verlassen und erreichte die Bahngleise. Wir machten uns auf den schnellsten Weg in das Versteck, in dem Stella auf uns wartete. Hinter uns flackerten die Feuer meterhoch. Viele Menschen kreischten wild umher. Nach wenigen Minuten erreichten wir das Versteck neben den Gleisen. Ich konnte Stella schon von weitem weinen hören. Als sie uns sah sprang sie heraus und rannte auf mich zu. Sie fiel mir um den Hals und drückte so fest zu, dass mir kurz schwindelig wurde. „Ich dachte du wärst tot, Jim. Was geht denn da hinten ab?" Gaetano versuchte sie zu beruhigen und erklärte ihr alles in Ruhe. Sie hörte ihm aufmerksam zu, bis sie bemerkte, dass eine weitere Person bei uns war. „Und wer ist das?", fragte sie mit wackeliger Stimme. Damian trat hervor:

„Das ist Maddie. Sie hat uns geholfen. Ohne sie hättest du deinen Jim wahrscheinlich nicht mehr wieder gesehen."

Ich nahm Stella in den Arm und gab ihr einen Kuss auf die Stirn: „Wir haben es geschafft." Alle waren völlig außer Atem und setzten sich um etwas zu trinken. Stella reichte jedem Wasser. Bei Maddie zögerte sie jedoch, bis ich ihr zunickte. Stella hatte kein Vertrauen zu ihr. Ich konnte es ihr deutlich ansehen.

In der Ferne tobte das Chaos. Feuer, Lichter und vereinzelte blaue Blitzlichter strahlten in den Himmel. Damian räusperte sich kräftig und begann uns stotternd etwas mitzuteilen: „Da wäre noch die Sache mit dem Zug, Freunde." Wir sahen uns alle fragend an. „Was willst du uns denn sagen, Damian?", fragte Serkan nervös. „Nun ja, wie soll ich es sagen? Am besten Maddie erklärt es euch."

„Na dann leg mal los Kleine. Aber sofort!", ließ Gaetano knurrend heraus. Sie zögerte einen Augenblick und begann dann uns zu erzählen, dass alle drei Tage dieser Zug vorbeikommen würde. Eine alte Dampflock mit sehr vielen Anhängern. Dies war der Zug den wir gesehen hatten. Sie fuhr fort und erklärte uns, dass dieser Zug morgen hier wieder ankommen sollte, um Güter und Personen zu holen und zu bringen. „Doch sollte der Zug bemerken was hier los war, würde es nur zwei Verfahrensmöglichkeiten geben. Entweder würden sie so schnell wie möglich weiter fahren und es melden, oder sie würden der Sache auf den Grund gehen und es melden. Sollte das zweite passieren, würden sie uns hier suchen, bis sie uns gefunden hätten. Uns bleibt nur eine Möglichkeit. Wir müssen den Zug abwarten und uns darauf verstecken. Sollte er nicht halten müssten wir aufspringen. Er ist sehr lang und weiter unten gibt es eine starke Kurve in der er nicht schnell fahren kann. Dort sollten wir auf ihn warten."

Stella kroch zu ihr herüber: „Und woher wissen wir, dass du uns die Wahrheit sagst?" Damian schob Stella sanft zurück: „Ich bürge für Maddie. Ich kenne sie schon länger. Sie war immer gut zu mir und hätte keinen Grund, uns zu linken. Sieh sie dir doch an. Vor wenigen Minuten war sie noch in einer Quarantäne Zone. Nun ist sie infiziert, so wie wir alle. Stella ließ von ihr ab und sah mich an: „Vertraust du ihr, Jim?" Ich nahm sie in den Arm und antwortete: „Ich vertraue uns."

Spike wimmerte um Aufmerksamkeit. Ich nahm ihn in den Arm. Er war so froh, dass ich zurück war. Das war mein Spike. Mein bester Freund. Ich konnte in den Augen von Stella das Feuer und Licht von T98G flackern sehen. Ein Schimmer aus Gelb und Blau durchzog ihre braunen Augen. Irgendwie war es wunderschön. Doch die Stimmung ließ mich schnell aus diesem Zeitraffer erwachen.

„Wie groß ist eigentlich der Sektor 7, für den diese Einrichtung zuständig war?", fragte Gaetano. Damian antworte verzögert: „Genau wissen wir das nicht, aber er sollte von Afghanistan bis Thailand reichen."

„Afghanistan?", fragte ich aufgeregt? „Ja, Jim." Ich musste an den alten Mann denken, welcher mich aus der Steppe gerettet hatte. Ich hoffte, dass er nun Ruhe vor diesen Dingern hatte.

Auf dem Gelände gab es noch weitere Explosionen. Man konnte die Menschen rufen hören. Maddie stellte klar, dass wir uns nun an den Gleisen in Richtung Süden bewegen sollten. Ich sah Damian mit scharfem Blick an. Er nickte so, als wolle er mir sagen, es ist alles in Ordnung. Einer nach dem anderen stand auf und packte seine Sachen zusammen. Dann liefen wir geduckt los. Wir mussten an der Basis vorbei und sahen uns wild um, ob uns jemand erspähen könnte. Doch niemand schenkte uns Beachtung. Wir wurden mit der Zeit immer schneller und kamen schließlich an der geplanten Stelle an. Hier war nun die Kurve, an welcher der Zug langsamer fahren musste. Wir waren nun ein paar Hundert Meter von T98G entfernt. Die Lichter der Feuer blitzen zwischen den Häusern auf. Da die Kurve nach links führte, sollte es einfacher sein von rechts aufzuspringen um unerkannt zu bleiben. Wir warteten Stundenlang. Im Hintergrund waren weiterhin Explosionen und Schreie zu vernehmen.

Die gesamte Strecke bis zu dieser Kurve war sehr gut einzusehen. Serkan ließ die Gleise und die Umgebung nicht aus den Augen. Maddie setzte sich zu uns und erzählte mehr über den Zug: „Dieser Zug ist eine Maschinerie vom Militär. Sie bringen und holen Güter und Personen aus ganz Indien. Dieser Zug fährt permanent im Kreis. Er hat Personen, Tank und Güterwagons. Sie laden Dinge auf und ab. Das Personal wird alle 130 Tage ausgewechselt. Und die Männer an Bord sind schwer bewaffnet.“

Ich sah mich um und konnte sehen, dass alle aufmerksam zuhörten. Was war das nur für eine Idee auf dieses Monster aufzuspringen. Ich schüttelte den Kopf und Damian stieß mich an: „Wir kennen uns aus. Das wird schon klappen.“ Ich sah ihn an und fragte: „Hast du deine Freundin schon über die Mikroben aufgeklärt?“ Er lächelte: „Natürlich, Jim. Sonst wäre sie nicht mitgekommen.“

Langsam ging die Sonne auf und das Licht schien immer röter zu werden. Von Tag zu Tag immer röter. Keiner von uns hatte geschlafen. Wir waren deutlich erledigt, als wir von weitem die Lock des Zuges hörten. Das Geräusch einer Dampflock erkennt man immer wieder. Es hat dieses einmalige Zischen im Ton. Der Zug kam die Gleise entlang und blieb neben T98G stehen. Wir beobachteten die Situation sehr genau. Da die Gebäude noch Rauchschwarten in den Himmel zogen, stiegen die Männer des Zuges vorsichtig aus, um sich einen Überblick zu machen. Sie stampften langsam in ihren Schutzanzügen in die Richtung des Rauches. Auf einmal konnten wir viele Menschen schreien hören. Sie rannten auf die Männer zu und diese fingen an zu schießen. Sie waren völlig überwältigt, so viele Menschen ohne diese Schutzanzüge aufzufinden, dass sie Ziellos in die Menge schossen. Die Menschen aus T98G wollten vermutlich nur mit dem Zug mitfahren, da die Einrichtung völlig zerstört war. Doch sie empfanden diese als Bedrohung und wehrten sich gegen alle auf sie zustürzenden Personen. Der Zug begann sich langsam fort zu bewegen. Die Männer des Zuges sprangen auf und schossen erneut auf alle die sich den Zug näherten.

Der Zug rollte nun auf uns zu. „Wartet bis ich euch das Zeichen geben zum Aufspringen!", brüllte Maddie. Wir saßen angespannt in unserem Versteck und warteten darauf, dass wir loslaufen sollten. Die Lock kam immer näher. Die schwarze Rauchwolke aus dem Schornstein wurde immer größer und dunkler.

Als der Zug in diese Kurve einfuhr, an welcher wir warteten, wurde er sichtlich langsamer. Die Lock rauschte mit lautem zischen an uns vorbei. Darauf folgten fünf Passagierwagen. Hinter diesen waren etliche Güterwagen. Zwischen diesen waren einige Tankwagen. Vermutlich waren diese gefüllt mit Gas oder Benzin. Der Zug war äußerst lang und schlängelte sich um die Kurve. Das Ende des Zuges rauschte langsam auf uns zu. „Haltet euch bereit!", rief Maddie und zeigte mit dem Finger auf einen der letzten Wagen. Nun wussten wir wann wir zu laufen hatten. Der Wagen rauschte näher und näher. „Los!", rief sie und wir sprangen auf, um den Zug zu folgen. Maddie riss die Tür auf und warf einen Blick hinein. Darauf sprang sie mit einen Satz auf den Wagon auf. Die anderen folgten ihr, bis sie Stella auch hinein zogen. Ich hatte Spike auf dem Arm und konnte nicht so schnell wie die anderen. Ich gab nochmals alles, um den Zug nicht zu verpassen. Meine Beine machten allerdings schlapp. Ich war kurz davor aufzugeben, vor allem weil der Zug wieder fahrt aufnahm, nachdem er die Kurve passiert hatte.

„Sorry Kumpel!", rief ich und warf Spike mit voller Kraft auf die Öffnung zu, aus der alle zu mir schauten. Sie fingen ihn gerade so und zogen ihn hinein. Nun war ich deutlich leichter und gab nochmals richtig Gas. Die Öffnung des Wagons kam immer näher und ich streckte die Hände aus. Dann packten sie mich und zogen mich hinein. Hinter meinen Füßen sauste ein Mast vorbei. Ich hatte ihn nicht gesehen und wäre direkt darauf zu gelaufen. „Da hast du aber Glück gehabt, Jim.", lachte Serkan. „Ja, genauso wie seit Monaten.", antwortete ich ihm mit gereizter Stimme.

Gaetano schloss die Tür und ich sah mich um. Der Güterwagen war gefüllt mit Werkzeugen und Maschinen. Es standen viele Kisten umher und auch Gasflaschen zum Schweißen waren genügend vorhanden. Kurz gesagt, es war eine mobile Werkstatt. Ich fragte mich, was wohl in den anderen Wagen sei.

Jedenfalls hatten wir in diesem Wagon sehr gute Versteckmöglichkeiten und der Zug fuhr nach Osten, so wie es Maddie gesagt hatte. Wenigsten hatte sie nicht gelogen nur um mitzukommen. Ihrer Aussage nach fuhr der Zug alle Militärischen Stationen ab. Von Basis zu Basis immer im Kreis.

Wir versuchten uns so gut es ging zu verstecken, falls die Tür geöffnet würde. Letztendlich hatte jeder einen Platz gefunden. Stella hatte Spike zu sich genommen. Ich hatte Angst, dass er bellen würde. Wir wussten ja nicht, was sich in den anderen Wagons vor und hinter uns befand. Doch Stella hatte ihn gut im Griff.

Der Zug fuhr schneller und wir entspannten uns. Alle waren von der Nacht sichtlich erledigt und gönnten sich etwas Schlaf. Unvermittelt hörte ich kommende Kampfjets. So kroch ich aus meinem Versteck hervor und öffnete die Wagentür einen Spalt. Am Himmel waren zwei Militärjets zu sehen, die auf dem Weg zu T98G waren. Sie flogen über uns hinweg direkt in die Richtung aus der wir kamen. Ich vermutete, dass die Leute vom Zug die Lage per Funk durchgegeben hatten und sie die angeblichen infizierten Angestellten zu eliminieren hatten. Ich schloss die Tür und die anderen fragten leise, was ich gesehen hatte. Ich meinte nur, dass es nicht wichtig sei und sie weiter schlafen sollten. Nachdem ich meinen Platz wieder eingenommen hatte, versuchte ich auch etwas schlaf zu finden. Doch die Sonne strahlte durch die Ritzen des Wagons und blendete mich. Ich zog meine Jacke über meinen Kopf, damit ich endlich etwas schlaf finden konnte. Ich war so müde, dass ich kaum noch einen klaren Gedanken fassen konnte.

Nach einigen Stunden Fahrt, begannen Damian und Maddie sich zu unterhalten. Sie sprachen darüber, dass die Menschen mit den Fußfesseln nun auch frei seien, weil diese Technik ebenfalls über T98G lief. Ich hörte aufmerksam zu, aber ließ meine Augen geschlossen. Dieser Moment bestätigte meine

Entscheidung, diese Einrichtung zu zerstören. Nach wenigen Minuten war es wieder völlig still im Wagen und ich schlief weiter. Hin und wieder öffnete ich kurz die Augen. Ich wunderte mich jedes Mal wo ich sei. Doch dann erinnerte ich mich und versuchte solange der Zug fuhr weiter zu schlafen.

Der Zug fuhr den ganzen Tag hindurch. Wir hatten sicherlich schon etliche Städte und Dörfer passiert. Ich hoffte nur, dass dieser Zug uns auch weiterhin in Richtung Osten brachte. Es war unmöglich zu bestimmen, wo wir uns momentan befanden.

Durch die Ritze des Wagons konnte ich erkennen, dass die Sonne langsam unterging. Wir fuhren also schon den gesamten Tag hindurch. Als es dämmerte, begann der Zug langsamer zu werden. Serkan, Gaetano und die anderen wurden nervös und begannen sich unruhig zu bewegen. Schlussendlich stoppte der Zug und Stimmen waren außen zu vernehmen. Ich kroch an einen Schlitz des Wagens und warf einen Blick hindurch. Um den Zug herum liefen viele Männer in Schutzanzügen. Ich forderte die anderen leise auf, still zu sein. Dann öffnete sich plötzlich die Tür und zwei Männer betraten den Wagon. Sie murmelten unverständliche Sätze und holten einige Dinge heraus. Mein Herz pochte und ich hatte Angst, dass sie es hören konnten. In meinen Ohren schlug es so laut, dass ich die Männer kaum hörte. Sie begannen in Kisten zu schauen und einige Sachen umzustellen. Sie schoben immer mehr zur Seite und kamen Stella immer näher. Ich versuchte mir zu überlegen was ich tun sollte, falls sie Stella und Spike finden würden. Doch im selben Moment verließen sie den Wagen und schlossen die Tür. „Alles in Ordnung?“, flüsterte ich Stella entgegen. „Eigentlich nicht. Das war knapp, Jim.“, hauchte sie zurück.

Außerhalb waren viel Stimmen in verschiedenen Sprachen zu

hören. Ich konnte leider kein einziges Wort verstehen. Dann ruckte der Zug auf einmal und fuhr langsam weiter. Ich dachte nur, dass wir so viel Glück bestimmt nicht noch einmal haben würden, als ich im Wagen hinter uns Stimmen hörte. Einige waren dort wohl eingestiegen und fuhren dort mit. „Seid leise. Ihr müsst unbedingt leise sein.", flüsterte Damian.

Wir wussten, wenn sie uns hören sollten, dass wir geliefert wären. Zum Glück hatten wir genügend Essen und Trinken, ohne es zu kochen oder aufzubereiten, aus dem Supermarkt. Keiner von uns hatte auch nur einen Hauch von Ahnung, wann der Zug stoppen würde. Doch was mich mehr beunruhigte war, dass wir nicht wussten, was uns am nächsten Halt erwarten würde.

Die Männer im hinteren Wagen waren deutlich zu hören. Sie lachten und plapperten laut umher. Ihre Sprache war jedoch nicht zu identifizieren. Maddie gab uns ein Zeichen, dass sie mal auf die Toilette müsste. „Wie stellst du dir das vor, Maddie?", wisperte Damian. Sie zeigte auf einen Eimer und lächelte verlegen. Damian nickte und schüttelte den Kopf zugleich. Sie nahm den Eimer und erleichterte sich. Mit diesem kroch sie leise zur Wagentür und öffnete diese. Sie wartete bis der Zug in eine Linkskurve zog, und leerte den Eimer dann aus. Während wir uns in der Linkskurve befanden, konnte niemand aus dem Zug unsere Tür beobachten, die sich rechts befand. Das war sehr schlau von Maddie. Nach und nach machten wir alle in den Eimer und schütteten ihn an der passenden Stelle aus. Auch Spike brachte ich dazu, in den Eimer zu machen. Wer wusste schon, wie lang dieser Zug noch fahren würde. Ich war nur froh, dass die Wagons nicht miteinander verbunden waren.

Nachdem wir alle etwas gegessen und getrunken hatten, war es mittlerweile dunkel geworden. Ich hatte die Sonne noch durch die Ritzen in der Wand gesehen, die nun verschwunden war. Wir versuchten es uns in unseren Verstecken bequem zu machen und zu schlafen. Meine Gedanken kreisten um die letzten Tage. Einiges ließ mich nicht mehr los. Ich hatte immer wieder Bilder vor Augen, die mich schwer beschäftigten.

Stunden später lag ich weiterhin wach und starrte durch die Schlitze der Wagonwand. Ich konnte eine große Stadt erkennen durch die wir fuhren. Sie war jedoch nicht beleuchtet. Der Mond warf ein rötliches Licht darauf. Es waren sehr viele Häuser zu sehen. Dies musste nach meiner Vermutung Neu Delhi sein. Da wir in Richtung Osten fuhren, mussten wir daran vorbei kommen. Doch wieso war es so dunkel. Wieso war nicht ein einziges Licht zu sehen. Wo waren die vielen Menschen? Was war mit ihnen geschehen? Lebten sie noch?

Dampfend zog uns die Lock über die Gleise. Außer den Geräuschen des Zuges, waren keinerlei andere Laute zu vernehmen. Das Licht des Mondes strahlte mir von oben in die Augen. Ich lehnte meinen Kopf noch höher an die Wand, um noch mehr des Mondes zu sehen. Bis ich schließlich einschlief.

Hin und wieder wachte ich vom Ruckeln des Zuges auf und wunderte mich wo ich war. Doch ich versuchte einfach weiter zu schlafen. Am liebsten würde ich bei Stella und Spike liegen, um ihnen nah zu sein. Aber ich konnte nicht. Denn sie würden mich finden, sobald sie die Tür öffnen würden. Die Verstecke waren nur begrenzt. Und so blieb ich in meinem und versuchte die Zeit so gut es ging herum zu bekommen.

Immer wieder nickte ich ein und träumte von kuriosen Dingen. Als ich wieder einmal aufwachte, bemerkte ich, dass die Männer im hinteren Wagen still waren. Vermutlich schliefen sie. Die

Sonne kroch langsam wieder hervor und der erste Strahl blitzte durch einen Schlitz der Wand in meine Augen. Wir waren die ganze Nacht durchgefahren. Ich überlegte, wo genau wir uns befinden könnten, nachdem wir einen ganzen Tag und eine komplette Nacht gefahren waren, als der Zug langsam in eine steile Kurve hinein zog. Die Räder begannen zu Quietschen. Es wurde immer lauter und lauter. Das Pfeifen der Räder rauschte durch meine Ohren, als Spike plötzlich anfing wie wild zu bellen. Stella wachte auf und hielt ihm schnell die Schnauzte zu. Das Pfeifen der Räder hatte Spike wohl Angst gemacht.

Ich hoffte, dass die Männer im hinteren Wagon dies nicht gehört hatten. Mittlerweile waren alle wieder wach und sichtlich aufgeregt. Doch die Männer im hinteren Wagen waren nicht zu hören. Vielleicht hatten wir Glück und sie hatten es nicht gehört. Ich wollte gerade zu Stella hinüber kriechen, als der Zug langsam abbremste. „Vielleicht ist das nur der nächste Stopp um Güter zu verladen.", flüsterte Maddie, als der Zug zum Stehen kam.

Ich hoffte, dass sie Recht hatte und beobachtete die Tür durch die verschiedenen Werkzeuge die im Wagen gelagert waren. Außerhalb waren Stimmen zu hören und jemand schlich vor der Tür herum.

Ruckartig öffnete sich die Wagentür. Durch einen Spalt der verschieden Werkzeuge und Maschinen konnte ich zwei dieser Männer in Schutzanzügen erkennen, die mit einer Taschenlampe in den Wagen leuchteten. Jetzt wusste ich, dass sie Spike gehört hatten. Die beiden Männer stiegen in den Wagon und leuchteten in alle Ecken. Hinter ihnen konnte ich die knallenden Strahlen der Sonne sehen, die soeben aufgegangen war. Die Männer sahen aus wie zwei gewaltige Schatten, die sich langsam durch den Wagon hindurcharbeiteten. Was sollte ich nur tun. Sie würden sicher einen von uns entdecken und danach alle anderen. An ihrem schattigen Umriss sah ich deutlich ihre Waffen. Sie würden uns auffliegen lassen, dachte ich, als Stella aus ihrem Versteck hervor kroch.

Sofort leuchteten sie Stella mit ihren Lampen an und sprachen laut verwirrende Sätze. Ich konnte kein einziges Wort verstehen und fragte mich, warum sich Stella nur ergeben hatte. Ich zitterte am ganzen Körper. Sie würden sie nun sicher mitnehmen. „Nein. Warum hast du das gemacht, Stella?" hauchte ich leise, als der andere Mann Spike entdeckte. Er leuchtete in seine Augen und deutete mit erhobener Stimme auf ihn. Der andere Mann nahm sein Funkgerät und sprach etwas Unverständliches hindurch. Anschließend schlossen sie die Tür und der Zug setzte sich in Bewegung.

Durch einen Schlitz sah ich Gaetanos Augen. Er versuchte mir klar zu machen, dass ich ruhig bleiben sollte. Die Männer warfen Stella auf den Boden und lachten. Einer der Männer hielt Spike fest, während der andere sich über Stella beugte und sie am ganzen Körper berührte. Stella wimmerte leise, aber schien gefasst zu sein. Vermutlich weil sie wusste, dass wir alle uns im selben Wagon befanden. Irgendwie musste ich ihr doch helfen können. Der Mann wurde immer aufdringlicher, während der andere immer mehr zu lachen begann. Sie machten sich einen Spaß daraus und würden mit Sicherheit nicht bald damit aufhören. Vermutlich dachten sie, dass Stella ebenfalls aus T98G sei und sich im Zug versteckt hatte. Das einzige was sie und Stella trennte war der Schutzanzug. Ich hatte die Sorge, dass es diesen Männern egal war infiziert zu werden, nur um Stella näher zu kommen. Sie lachten immer mehr und wurden grober. Stella begann sich zu wehren. Der Mann schlug sie und wurde noch gröber. Er riss ihr das Hemd herunter und starrte sie an. Der andere lachte und feuerte ihn an, während er Spike in der Mangel hatte.

Ich sah erneut zu Gaetano rüber und er sah völlig hilflos aus. Er hatte keine Ahnung was wir tun sollten, genau wie ich. Die Männer waren schwer bewaffnet und hatten Funk. Ein Wort würde genügen, um den Zug zu stoppen und uns alle zu töten. Ich konnte mir das aber nicht länger ansehen und beschloss etwas zu unternehmen. Ich wusste, dass ich damit alle gefährden würde, aber Stella hatte sich für uns geopfert, damit wir nicht entdeckt wurden. Und nun bin ich an der Reihe Stella vor diesem Scheusal zu befreien. Ich nahm einen Schraubenschlüssel in die Hand und sah erneut zu Gaetano hinüber. Er schüttelte den Kopf und versuchte mir zu verstehen zu geben, abzuwarten. Doch ich warf den Schlüssel in eine Ecke, an dieser niemand von uns versteckt war. Der Mann ließ sofort von Stella ab und nahm sein Gewehr hoch. Er rief wie wild verschiedene Wörter, die ich nicht verstehen konnte. Als der Mann abgelenkt war, sprang Gaetano auf den anderen Mann, der Spike in der Mangel hatte. Er riss ihn zu Boden, entwaffnete ihn und zog ihn in sein Versteck. Der andere drehte sich um und sah, dass Spike nun allein da saß und ihn anknurrte. Spike wurde richtig wild und schlich auf den Mann zu. Er rief nach seinem Freund den Gaetano ausgeschalten hatte und zielte auf Spike. Stella sprang auf und schlug ihm mit einem großen Schraubenschlüssel auf den Kopf. Er brach direkt zusammen. Serkan und ich krochen hervor und zogen ihn ebenfalls in unser Versteck. „Schnell, wir brauchen etwas zum Fesseln!“, rief Serkan als der Mann den Gaetano fest hielt sich losriss und seine Waffe in die Finger bekam. Ich konnte noch sehen, wie Gaetano auf ihn zu sprang und ihm mit voller Wucht ins Gesicht schlug, als er auch schon einen Schuss abfeuerte. Die Kugel sauste quer durch den Wagen und traf eine der Gasflaschen, die hier gelagert waren. Ein lautes Zischen hallte durch den Wagen und alle blieben ruckartig stehen. Dann Sprang ein Metallstück der Gasflasche ab und traf den Mann den Gaetano festhielt. Die Flasche pfiff immer stärker, bis sie plötzlich anfing sich durch den ganzen Wagon zu bewegen. Alle warfen sich auf den Boden. Die Flasche schlug gegen sämtliche Dinge, bis sie letztendlich durch die Wagenwand durchbrach und auf den Tankwagen der direkt vor uns befestigt war aufschlug. Durch das Loch, welches die Gasflasche hinterlassen hatte konnten wir deutlich erkennen, dass der Tankwagen ein tiefes Loch vom Aufschlag davon getragen hatte. Ein weißer Nebel trat zischend aus dem Loch aus und die zwei Männer des Militärs sprangen wie wild umher. Einer riss die Tür auf und sprang direkt hinaus. Der Zug hatte noch volle Fahrt und es sah danach aus, als ob die Männer am Anfang des Zuges, keine Ahnung hatten, was gerade hier vor sich ging. Der andere Mann sah ebenfalls dieses Zischen aus dem Tankwagen und schrie wie verrückt. Er wehrte sich übermäßig um frei zu kommen und sprang daraufhin ebenfalls aus der geöffneten Tür. Ich sah Serkan an und konnte in seinen Augen erkennen, dass wir dies ebenfalls tun sollten. „Los" Alle raus", rief er und sprang auch gleich aus dem Zug. Ich sah noch Gaetano und Maddie springen, als ich, Damian und Stella vor mich schob. Damian nahm Spike hoch und sprang. Stella drehte sich um und blickte mich an. „Spring, Stella! Los!", rief ich als sie sich umdrehte und aus dem Zug sprang. Ich konnte noch aus der Tür heraus sehen, dass sie alle lebend auf einigen Staubhaufen gelandet waren, als ich springen wollte und der Tankwagen die Funken der Räder ansaugte. Ich drehte mich um, und sah hinter mir ein grelles leuchten, als der Tankwagen explodierte. Ich konnte direkt sehen, wie es die Flamme erst bläulich hinein zog und kurz darauf wieder gelblich ausstieß. Eine heiße Welle erfasste mich und ich warf mich auf den Boden, um den Flammen zu entgehen. Dann folgte ein gigantischer knall und ich konnte noch sehen, wie es den Zug aus der Bahn warf. Die Wagons schlitterten über die Gleise, bis sie schlussendlich von den Schienen rutschten und der komplette Zug entgleiste. Ich war noch mitten im Geschehen und versuchte irgendwie hier heraus zu kommen. Doch der Wagen warf mich hin und her. Durch die Öffnung, welche die Gasflasche hinterlassen hatte, konnte ich den gesamten Zug sehen. Er Knickte bei der Lock ein und die Wagen fingen an sich aufzustauen. Einer nach den anderen stieß aufeinander. Die Wagen zerschmetterten regelrecht. Indessen schleuderte mich die Wucht des Wagens weiter hin und her. Ich versuchte, bevor dieser Wagen auf die anderen stieß, ihn zu verlassen. Doch es gelang mir nicht an die Tür zu kommen. Ich flog im hohen Bogen auf die Wand zu und spürte einen heftigen schlag auf meinem Kopf. Dann wurde es mir schwarz vor Augen.

Ich öffnete meine Augen und war in einer Art Bergbaumiene. Um mich herum standen viele Menschen und sprachen wild umher. Ich hatte unglaubliche Kopfschmerzen und versuchte mich aufzusetzen. „Wo bin ich hier?", fragte ich ängstlich. „Du bist in Sicherheit, Jim.", antwortete eine sehr hübsche Frau. „Wer ist Jim?", stotterte ich zurück. „Du bist Jim. Was ist los mit dir?" Sie sah sehr traurig aus, doch ich hatte keinen blassen Schimmer, was sie von mir wollte. Wer zum Teufel ist Jim, dachte ich als sich noch mehr Menschen um mich herum versammelten. „Wer seid ihr alle und was wollt ihr von mir. Wo bin ich hier eigentlich und wie bin ich hier hergekommen?" Alle sahen mich sehr verwundert an. „Weißt du denn überhaupt nichts mehr, mein Freund?", wollte ein Mann wissen, den ich noch nie im Leben gesehen hatte.

Ich schrie laut auf und wurde panisch: „Wo zum Teufel bin ich hier? Was habt ihr mit mir gemacht?" Sie versuchten mich zu beruhigen: „Es ist alles gut, Jim. Du bist hier sicher." Sie zogen an mir rum und ich schupste einen von ihnen weg. „Lasst mich in Ruhe! Ich kenne euch nicht, und ich weiß auch nicht, was ihr von mir wollt. Bringt mich sofort zurück in mein Haus! Sofort!" Plötzlich wurden sie still und sahen sich fragend an.

Die Frau beugte sich über mich: „Du weißt also nicht wer und wo du bist?" Ich schob sie langsam von mir weg: „Doch ich weiß wer ich bin. Mein Name ist…, also meine Name…, was habt ihr mit mir gemacht?" Sie gingen etwas zur Seite und unterhielten sich sehr aufgeregt. „Hey, was redet ihr da über mich? Ich will sofort wissen, was ihr mit mir gemacht habt!" Während sie sich unterhielten, sah ich einige Meter weiter einen Hund liegen. Er lag auf dem Boden, sah mich traurig an und fiepte. Was zum Geier war hier los?

Die Frau kam zurück und fragte mich, was das letzte sei, woran ich mich erinnern würde. Ich überlegte und überlegte, bis es mir endlich einfiel: „Das letzte an das ich mich erinnern kann ist, wie ich allein in einem Haus in Harlow war. Alle anderen waren verschwunden. Ich glaube dies war mein Haus. Jetzt sagt mir endlich was hier los ist."

Mittlerweile hatten sich immer mehr Menschen um mich herum versammelt. Ich hatte solche Angst. Was hatten sie nur mit mir vor? Ich versuchte einen Fluchtweg zu erspähen und sah mich gründlich um. Diese Bergbaumiene hatte unzählige Gänge und lag wahrscheinlich tief unter der Erde. Die Lichter wurden von Generatoren betrieben und es liefen etliche Menschen umher. Die Kleidung der Leute sah aus als würden sie aus, Indien kommen.

Die Frau und einige andere setzten sich neben mich und begannen mir zu erzählen, dass ich Jim heißen würde und mit ihnen unterwegs gewesen war. „Als wir hier in Indien mit dem Zug unterwegs waren…" „Stopp!", rief ich. „Ich bin in Indien? Ihr habt sie wohl nicht mehr alle. Ich bin in England. Und ihr habt mich entführt und hier in dieses Loch geworfen!" Einer der Männer packte meine Schulter: „Wir haben dich nicht entführt. Wohl eher hast du uns gefunden." Ich sah ihn fragend an. Die Frau setzte sich direkt neben mich und nahm meine Hand: „Du hattest einen Unfall, Jim. Erinnerst du dich überhaupt nicht mehr? Wir waren auf dem Weg nach Australien und unterwegs habe ich sogar meinen Vater verloren. Der Zug mit dem wir gefahren sind, ist entgleist. Wir haben es alle vorher heraus geschafft, abgesehen von dir. Ich dachte du wärst tot." Sie legte ihren Kopf in meinen Schoß und weinte. Ich war völlig verstört. Wer waren diese Leute und von was sprachen sie da nur? Der andere Mann räusperte sich und fuhr fort: „Als der Zug entgleist war, rannten etliche dieser Indischen Männer, die du hier sehen kannst, auf den Zug zu und retteten uns. Sie erledigten auch die vom Militär, die noch am Leben waren. Sie hatten den Zug schon Monate beobachtet und seitdem die Drohnen vom Himmel gefallen waren, sich auch nun zu den Gleisen gewagt."

Das machte doch alles überhaupt keinen Sinn, was sie mir da erzählten. Die Frau die ihren Kopf auf meinen Schoß lehnte sah mich mit verweinten Augen an: „Ich bin es. Stella." Wer war nur diese Frau?

Zwei dieser Männer unterhielten sich darüber, dass ich vermutlich bei dem Unfall meinen Kopf so sehr Verletzt hatte und nun an einem Gedächtnisverlust litt. Die Gruppe der Menschen, die sich um mich scharrte, sah nicht aus, als würde sie aus

Indien kommen. Und mir fiel auf, dass sie alle ebenfalls Verletzungen hatten. Ihren Blicken zufolge sahen sie nicht so aus, als wollten sie mir etwas Schlechtes. Sie sahen eher besorgt aus. Der Hund blickte mich währenddessen weiterhin an und fiepte. „Das ist dein Hund, Jim.", sprach einer der Männer.

Vielleicht hatten sie ja Recht. Was wäre wenn ich tatsächlich in Indien war und alles was sie mir erzählt hatten stimmen würde. Ich beschloss ihnen einige Fragen zu stellen: „Was wollte ich denn in Australien?" Die Frau setzte sich auf und begann zu erzählen: „Es gab einen Funkspruch. Dieser hat dich von England aus auf den Weg machen lassen. Wir hatten diesen ebenfalls empfangen und sind aus Italien gestartet. In Istanbul hast du mich gefunden und kurz darauf wieder verloren. Einige Zeit später hast du mich erneut gefunden und nun habe ich dich verloren." Sie begann wieder zu weinen und gab mir einen Kuss.

Das kann doch unmöglich alles inszeniert sein, dachte ich als sie mir ins Ohr flüsterte wie der Hund hieß. Ich sah den Hund an und flüsterte leise: „Spike." Er hob die Ohren und sprang auf mich los. Er leckte mein Gesicht ab und wedelte mit dem Schwanz. Er freute sich spürbar. Eventuell war es doch mein Hund. Und diese Leute hier hatten die Wahrheit gesagt. „Und welche Rolle hast du für mich, Stella?", fragte ich zögernd. Sie nahm meinen Kopf in ihre Hände und hauchte: „Ich hoffe die wichtigste aller Rollen."

„Lasst ihn sich ausruhen und das erst einmal verdauen.", sprach der Mann der zuvor mit mir gesprochen hatte und die anderen schlichen langsam davon. Stella nahm den Hund und ging auch nach kurzem Zögern. Sie drehte sich währenddessen um und blickte anschließend traurig zu Boden. Ich ließ mir dieses Gespräch mehrmals durch den Kopf gehen und versuchte mich zu entsinnen. Doch ich hatte nur ein riesiges schwarzes Loch in meinen Erinnerungen.

Ich stand auf und lief etwas umher. Hier sah es aus, wie in einer unterirdischen Stadt. Ich hatte so etwas noch nie zuvor gesehen. Jeder dieser Menschen lächelte mich an. Ich kam an einer Art Spiegel vorbei und wischte ihn vom Staub sauber. Doch den Mann darin hatte ich noch nie gesehen. „Wer bist du? Heißt du wirklich, Jim?" Ich hatte einen großen Verband am Kopf und stechende Schmerzen. Im Spiegel konnte ich erkennen, dass die anderen die ebenfalls verletzt waren, mich genauestens beobachteten. Ich senkte den Kopf und lief weiter umher. Es war schon fast ein Labyrinth. Unzählige Gänge verliefen hier unterirdisch entlang. In einem Gang fand ich einen kleinen Jungen auf einer Liege. Er sah aus, als hätte er hohes Fieber. Neben ihm saß ein Mann und wischte ihm den Schweiß von der Stirn. „Was ist mit ihm?", fragte ich höflich, doch der Mann konnte mich nicht verstehen. Der Junge hatte einen Verband um seine Hand gewickelt und am Unterarm konnte ich erkennen, dass das Zellgewebe sich langsam schwarz verfärbte. Was immer dieses Fieber auslöste, es musste von dieser Wunde kommen. Ich kniete mich zu dem Jungen und nahm ihm den Verband ab. Es roch unangenehm. Der Junge hatte sichtliche Schmerzen und ich sah mir das genauer an. Ich wusste, dass ich irgendwie Ahnung von alle dem hatte und mein Gefühl sagte mir, dass dieser Finger, der schon deutlich eiterte Amputiert werden musste. „Der Finger muss entfernt werden, sonst stirbt der Junge.", sagte ich immer wieder zu dem Mann, doch er verstand mich nicht. Plötzlich stand Stella wieder neben mir und fragte was ich dazu bräuchte. „Ich bin doch kein Arzt." Entgegnete ich ihr. Sie sah mich an und gab mir eine Tasche: „Das ist deine Tasche. Wirf einen Blick hinein."

Als ich die Tasche öffnete, waren darin verschiedene Chirurgische Instrumente. „Du bist vielleicht kein Arzt, aber du kannst das. Du hast das in dir." Ich sah mich um und die Gruppe die behauptete, das ich mit ihnen unterwegs gewesen war, nickte mir zu.

Der Junge sah nicht gut aus und irgendetwas sagte mir, dass ich es könne. Ich hatte so ein Gefühl, als hätte ich so etwas schon einmal gemacht. „Ich brauche Desinfektionsmittel oder hochprozentigen Alkohol. Und ich brauche eine Nadel und Faden oder Streichhölzer." Innerhalb kürzester Zeit brachten sie mir eine Flasche Schnaps und ein Päckchen Streichhölzer.

Wir legten den Jungen auf einen stabileren Untergrund und ich begann die Hand mit dem Schnaps zu reinigen. Er hatte starke Schmerzen und wimmerte sehr. Dann desinfizierte ich die chirurgischen Instrumente mit dem Schnaps und lehnte mich über ihn. Zwei der Männer hielten ihn fest, während Stella den Vater des Jungen zu beruhigen versuchte. Ich setzte das Skalpell an und schnitt das tote Gewebe ab. Mit einer Art Säge trennte ich nun den gesamten Finger, welcher schon schwarz verfärbt war, ab. Der Junge konnte es kaum fühlen. Die Nerven waren wohl schon abgestorben. Es blutete ein wenig und ich drückte ein Tuch, welches ich zuvor im Schnaps eingeweicht hatte, auf die Wunde. Als die Blutung etwas nachließ, zerbröselte ich die Köpfe der Streichhölzer und drückte sie in die Wunde. Hinterher nahm ich ein intaktes Streichholz und zündete es an. Die Flamme loderte bläulich und ließ mich an ein blaues Licht am Himmel erinnern. Mehr fiel mir dazu jedoch nicht ein. Anschließend hielt ich die Flamme an die zerbröselten Streichholzköpfe in der Wunde. Eine helle Stichflamme blitze auf und die Wunde war verschlossen.

„Du hast es geschafft, Jim.", hauchte mir Stella ins Ohr und gab mir einen Kuss auf die Wange. Der Junge wurde innerhalb weniger Minuten sichtlich ruhiger und auch das Fieber sank. Die Amputation hatte das Wundfieber gesenkt und er war auf dem Weg der Besserung.

Die Menschen begannen zu applaudieren. Ich wunderte mich und sah mich gerührt um. Stella klatschte in die Hände und weinte erneut mit einem Lächeln. Ich hatte keine Ahnung, woher ich sowas konnte, aber scheinbar wusste ich im Moment selbst nicht sehr viel über mich.

Ich blieb eine Weile bei dem Jungen, um nach ihm zu sehen. Er erholte sich deutlich. Stella nahm mich an die Hand und brachte mich zurück zu meiner Liege. Sie hatte etwas Tee und zu Essen für mich zubereitet. Während ich den Tee trank, wechselte sie mir meinen Verband am Kopf. Sie machte dies sehr behutsam und vorsichtig. Der Hund legte sich zu meinen Füßen und lehnte seinen Kopf darauf. Mir fiel auf, dass er seitdem ich seinen Namen gesagt hatte, nicht mehr fiepte und auch glücklicher aussah.

„Wo bin ich hier genau, Stella?" Sie blickte mich an und richtete sich auf. „Du bist in der Nähe einer kleinen Stadt Namens Ranchi. Du musst dich ausruhen. Die Menschen hier haben uns versichert, dass wir hier geschützt sind." Stella erzählte mir alles über unseren Plan nach Australien zu flüchten. Ich konnte mich jedoch an nichts erinnern. „Wer sind die anderen aus dieser Gruppe und wie heißen sie?", befragte ich sie. Einige Stunden später hatte ich ein Bild einer Geschichte, die meine sein sollte. Jedoch klang sie, als wäre sie frei erfunden. Nun wusste ich alle Namen und den Zweck, warum wir hier waren. Nur wer ich war, wollte nicht in meinen Kopf.

Stella pflegte mich einige Tage und war äußerst besorgt. Ich konnte dies in ihren Augen sehen. „Woher kommt das ganze Essen und Trinken?", wunderte ich mich. Sie erzählte mir, dass die Menschen aus der Miene den kompletten Zug leergeräumt hätten. Es waren Tonnen von Ladungen an Bord. Angefangen von Waffen bis hin zum Sprit für die Generatoren. Sie hatten alles dringend gebraucht und wir hatten es möglich gemacht. Deshalb durften wir solang bleiben, wie wir wollten. In den Gesichtern sah ich, dass die Menschen hier erleichtert und entspannter waren wie wir selbst. „Wir müssten mittlerweile August haben, Jim. Ich weiß es nicht genau aber nun sollte uns das Wetter keine Sorgen mehr machen. Ich hoffe du erinnerst dich bald wieder an alles.", sagte Stella ängstlich.

Die Tage vergingen wie im Flug. Die meiste Zeit schlief ich oder döste vor mich hin. Mittlerweile sprachen auch die anderen aus der Gruppe mit mir. Sie erzählten die verrücktesten Geschichten und versuchten irgendetwas aus meinem Kopf zu locken, damit ich mich erinnern würde.

Eines Abends kam der indische Junge, dem ich geholfen hatte, und nahm meine Hand. Er sah erholt und gesund aus. Er legte seine Stirn auf meine Hand und plapperte wild drauf los. Ich sah Stella fragend an. „Er möchte sich wohl bei dir bedanken, Jim. Sein Vater ist hier in der Miene der Anführer und hat mir heute schon zu verstehen gegeben, dass sie heute ein kleines Fest für dich feiern, als Dank dafür, dass du seinem Sohn das Leben gerettet hast." Ich war verwundert und wollte dem jungen gerade beibringen, dass er sich dafür nicht zu bedanken bräuchte, als der Klang von einer Art Flöte durch die Gänge hallte.

Sie hatten den ganzen Tag das Fest geplant und nun begann es.

Immer mehr Instrumente waren zu hören. Manche klangen etwas schräg, aber das lag wohl daran, dass sie etwas beschädigt waren. Stella brachte mich zum Ort des Geschehens. Es mussten ungefähr hundert Menschen hier unten leben. Sie hatten sich alle versammelt und tanzten belustigt zur Musik. Es gab Speis und Trank, sowie Tabak. Ich traute meinen Augen kaum, als der Vater des Jungen mich in die Mitte holte und laut einige Sätze ausrief. Alle pfiffen und klatschen in die Hände. Stella lächelte und klatschte fleißig mit. Also lächelte ich auch freundlich, auch wenn ich kein einziges Wort verstand.

Die Feier ging die halbe Nacht und müde zog ich mich langsam zurück. Erschöpft legte ich mich auf meine Liege. Stella kuschelte sich unter der Decke an mich. „Stör ich?", fragte sie kichernd. „Ich denke nicht.", antwortete ich stotternd. „Dann ist ja alles gut.", stöhnte sie und legte ihren Kopf auf meine Schulter. Ihr Haar roch so einzigartig. Es hatte einen Hauch von wilden Rosen. Sie begann meinen Hals zu küssen. Ich konnte ihren heißen Atem auf meiner Haut spüren. Es war ein tolles Gefühl. Sie hauchte immer schneller und ich küsste sie zärtlich. Wir kamen uns immer näher und es war wunderschön.

Am nächsten Morgen weckte sie mich sanft und bat mich den Rucksack, von dem sie behauptete meiner zu sein, doch mal genauer anzusehen. Ich tat ihr den gefallen und wühlte mich hindurch. Ich fand einige Rationen Nahrung und Wasser. Ebenfalls waren einige Landkarten, Sprachbücher, sowie eine Spieluhr darin. Sämtliche chirurgische Instrumente, von denen ich zwei schon benutzt hatte und ein Familienfoto waren auch darin. Auf dem Foto konnte ich den Mann erkennen, den ich im Spiegel gesehen hatte. War das meine Familie? „Wo sind diese Leute?", fragte ich aufgeregt. Sie erklärte mir, dass sie das nicht wusste und ich ohne sie unterwegs gewesen wäre. Zuletzt fand ich eine Art Computerchip mit einer Batterie daran. „Was ist das, Stella?" Sie nahm mir meinen Verband am Kopf ab und führte mich zu dem Spiegel, indem ich mich hier gesehen hatte. Sie deutete an die Seite und zeigte mir eine Narbe. Sanft fuhr sie mit dem Finger darüber, während sie mir erzählte, dass der Chip in meinem Kopf gewesen sei. Wie aus heiterem Himmel verspürte ich an dieser Stelle einen Schmerz. Ich stöhnte laut auf und beugte mich nach vorn. Während ich meinen Kopf mit beiden Händen hielt und der Schmerz immer unerträglicher wurde, blitzten die unglaublichsten Bilder durch meinen Schädel. Es war eine regelrechte Flut an Informationen. Dann ließ der Schmerz nach und auch die Bilder verblassten. Ich öffnete die Augen und sah mich um. Etliche Menschen hatten sich um mich herum versammelt. Sie betrachteten mich verstört. „Ich weiß wieder alles!", rief ich laut und hob Stella hoch. Wir drehten uns im Kreis und küssten uns. Nachdem ich sie wieder losgelassen hatte, rief ich Spike zu mir. Er kam wie der Blitz angerauscht und sprang mir direkt in die Arme. Immer deutlicher wurden die Erinnerungen, bis sie wieder Glasklar zu sehen waren. „Hey Leute! Schön euch zu sehen.", rief ich den anderen aus unserer Gruppe zu. Sie sahen mich verwirrt an. Vielleicht glaubten sie, dass ich ihnen etwas vorspielte. Ich hatte die zündende Idee: „Was war das für eine Aktion im T98G, oder Leute?" Nun wussten sie, dass ich mich erinnerte. Sie hatten mir nämlich nie gesagt, als sie mir meine Geschichte erzählten, wie die Einrichtung hieß. Alle umarmten mich freudig und klopften mir auf die Schulter. „Wir hatten schon Angst, du wirst nicht mehr wieder.", nuschelte Serkan.

Ich lief zu meinem Rucksack und holte die Spieluhr heraus. Dann rannte ich zu dem Jungen den ich gerettet hatte und überreichte sie ihm. Ich hoffte, dass sie ihm eine Freude machen würde. Seine Augen blitzten auf, als er die Spieluhr sah.

Sein Vater der ihm nicht von der Seite wich, lächelte berührt. Der Junge sah mich an und flüsterte: „Dhan yavada." Es sollte wohl so viel wie Danke bedeuten. Mit einem Lächeln ging ich zurück zu Stella und küsste sie. „Wir müssen bald weiter, Liebste.", teilte ich ihr mit und hielt ihre Hand.

Gaetano trat an mich heran und erklärte mir, dass er von Spike eine Blutprobe genommen hatte: „Dieser Hund könnte der Schlüssel sein, um sämtliche Pflanzen und Tiere vor den Mikroben zu schützen. Die Biosphären sind voll mit Pflanzensamen und Tieren." Ich vertraute ihm. Immerhin hatte er mit Stellas Vater als Biologe gearbeitet. „Solltest du deine Chance bekommen um die Antikörper zu nutzen, werde ich vollends hinter dir stehen, Gaetano. So wahr ich hier stehe." Er nahm meine Hand und schüttelte sie ehrenvoll. Stella lächelte und gab mir einen Kuss: „Schön das du wieder da bist, mein Engel."

Der Anführer dieser Miene, hatte Stella erzählt, dass viele Menschen in Gefängnissen und Psychiatrien eingepfercht und dort gefangen gehalten wurden. Die Männer konnten sich nun frei bewegen, da die Drohnen nicht mehr am Himmel umherflogen und sie jagten. Sie suchten die nahgelegensten Dörfer und Städte ab, um die eingesperrten Menschen zu finden und zu befreien. Dabei fanden sie etliche militärische Lastwagen. Da der Anführer mitbekommen hatte wohin wir mussten, wollte er uns einen dieser Fahrzeuge schenken. Ich fragte Stella, wie sie sich überhaupt mit ihm unterhalten konnte. Sie lachte und meinte, dass ihr die Sprachbücher die ich mitschleppte geholfen hatten. Stella breitete die Landkarte aus und zeigte mir, wie wir am besten fahren sollten. Der Anführer dieser Leute hatte ihr den Weg auf der Karte gezeigt.

Also verabschiedeten wir uns von den herzlichen Menschen aus der Miene und hofften, dass sie Erfolg bei ihrer Suche hätten. Sie gaben uns etwas Verpflegung und genügend Sprit, den sie aus dem Zug hatten, mit. Ich umarmte den Jungen. Anschließend zog er die Spieluhr auf und lächelte. Ich hatte das Gefühl, dass die Menschen in einer solch schweren Zeit noch näher zusammen rückten. Ich hatte aber auch das Gefühl, dass der Mensch immer einen Feind bräuchte, um sich mit anderen zu verbünden. Winkend verließen wir die Miene. Die Leute winkten sehr herzlich zurück. Der Anführer brachte uns zu dem Lastwagen. Er hatte eine dunkle Plane hinten übergespannt. Er erinnerte mich an den der roten Totenköpfe. Ich umarmte den Anführer: „Danke mein Freund." Er grinste und antwortete: „Gern geschehen." Er sagte es in meiner Sprache worauf ich sehr erstaunt war. „Ich hab ihm etwas beigebracht, als du dich die Tage ausgeruht hast.", flüsterte Stella und stieg ein.

Gaetano hatte die Karte studiert und es sich auf dem Fahrersitz gemütlich gemacht: „Also Herrschaften. So wie es die Straßen erlauben, fahren wir durch bis Dhaka in Bangladesch. Wir haben drei Brücken und einen Checkpoint zu überqueren. Hoffentlich geht alles gut."

Kapitel 16

Stella, Spike und ich quetschten uns ebenfalls in die Fahrerkabine, während Damian, Maddie und Serkan auf der Ladefläche Platz nahmen. Langsam tuckerten wir davon. Nach wenigen Kilometern, fanden wir eine abgestürzte Drohne neben der

Straße. Gaetano fuhr schleichend vorbei, um dieses Ding näher betrachten zu können. Einige Zeit später sprachen Stella und ich über die Menschen, die in den Gefängnissen und anderen Einrichtungen gefangen gehalten wurden. Sie hoffte, dass die Männer aus der Miene sie finden und befreien würden. „Sie haben jetzt wenigstens Waffen, Stella. Der Zug, war für sie ein wahrer Segen. Sie haben nun alles was sie benötigen um weiter zu machen."

Gemeinsam kamen wir an vielen verlassenen Dörfern und Städten vorbei. Die Route die uns der Anführer gezeigt hatte, führte weitgehend um die Ortschaften herum. „Wie viele Kilometer haben wir heute vor uns?", fragte ich neugierig. „Es müssten nun noch um die 600 sein.", stammelte Gaetano. Währenddessen, schaltete ich den Chip ein um zu sehen, ob er ein Signal empfing. Doch es war kein einziger Ton zu hören.

Wir erreichten nach einigen Kilometern die erste Brücke. „Haltet gut Ausschau nach dem Militär. Die können hier überall stecken.", knurrte Gaetano und ließ den Wagen langsam über die Brücke rollen. Sie war zum Glück nicht sehr lang und wir hatten es bald geschafft. Stella war sichtlich angespannt. Ich konnte schon vermuten weshalb. Sie dachte mit Sicherheit an die Brücke in Istanbul. Nachdem wir sie überfahren und zurückgelassen hatten, war sie fühlbar erleichtert. Und auch Gaetano sah entspannter aus.

Ich versuchte den beiden etwas Laune zu machen, und sagte freudig: „Wenn ihr wollt, können wir später nach einem Platz für das Nachtlager suchen." Stella lehnte sich an meine Schulter und Gaetano verneinte diesen Vorschlag. Er wollte zügig bis nach Dhaka durchfahren.

Eine Zeitlang rollten wir auf den staubigen Straßen vorwärts, bis die zweite Brücke näher rückte. „Das gleiche Spiel, Leute. Schön Ausschau halten.", knurrte Gaetano erneut. So wie wir die Brücke erreichten, durften wir feststellen, dass diese beschädigt, zerschossen und von liegengebliebenen und ausgebrannten Autos blockiert war. Wir blieben stehen und von hinten waren auch gleich die anderen zu hören: „Was ist los? Warum bleiben wir stehen?" Gaetano öffnete die Tür und rief: „Alle aussteigen!"

Gemeinsam sahen wir nach, ob die Brücke irgendwie befahrbar war. Sie hatte große Löcher und Risse. „Das waren die Drohnen.", fauchte Maddie. Die Leitplanken waren teilweise komplett weggeschossen und zahlreiche Autos versperrten uns den Weg. „Gibt es eine alternative Route?", erkundigte sich Damian. „Nein. Die gibt es nicht. Es würde eine Ewigkeit dauern und wer weiß, was uns dort erwarten würde. Dies ist der schnellste und sicherste Weg laut der Mienenbewohner."

Die Brücke war in etwa so lang wie die Vorherige. Stella hatte schon wieder diesen Blick und ich bat sie, doch im Wagen mit Spike zu warten. „Wir können doch die Autos durch die Löcher in der Leitplanke schieben und in den Fluss fallen lassen. Dann wäre die Straße frei und müsste auch das Gewicht des Lastwagens halten. Was haltet ihr von dieser Idee?", quetschte uns Serkan aus. „Das ist gar nicht mal so übel, Kumpel.", erwiderte Gaetano. Vorsichtig betraten wir die Brücke. Mit einem Auge hielten wir gleichfalls die Umgebung im Blick. Damian und Gaetano schoben den ersten Wagen über die Kante der Brücke. Es quietschte kurz, als der Wagen die Kante des Asphalts streifte. Dann flog er geräuschlos nach unten, bis er laut knallend auf dem roten Fluss, der sich unter uns befand, aufschlug. Es war ein unwirkliches Schauspiel.

So wiederholten wir das Ganze, bis die Brücke so freigeräumt war, dass wir ohne Schwierigkeiten darüber fahren konnten. Wir mussten nun lediglich den Einschusslöchern ausweichen und hoffen, dass die Brücke unserer Last standhielt.

„Okay, Leute. Los geht's. Machen wir einen Versuch.", brummte Gaetano und wir stiegen wieder ein. „Ist es sicher, Jim?", schluchzte Stella. „Ich denke schon. Mach dir keine Sorgen."

Vorsichtig fuhr Gaetano auf die Brücke auf. Ich behielt die Umgebung und den Himmel im Auge. Stück für Stück rollten wir langsam vorwärts. Er umfuhr die Löcher grandios. Als wir ungefähr bei der Hälfte ankamen, gab es schlagartig einen starken Ruck. Gaetano blieb stehen und starrte aus dem Fenster. „Was war das?", wollte Stella wissen. Er sah uns an: „Ein fetter Riss teilt die Brücke. Aber die beiden Hälften stützen sich gegenseitig. Das wird schon halten. Hoffe ich jedenfalls." Spike kauerte sich zwischen Stellas Beine und war genauso verunsichert, wie sie selbst.

Schleichend bewegte Gaetano den Wagen weiter. Es war deutlich spürbar, dass die Brücke immer mehr nachgab. Immer häufiger waren diese ruckartigen Absenkungen zu spüren. Er blickte ängstlich aus dem Fenster, während er versuchte so vorsichtig wie möglich zu fahren. „Oh, Scheiße!", schrie er plötzlich und trat auf das Gaspedal. „Was machst du da?", wimmerte ich, als Stella meinen Kopf in Richtung Seitenspiegel drehte. Auch die anderen im Heck des Wagens begannen wie wild herum zu kreischen. Im Seitenspiegel sah ich, dass die Brücke ab der Mitte einstürzte. Sie neigte sich steil nach unten und dicke Betonbrocken brachen vom Asphalt ab. Gaetano drückte das Gaspedal voll durch. „Komm schon, du Mistkarre.

Komm schon!", brüllte er aus vollem Halse, bis wir endlich diesen Höllenritt überwunden hatten. Der Lastwagen stoppte und im Seitenspiegel war zu sehen, wie der Rest der Brücke zusammenfiel. Gaetano zitterte am ganzen Leib: „Okay. Alles in Ordnung. Wir haben es geschafft, weiter geht's Leute."

Er führte die Fahrt fort, doch ich konnte ihm ansehen, dass dies ihn sehr mitgenommen hatte. Ich hatte keine Ahnung wieso, doch ich verspürte nicht annähernd solche Angst, wie alle anderen. Vielleicht hoffte ich insgeheim, dass diese Brücke mit der ganzen Reise Schluss machen würde. Vielleicht hatte ich schon mit allem abgeschlossen. Doch als ich Stella so betrachtete, fühlte ich, dass dem nicht so war. Es musste also einen anderen Grund dafür geben.

Die Reise ging also weiter durch die trockene Landschaft, wo keine Menschenseele zu ermitteln war. Einige Stunden später erreichten wir den besagten Checkpoint in Patrapol, der Indien und Bangladesch verband. Dort standen unzählige kaputte und ausgebrannte Polizeiwagen umher. Allerdings waren hier auch keine Menschen zu entdecken. Als hätte sie der Erdboden verschluckt.

Vorsichtig setzten wir unsere Fahrt fort und gelangten immer tiefer nach Bangladesch hinein, bis wir auf die dritte und größere Brücke stießen. Diese war jedoch nicht beschädigt oder blockiert. Beim Überqueren, hielt Stella meinen Arm mit beiden Händen fest und drückte kraftvoll zu. Sie musste Todesangst gehabt haben. Ich legte meinen anderen Arm um sie, um Trost zu spenden. Die Aussicht war atemberaubend. Auf der Karte hatte ich gesehen, welcher Fluss unter uns hindurch floss. Es war der Padma. Die Sonne glitzerte auf seiner rötlichen Oberfläche. „Es ist alles gut.", flüstere ich Stella leise ins Ohr, worauf sie ihren Griff etwas lockerte.

Gaetano hatte die Karte genauestens studiert und wusste exakt wohin er fahren musste, um in Dhaka anzukommen. Einen kleinen Zeitraum später erreichten wir Dhaka. Es war eine deutlich größere Stadt, als die davorliegenden. So wie wir in die dichten Straßen einfuhren, lud ich mein Gewehr und bat auch die anderen hinten darum. „Schon längst geschehen, Jim.“, murmelten sie nach vorn.

Die Straßen waren sehr eng und schlecht überblickbar. Man konnte Gaetano ansehen, dass er ein passendes Gebäude für die Nacht suchte. Ich hatte jedoch die Befürchtung, dass dies gefährlich sei und uns den Kopf kosten könnte, als er plötzlich rief: „Hier! Genau hier bleiben wir heute Nacht. Die Sonne geht gleich unter und das Haus ist das höchste in der Umgebung.“

Unter dem Gebäude stand ein Tor offen, welches zu einer Tiefgarage führte. Serkan und Damian sprangen vom Wagen und überprüften dies. Nachdem sie das Okay gegeben hatten, fuhren wir den Lastwagen hinein und schlossen das Tor. Zusammen betraten wir das Treppenhaus. Wir durchsuchten Stockwerk für Stockwerk, bis wir endlich im Obersten ankamen. Maddie und Damian verriegelten die Tür der obersten Wohnung und sahen aus dem Fenster. „Hier ist es gut. Es sollte für heute Nacht ausreichen.“, keuchte Gaetano. Ich nickte ihm zu und legte meine Waffe ab. Die Sicht aus diesem Apartment war wirklich exzellent.

Etwas entfernt war eine riesige Antenne zu sehen. „Das ist ein Fernsehsender.“, meinte Maddie, worauf Gaetano eine Idee hatte: „Wir können doch versuchen von ihm aus zu senden. Stellt euch vor, dass wir die Nachricht, dass die Mikroben nicht tödlich sind und wir eventuell einen Antikörper für Pflanzen und Tiere haben, wenn Spike solche in sich trägt, an die Biosphären senden könnten. Die sollten sie ja empfangen können. Das wäre doch die Lösung." Wir sahen ihn an und glaubten er sei verrückt. „Denkst du der Sender ist noch funktionsfähig?", murmelte Serkan. „Warum nicht einen Versuch starten. Das mit der Technik bekomme ich schon irgendwie hin.", grinste Damian und sah mich fragend an. Ich nickte ihm zu und sie planten die Vorgehensweise.

Inzwischen war es Nacht geworden und wir legten uns zur Ruh. Ich hatte noch immer starke Schmerzen am Kopf und konnte nicht so recht schlafen. Hin und wieder sah ich aus dem Fenster. Für einen Augenblick hätte ich schwören können, ein Licht gesehen zu haben. Es bewegte sich rasch eine Straße entlang. Doch vermutlich hatte ich mir dies bloß eingebildet. Nach einigen Stunden, ließ mein Körper mich endlich schlafen.

Die Sonne blendete mich als sie langsam über die Stadt kroch. Die anderen waren schon alle auf und packten ihre Sachen für den Ausflug zum Sender. Sie hatten beschlossen zu dritt zu gehen. Ich sollte mich aufgrund meiner Verletzung ausruhen. Stella und Maddie, sowie Spike, blieben bei mir. „Wir halten über das Walkie-Talkie Kontakt, Jim.", verkündete Serkan, als sie das Apartment verließen.

Wir beobachteten sie vom Fenster aus, bis sie nicht mehr zu sehen waren. „Hoffentlich klappt alles.", bemerkte Stella, während sie sich die Umgebung ansah. Ich gab derweil Spike etwas Wasser und aß etwas. Anschließend legte ich mich hin und ruhte mich aus. Ich hätte zu gern eine Kopfschmerztablette gehabt und suchte das Apartment nach Schmerzmitteln ab, als Stella mich mit nervöser Stimme rief: „Jim, komm schnell her. Ich sehe da hinten in der Stadt mehrere sich langsam bewegende Fahrzeuge.“

Ich sprang schnell zum Fenster und konnte sie ebenfalls sehen. Es waren an die zehn Wagen. Ich nahm mein Zielfernrohr und sah hindurch: „Vom Militär sind die jedenfalls nicht. Die Typen sehen übel aus. Ich kann auch mehrere gefangene Frauen erkennen, die an den Händen gefesselt sind.“ Wer immer das war, sie machten keinen freundlichen Eindruck. „Sind sie bewaffnet, Jim?“, stotterte Stella. „Ja, liebes. Das sind sie.“

Maddie versuchte die anderen per Funk zu erreichen, doch das Walkie-Talkie funktionierte nicht. Vielleicht hatte es bei dem Zugunfall etwas abbekommen. Ich zog schnell mein anderes Funkgerät heraus, und schaltete einen Kanal nach dem anderen durch. Doch ich konnte sie ebenfalls nicht erreichen. „Was machen wir jetzt?“, fragte Maddie aufgeregt. „Wir warten hier, so wie besprochen. Es hätte jetzt keinen Sinn sie suchen zu gehen.“, antwortete ich zögerlich.

Wir behielten die Männer im Auge und sahen, dass sie systematisch Häuser durchsuchten. Stella wurde zusehends angespannter: „Was treiben die da nur?“ Ich nahm ihre Hand und entgegnete ihr: „Keine Ahnung, Stella. Ich hoffe nur, dass die anderen nicht in deren Hände fallen.“

Plötzlich sah Maddie die das Fernrohr benutzte Menschen an den Fenstern. Ich nahm es ihr ab und blickte hindurch. Mehrere Leute versteckten sich in verschiedenen Wohnungen. Die Typen drangen gerade in eines der Häuser, in dem einige der Leute waren. Ich beobachtete alles ganz genau. Deutlich war zu sehen, wie die Männer Stock für Stock durchsuchten. Nun waren sie nur noch ein Stockwerk von den Leuten entfernt. Unvermittelt sprang die Tür in der obersten Etage auf und die Männer drangen ein. Ich sah die Leute die sich versteckten schreien und weinen, bis plötzlich Schüsse fielen. Der gesamte Raum blitzte mehrmals hell auf und einige fielen zu Boden. Die Männer hatten alle Männlichen erschossen und fesselten die Frauen. Dann brachten sie diese nach unten.

Als ich andere Häuser ins Visier nahm, konnte ich sehen, dass es noch viele Menschen mehr gab, die sich versteckten. Sie beobachteten das Geschehen von den Fenstern aus. Dhaka war also doch nicht so verlassen, wie gedacht. Stella versuchte währenddessen die anderen dennoch zu erreichen, doch sie hatte keinen Erfolg, als schlagartig die Apartmenttür aufsprang. Stella und Maddie schrien laut auf, doch dann erkannten wir die anderen unserer Gruppe. Sie waren zurück und erzählten uns von den Fahrzeugen mit den aggressiven Männern. Serkan erklärte uns, dass sie fast entdeckt wurden: „Sie handeln wie welche vom Militär, sind aber keine. Vielleicht sind es Söldner oder ähnliches. Jedenfalls war es Haarscharf und beinahe hatten sie uns gesehen.“

Gaetano keuchte dazwischen: „Wir haben die Botschaft abgesendet. Die Geräte waren alle noch intakt, abgesehen davon, dass der Strom fehlte. Damian hat das aber hinbekommen. Wenn sie es empfangen haben, dann wissen sie auch woher. Ich dachte schon als ich die Fahrzeuge gesehen habe, dass sie schon das Militär losgeschickt haben, um uns zu finden.“ Ich klopfte auf seine Schulter: „Das habt ihr gut gemacht. Aber die Typen dort waren schon da, als ihr noch auf dem Weg zum Sender wart.

„Was machen wir jetzt?“, wollte Serkan wissen. „Was willst du denn machen? Das sind bestimmt 30 Mann da hinten. Wir können nur beobachten, abwarten und hoffen, dass sie nicht in unsere Nähe kommen. „Was ist mit den Frauen? Wer weiß was sie mit ihnen vorhaben", fragte Stella aufgeregt. „Es tut mir sehr leid, Stella. Aber wir können da nichts tun.", entgegnete ich ihr.

Serkan und ich versuchten auf dem Dach eine bessere Sicht auf das Geschehen zu erlangen. Doch einige Häuser versperrten weiterhin die Sicht. Dann waren einige Schüsse zu hören. Serkan blickte mich mit entsetzten Augen an: „Wer sind die Typen?" Langsam schüttelte ich den Kopf: „Ich habe nicht die leiseste Ahnung."

Überraschenderweise waren aus weiter Entfernung Helikopterrotoren zu hören. Ich suchte den gesamten Himmel ab, bis ich sie sehen konnte. Fünf Militärhelikopter waren auf den Weg in die Stadt. Schleunigst liefen wir wieder in das Apartment und beobachteten dies von dort aus. Keiner Sprach ein Wort. Man konnte die Rotoren deutlich durch das geschlossene Fenster hören. Die Männer in der Straße machten sich bereit diese zu empfangen. Als die Helikopter in Sichtweite der Männer waren, schossen sie eine Bodenluftrakete ab und trafen eines der Fluggeräte. Es rauschte schnell und rauchend zu Boden. Ein Feuerball ragte in den Himmel, als er aufschlug. Die anderen Hubschrauber schossen wie verrückt auf die Fahrzeuge der Männer. Eine Explosion nach der anderen wälzte sich durch die Straße. Einige der gefangenen Frauen rannten in verschiedene Richtungen davon. Eine Dame war zügig in unsere Richtung unterwegs, während ein zweiter Helikopter abgeschossen wurde und auf dem Boden detonierte. Die Frau rannte um ihr Leben und stürzte mehrmals. Da ihre Hände gefesselt waren hatte sie Schwierigkeiten aufzustehen, doch sie schaffte es immer wieder. „Ich hol die jetzt zu uns!", rief Maddie und rannte los. „Spinnst du! Bleib hier!", schrie Serkan ihr nach und folgte ihr. „Was macht die denn?", zischte Gaetano und lud sein Gewehr.

Wir alle waren sichtbar verstört. Da hinten tobte eine Straßen-schlacht und wir hatten keine Ahnung was hier eigentlich vor sich ging. Gaetano lief mit Damian auf das Dach, um Maddie Deckung zu geben. Die Frau rannte verwirrt durch die Gassen, bis sie schließlich direkt in die Arme von Maddie fiel. Sie schrie und wehrte sich, bis sie Maddie ansah. Dann liefen beide so schnell sie konnten zum Haus zurück. Gegenwärtig schossen die restlichen Helikopter ihr gesamtes Waffenarsenal in die umkämpfte Straße. Dann wurde es schlagartig still. Das Militär hatte scheinbar einige Stellungen getroffen und drehte ab. Sie kreisten einige Runden über dem Gebiet bis sie letztendlich davon flogen. „Meint ihr, dass sie die Botschaft empfangen haben und deshalb hier waren?", stammelte Stella leise vor sich hin. Ich nahm sie in den Arm: „Ich glaube nicht, dass sie des-halb hier waren. Wohl eher läuft das hier schon länger so. In der Stadt halten sich viele Menschen versteckt. Und die Typen, sowie das Militär wissen das. Nur was das hier zu bedeuten hat, das ist mir ein Rätsel."

Die Frau die Maddie mit in unser Versteck gebracht hatte, saß verstört neben der Tür. Sie starrte den Boden an und schaukelte hin und her. Als Maddie ihr die Handfesseln abnehmen wollte, begann sie wie verrückt zu schreien. Serkan hielt ihr den Mund zu und versuchte sie zu beruhigen. Sie starrte uns alle sehr ängstlich an. Maddie sprach mit ihr. Sie war Asiatin und schien uns nicht zu verstehen, bis sie rief: „Tut mir nichts, bitte!"

Die Fremde verstand also meine Sprache. „Wer bist du und was war das gerade für eine Scheiße da draußen?", fragte ich for-dernd. Ihr Blick entspannte sich langsam: „Mein Name ist Malie. Tut mir bitte nichts."

Damian brachte ihr etwas Wasser und setzte sich neben sie:

„Du brauchst keine Angst zu haben Malie. Wir werden dir sicher nichts tun." Serkan stieß derweil Maddie an: „Das hast du ja ganz toll gemacht, Prinzessin. Jetzt haben wir noch einen den wir ernähren müssen. Oder noch besser, jetzt suchen uns die irren Typen, weil sie zurückhaben wollen, was ihnen gehört. Ganz große Klasse Maddie."

„Ach halt doch die Klappe Herr Wundervoll. Du hättest sie da unten doch verrecken lassen. Es ist immer wieder erstaunlich, wie gut man Menschen einschätzen kann." Serkan schupste sie: „Was hast du gesagt, du Puppe? Ohne uns wärst du schon längst von deinen Kollegen eliminiert worden. Halt bloß die Fresse Kleine!" Stella stieß mich an, um dazwischen zu gehen. Ich trennte die beiden Streithähne voneinander und machte eine Ansage: „Ihr beruhigt euch jetzt alle, sonst Flip ich aus! Und du Malie, du erzählst uns jetzt sofort alles. Woher du kommst, was du hier gemacht hast und was da gerade los war. Ich will alles wissen. Solltest du uns auch nur eine Kleinigkeit verheimlichen, bringe ich dich persönlich wieder auf die Straße und sorge dafür, dass die Typen dich wieder finden. Haben wir uns verstanden?"

Sie fing zu weinen an und Stella flüsterte mir ins Ohr: „War das nicht etwas zu hart, Jim?" Ich gab Stella einen Kuss auf die Stirn und zwinkerte sie an. Sie verstand sofort, dass ich nur geblufft hatte.

„Versorg ihre Wunden Damian.", forderte ich ihn auf, als Malie auch schon zu reden begann. Sie erzählte uns mit zitternder Stimme, dass sie aus Thailand sei und in Dhaka bei einer Hilfsorganisation gearbeitet hatte. Als die Mikroben ausbrachen, hatte sie versucht zurück nach Thailand zu ihrer Familie zu gelangen. Doch das Militär hatte alles abgeriegelt. Ständig seien Drohnen über Dhaka gekreist und haben Häuser beschossen. Sie hielt sich mit anderen versteckt und ernährten sich von Konserven. Als die Drohnen vom Himmel fielen, machten sich einige Männer auf, um die Stadt zu säubern. Sie nannten sich selbst, die Fänger. Das bedeutete alle Männer zu beseitigen und die Frauen gefangen zu nehmen, um sie als Spielzeug oder Tauschobjekte zu verwenden. Die Männer hatten sie vor einigen Tagen aufgegriffen und mitgenommen. Sie erzählte uns ebenfalls, dass die Männer unseren Militärlastwagen mit welchen wir gekommen waren, ebenfalls gesehen hatten. Sie dachten, dass wir vom Militär wären und ließen uns gewähren ohne anzugreifen. Sie hatten wohl bedenken, ob noch mehr Militär kommen würde, sollten sie uns attackieren. Das Militär war schon länger nicht mehr in Dhaka gewesen und so fühlten sich die Männer hier als Machthaber. Malie erzählte auch, dass die Fänger genau wussten, wo wir uns befanden, sie jedoch bis morgen früh warten wollten, um uns zu überfallen. Sie hatte sie davon sprechen hören.

Wir sahen uns alle sprachlos an. „Wir müssen hier sofort verschwinden, Jim.", keuchte Serkan. „Sollen wir sie mitnehmen?", fragte Maddie leise. „Ihr könnt mich doch nicht hier zurücklassen!", schrie Malie verstört. „Wir lassen dich nicht zurück, versprochen, oder Jim?", erkundigte sich Damian. Ich setzte mich zu Spike und überlegte einen Augenblick. Dann stand ich auf und ging zum Fenster. Die Rauchschwaden des Kampfes zogen sich quer durch die Stadt. „Sobald es dunkel wird, machen wir uns auf den Weg. Alle zusammen mit Malie. Dann sollten wir etwas Vorsprung vor den Fängern haben." Stella lächelte mich an und ich sah ihr an, dass diese Entscheidung richtig war. „Was ist mit den vielen anderen Menschen die sich in der Stadt verstecken?", stotterte Malie vor sich hin. Serkan beugte sich über sie: „Du kannst gerne bei ihnen bleiben. Sei

froh, dass wir dich mitnehmen, weil Kapitän Jim das so emp-
fohlen hat." Ich unterbrach ihn: „Beruhigt euch jetzt alle mal.
Ihr könnt alle froh sein, dass ihr noch lebt und es soweit geschafft habt. Sowie Malie es auch tut. Maddie du hast sie zu uns
geholt, also bist du auch für sie verantwortlich." Damian trat
hervor: „Ich übernehme gerne die Verantwortung für Malie,
wenn es für euch in Ordnung geht." Stella flüsterte mir ins Ohr:
„Lass ihn, Jim. Sie ist etwa in seinem Alter." Ich verstand was sie
meinte und gab Damian das Okay dafür. „Bereitet euch zum
Aufbrechen vor Leute.", befahl Serkan und klopfte Damian auf
die Schulter.

Gespannt und nervös warteten wir auf den Abend. Als die
Sonne sich allmählich senkte, wurden alle immer unruhiger. Die
Anspannung war deutlich zu fühlen.

„Auf geht's, Freunde.", schilderte Damian, während er gleichzeitig Malie die Hand reichte um aufzustehen. Mir war sehr
unwohl bei der Sache, doch es nützte nichts. Wir mussten so
schnell es ging von hier verschwinden.

Schweigend stolperten wir den Gang nach unten, bis zur Tiefgarage. Gaetano sprang auf den Fahrersitz und wartete auf das
Okay von Serkan und Damian, die sich außen umsahen, um den
Wagen zu starten. Dann gab Serkan das Okay. Der Lastwagen
sprang an und wir öffneten das Tor. Langsam tuckerte er hinaus. Stella, Spike und ich sprangen in die Fahrerkabine zu
Gaetano, während die anderen sich im Heck einfanden. Langsam tuckerte der Lastwagen los. Schleichend und ohne Licht
versuchten wir aus dem Wohnviertel zu gelangen. Ich wusste,
dass uns in diesem Moment etliche Menschen von den Fenstern
aus zusahen. Doch ich hoffte, dass es nicht welche von den
Fängern waren. Mein Herz pochte laut und mein Mund wurde

immer trockener.

Nach einigen Minuten befanden wir uns etwas außerhalb des Zentrums. Stella starrte permanent in den Seitenspiegel. Gaetano machte seinen Job richtig gut. Er schaffte es den Militärwagen fast geräuschlos durch die Straßen zu manövrieren. Im Wagen war es sehr still. Alle hielten Ausblick, ob uns jemand folgte oder abfing. „Nur schnell weg hier.“, flüsterte ich Gaetano entgegen.

Mehrere Minuten später hatten wir Dhaka verlassen. Gaetano schaltete das Licht ein und drückte auf das Gaspedal. „Habt ihr alles im Blick?“, rief er nach hinten. „Bis jetzt ist alles ruhig!“, erwiderte Serkan, worauf Gaetano noch schneller fuhr. Ich war schon länger nicht mehr nachts unterwegs gewesen. Die Drohnen hatten dies unmöglich gemacht. Es war nach so langer Zeit sehr beängstigend.

Einige Stunden fuhren wir weiter, als uns Damian plötzlich mitteilte, dass Malie sich in dieser Umgebung gut auskannte. Er hatte mit ihr gesprochen und ihr von Australien erzählt. Malie wollte uns nach Thailand führen, denn dort waren ihre Eltern. Unsere Route führte an ihrem Zielort vorbei und wir stimmten zu.

Sie führte uns auf eine Straße in Richtung Küste. Gaetano berechnete die Spritreserven: „Das was im Tank und hinten geladen ist, dürfte uns bis Myanmar bringen.“

Einige Zeit später trafen wir auf ein altes Gefängnis. Die Scheinwerfer beleuchteten es hell. Es sah zerfallen und verlassen aus. Ich dachte kurz an die Worte des Anführers der Miene zurück, ob hier Menschen gefangen gehalten wurden, doch es sah nicht so aus, als würde hier das Militär seine Kreise ziehen.

Wir betrachteten die Gemäuer, als wir auf einmal eine riesige Weltkarte aus Totenköpfen sahen. Es waren alle Kontinente aus hunderten Schädeln zusammengefügt. „Ist das echt?", fragte Stella verwirrt. „Ich denke schon. Ich könnte es mir anders nicht vorstellen.", sprach ich leise, während ich ihre Hand nahm. „Wer macht sowas?", knurrte Gaetano und fuhr etwas schneller daran vorbei. Den anderen im Heck des Wagens blieb der Anblick erspart. Der Lichtkegel ragte nur nach vorn.

„Wir müssten in zwei Tagen in Minbu ankommen.", kreischte Damian nach vorn. „In Ordnung.", grummelte ich zurück, als wir währenddessen die Grenze nach Myanmar erreichten. In der Dunkelheit war nur wenig zu erkennen, doch sie sah verlassen aus, so als wäre hier schon länger niemand mehr gewesen.

Weitere Stunden später ragte langsam die Sonne über den Horizont. Wir waren müde und erschöpft. „Ich such uns einen Platz zum Rasten.", piepste Gaetano und fuhr an einen Berg heran: „Hier ruhen wir uns aus. Ich kann nicht mehr ich brauche Schlaf." Mir fielen die Augen noch im Sitzen zu und bevor ich einschlief, dachte ich noch kurz daran, dass wir niemand hatten, der Wache hielt, während wir schliefen. Doch dann übermannte mich die Müdigkeit.

Ein Geräusch ließ mich aufschrecken. Benebelt sah ich mich um. Serkan lief um den Wagen herum. Er zwinkerte mich an und ließ mich wissen, dass alles in Ordnung war. Ich schloss erneut meine Augen und holte etwas schlaf nach.

Stella küsste mich vorsichtig wach: „Jim. Aufwachen. Wir fahren gleich weiter." Ich sah mich um und sah, dass sich alle vor dem Lastwagen befanden. Ich stieg aus und gesellte mich zu ihnen. Serkan erzählte, dass er im Verlauf der Fahrt geschlafen hätte, weil er wusste, dass wir nicht alle gleichzeitig schlafen konnten. So war er ausgeruht und bewachte uns während wir schliefen. „Gut gemacht, Serkan.", gähnte ich. Maddie und Stella hatten bereits Essen gemacht. Wir stärkten uns zu genüge und kurze Zeit später ging die Fahrt weiter.

Die Straßen verwandelten sich allmählich zu Schotter Pisten. Ein Gebirge streckte sich vor uns empor und die Wege wurden steiler und Kurvenreicher. Nachdem wir einen der Berge erklommen hatten, türmte sich eine alte Tempelanlage auf. Sie sah aus, als wäre sie aus Gold gebaut. Der Tempel war nahezu unversehrt und erstreckte sich über die gesamte Bergspitze. „Wir halten besser nicht an.", parlierte Gaetano und fuhr den Berg auf der anderen Seite wieder hinab. Es folgten weiter große Hügel, bis der Wagen plötzlich stehen blieb und Dampf aus der Motorhaube aufstieg. „So eine Scheiße! Der Kühler ist kaputt! Die Schleuder ist wohl schon zu alt, für so einen Trip!", brüllte Gaetano und verließ den Wagen. Er rief Damian und öffnete die Haube. Nun schoss eine große Dampfwolke hinaus. „War es das?", fragte Stella besorgt. „Ich weiß es nicht, aber wozu haben wir einen Mechaniker.", beruhigte ich sie.

Ich stieg ebenfalls aus, während Serkan die Umgebung im Auge behielt. „Was ist los?", wollte ich wissen, als Damian auf den Kühler deutete: „Da ist kaum noch Wasser drin. Und ohne Kühler kannst du eine Weiterfahrt vergessen." Das hat uns noch gefehlt. Hier gab es weit und breit nichts außer Berge und Wald. Jedenfalls abgestorbene Bäume waren hier zu Haufen vorhanden. „Was nun?", erkundigte ich mich. „Wieviel Wasser können wir entbehren?", konterte Damian zurück. „Eigentlich überhaupt keins.", entgegnete ich ihm. Er sah mich wütend an: „Ohne Wasser müssen wir laufen. Und laufen wir, brauchen wir noch mehr Wasser. Also wieviel Wasser können wir entbehren, Jim?" Gaetano lief derweil zum Heck und holte einen Kanister

Wasser: „Hier hast du das Wasser. Mach uns wieder flott.“
Damian sah mich kurz so an, als wollte er sagen, Jim sei nicht
fähig zu entscheiden. Ich hatte nie die Führung übernommen
und wollte ihn das wissen lassen: „Ich bin verletzt. Also Chef,
mach uns wieder startklar. Und wenn wir wieder unterwegs
sind, dann plane doch bitte die nächsten Etappen, Damian.
Umso schneller kann ich mich erholen.“ Er sah mich entgeistert
an und begann nach kurzem Zögern das Wasser in den Kühler
zu füllen.

Stella fragte mich was gerade los war. Ich erklärte ihr, dass es ein
Wunder sei, in solch einer Zeit, überhaupt noch zu leben,
geschweige denn von lebenden umgeben zu sein. Sie sah mich
fragend und verstört an. Ich gab ihr einen Kuss und setzte mich
zu Spike. Ich beobachtete Damian genauestens und er sah dies
auch.

„Fangt nicht an zu streiten, okay?“, bettelte Stella. Ich lehnte
mich zu ihr hinüber: „Wir fangen nicht an. Er ist jedoch zu weit
gegangen. Ein Team muss klare Strukturen haben. So hatte ich
es im Medizinstudium gelernt. Wenn einer aus der Reihe tanzt,
dann ist die OP gefährdet. Und so ist es auch hier. Ich muss ihn
im Auge behalten.“

Nachdem Serkan den restlichen Sprit in den Tank gefüllt hatte,
ging die Fahrt endlich weiter. Ich machte mir über Damian
Gedanken. Es könnte sehr gefährlich werden, so einen in der
Gruppe zu haben. Ich hoffte, dass er nochmal darüber nach-
dachte, was eben geschehen war.

„Ich hoffe der Kerl hat das richtig gemacht. Sonst verlieren wir
wieder Wasser und alles war umsonst.“, murmelte Gaetano, als
das Wetter schlechter wurde. Es zogen dicke Wolken auf und es
sah stark nach Regen aus. „Das ist hier normal um diese Jah-

reszeit. Da kann viel runter kommen.", verkündete Stella und als sie es ausgesprochen hatte, begann es auch gleich zu regnen. Rötlicher Regen nahm uns die Sicht auf den Weg der über den Berg führte. Langsam wurde es immer dunkler und die Sicht wurde immer schlechter. „Ich sehe kaum noch die Straße.", schimpfte Gaetano und schlich im Schritttempo weiter.

Etwa eine Stunde später blieb er stehen. Vor uns war ein Fluss übergetreten und hatte den Weg überschwemmt. „Was meint ihr? Sollen wir es wagen hindurch zu fahren?", fragte Gaetano mutig. „Was bleibt uns denn anderes übrig?", entgegnete ich. „Füllt gleich noch den Kanister den wir für den Kühler gebraucht hatten. Vielleicht verdampft das Wasser schneller wie gedacht und wir brauchen neues. Also wozu Trinkwasser verschwenden.", empfahl Damian. Nachdem wir den Kanister gefüllt hatten, setzten wir die Fahrt fort.

Schrittweise rollte der schwere Lastwagen auf die überflutete Straße zu bis er in der Mitte stecken blieb. Gaetano bemühte sich ihn wieder frei zu bekommen, doch es gelang ihm nicht. „Das ist nicht mein Tag. So eine Scheiße. Was nun?", quengelte er trotzig. Ich sah ihn fragend an. Er klopfte an die Rückwand des Lastwagens und rief: „Los alle aussteigen und schieben! Und ich will kein einziges Wort hören!" Ich spürte, dass die Leute immer aggressiver wurden. Vielleicht war die Reise doch nicht zu bewältigen. Jedenfalls nicht als Team.

Wir sprangen alle aus dem Fahrzeug und schoben was das Zeug hielt. Der rote Matsch schleuderte uns um die Ohren, als Stella auf das Gas drückte. Es war eine regelrechte Schlammschlacht, bis der Wagen endlich wieder Gripp hatte und sich vorwärts bewegte. Wir hatten es geschafft. Vielleicht war ein Team ja doch nicht so falsch. Allein hätte ich das jedenfalls nicht geschafft. Ich war mir unschlüssig und versuchte mir nicht anmerken zu lassen, dass ich momentan niemand war, den man nach Rat fragen konnte.

Im Regen wuschen wir uns so gut es ging den Schlamm ab, und stiegen wieder in den Wagen ein. Gaetano übernahm wieder das Steuer und führte die Fahrt fort. Nach einigen Stunden, ließ der Regen nach und die Sicht wurde besser.

Nach einer weiteren Nacht kamen wir schließlich in Minbu an. Malie hatte uns gut geführt und nicht zu viel versprochen. Als ich in die Karte sah, konnte ich sehen, dass sie eine Abkürzung über die Berge gewählt hatte, die auf der Karte nicht einmal eingezeichnet war. Sie hatte uns etliche Stunden Zeit erspart.

Allmählich fuhren wir in Minbu ein. Dies war eine kleine Stadt, die unbewohnt aussah. Es standen weder Autos noch andere Fahrzeuge umher, aus denen wir Sprit holen konnten. Doch als ich dies das letzte Mal dachte, die Stadt sei unbewohnt, wurde ich von etwas anderem belehrt. Also zogen wir unsere Waffen und schlichen langsam die Straßen entlang. Kurze Zeit später verließen wir Minbu. Gaetano machte uns darauf aufmerksam, dass der Sprit nicht mehr lang reichen würde.

Wenige Minuten danach, verstummte auch schon der Motor. Die Tankanzeige stand auf null und der Lastwagen rollte sanft aus. „Das war's Leute. Ab jetzt müssen wir zu Fuß weiter.", stöhnte Gaetano und verließ den Wagen. Er klopfte auf die Motorhaube und rief den Satz erneut. Die anderen im Heck jammerten und verließen den Wagen. „Kannst du laufen, Jim? Fühlst du dich dafür fit genug?", erkundigte sich Stella liebevoll. Ich nickte und lächelte sie an. Ich war so froh sie bei mir zu haben.

Jeder einzelne nahm so viel Gepäck wie er tragen konnte und keuchte unter der Last. Wir marschierten schleichend los und jeder blickte traurig auf den Lastwagen zurück. Wir hatten ja keine Ahnung, was wir für ein Glück hatten diesen eine Weile besessen zu haben. Aufmerksam beobachteten wir die Umgebung, als wir die trockene Straße entlang stolperten.

Damian trat an mich heran: „Es tut mir leid, wenn ich dich gekränkt habe Jim. Nimm es mir nicht übel. Ich bin verspannt, nervös und übermüdet. Ich hab's nicht so gemeint. Ich bin doch froh darüber, dass ihr mich mitgenommen habt. Sei nicht böse mein Freund." Ich blickte während er mit mir sprach zu Boden und antworte ihm anschließend: „Ist in Ordnung, Damian. Ich weiß jetzt, dass ich dich im Auge behalten muss, bevor du mit deinem Verhalten Stella gefährdest."

Er schwieg und wurde etwas langsamer. Dies war das Zeichen für mich, dass ich Recht hatte.

Schleppend ging es zu Fuß weiter, bis wir auf ein Gebirge stießen. Nun sollte es noch anstrengender werden. Das Gepäck zog mich regelrecht nach unten. Ich hatte zu kämpfen, nicht die Hälfte auszuladen um Gewicht zu reduzieren. Am Himmel war ein Kondensstreifen zu sehen. Alle blieben stehen und sahen nach oben. „Was ist das?", fragte Serkan misstrauisch. Ich erzählte vom Auge der Regierung. Sie flogen ununterbrochen umher und gaben ihre Sichtung weiter. Pierre hatte mir davon erzählt und ich ließ sie wissen, woher ich diese Informationen hatte. „Wir haben sie also nicht in die Knie gezwungen?", fragte Gaetano enttäuscht. Ich verneinte seine Frage und gab zu verstehen, dass wir nur die Spitze des Eisberges zerstört hatten.

Stundenlang liefen wir schweigend durch das Gebirge. „Wir sollten einen Platz für das Nachtlager suchen und Feuer machen.“, empfahl Serkan launisch. Wenig später fanden wir einen passenden Ort und machten auch direkt Feuer. Zum Glück mussten wir uns vor den Drohnen nicht mehr fürchten. Als wir uns am Feuer wärmten, erzählte Malie mehr über ihre Aufgabe in der Hilfsorganisation. Sie wurde aus Thailand nach Bangladesch beordert, um kranken Menschen zu helfen, die an den Mikroben erkrankt waren. Diese Organisation war keine Militärische sondern eine reine Private. Sie erklärte uns, dass sie mit viel Geld und Versprechungen gelockt wurden. Malie brauchte das Geld dringend, denn ihr Vater war schwer erkrankt. Sie erhoffte sich von diesem Job, ihm helfen zu können. Doch alles kam ganz anders. „Nachdem was alles passiert ist, hoffe ich nur, meinen Vater noch einmal zu sehen.“, wimmerte sie leise.

Kaum hatte sie dies ausgesprochen, wurde Spike nervös. „Was ist los kleiner?“, fragte ich neugierig, doch er deutete auf keine genaue Richtung. Nach einigen Augenblicken beruhigte er sich etwas. Doch mir war nicht ganz wohl bei der Sache. „Lasst das Feuer über die Nacht brennen. Wir sollten es nicht ausgehen lassen. Dann wären wir blind.“, verkündete ich mit strenger Stimme. So hielten wir abwechselnd Wache, um nach dem Feuer zu sehen.

Als ich nach meiner Schicht einschlief und mich an Stella kuschelte, glaubte ich für einen Moment etwas zu hören. Es klang wie der kriechende Tod. Ich konnte es nicht genau beschreiben und dachte, dass es wohl besser sei, wenn ich es für mich behalten würde. Vielleicht fantasierte ich schon. Ich wollte die anderen nicht beunruhigen und schlief letztendlich ein.

Damian weckte mich als die Sonne schon aufgegangen war. Das Feuer rauchte nur noch und ein Teil hatte sich zum weitermarschieren bereitgemacht. Spike sah jedoch weiterhin angespannt aus. Ich behielt ihn wohl besser im Auge, dachte ich, als wir auch schon weiter liefen.

Während wir die Berge und Täler durchquerten, dachte ich, wie schön es hier wohl sein müsste, wenn alle Pflanzen und Bäume noch leben würden. Der Anblick erinnerte mich an einige schlechte Horrorfilme. Doch vor meinem inneren Auge, konnte ich mir diese blühende Natur bildlich vorstellen. Wenig später kamen wir auf einem hohen Gipfel an und beschlossen eine kleine Rast zu halten. Ich nahm mein Fernrohr und sah mir die Umgebung an. Mich ließ das mit Spike nicht los. Ich starrte in alle Himmelsrichtungen. Zuletzt warf ich einen Blick auf die Route, von der wir kamen. „Was zum Teufel…?", stotterte ich laut. „Was ist los, Jim?", riefen alle durcheinander. „Seht es euch selbst an.", erwiderte ich und reichte Serkan das Fernrohr. „Ach du heilige Scheiße!", schrie er. „Wir müssen sofort weiter Leute. Los, los!", fuhr er fort. Mittlerweile hatten auch die anderen einen Blick durch das Fernrohr erhascht. Stella sah mich ängstlich an. „Los! Wir müssen weiter. Sei nicht besorgt mein Stern.", versuchte ich sie zu beruhigen.

Wir packten so schnell es ging die restlichen Sachen zusammen und machten uns auf den Weg. Keiner verlor auch nur ein Wort über das was er gesehen hatte, bis Stella mich leise fragte, ob sie hinter uns her seien. Alle hatten es gehört und warteten auf meine Antwort. „Ja, es sieht so aus.", stammelte ich zurück. Sie schluckte kräftig und lief etwas schneller. Im Seitenwinkel konnte ich erkennen, dass ihr die Tränen über die Wangen liefen. Serkan fragte mich, was wir nun machen sollten: „Das sind mindestens 20-30 Höllenhunde die unserer Fährte folgen!"

„Ja, aber sie sind ausgehungert und geschwächt. Sie sind langsam. Wir müssen weiter in Bewegung bleiben, egal was passiert.

Wenn die uns einholen, dann war's das mit uns.", keuchte ich zurück.

Ich hatte die Höllenhunde schon fast vergessen. Ich hätte die Anzeichen von Spike erkennen müssen. Wären wir noch in der Nacht weiter, dann hätten wir einen weitaus größeren Vorsprung.

„Ihr müsst schneller laufen. Und es ist mir egal, wer dabei Schmerzen hat. Lauft um euer Leben!", rief Serkan immer wieder. Niemand sollte zurückbleiben und keiner wollte seine Verpflegung fortwerfen um schneller zu sein. Es war ein regelrechter Spießrutenlauf. Malie rief uns zu. Dass nicht weit ein Fluss sei und wir ihn überqueren sollten, um unsere Spuren zu verwischen. Dies hielt ich für eine gute Idee und Malie führte und zu dem besagten Fluss. Als wir dort ankamen, traute ich meinen Augen kaum. Der Fluss war riesig. Er war sehr breit und die Strömung war sehr stark. „Wie sollen wir nur auf die andere Seite kommen?", brüllte Damian verstört. „Ich nehme das Seil, was ich aus der Miene mitgenommen habe und schwimme rüber. Wenn ich es schaffe, dann befestige ich es auf der anderen Seite. Ihr braucht euch dann nur noch einzeln hinüber zu ziehen.", krächzte Serkan und sprang auch kurz darauf in den Fluss. Die Strömung war so stark, das er direkt abdriftete. Doch er schwamm wie der Teufel und schaffte es schließlich auf die andere Seite. Dort brach er erschöpft zusammen. Wir riefen alle seinen Namen, bis er endlich die Hand hob und ein Okay zeigte. Er befestigte das Seil an einem stabilen Baumstamm und winkte uns rüber. Gaetano sprang zuerst. Das rötliche Flusswasser überströmte ab und zu seinen Kopf. Es sah sehr beängstigend aus, doch er schaffte es. Malie und Stella hatten deutlich mehr Angst wie die anderen. Das war ein Zeichen für mich, dass sie als nächstes hinüber mussten, bevor sie am Ende noch mehr

Angst bekämen und erstarrten.

Ich schrie Malie an, bis sie endlich sprang. Stella beobachtete sie genauestens. Als sie es geschafft hatte, gab ich Stella einen Kuss und stieß sie hinein. Sie würde es mir sicher übel nehmen, doch wir hatten keine Zeit mehr. Sie tauchte auf und zog sich mühselig ans andere Ufer. Die Anderen folgten, bis ich mit Spike übrig war. Ich packte meinen Rucksack auf meine Brust und band Spike mit den Rucksackgurten auf meinen Rücken. Er fiepte mir ängstlich ins Ohr. Dann sprang ich mit etwas Anlauf in den reißenden Fluss. Ich konnte die Luft spüren, die aus Spikes Nase schoss und tauchte so schnell ich konnte wieder auf. Ich griff das Seil und zog so schnell ich konnte daran. Meinen Rücken krümmte ich nach oben, sodass Spike am weitgehendsten oberhalb der Wasseroberfläche war. Er zuckte heftig und biss mich leicht in den Nacken. Er hatte wohl Todesangst. Als meine Arme allmählich schlapp machten sprang Serkan hinein und zog uns beide ans Ufer. Ich war total erledigt. Stella löste den Gurt und befreite Spike von meinem Rücken. Er leckte sofort mein Gesicht ab. Ich wusste, dass er nicht böse auf mich war über das was ich ihm zugemutet hatte.

Serkan zog das Seil ein und löste es von dem Baum. So gut es ging liefen wir weiter den nächsten Berg hinauf. Als wir oben angekommen waren, mussten sich alle erst einmal ausruhen. Serkan beobachtete die Höllenhunde mit dem Fernrohr und berichtet uns was er sah: „Sie sind jetzt am Fluss. Sie verteilen sich und suchen unsere Fährte. Sie laufen wie wild umher und wissen nicht wo lang." Er lachte, und berichtete weiterhin, bis sein lachen plötzlich verstummte. „Was ist los, Serkan?", fragte Gaetano. Doch er antwortet nicht. Gaetano widerholte die Frage, bis uns Serkan mit besorgten Augen ansah: „Sie kommen. Sie sind in den Fluss gesprungen und überqueren ihn. Wir müssen sofort hier weg!“

Stella hatte Tränen in den Augen. Auch mir war es eiskalt über den Rücken gelaufen. „Bewegt euch Leute!“, schimpfte Serkan und begann zu laufen. Ich war von der Flussüberquerung noch völlig erledigt. Mit letzter Kraft zog ich meinen beladenen Rucksack an mich und warf ihn auf meinen Rücken. Spike zitterte am ganzen Leib. Ob es wohl die Kälte des Wassers war oder doch die Höllenhunde die uns unaufhörlich folgten?

So schnell wir konnten rannten wir weiter. Ich versuchte krampfhaft eine Lösung zu finden, doch mir wollte einfach nichts einfallen. Unser einziges Glück war, dass die Hunde langsam waren. Sie hatten kaum Kraft, aber ihr Hunger trieb sie an.

Wir hasteten die nächsten Stunden so schnell wir konnten weiter. Hin und wieder mussten wir jedoch eine Rast halten. Stella und Malie konnten einfach nicht das Tempo halten. Während wir uns ausruhten verbrauchten wir sehr viel Trinkwasser. Ich grübelte darüber nach, was wir tun sollten, wenn das Wasser ausgehen sollte, doch ich hatte keine Alternative gefunden.

Wenige Minuten später trafen wir auf eine Art Regenwald. Zumindest war dies mal ein solcher Ort. Dicke vertrocknete Lianen hingen von den abgestorbenen Stämmen. Der Wald war dicht und unzugänglich. „Wo führst du uns nur hin, Malie?“, kreischte Stella. Ich versuchte sie zu besänftigen und fragte mich jedoch das gleiche. Malie gab verzweifelt eine Antwort auf die Frage: „Das ist der einzige Weg. Der Regenwald zieht sich von uns gesehen quer entlang. Wir müssen also hindurch.“

„Na ganz Klasse. Jetzt kommen wir noch langsamer vorwärts.“, zischte Serkan und schleppte sich weiter. Ich warf ihm meine Machete zu und er ging an die Spitze. Er war der stärkste von uns allen und säbelte uns den Weg so gut er konnte frei. Die Höllenhunde konnten uns also direkt auf unserem Pfad folgen.

Immer öfters drehte ich den Kopf nach hinten, um zu sehen ob sie uns schon erreicht hatten. Auch die anderen blickten immer häufiger zurück. Man konnte die Anspannung förmlich riechen. Gaetano hatte auf einmal eine hervorragende Idee: „Wir können versuchen eine falsche Fährte zu legen. Ich hatte dies einmal mit meinem Professor der Geruchsbiologie besprochen. Es müsste eigentlich klappen." Alle nickten hektisch zu und verlangten, dass er damit begann. Was sollte uns auch anderes übrig bleiben, als es zu versuchen.

Er bat uns alle gemeinsam einen großen Kreis zu laufen. Und zwar so, dass wir wieder direkt hier herauskommen würden. Serkan band sein Halstuch als Anhaltspunkt an einen Baum und wir folgten Gaetano bedingungslos. Wenige Minuten später trafen wir wieder auf den markierten Baum. Und sogleich zogen wir noch einen Kreis auf der entgegenliegenden Seite. Endlich waren wir beide Kreise abgelaufen. Sie hatten einen Durchmesser von ungefähr 100 Metern. Wir hatten viel Zeit verloren und mussten schnell weiter. Wir folgte Gaetano exakt aus der Mitte der beiden Kreise auf einem Pfad. „Das sollte sie verwirren und einige Zeit beschäftigen.", keuchte er erschöpft.

Nachdem wir eine weitere Stunde gelaufen waren, wurde Spike stiller. Er war sichtlich ruhiger geworden. Vielleicht hatte der Trick mit der Fährte ja doch funktioniert. Erleichtert berichtete ich den anderen von Spikes Veränderung und alle sahen zusehends erleichterter aus.

Dennoch liefen wir weiter, als wären sie direkt hinter uns. „Die

Viecher kotzen mich an.", sprach Damian mit schmerzverzogenem Gesicht: „Meine Füße, Freunde. Ich brauche eine Pause."

Nach einer kurzen Besprechung waren wir dafür uns einige stabile Bäume zu suchen und die Nacht auf ihnen zu verbringen. Als wir nicht viel später einige dicke vertrocknete Bäume fanden, die uns Genüge tun sollten, machten sich Serkan und Gaetano daran diese zu kontrollieren. „Die sollten uns aushalten. Zumindest uns als Mahlzeit schützen.", hustete Serkan und begann sein Seil über einen dicken Ast zu werfen. Er zog einen nach dem anderen auf jeweils einen Baum nach oben. Als ich Spike zu mir nach oben gezogen hatte, warf ich Serkan das Seil hinunter. In der Weite war das Jaulen der Hunde zu hören. Doch es schien weit entfernt zu sein. „Ruht euch aus. Und falls sie uns hier aufspüren, verschwendet nicht eure Munition. Ihr seid hier oben sicher.", bemerkte Serkan noch an.

Mit den Gurten unserer Rucksäcke befestigten wir unsere Körper an den Bäumen. Serkan hatte sich auf einen etwas weiter entfernten Baum zurückgezogen. Stella war direkt neben mir, aber doch so weit entfernt. Am liebsten hätte ich sie jetzt in den Arm genommen. „Versucht etwas zu essen das man nicht kochen muss und dann zu schlafen. Ihr braucht eure Kräfte morgen mehr als heute.", erklärte ich mit einem strengen Ton. Es durfte keine Rückschläge geben, denn sonst wären wir alle die Beute des Jägers.

„Warum warten wir nicht einfach hier oben auf sie und erschießen sie einem nach dem anderen?", zitterte Malie. Serkan deutet mit dem Zeigefinger auf Malie: „Sobald wir einen Schuss abfeuern zerstreut sich das Rudel und kreist uns ein. Dann kommen wir auf keinen Fall mehr davon. Verstehst du das?

Und wage es nicht auch nur eine Kugel abzufeuern!" Sie lachte ihn höhnisch an: „Ich habe gar keine Waffe du Genie!"

„Haltet die Klappe und schlaft!", rief ich wütend. Das fehlte noch, dass sich ein Streit entfachte. „Jetzt ist Ruhe und wehe nicht!", fügte ich noch hinzu. Erstaunlicherweise beendeten sie die Unterhaltung.

Nachdem die Sonne unterging, flüsterte ich Stella noch zu, dass ich sie liebe und schloss darauf die Augen. In der Nacht wurde ich ständig wach. Einerseits zog der Gurt an meinem Bauch und anderseits war das Jaulen hin und wieder zu hören.

Als die Sonne langsam über den Horizont kroch, war ich schon hellwach. Mit zunehmender Helligkeit sah ich auch die Gesichter der anderen wieder. Sie hatten ebenfalls kaum ein Auge zu getan und saßen gespannt auf ihren Bäumen. „Wie geht es jetzt weiter? Ich habe dicke Blasen an den Füssen.", jammerte Damian lautstark. Serkan kletterte vom Baum und sah sich um. Dann trat er an Damians Baum und deutete auf seine Füße: „Nimm ein Messer und stich sie auf. Danach will ich nichts mehr davon hören. Klar?"

Ich hatte Spike an meinem Bauch befestigt und betrachte ihn genauestens, ob er wieder nervös wurde. Er war sehr müde, und daher konnte ich seinem Instinkt nicht trauen. „Wenn wir weiter wollen, dann jetzt.", verkündete ich und schnallte Spike und mich ab. Nach und nach kletterten alle von den Bäumen und machten sich auf die Tour bereit. Während Damian sich die Blasen aufstach, schlug Malie die Richtung an.

„Tut's noch weh, Damian? Das wird schon.", lachte Serkan und forderte alle auf sich auf die Beine zu machen. Damian wartet bis Serkan etwas entfernt war und stammelte: „Halt doch dein

Maul du Möchtegern Held." Darauf sah er mich an und bemerkte, dass ich es gehört hatte. Er erschrak und sah zu Boden. Ich grinste ihn freundlich an und reichte ihm meine Hand: „Ist schon okay, Damian. Eventuell hast du auch Recht mit ihm."

Er war sichtlich erleichtert, dass ich es ihm nicht sagen würde und kurze Zeit später waren wir auf dem Weg. Es dauerte nicht lang und wir verließen den Regenwald. Nun trafen wir wieder auf ein felsiges Gebirge. Die Steine wurden immer größer und glatter. Der Weg wurde zunehmend immer schwieriger zu passieren. Die Sonne blendete von Vorn und im Hintergrund war wieder das Jaulen der Hunde zu hören. „Die kommen näher, Freunde.", sprach Damian mit unruhiger Stimme. Er hatte Recht. Ich konnte das jaulen auch hören und es wurde immer lauter. „Bewegt euch! Ihr müsst schneller werden!", schrie Serkan von vorn. Als Maddie plötzlich ausrutschte und einen kleinen Hang hinunter fiel. Ein lauter schmerzhafter Schrei halte durch das Gebirge.

„Maddie!", rief Damian mehrmals bis wir sie fanden. Sie war etwa drei Meter tief in eine Schlucht gestürzt und hatte sich den Fuß zwischen zwei großen Steinen eingeklemmt. Wir versuchten den Fuß frei zu bekommen, doch es gelang uns nicht. „Was machen wir jetzt nur?", fragte Damian panisch. „Was willst du denn machen? Der Fuß bewegt sich kein Stück. Wahrscheinlich ist er zertrümmert und hat sich zwischen den Felsen verkeilt. Also Damian. Was willst du machen?", schrie Serkan und versuchte die Felsen zu bewegen. Wir alle probierten irgendwie den Fuß von Maddie freizubekommen. Gaetano und Serkan nahmen einige größere Steine und schlugen auf die Felsen ein, in der Hoffnung, dass sie zerspringen würden. Doch sie waren zu hart.

Die Höllenhunde kamen immer näher. Sie hatten unsere Fährte erneut aufgenommen und waren uns auf den Fersen. Das Jaulen und Kläffen wurde immer lauter und nun stieg die Anspannung. Maddie wimmerte vor Schmerzen und deutete uns, dass wir ohne sie weiter sollten: „Geht! Los verschwindet schon!“, jammerte sie schmerzvoll. „Nein, Maddie! Wir lassen dich nicht zurück! Helft mir doch!“, wimmerte Damian, doch wir hatten alles versucht. Er sah mich mit ängstlichen Augen an: „Jim, bitte!“ Doch ich konnte nichts für sie tun. Es war aussichtslos. Hätten wir mehr Zeit, würde uns vielleicht etwas einfallen, doch die hatten wir nicht. Stella nahm meine Pistole aus dem Holster und kniete sich zu Maddie: „Nur für den Fall.“ Maddie entnahm das Magazin und nahm alle Patronen bis auf eine heraus. Ihr braucht sie mehr wie ich. Und jetzt Haut endlich ab!“

Stella gab ihr einen Kuss auf die Stirn und stand auf: „Ihr habt sie gehört. Wir müssen weiter.“ Damian weinte und flehte uns an ihr zu helfen. „Wie? Damian! Wie?“, brüllte Serkan. Sie drückte ihm ihre Verpflegung in die Hand, worauf er sie um-armte. An diesem Punkt flüsterte sie ihm etwas ins Ohr, wonach er aufstand und den Hang hinauf stieg. „Also, ihr habt sie gehört! Bewegt euch. Los!“, brüllte er jammernd.

Zum Abschied warfen wir alle noch einen liebevollen Blick hinunter zu ihr, worauf sie uns trotz ihrer starken Schmerzen Küsschen zu warf. Dann verließen wir sie bedrückt und liefen so schnell wie wir konnten weiter. Damian rannte trotz seiner Schmerzen an den Füßen schneller als wir alle. „Pass auf, Damian! Nicht das dir das Gleiche passiert wie Maddie!“, he-chelte Serkan, worauf sich Damian umdrehte: „Und wenn schon. Als ob es dir etwas ausmachen würde.“

Zusammen hasteten wir über die Felsen, als plötzlich ein Schuss im Hintergrund zu hören war. Stella begann beim sprinten zu weinen. Doch sie lief tapfer weiter. Jeder von uns wusste, dass die Hunde Maddie gefunden hatten. Sie wollte jedoch nur eine Patrone behalten. Diese Entscheidung war wohl die bessere für sie.

Keiner verlor auch nur ein Wort. Wir rannten wie Roboter weiter und weiter. Ich konnte Spike ansehen, dass die Hunde uns nun nicht mehr folgten. Sie hatten das bekommen, was sie wollten.

Kürzeste Zeit später verließen wir das Gebirge und trafen auf eine kleine Stadt. Malie stotterte: „Das ist Taungoo. Dort sind wir erst einmal sicher. Damian blickte ständig zurück und sah sehr mitgenommen aus. Ich nahm mir vor mit ihm zu reden, sobald wir einen Platz zum Ausruhen gefunden hatten. Diese Stadt war rechteckig, was sehr ungewöhnlich war. Zudem umzäunte sie ein Wassergraben, welcher aber leicht zu überqueren war. Wir hatten nun zwei Tage zu Fuß hinter uns und brauchten dringend eine sichere Unterkunft.

Kapitel 17

Als wir langsam auf der Suche nach einem Unterschlupf durch die verlassenen Straßen schlichen, meldete sich Serkan zu Wort: „Selbst wenn wir sie hätten befreien können, mit einen zerschmettertem Fuß, wäre sie uns nur zur Last geworden. Sie hätte nicht gehen können und wir wären zu langsam gewesen, wenn wir sie getragen hätten. Vermutlich hätten wir alle das nicht überlebt. Ich will kein Unmensch sein, aber denkt mal darüber nach."

In Serkans Stimme war Wehmut zu hören. Es beschäftigte ihn, dass er Druck gemacht hatte sie zurück zu lassen. Aber vermutlich hatte er vollkommen Recht.

Währenddessen stieß Gaetano eine Tür auf und betrat das Gebäude. Nach kurzem umsehen folgten wir ihm. Das Haus war klein aber hoch. Nachdem wir die Tür mit Möbelstücken versperrt und die Etagen gründlich durchsucht hatten, klappten wir erschöpft in der obersten Wohnung zusammen. Ich war fix und fertig, durstig und müde. Stella hatte sich neben mich gesetzt. An ihrem Blick erkannte ich, dass sie die letzten Tage Revue passieren ließ. Sie begann zu weinen und ich legte meinen Arm um sie. Ihre Tränen durchweichten meine Jacke. Mir fehlten die Worte.

Gaetano begab sich auf das Dach, um von dort aus nach den Hunden zu sehen. Als er wieder nach unten kam, erzählte er merkwürdige Dinge: „Von den Hunden ist nichts zu sehen, aber die Stadt hier ist anders wie all die anderen. Ich habe mich etwas mit dem Fernrohr umgesehen und wie erwartet keine Menschenseele gefunden. Aber jetzt kommt es. Passt auf. Es gibt keine einzige Spur für Plünderungen oder Kämpfe. Keine einzige Fensterscheibe ist zerbrochen. Kein Auto abgebrannt und keine dieser Häuser ist beschädigt. Alle Türen sind geschlossen und selbst die Geschäfte sind bis obenhin gefüllt. Was ist hier los?"

Zuerst dachte ich, er möchte einen Spaß mit uns machen, aber er begann nicht zu lachen. Seine Augen waren Sekunden später weiterhin so starr. „Was erzählst du da?", fragte Serkan. „Es ist so wie ich es sage. Schaut es euch doch selbst an. Los!"

Ich ließ Spike bei Stella und lief mit den anderen auf das Dach. Er hatte nicht gelogen. „Es sieht so aus, als wären die Menschen einfach friedlich davon gegangen. Selbst ihre Haustüren haben sie verschlossen. Aber wieso? Das ergibt doch keinen Sinn.“, stammelte ich leise vor mich hin. Malie hatte eine These: „Vielleicht hat man sie friedlich aufgefordert die Stadt zu verlassen und sie in Lastwagen abtransportiert. Oder sie sind alle in eine Miene geflüchtet, als die Mikroben ausbrachen, in der Hoffnung, sie würden wieder zurückkommen. Daher auch die verschlossenen Häuser.“ Serkan räusperte sich: „Oder, Hier war eine komplette Stadt als Militär stationiert und diese mussten alle in den Einsatz als die Scheiße losging. Was hältst du denn von dieser These, Malie? Das könnte auch den Wassergraben erklären.“

„Hey Leute, ich habe einen Motorrollergeschäft gefunden. Es stehen etliche Roller davor. Alle akkurat nebeneinander. Ich bin sicher die funktionieren noch.“ Ich sah mir das genauer an: „Tatsache Damian, das hast du goldrichtig erkannt. Am besten wir sehen uns das mal aus der Nähe an.“

Serkan, Damian und ich machten uns auf den Weg zum Motorrollergeschäft. Es lag nur etwa hundert Meter von unserem Lager entfernt und war gut einzusehen. Dort angekommen, verteilten wir uns erst einmal. Man konnte ja nie wissen. Serkan stieß die Ladentür auf und kontrollierte diesen. „Sauber!“, brüllte er heraus und wir sprangen ebenfalls hinein. Abgesehen von diesem rötlichen Staub, sah der Laden aus wie gerade eröffnet. Damian fand eine Schatulle in welcher sich die gesamten Schlüssel der Motorroller befanden. Dann ging er hinaus und startete einen der Roller. Mit einem dicken Grinsen sah er uns an und hob den Daumen. Er stieg wieder ab und kehrte zurück. „Es ist auch Benzin im Tank. Allerdings nicht viel. Aber besser wie zu Fuß, oder was meint ihr?“

Wir grinsten uns an und liefen zum Haus zurück. Dort erzählten wir von unserem Fund und die Erleichterung war deutlich zu fühlen. Damian verteilte die Schlüssel, auf denen die Kennzeichnen standen. „Es gibt Strom!“, rief Malie aus der Küche. Wir wunderten uns und Damian betätigte den Lichtschalter. Die Glühbirne begann zu leuchten. Serkan murmelte: „Die Stadt hängt wohl mit einem dieser Windräderparks zusammen. Es gibt wohl mehrere davon. Das ist kein gutes Zeichen. Wie weit reicht Sektor 7 nochmal, Damian?“ Damian sah aus dem Fenster: „Ich bin mir nicht ganz sicher, aber ich glaube, dass wir uns nicht mehr in diesem Sektor befinden. Soviel ich weiß gehört Myanmar noch zu Sektor 7. Aber ich… Ich weiß es ehrlich gesagt nicht.“

„Wie soll es denn auch anders sein.“, entgegnete ihm Serkan. „Jetzt ist Ruhe. Schluss mit den albernen Sticheleien. Wenn jemand Dampf ablassen will, dann kann er mit den Hunden spielen gehen. Das brauchen wir hier nicht. Habt ihr mich verstanden?“, brüllte ich dazwischen. Und in der Tat, es wurde still. „Stella, könntest du bitte mit Malie das Essen vorbereiten?“, bat ich sie und gab ihr einen Kuss. Sie streichelte meine Wange und begab sich mit ihr in die Küche.

Malie brachte eine Dose Fleisch aus der Küche, welche sie dort gefunden hatte: „Für Spike.“ Die anderen blickten gierig auf die Dose. „Es gibt bestimmt noch mehr, also wagt es jetzt etwas zu sagen.“, ermahnte ich die Männer. Und ich sollte Recht behalten. Stella und Malie hatten uns ein köstliches Mahl zubereitet. Gemeinsam nahmen wir es bei einem Glas Sake ein. Es schmeckte exzellent. Etwas scharf, aber köstlich.

Diese Stadt, Taungoo, schien wahrhaftig die ganzen Monate

unbesucht gewesen zu sein. Die Konserven waren noch haltbar, der Strom lief und die Geschäfte waren nicht geplündert worden. Morgen früh sollten wir jedenfalls zusehen, dass wir weiter kommen würden. Man sollte sein Glück nicht auf die Probe stellen. Dieser Ort war zu schön um wahr zu sein. Und eine Medaille hat bekanntlich zwei Seiten.

Fließend Wasser gab es leider nicht. So konnten wir uns nicht waschen. Es wäre toll gewesen, meinen Körper vom roten Staub zu befreien. Auch wenn das Wasser vermutlich ebenfalls rötlich gewesen wäre.

So früh wie möglich legten wir uns schlafen. Keiner hatte bedenken, dass uns jemand überraschen könnte, deshalb setzten wir keine Wachen an.

Die Tür war verriegelt und die Sonne sank dem Horizont entgegen. In meinen Gedanken war ich bei Maddie. Sie war ein guter Mensch und hätte es verdient Australien zu erleben. Was immer uns dort auch erwarten würde. Die anderen dachten mit Sicherheit ebenfalls an sie. Es war sehr still. Als die Sonne ihre letzten Strahlen hinter sich her zog, fielen mir auch gleich die Augen zu.

Ich schlief wie ein Stein, tief und fest, bis Spike mein Gesicht ableckte. Die Sonne war bereits empor gestiegen. „So schnell ist die Nacht vorbei?“, murmelte ich. Serkan war schon auf, im Gegensatz zu den anderen. Nach und nach weckten wir alle, damit wir los konnten.

Nachdem wir etwas von den köstlichen Konserven gefrühstückt hatten, machten wir uns auf den Weg. Zusammen verließen wir das Haus und liefen zu dem Rollergeschäft. Als jeder seinen Roller gefunden hatte, sprangen wir auf und starteten diese. Es war ein atemberaubendes Geräusch, die sechs Roller knattern zu hören. Serkan fuhr als erster los. Ihm folgten Gaetano und Damian. Darauf rückten Malie und Stella nach, bis ich schließlich mit Spike den Schluss bildete.

Der Tank war nur etwa ein Viertel gefüllt und ich versuchte zu erahnen, wie weit ich damit kommen würde, als Serkan stoppte. Er hatte eine Tankstelle gefunden und stieg vom Roller. Er nahm die Zapfsäule und drückte den Hahn. Einen Augenblick später, sprudelte das Benzin im hohen Bogen heraus. „Alle herkommen! Wir tanken auf!", brüllte er fröhlich. Die Tankstelle war in der Tat noch voller Benzin. Das war doch mehr als Glück. „Wenn es nun so weiter geht, dann sind wir im nu in Australien.", lachte Damian. Ich konnte mir ein Grinsen nicht verkneifen und fuhr zu ihm: „Ich wollte noch mit dir über Serkan und den Vorfall am Lastwagen reden…." Er sah mich zufrieden an: „Lass gut sein mein Freund. Das wäre verschwendete Zeit." Entweder war es ihm egal was ich zu sagen hatte oder er verstand nun was ich ihm erklärte.

Nachdem wir getankt und wieder aufgesessen waren, ging die Reise in derselben Reihenfolge weiter. Malie gab während der Fahrt Serkan öfters ein Zeichen, welches er im Rückspiegel sah und befolgte. Sie kannte sich aus, sie würde uns schon ans Ziel bringen. Hoffte ich jedenfalls.

Wir fuhren aus der Stadt und stießen auf eine Straße. Diese sollte uns direkt nach Thailand führen, ließ Malie uns wissen. Etliche Kilometer später hörte ich plötzlich einen lauten Knall und eine dicke Rauchwolke zog aus Stellas Roller hervor. Wir stoppten sofort. „Was ist los?", rief ich nach vorn. „Ich weiß es nicht. Der Roller fährt nicht mehr." Damian eilte herbei und sah sich das genauer an: „Die Kette ist gerissen. Vermutlich hat der

Staub das Öl der Kette verklumpt. Der fährt nicht mehr." Ich deutete auf Malie, worauf Stella bei ihr aufsprang. Spike nahm genügend Platz ein, sie würde unmöglich noch bei mir mitfahren können. „Passt besser auf Leute! Nicht das eure Ketten auch noch reißen!", brüllte Damian noch bevor die Fahrt weiter ging.

Vorsichtig fuhren wir weiter. Trotz der kahlen Landschaft, war es hier wunderschön. Es hatte etwas Friedliches. Gaetano begann ein kleines Wettrennen. Alle mussten lachen und machten fröhlich mit. Spike und ich sahen uns das Spektakel an und ich musste schmunzeln. So ausgelassen hatte ich die Gruppe noch nie gesehen. Sie hatten Spaß und lachten fröhlich umher. Es tat so gut ein Lachen zu hören. „Hörst du das, Spike? Das ist Lebensfreude." In diesem Moment wusste ich, dass wir alles richtig machten. Das einzige was mich dennoch zurück auf den Boden holte, war der Himmel. Er sah aus, als ob er brennen würde. Das rötliche Licht durchbrach die roten Wolken. Doch die anderen schienen dies komplett ausgeblendet zu haben. Sie machten Faxen und konnten wenigstens einige Zeit etwas abschalten.

Wenige Stunden später kamen wir an Thaton und Kawkareik vorbei. Nun waren es nur noch wenige Kilometer bis Thailand. Hinter einem Hügel ragte langsam ein Tempel hervor. Serkan hielt, um eine Pause zu machen und sich die Füße zu vertreten. Als wir alle abgestiegen waren, wollte ich mir den Tempel etwas näher ansehen und nahm Spike mit. Es würde ihm sicher gut tun etwas umher zu rennen. Die anderen wollten etwas essen und so ging ich allein mit Spike. Der Tempel lag auf einem Hang und sah etwas verwahrlost aus. Als ich oben angekommen war, sah ich verschiedene Symbole außen an der Mauer. Ich berührte sie und strich langsam darüber. Ich hatte so etwas noch nie in echt gesehen. Lediglich im Fernsehen. „Von innen muss es bestimmt noch atemberaubender sein. Was meinst du, Spike? Sollen wir mal einen Blick hinein werfen?" Ich stemmte die hohe Holztür vorsichtig auf. Sie klemmte etwas, aber mit einem kräftigen Ruck ließ sie sich öffnen. Staub drang heraus und es war stockfinster. Nachdem ich die Tür soweit es ging aufgeschoben hatte, fiel das rötliche Sonnenlicht in die Halle hinein. Mit langsamen Schritten betrat ich den Tempel. Spike jedoch rührte sich keinen Meter von der Tür. „Was ist los, Kleiner? Komm schon!" Er sah mich mit ängstlichen Augen an und wackelte hin und her. Vermutlich hatte er Angst vor der Dunkelheit. Also schritt ich allein weiter vor. Es war ein Gefühl von Wehmut und Staunen, bis ich an die Decke sah.

Der Kronleuchter bestand aus Menschlichen Schädeln und Knochen. Als ich mich weiter umsah, bemerkte ich, dass die gesamte Inneneinrichtung aus Menschlichen Knochen bestand. Von den Sitzbänken bis hin zu Bilderrahmen. Es mussten Hunderte Tote in diesem Tempel eingearbeitet sein. Aber was sollte das bedeuten? Dem Staub zufolge, waren hier seit Jahren keine Menschen mehr gewesen. Es musste also schon erbaut worden sein, bevor die Mikroben ausbrachen. Auf einer Art Tisch lag eine verstaubte Schriftrolle. Ich nahm sie vorsichtig in die Hand und öffnete sie. Darin waren verschiedene symbolische Zeichen abgebildet. Ich verstand allerdings nicht was sie bedeuten sollten und nahm sie mit um Malie danach zu fragen.

Langsam schloss ich die große Holztür und lief mit Spike zurück zu den anderen. Sie hatten immer noch Spaß und erzählten sich wie toll ihr kleines Wettrennen war. „Malie! Kannst du mir sagen was diese Schriftrolle bedeutet?" Sie nahm sie in die Hand und öffnete sie. Dann fielen ihre Mundwinkel nach unten und sie schwieg. „Malie? Alles in Ordnung?" „Ja. Alles ist gut. Das ist eine uralte Anleitung, seine Seele vom Bösen zu reinigen. Sie wurde vor hunderten Jahren genutzt, um sich auf die letzte Reise zu begeben.“

Serkan trat hervor: „Na toll, Jim. Und jetzt haben wir unsere Anleitung für unsere letzte Reise. Kannst du nicht einfach mal die Finger von Dingen lassen, die du nicht verstehst?“ Ich starrte alle an und stotterte: „Ich bring sie zurück, okay?“ Doch Malie hielt sie in den Händen fest: „Sie war für uns bestimmt. Jedenfalls für einen von uns. Sonst hättest du sie niemals gefunden. Niemand hatte eine solche Schriftrolle jemals in echt gesehen. Wir können sie nicht zurücklegen. Es wird sich zeigen für wen sie bestimmt ist. So sagt es der Mythos darüber.“

Ein minutenlanges Schweigen umhüllte uns, bis Malie die Schriftrolle in ihre Tasche steckte und auf den Roller stieg: „Los Leute! Wir sollten weiter!“

Die Stimmung war nun nicht mehr annähernd so belustigend wie zuvor. Warum hatte ich die Rolle nur mitgenommen? Ich hätte sie liegen lassen sollen. Aber was wäre, wenn Malie Recht hatte und die Rolle für einen von uns bestimmt war? Generell glaubte ich nicht an solchen Hokuspokus, doch in den letzten Monaten sind so einige Dinge passiert, die ich davor für unmöglich gehalten hätte. Also warum nicht eine mystische Schriftrolle?

Während wir weiter fuhren, dachte ich über den Tempel mit den vielen Totenschädeln nach. Ich hatte niemandem erzählt, was ich dort gesehen hatte und ich würde es auch nicht tun.

Als wir das Gebirge hinter uns ließen näherten wir uns der Thailändischen Grenze. Malie meinte, dass wir in Mae Sot die Nacht verbringen würden, denn bis dort sollte uns das Benzin reichen. Wir überquerten vorsichtig die Grenze und waren auch gleich in der kleinen Stadt angekommen. Die Häuser erinnerten mich an alte Filme. Sie hatten diese typischen asiatischen Dächer. Malie führte uns zu einem etwas abgelegenen Haus: „So Leute. Das wird unser Nachtlager." Wir stellten die Roller hinter das Haus und betraten es. Es schien nicht so, als ob sich jemand in der Stadt befinden würde. Als wir das Haus durchsucht hatten, bemerkte ich, dass Malie noch immer draußen am Roller stand. „Willst du nicht herein kommen?" Sie hatte die Schriftrolle in der Hand. „Doch. Natürlich. Ich komme schon." Sie klemmte die Schriftrolle an den Roller und betrat das Haus. „Frag nicht wieso, aber die Rolle darf nicht zu uns ins Haus. Und spreche nicht vor allen davon. Okay?" Ich nickte und sie begab sich zu den anderen. Das kam mir schon etwas seltsam vor. Immerhin war es doch nur ein Stück Papier.

Während Serkan und Gaetano einen kleinen Ausflug machten um die Umgebung zu erkunden, bereiteten Stella und Malie das Abendessen vor.

Damian trat an mich heran und fragte: „Glaubst du was sie über die Schriftrolle sagt?" Ich sah ihn an und schüttelte den Kopf: „Ich denke das sind alte Mythen." „Ah, okay. Ich hatte mir schon Sorgen gemacht." Damian wusste nicht, dass ich mir ebenfalls Sorgen machte, aber ich wollte ihn nicht beunruhigen. „Wie kommen wir morgen von hier weg? Der Sprit reicht keine halbe Stunde?", fügte ich hinzu. Damian sah mich fragend an: „Hoffen wir mal auf ein kleines Wunder. Aber vielleicht führt uns ja auch die Schriftrolle weiter." Kaum hatte er den Satz beendet, kamen die anderen zwei zurück: „Wir haben einen alten Ambulanzwagen gefunden. Damian komm mal mit und sieh ihn dir an." Die drei verschwanden um zu sehen, ob der Wagen fahrtüchtig sei.

„Das Essen ist bald fertig.", flüsterte Stella. Dann gab sie mir einen Kuss und ich nahm sie in den Arm. Ich roch an ihrem Hals und bedankte mich dafür, dass sie für mich da sei.

An diesem Punkt sprang die Tür auf und die drei waren zurück. Damian hielt den Daumen hoch: „Die Karre ist voll mit Sprit. Ich muss nur etwas an der Zündanlage machen. Die funktioniert nicht richtig, aber das bekomme ich hin. Gleich morgen früh mach ich mich daran."

Kommt Männer! Das Essen ist fertig.", grölte Malie und bat alle zu Tisch. Es war ein sehr schöner Holztisch. Er hatte einen luxuriösen Glanz. Malie hatte eine Flasche Sake gefunden und stellte sie ebenfalls auf den Tisch.

Nichtsdestotrotz, kam ich nun erst wirklich in Asien an. Der Duft des Essens und des Sakes in einem wunderschönen asiatischen Haus, öffnete mir die Augen, dass wir schon so weit gekommen waren. Wir alle genossen es. Es hatte schon fast etwas von Normalität. Es war beruhigend zu sehen wie alle ohne Gedanken am Essen waren und ausgelassen Sake tranken. Stella lächelte mich an: „Ich bin müde, Jim. Lass uns ins Bett gehen." Wir verabschiedeten uns und gingen in eines der vielen Schlafzimmer. Stella hatte im Schrank frische Bettwäsche gefunden und das Bett neu bezogen. Sie hatte einige Kerzen sowie ein paar Räucherstäbchen angezündet. Auf einem Tisch stand eine Schüssel mit Wasser und einem Schwamm. Ich zog mich aus und Stella begann mich sanft zu waschen. Es tat so gut. Anschließend legte ich mich in das weiche Bett. Stella deckte mich zu und wusch sich ebenfalls. Danach legte sie sich zu mir. Spike ließ sich an unseren Füßen nieder und kuschelte sich an uns. Ich fühlte mich so unbeschreiblich wohl. Meine Augen fielen innerhalb weniger Minuten zu und ich schlief sanft, während Stella meinen Kopf streichelte, ein.

Die verrücktesten Träume fielen über mich herein. Von Tempeln und Geistern die um mich herum tanzten. Ein Kind aus Gold kam auf mich zu und berührte meinen Brustkorb. Tiefe Melodien und Gesänge untermalten die Träume, bis ein alter Mann auf mich zukam und mir direkt in die Augen sah. Dann begann er aus voller Kehle zu schreien und ich wachte auf. Doch der Schrei war noch immer zu hören. Ich erschrak und sprang auf. Es war bereits Tag und Stella stand vor mir: „Beruhige dich, Jim. Das ist nur die Hupe des Ambulanzwagens. Damian hat ihn zum Laufen gebracht. Es ist alles gut. Keine Angst.“

Verstört sah ich aus dem Fenster und sah die anderen um den Wagen laufen. „Hast du schlecht geträumt, Jim? Ich habe versucht dich zu wecken, als sie los sind, aber ich habe dich nicht wach bekommen. Du hast zu tief geschlafen.“ Ich zog mich an und gab ihr einen Kuss: „Es ist alles in Ordnung. Ich hatte nur schlecht geträumt.“

„Was hast du geträumt?“, schallte es aus dem Flur. Malie betrat den Raum: „Was hast du genau geträumt? Hat es etwas mit der Schriftrolle zu tun?“ Ich verneinte und ging nach unten. Malie lief mir hinterher und hielt meinen Arm fest: „Wenn es etwas mit der Schriftrolle zu tun hat, dann musst du es mir sagen!“ „Lass los, Malie. Es hatte nichts damit zu tun.“ Sie ließ meinen Arm los und blickte mich so an, als würde sie genau wissen, dass ich sie belog. „Helft den anderen beim Beladen des Wagens.“, sagte ich noch und verließ das Haus.

Malie starrte mich an, als hätte sie einen Geist gesehen. Was hatte sie nur mit diesem blöden Stück Papier?

„Alle aufsitzen! Wir fahren weiter!“, brüllte Serkan und setzte sich ans Steuer. Damian und Malie nahmen neben Serkan Platz, während Gaetano, Stella, Spike und ich im Heck ein Fleckchen fanden. Malie sah nach hinten und starrte mich an. „Was ist denn?“, fragte ich wütend. „Ich weiß, dass du etwas gesehen hast.“, sagte sie mit verzogener Stimme. „Was ist denn hier los? Kann mich mal einer aufklären?“, stammelte Damian. Malie umarmte ihn: „Es ist nicht wichtig. Ich wollte nur wissen, ob Jim auf der Landkarte eine Abkürzung gesehen hat.“ Damian nickte und gab Serkan das Zeichen zum Abfahren. Malie warf mir noch einen düsteren Blick zu und wendete sich schließlich von mir ab. „Was ist los, Jim? Geht es um die Schriftrolle?“, flüsterte mir Stella zu. „Ja es geht um meinen Traum. Ich erzähle dir alles später, okay?“ Sie gab mir einen langen Kuss und lehnte sich an meine Schulter.

Wir verließen Mae Sot und fuhren in Richtung Süden. Die Straßen wurden immer schmaler und unbefestigter. Es schaukelte hin und her. Stunden vergingen. Hin und wieder machten wir eine kleine Pause, um uns die Beine zu vertreten.

Die Straßen führten über sämtliche Berge. „Und du weißt wohin wir fahren, Malie?“, stotterte Serkan. „Ja natürlich. Wir sind auf dem richtigen Weg.“ Gaetano räusperte sich: „Wo genau willst du nochmal hin?“ Sie hielt kurz inne: „Ban Na Lom. Dort ist meine Familie. Es sind etwa 8 Stunden Fahrt.“ „Und wieso fahren wir dann diese Piste entlang?“, grummelte Serkan. Ich lehnte mich nach vorn: „Weil es zu gefährlich ist durch Bangkok zu fahren, oder Malie?“ Sie sah mich an und ihre Augen wurden ganz sanft: „Jim hat recht. Es wäre zu gefährlich.“ Sie flüsterte mir ein leises Danke entgegen und drehte sich wieder nach vorn. Ich hatte mir die Karte genauestens angesehen und wusste, warum wir diese Route nahmen. Mit Bangkok hatte es nichts zu tun.

Auf der Karte waren alle Tempel verzeichnet. Und die meisten waren entlang dieser Route zu finden. Sie hatte mir angesehen, was ich geträumt hatte und wollte wohl die Schriftrolle in einen anderen Tempel bringen. Malie wollte die anderen nicht beunruhigen und sah in meinen Augen, dass ich verstanden hatte, was sie beabsichtigte. Die Rolle und mein Traum machten ihr wohl große Angst. Und ich hatte davon ja keine Ahnung. Deshalb beschloss ich Malie zu decken. Sie würde wohl am besten wissen, warum sie diesen Weg gewählt hatte.

„Ist alles in Ordnung?", fragte mich Stella leise. „Es ist alles bestens. Mach dir keine Sorgen. Ruh dich etwas aus." Ich dachte nochmals über meinen Traum nach. Was mir Gänsehaut machte, war der Mann der mich anschrie. Es war so real gewesen.

Wenige Stunden später stoppte der Wagen abrupt. „Was ist los?", rief Gaetano nach vorn. „Da ist ein Kind auf der Straße. Ein Mädchen. Es weint und kommt auf uns zu. Es nimmt uns nicht mal wahr." Was hatte er gesagt? Ein Kind? „Bleibt alle im Wagen! Keiner rührt sich!", rief Serkan, als Malie auch schon aus dem Fahrzeug sprang. „Was treibt die nur? Verdammte Scheiße, was soll das? Das könnte eine Falle sein! Verriegelt alle Türen!", fügte er hinzu und fuhr weiter. Damian kreischte: „Stopp, bleib stehen, Serkan! Was machst du denn da. Wir können Malie doch nicht hier zurücklassen!" Dann zog er die Handbremse, nahm den Schlüssel und entriegelte die Tür. Er sprang ebenfalls heraus und lief zu Malie. „So ein verblödeter Vollidiot! Der hat den Wagenschlüssel!" Serkan stieg aus und brüllte wie wild herum. Nun verließen alle das Fahrzeug. Gaetano und ich sicherten die Umgebung ab. Vielleicht hatte

Serkan Recht und es war eine Falle.

Malie hatte das Mädchen an der Hand genommen und setzte es hinten in den Wagen. Sie versuchte auf Thailändisch mit ihr zu reden. Doch sie starrte uns alle nur an. Vor allem unsere Waffen. Malie bemerkte dies und schloss die Hecktür. Wir warteten einige Minuten, bis die Tür wieder aufging und Malie uns zu sich rief: „Kommt Leute wir fahren weiter. Und keine blöden Fragen. Und ja, sie kommt mit. Ich erkläre euch alles während der Fahrt."

Nachdem wir alle wieder im Fahrzeug waren und die Fahrt weiter ging, waren alle ganz still. Wir hörten nur das kleine Mädchen weinen und wie Malie versuchte sie zu beruhigen. Allerdings verstanden wir nicht ein einziges Wort.

„Wären wir doch nur die andere Route gefahren!", plapperte Serkan. „Halt die Klappe, Serkan!", antworteten alle. „Kannst du nicht einmal einfach nur fahren?", fügte Damian hinzu. „Du sagst mir nicht was ich machen soll, klar?" Ich bat Serkan um Verständnis. Bis er schließlich zustimmte, etwas Rücksicht zu nehmen. Nachdem ich mich bei Serkan dafür bedankt hatte, meldete sich Malie zu Wort: „Sie heißt Araya. Ich versuche mehr herauszufinden, aber ihr müsst still sein. Sie ist völlig aufgelöst und verunsichert. Also lasst mich bitte mit ihr reden und seid einfach still. Okay? Bitte!"

Serkan fuhr weiter und keiner von uns sprach auch nur ein Wort. Als Spike sich dem Mädchen näherte nahm sie ihn in den Arm, als wäre es ihr Kuscheltier. Man konnte hören, wie sie sich entspannte. Sie hatte keine Angst vor Spike. Dann begann sie zu reden.

Malie und Araya redeten mehrere Minuten auf Thailändisch, bis

Malie Serkan darum bat anzuhalten. Sie wolle uns alles mitteilen. Wiederwillig stoppte Serkan und wir hörten alle aufmerksam zu.

„Araya hatte sich mit ihren Brüdern im Wald versteckt, nachdem das Militär die Dörfer geräumt hatte. Sie weiß nicht, was mit ihren Eltern passiert ist. Die älteren Brüder haben sie mitgenommen und versteckt. Sie sind immer wieder losgezogen um Nahrung aufzutreiben. Dies ging einige Monate so weiter. Irgendwann kam nur noch einer der Brüder zurück und weinte. Sie fragte wo der andere sei, doch er antwortete nicht. Wenige Tage später war der Vorrat wieder aufgebraucht und der Bruder zog wieder los. Doch er kam nicht zurück. Sie wartete Stunden und Tage, bis das Wasser völlig verbraucht war. Sie begann ihn zu suchen, aber konnte ihn nicht finden. Sie rief seinen Namen und auch den des anderen Bruders. Aber sie suchte vergebens. Sie beschloss zurück zum Elternhaus zu gehen um dort nach ihren Brüdern zu suchen. Auf einer kleinen Straße fand sie ihren Bruder mit einer Tasche voller Lebensmittel. Er wurde von hinten erschossen. Sie rannte los, um ihren anderen Bruder zu suchen bis wir sie fanden.“

Alle waren völlig fassungslos. „Wie alt ist Araya?“, fragte Stella leise. „Sie ist 7 Jahre alt.“ Es war so still im Wagen, dass man lediglich den Kies unter den Reifen hörte.

„Wir sollten permanent Ausschau halten. Plünderer hätten die Lebensmittel von Arayas Bruder mitgenommen. Das Militär jedoch nicht. Also, wachsam sein!“, verkündete ich in ruhigem Ton und nahm die Karte zur Hand. Wir müssten demnächst einen der Tempel erreichen. Ich zeigte Malie die Karte und sie nickte mir zu.

In Serkans Augen erkannte ich, dass er ganz und gar nicht

zufrieden war mit der Entscheidung Araya mitzunehmen. Doch wir hatten keine andere Wahl. Wir könnten sie unmöglich hier allein zurücklassen. Währenddessen wischte Malie ihr die Tränen aus den Augen und versorgte sie mit Wasser und etwas zu Essen.

Nach wenigen Kilometern erreichten wir den Tempel. Er war völlig zerstört. Malie war erschüttert und ihr liefen die Tränen hinunter. „Was ist denn mit der jetzt los?", wunderte sich Serkan. „Fahr weiter.", flüsterte ich ihm zu.

Teilweise waren die Straßen so schwer beschädigt, sodass wir nur im Schritttempo vorwärts kamen. Wir wurden ganz schön durchgerüttelt, bis wir den nächsten Tempel erreichten. Malie begann nun zu weinen, denn auch dieser war zerstört worden. „Was hat sie denn, Jim?", versuchte Serkan mich auszuquetschen. „Fahr bitte einfach weiter.", keuchte ich ihm entgegen, als er abrupt den Wagen stoppte. „Seht mal dort! Da im Wald! Da ist doch jemand!", brüllte er und sprang samt Gewehr aus dem Wagen. „Was ist los, Jim?", wollten alle wissen. „Da ist jemand im Wald. Gaetano du kommst mit. Die anderen bleiben im Wagen.", brummte ich und verließ den Wagen ebenfalls. Gaetano und ich liefen so schnell wir konnten Serkan hinterher. Als wir bei ihm ankamen sahen wir einen alten Mann, der weinend ein Lied sang. Er kroch auf dem Boden umher, während er diesen Gesang fortführte. An den abgestorbenen Bäumen hingen etliche Asiatische Masken, zu denen er hinaufblickte.

Malie stand plötzlich neben uns und versuchte den Mann anzusprechen. Doch er reagierte nicht. Sie versuchte es wieder und wieder. Aber vergeblich. „Was treibt der da?", tippte Serkan Malie an. Sie antworte ihm nicht und schien in diesem

Moment alle Hoffnung zu verlieren. Ich konnte es in ihren Augen deutlich erkennen.

„Kommt, wir müssen zurück zu den anderen.", stotterte ich leise. Gaetano und Serkan machten sich sofort auf den Weg, während Malie wie versteinert da stand. „Kommst du bitte?", flüsterte ich ihr zu. Ich ließ ihr einen kleinen Augenblick, dann nahm ich sie an die Hand. Sie drehte den Kopf und sah mich an als wolle sie sagen, dass es für niemanden mehr Hoffnung gab. „Araya wartet auf dich, Malie. Komm bitte mit."

Eine dicke Träne rollte ihre Wange hinunter. Sie perlte ab und fiel auf ein vertrocknetes Blatt. Der Aufschlag war deutlich zu hören. Sie umarmte und drückte mich ganz fest, sodass ich ihren Herzschlag fühlen konnte. Dann ließ sie mich los und lief zum Wagen. Ich blickte nochmals zu dem alten Mann und verließ ihn schließlich auch.

Am Wagen angekommen hatten Serkan und Gaetano schon alles erzählt. Damian fragte warum wir ihn nicht mitgenommen hatten. Malie flüsterte leise: „Das geht nicht. Der alte Mann war einer der Tempelwächter. Er bittet die Geister die Erde zu heilen. Und da er im Wald steht, gibt es höchstwahrscheinlich keine Tempel mehr in der Nähe. Es wäre unmöglich ihn mit-zunehmen."

Schweigend stiegen wir alle ein und führten die Fahrt fort. Auf der Karte zeigte ich Serkan eine kürzere Route. Da wir nun keine Tempel mehr suchten, konnten wir eine schnellere Straße nehmen. Ich drehte mich zu Malie, um sie zu fragen, ob dies in Ordnung sei. Sie hatte Araya im Arm und die Augen ge-schlossen. Als ich mich wieder nach vorn drehte, klopfte ich Serkan auf die Schulter: „Wir nehmen die Route die ich dir eben gezeigt habe." Er begrüßte die Entscheidung: „Alles klar. Dann machen wir uns mal auf den schnellsten Weg nach Ban Na Lom.“

Kurze Zeit später befanden wir uns auf befestigten Straßen. Die Fahrt ging nun flotter und wir sollten unser Ziel bald erreichen. Vom Militär war keine Spur zu sehen. Aber auch in den Dörfern, die wir nun durchquerten, waren keine Menschen zu finden. Ich hoffte für Malie, dass sie ihre Familie finden würde.

Nachdem wir etliche Dörfer passiert hatten erreichten wir endlich Ban Na Lom. Es schien eine kleine Stadt zu sein, aber es waren wohl eher mehrere Dörfer die sich aneinander reihten. „Wir sind da, Malie.“, offenbarte ich zögerlich. Sie kroch nach vorn und leitete uns direkt zu dem Haus ihrer Eltern. Als wir dort ankamen verließen alle den Wagen. Gaetano und Serkan sicherten die Umgebung. Malie rief laut nach ihrer Familie und rannte in das Haus. Man konnte sie im Haus immer wieder rufen hören. Ihre Stimme wurde immer verzweifelter.

Stella sah mich an und sagte: „Glaubst du hier ist noch jemand?“ „Ich weiß es nicht. Es sieht jedenfalls nicht so aus.“ Malie kam wieder aus dem Haus und lief einmal quer über das Grundstück bis hin zu einer Scheune. Sie war verschlossen und sie rief erneut aus voller Kehle nach ihrer Familie. In ihrer Stimme war der Schmerz fühlbar zu hören. An diesem Punkt nahm sie einen großen Stein und schlug damit verzweifelt gegen die Scheunentür. Damian nahm ihr den Stein ab und sie brach zusammen. Malie weinte laut und rief verschiedene Wörter auf Thailändisch, als sich sprunghaft die Scheunentür öffnete. Eine ältere Frau stand wie aus heiterem Himmel vor Malie und Damian. Malie war augenblicklich still und stotterte: „Mae? Mae!“ Sie stand auf und umarmte die Frau. Beide weinten und sprachen wild durcheinander. „Es ist meine Mutter!“, rief sie uns zu. „Na hat die ein Glück. Ich wollte schon schießen.“, lachte Serkan freudig. „Oh Serkan. Mit dir macht man was mit.“, schimpfte Stella. „Was denn?“, grummelte er zurück.

„Kommt alle her! Es ist meine Mutter!“ Die Frau führte uns alle in die Scheune. Dort führte unter einer dicken Stahltür eine klapprige Leiter nach unten. Öllampen erhellten den großen Raum unterhalb der Scheune. Viele Menschen saßen hier unten eng aufeinander. In einer Ecke lag ein alter Mann auf einer Bahre. „das ist mein Vater. Er ist sehr krank.“ Stella stupste mich an: „Jim, vielleicht kannst du ihm helfen. Sieh doch bitte nach ihm.“ Ich atmete tief durch und kam dem Mann näher. Er blickte mich an und da bemerkte ich, dass Malies Vater, der Mann aus meinem Traum war. Ich war mir sicher es war genau dieser Mann, welcher in meinem Traum auf mich zu schritt und mich anschrie. Ein eiskalter Schauer fuhr mir den Rücken hinunter. „Was ist los, Jim? Kannst du meinem Vater helfen?“ Ich wollte ihn mir genauer ansehen, als er mich zu sich ran zog und mir etwas ins Ohr hauchte. Ich konnte jedoch kein einziges Wort verstehen. Er wiederholte diese Wörter bis er Araya mit der Schriftrolle in den Händen sah. Dann ließ er mich los und bat sie zu ihm zu kommen. Er bat sie um die Schriftrolle. Das kleine Mädchen sah Malie fragend an und reichte ihm schließlich die Rolle. Er lehnte sich mühevoll auf und öffnete die Rolle. Seine Augen funkelten wie Edelsteine.

Als Folge bat er Malie zu sich und flüsterte ihr etwas ins Ohr. Dann deutete er auf Damian und bat ihn zu sich. Damian sah uns fragend an bis er sich dennoch zu dem alten Mann begab und sich vor ihm hinkniete. Der Mann nahm die Hand von Malie und legte sie auf die Hand von Damian. Er sprach einige Sätze und legte die Hand von Araya hinzu. Kurz darauf ließ er sie wieder los und lächelte uns alle freundlich an. Er legte sich nieder und schloss langsam die Augen. Malie begann zu weinen und rief immer wieder: „Pha! Pha!". Bis ihre Mutter sie beiseite zog und andere Menschen aus dem Raum ihn mit einem Tuch bedeckten.

Malie kam auf mich zu gestürzt. Ich dachte jetzt würde sie mich für alles verantwortlich machen, weil ich die Schriftrolle gefunden hatte, doch sie umarmte mich: „Danke, Jim. Ich danke dir vielmals." Ihre Tränen tropften mir auf den Hals. „Was bedeutet das alles?", fragte ich sie. „Du hast von ihm geträumt, nicht wahr? Er hat es mir erzählt. Er hat dich kommen sehen. Und auch die anderen. Damian und Araya sind meine Bestimmung. Die Schriftrolle hat nun seine letzte Reise freigegeben. Er hat so viele Monate durchgehalten, nur um dich zu sehen, Jim."

Ich verstand die Welt nicht mehr. Ich glaubte nicht an solche Hokuspokus Geschichten, aber ich ließ es mir nicht anmerken. Malie bat uns ihren Vater nach draußen zu bringen und beim Sonnenuntergang zu beerdigen. Gaetano und Serkan erklärten sich dazu bereit dies zu tun. „Ich habe mich etwas umgesehen und festgestellt, dass die Menschen hier kaum noch Wasser und Nahrungsmittel haben. Wir müssen ihnen etwas geben, Jim.", stieß mich Stella an. „Das wird den anderen eventuell nicht so gefallen, Liebling."

Damian hatte bereits Wasser aus dem Wagen geholt und verteilte es an die Menschen. „Was treibst du da? Bist du nicht ganz dicht?", schimpfte Serkan. Ich nahm mir Serkan zur Seite: „Lass gut sein. Wir haben noch genügend für einige Tage. Reg dich ab, okay?" „Hier macht jeder was er will. Erst waren wir ein paar, nun sind wir schon ein halbes Dorf! Wo soll das hinführen? Ich bin nicht unmenschlich, aber umso mehr Leute wir mitnehmen umso mehr Verpflegung und Waffen brauchen wir!" Malie stellte sich direkt vor Serkan und umarmte ihn. Er war völlig verblüfft, so wie wir alle. Sie sah ihn an und bedankte sich dafür, dass er so gut auf sie aufgepasst hatte. „Ist ja schon gut. Du kannst wieder loslassen, Malie.", grummelte er noch leise, als sie ihn unterbrach: „Wir kommen nicht mit. Mein Vater hat mir gesagt, dass Damian nun hier das Oberhaupt sei und Araya schon immer einen Platz in unserer Familie hatte."

Damian sah Malie erschrocken an: „Ist das wahr?" „Ja es stimmt. Das waren seine letzten Worte. Er konnte wohl fühlen, was du für mich empfindest. So wie ich auch." Damian fiel Malie in die Arme und schluchzte: „Ich hätte dich nie allein gelassen."

Serkan verdrehte die Augen: „Das wird mir jetzt zu schnulzig. Los Gaetano, bringen wir den alten Mann nach oben."

Malie, Stella und die anderen Frauen bereiteten für alle Essen zu. Als die Sonne schließlich unterging versammelten sich die Menschen oben im Garten des Hauses. Serkan und Gaetano hatten bereits ein Grab ausgehoben. Dann begann eine atemberaubende thailändische Beerdigungszeremonie. Sie schwangen Fackeln in der Luft umher und sangen Lieder. Ich beobachtete Malie. Sie sah sehr zufrieden aus. Sie hatte ihr Ziel bereits erreicht. Mehr könnte sie sich nicht wünschen, als bei ihrer Familie zu sein. In diesem Augenblick senkte ich den Kopf und dachte an meine. „Ich brauche dich.", hauchte Stella leise. Sie sah mir tief in die Augen und küsste mich. „Du bist jetzt meine Familie, Jim. Und ich bin deine." Sie hatte Recht. Wir hatten uns und das zählte in diesem Augenblick.

Damian setzte sich neben mich: „Ist es für euch in Ordnung, wenn ich bleibe?" „Natürlich ist es das. Araya, Malie und die anderen brauchen dich jetzt. Wir werden morgen früh weiterziehen. Wirst du hier klarkommen?" Er lächelte mich an: „Du hast mir so viel beigebracht, Jim. Ich komme schon zurecht." Ich verstand nicht was er meinte. Was hatte ich ihm denn beigebracht? Damian setzte sich wieder zu Malie und Araya. „Weißt du was er meint?", fragte ich Stella. Sie lächelte mich an: „Einfach alles hast du ihm beigebracht. Einfach alles." Dann kuschelte sie sich an mich bis die Zeremonie vorbei war.

Gaetano beschloss im Haus und nicht unter der Scheune zu schlafen. Es sei sowieso zu wenig Platz dort unten. Ich hielt dies für eine gute Idee und wir sicherten das Haus ab. Damian wollte bei Malie sein, was ich gut verstehen konnte. Die Nacht brach langsam herein und alles wurde still. Wir hatten Wachdienste eingeteilt und ich übernahm den ersten.

Während ich auf dem Dach Ausschau hielt, ließ ich die gesamten Ereignisse der letzten Tage Revue passieren. Ich konnte es einfach nicht verstehen, was es mit der Schriftrolle auf sich hatte. Ich grübelte und grübelte, bis mich Gaetano von der Wache ablöste. Er setzte sich kurz zu mir hin und fragte mich, ob ich es für eine gute Idee hielt, Damian hier zu lassen. „Ich weiß es nicht.", antwortete ich ihm und ging ins Haus zurück zu Stella. Sie schlief schon tief und fest. Spike war noch wach und lief umher. Ich knuddelte ihn kurz und verstand dann, dass es nicht wichtig sei, wer mit wem unterwegs sei. Es war nur wichtig, warum man unterwegs sei. Hätte ich mich nie auf dieses Abenteuer eingelassen, wären wir alle heute nicht hier. George hatte mich davon überzeugt zu gehen. Und es war die beste Entscheidung, die ich je getroffen hatte. Ich kuschelte mich an Stella und Spike. Es war schön zu wissen, dass genau jetzt jemand auf dem Dach Wache hielt, damit wir ohne Angst schlafen konnten. Jemand dem wir vertrauten. Das nenne ich eine Familie. Ich schloss die Augen, gab Stella einen Kuss auf den Hals und schlummerte langsam ein.

Ich träumte wieder von Malies Vater. Aber diesmal war der Traum wunderschön. Er tanzte und sah gesund aus. Dann hielt er die Schriftrolle hoch und deutete auf die Zeichen. Ich betrachtete mir die Zeichen und bemerkte, dass sie sich veränderten und zu einer Landkarte wurden die direkt nach Australien führte. Ein wohliges Gefühl umgab mich und der Traum verblasste allmählich.

Ich hörte viele Stimmen und öffnete die Augen. Es war längst hell. Stella lag neben mir und sah mich an: „Du bist so süß, wenn du schläfst." Sie gab mir einen Kuss und stand auf. „Komm schon, Jim. Alle sind schon auf den Beinen."

Im Haus war der Teufel los. Alle liefen umher und redeten miteinander. Serkan kam auf mich zu: „Siehst du was die machen? Die kochen mit unseren Lebensmitteln." Malie betrat den Raum und bat uns zu Tisch: „Wir haben für alle Frühstück gemacht. Ich hoffe es schmeckt euch." Serkan sah mich böse an: „Ja mit unserer Verpflegung. Ganz toll." Stella stieß ihn an und lachte: „Beruhige dich. Es ist doch genug für alle da." „Ja noch.", fügte Serkan hinzu.

Wir nahmen alle Platz und genossen das Mahl. Ich fragte Malie, wie ihre Familie solange überlebt hatte. Sie antwortete, dass ihr Onkel, der leider nicht mehr da sei, einen Lebensmittelladen hatte und sie, als alles begann, den gesamten Laden leerräumten und in der Scheune versteckten. Ich fragte was mit ihm passiert war, doch darauf wollte sie nicht antworten. „Lass es gut sein, Jim.", merkte Malie an. Ich konnte erkennen, dass die Familie von Malie hauptsächlich aus Alten und Kindern bestand. Vielleicht war es doch besser, wenn Damian hier nach dem Rechten sah. Wir könnten unmöglich alle mitnehmen.

Nachdem wir gegessen hatten, sah sich Damian nochmals den Wagen an und kontrollierte alle Leitungen. Selbst etwas Benzin hatten sie aufgetrieben und betankten den Wagen damit. „So, ihr seid startklar.", verkündete Damian stolz. „Und du willst wirklich nicht mit?", fragte ich ihn vorsichtig. „Ist schon okay, Jim. Hier ist mein Platz. Du hast es doch gehört. Es ist meine Bestimmung." Ist sah ihn schmunzelnd an: „Und das glaubst du?" Er legte seinen Arm auf meine Schulter und drückte sanft zu: „Ich glaube Malie, das genügt mir." Ich wusste was er meinte und blickte zu Stella, die derweil mit einigen Kindern spielte. „Ich weiß was du meinst, Damian. Ich hoffe nur, dass es die richtige Entscheidung ist." „Das ist sie Jim. Das ist sie."

Kurz darauf verabschiedeten wir uns von allen. Malie und Damian hielten sich fest in den Armen und wünschten uns eine gute Reise. „Wenn es euch hier zu langweilig wird, dann wisst ihr ja wo ihr uns findet!", grölte Serkan noch während er in den Wagen stieg. Araya rannte auf Stella zu und drückte sie fest. Sie gab Stella einen Kuss und lief zurück zu Malie. „Alle aufsitzen!", brüllte Serkan aus der Fahrerkabine und wir stiegen ein. Langsam rollte der Ambulanzwagen vorwärts. Stella und ich hatten hinten Platz genommen und winkten durch die Heckscheibe. Es war ein komisches Gefühl Damian zurückzulassen. Aber es sollte wohl so sein. Er würde sicher mit seinen handwerklichen Fähigkeiten hier viel erreichen können.

Wenig später waren sie kaum noch zu sehen. Stella und ich winkten jedoch immer weiter, bis sie nicht mehr zu sehen waren und Serkan sich zu Wort meldete: „So Freunde, jetzt sind wir nur noch zu viert. Mal sehen wie lange die Lebensmittel reichen, nachdem wir sie so großzügig verteilt haben." Gaetano klopfte

Serkan auf den Kopf: „Du kannst immer nur meckern. Vielleicht tut dir eine Diät auch mal gut?“ „Sehr witzig, Gaetano. Sehr witzig.“ Ich konnte mein Lachen kaum zurück halten und streichelte Spike, als ich gleichzeitig in die Karte sah und berechnete wie weit uns der Sprit reichen würde. „Nächster Halt, Surat Thani!“, verkündete ich mit gehobener und zufriedener Stimme.

Kapitel 18

„Irgendwie bin ich froh, dass Damian weg ist. Ich konnte ihn irgendwie nicht leiden.“, grummelte Serkan vom Fahrersitz. „Du hast ihn doch immer schikaniert.“, lachte ich. „Ach, ihr versteht das sowieso nicht.“, murmelte er noch leise.

Diese Straße führte uns direkt nach Surat Thani und wir müssten in wenigen Stunden dort eintreffen. Solange wir fuhren, betrachtete ich die Landschaft. Es war wunderschön und traurig zu gleich. Ich hatte noch nie solche Täler gesehen. Berge die bis zum Himmel ragten und tiefe Schluchten säumten das Land. Ich stellte mir vor, wie es wohl ausgesehen hatte bevor alles begann. In meiner Fantasie stellte ich mir einen wunderschönen blauen Himmel vor. Viele bunte Vögel kreisten in den Lüften um die üppige Landschaft herum.

Allmählich kam die Realität zurück und das Blau des Himmels färbte sich rot. Die üppige Landschaft vertrocknete und die bunten Vögel verschwanden. „Was ist mit dir, Liebling? Du siehst so bestürzt aus.“ „Es ist nichts, Stella. Alles ist gut.“

„Hey ihr Turteltäubchen, uns geht langsam der Sprit aus. Aber bis zu dieser komischen Stadt sollte es noch reichen.", jauchzte Serkan nach hinten. „Er hat Recht. Also macht es euch zwei nicht zu bequem.", fügte Gaetano noch hinzu.

Keine Stunde später erreichten wir Surat Thani. Über eine Umgehungsstraße umfuhren wir die Stadt, bis wenige Minuten später der Wagen zum Stillstand kam. „Endstation! Bitte alle aussteigen!", röhrte Serkan durch das Fahrzeug. „Packt alles zusammen und dann geht es zu Fuß weiter.", keuchte Gaetano, als er seinen Rucksack packte.

Ich hatte schon vergessen wie schwer der Rucksack war und schleppte mich Stück für Stück die Straße entlang. Der Karte entnahm ich eine kürzere Strecke. „Wenn wir über diese Berge gehen, dann sparen wir Stunden an Zeit. Die nächste Stadt liegt sowieso hinter dieser Bergkette. Was meint ihr?" „Was immer Meister Jim befiehlt.", krächzte Serkan. „Jetzt wo Damian weg ist, brauchst du mit deinen Kommentaren nicht bei mir beginnen. Nur damit wir uns gleich verstehen." Er blickte mich an: „Sag ich doch, was immer Meister Jim befiehlt." „Schnauze! Alle beide. Wir gehen über die Berge und damit ist das Thema beendet.", unterbrach Gaetano.

Langsam stießen wir immer tiefer in die Wälder vor. Über giftige Schlangen oder ähnliches mussten wir uns jedenfalls keine Sorgen machen. Nach etlichen Kilometern hielten wir Rast und aßen eine Kleinigkeit, als Gaetano plötzlich wie wild umher lief: „Habt ihr das auch gehört? Da ruft doch jemand." Ich konnte nichts hören und wollte gerade fragen, ob mit ihm alles in Ordnung sei, als er wieder rief: „Leise! Hört ihr das?" Wir waren so still wie nur möglich und lauschten in den Wald hinein. Als Spike die Ohren aufstellte wusste ich, dass Gaetano

Recht hatte. „Du hörst wohl besser wie ein Hund, Gaetano?", fragte ich, als ich es schließlich auch hörte.

Sofort sprangen wir auf und folgten den Rufen. Überraschend war es still geworden und wir stoppten. Einen Augenblick verharrten wir, bis die rufe wieder deutlich zu hören waren. „Was, wenn das eine Falle ist?", fragte Stella ängstlich. „Mitten im Wald. Okay alles klar. Komm mal runter Schätzchen." Die Rufe wurden immer klarer, bis wir sie ganz deutlich hören konnten. Es waren mehrere Menschen die um Hilfe riefen. Wir teilten uns auf und umkreisten die Lärmquelle, bis wir auf ein tiefes Loch stießen. „Das kommt von da unten.", flüsterte Gaetano. Vorsichtig blickte ich über den Rand und fand fünf Menschen die in diesem Loch gefangen waren. Als sie mich sahen, begannen sie sofort heftig zu schreien: „Helft uns! Holt uns hier raus! Schnell, bevor sie kommen!"

„Was sind das für Leute? Können wir denen trauen?", wollte Gaetano wissen. „Hilfst du mir?", fragte ich ihn, während die Menschen wie wild riefen und beinahe schon ausflippten. „Kommt schon, holen wir sie heraus.", befahl ich und zerriss meinen Mantel. Ich knotete die Fetzen aneinander und auch die anderen taten das gleiche. Nun hatten wir eine Art von Seil und ließen es hinunter. Eine junge Frau zog sich schwächlich nach oben. Serkan griff sie sich und zog sie aus dem Loch. „Der Nächste!", brüllte Gaetano hinunter, als die Frau, die wir so eben befreit hatten, wie wild anfing zu kreischen. „Was hat sie denn jetzt?", stotterte Stella, als Gaetano gleichzeitig meine Schulter stupste. Ich drehte mich um und sah etliche Asiatisch Männer mit Stöcken und Bögen. Sie zielten auf uns und riefen wildes Zeug. Vorsichtig legten wir unsere Waffen ab und hoben die Hände. Einer der Männer zeigte auf die junge Frau. Sie ließ einen markerschütternden Schrei los und versuchte zu flüchten, doch sie hatten sie wenige Sekunden später eingefangen. „Wollt ihr unsere Waffen? Oder wollt ihr unser Essen?", fragte ich vorsichtig. Einer der Asiatischen Männer trat direkt vor mich. Er hatte solchen Hass in seinen Augen. Er spuckte mir ins Gesicht und rief etwas. Im selben Augenblick nahmen die Männer uns all unsere Sachen ab. Einer von ihnen legte Spike ein Seil um den Hals und zerrte ihn zu sich. Ich sprang auf ihn zu: „Lasst meinen Hund los, ihr verdammten Schweine!" Sie schlugen mich mit ihren Stöcken und drängten mich ab. Am Loch versammelten sich die anderen Männer und warfen die junge Frau hinunter. Der Aufschlag war unüberhörbar wahrzunehmen. Dann stießen sie Serkan und die anderen ebenfalls hinunter. Ich war nun noch der einzige an der Oberfläche. Spike zog kräftig am Seil, um zu mir zu kommen, doch der Mann hatte ihn fest im Griff. „Lasst meinen Hund los!", drohte ich nochmals, bis ich einen Schlag auf dem Kopf spürte und das Bewusstsein verlor.

Ein Gewirr aus Stimmen durchzog meinen Kopf, bis ich meine Augen öffnete. Stella kniete neben mir und rief meinen Namen. Ich schaute mich um und nahm wahr, dass ich ebenfalls in diesem Loch war. Sie hatten mich wohl Bewusstlos geschlagen und gleichermaßen ins Loch geworfen. „Wo ist Spike?", jammerte ich mit heftigen Kopfschmerzen. „Er ist nicht hier. Sie haben ihn mitgenommen, Jim.", hauchte Stella gedämpft. Ich sah mich genau um und versuchte panisch aus dem Loch zu kommen. „Lass gut sein. Das haben wir schon versucht. Du warst eine Weile weg, Jim. Das hat keinen Sinn.", brummte Serkan im Schneidersitz und deutete auf einen Haufen vertrocknetes Fleisch in einer Ecke. Ich sah mich nochmals genauer um und erkannte, dass außer uns noch fünf Personen in diesem Loch gefangen waren. Zwei junge Frauen und drei Männer. Gaetano setzte sich neben mich: „Hör gut zu, Jim. Die haben uns erzählt, dass die da oben Kannibalen seien. Diese Gruppe bestand aus acht Personen. Alle paar Tage hatten sie einen geholt und dieser kam auch nicht mehr wieder. Sie werfen immer kurz darauf Fleischstücke hinunter. Anfangs dachten sie, dass es vom Schwein oder Huhn sei, bis sie eine Tätowierung einer ihrer Freunde an dem Fleisch fanden. Seit dem ist ihnen alles klar. Sie halten uns hier als Vorrat. Und wenn ihnen das Fleisch ausgeht, dann holen sie sich einen von uns. Verstehst du was ich dir sage? Wir sind geliefert. Die essen uns. Wir sind verloren. Vermutlich haben sie Spike schon verdaut." Ich packte ihn am Kragen: „Sei still! Ich will das nicht hören!"

Stella versuchte mich zu beruhigen, doch es gelang ihr nicht. „Wer seid ihr, und was macht ihr hier?" Antwortet!", kreischte ich den Fremden entgegen.

„Das haben wir sie alles schon gefragt, Jim. Sieh sie dir doch an. Sie sind völlig verstört.", versuchte mich Gaetano zu beruhigen, als das Mädchen welches wir aus dem Loch gezogen hatten, plötzlich sagte: „Jessica. Mein Name… mein Name ist Jessica." Danach begannen auch die anderen, mir ihre Namen zu nennen. „Ich bin Sarah." „Mein Name ist Mike." „Florian." „Ich heiße Andy."

Ich sah sie verwirrt an und begann zu schreien: „Lasst mich hier raus! Hilfe!" Gaetano gab mir eine Ohrfeige: „Sei doch still oder willst du sie wieder herlocken? Wer weiß, was sie dann mit uns machen!"

Ich versuchte mich abzuregen und fragte: „Hat irgendeiner von euch einen Plan, wie wir hier raus kommen?" Sie sahen mich alle stumm an. „Also wohl eher nicht. Ganz toll. Und nun? Was machen wir jetzt?"

Alle schwiegen und sahen zu Boden. Mich erstaunte, dass niemand mehr Panik hatte außer mir. Die anderen hatten wohl die Hoffnung, dass sie uns zuerst essen würden und unsere Leute waren wohl völlig mit der Situation überfordert. „Was ist los mit euch. Habt ihr aufgegeben? Vielleicht bringt es etwas, wenn wir uns aufeinander stellen. Immer auf die Schulter, bis der erste oben rausklettern kann? Was haltet ihr davon?“ Kaum hatte ich meinen Satz beendet, standen auch schon einige der Männer oben und warfen uns einige unserer Wasservorräte herab. „Glaubst du das soll funktionieren, wenn die immer da oben herumtollen? Wir haben keine Waffen mehr, Meister Jim!“, brüllte Serkan laut umher.

„Hast du eine bessere Idee, Leutnant Serkan?“ Stella hielt mir den Mund zu: „Hör auf Jim. Das ist das Letzte, was wir jetzt gebrauchen können.“ Gaetano begann zu lachen: „Ach, stellt euch mal Damian vor. Wie er gerade schön am Essen sitzt mit seiner neuen Familie. Ist das nicht putzig? Wären wir doch alle nur dort geblieben!“

„In welchen Zeitabständen holen die hier einen raus?“, fragte ich die anderen. Sie zögerten mit der Antwort bis Serkan sich erhob. „Also so etwa jede Woche einen.“ Serkan sah sie vertrotzt an: „Und ihr habt das gegessen, was sie euch runter geworfen haben?“ Mike stand ebenfalls auf: „Weißt du wie es ist zu hungern? Nein, das weißt du nicht. Aber du wirst es noch erfahren, falls sie dich nicht vorher holen. Solltest du so viel Glück wie wir haben und ich meine wahrhaftiges Glück, dann wirst du den wahren Hunger kennenlernen. Und dann, mein Freund, wirst du alles essen was man dir vorsetzt.“

Ein eiskalter Schauer durchfuhr Serkan. Ich konnte es an seinen Haaren erkennen, die sich aufstellten. Serkan sackte in sich zusammen und zog sich in eine Ecke zurück. Ab diesem Zeitpunkt sprach keiner mehr ein Wort.

Nach und nach wurde es immer dunkler, bis die Nacht über uns hinein brach. Es war so finster, man konnte die eigene Hand vor Augen nicht sehen. Schleichend begann es zu regnen. Das Loch füllte sich immer mehr mit Wasser. Solche Regengüsse hatte ich noch nie erlebt. Ich erinnerte mich daran, dass ich einst mal von diesen Monsunartigen Regenfällen gelesen hatte und machte mir Sorgen. Mittlerweile saßen wir in Zentimeter tiefen Wasser und wir hatten keine Fluchtmöglichkeit, als die Männer oben vertrocknete Palmenblätter über das Loch warfen. Ich konnte das rascheln der Blätter deutlich wahrnehmen, bis das Wasser endlich ausblieb.

Durch die Dunkelheit und stille wurde ich immer müder. Ich versuchte mir einen Plan zur Flucht zu bilden, doch die Müdigkeit übermannte mich letztendlich.

Ständig wurde ich wach und erschrak wo ich sei. Im Matsch ballte ich meine Fäuste und fragte mich: „Ist das nun dein Ende? Hast du diese Reise gemacht um in einem Loch zu verrecken oder gefressen zu werden? Das kann es doch nicht gewesen sein?" Stella drückte sich an mich: „Ich habe Angst, Jim. Was können wir tun?" Ich hatte keine passende Antwort darauf. „Ich lasse mir etwas einfallen. Mach dir keine Sorgen.", log ich sie an. Denn ich hatte nicht die blasseste Ahnung, wie wir hier raus kommen sollten, wenn es die anderen auch nicht geschafft hatten.

Am nächsten Tag war das Wasser versickert und sie nahmen die Palmenblätter oben ab. Sie sahen kurz nach uns und ließen uns allein. Diese Grube war viel zu tief um herauszuklettern. „Lass dir etwas einfallen, Jim.", sagte ich mir immer wieder. Gaetano unterhielt sich mit den anderen, als oben viele dieser Männer erschienen und in die Grube starrten. Einer der Männer deutete auf Mike und mich. Danach verschwanden sie wieder. „Was soll das bedeuten?", fragte ich Mike. „Sie haben uns auserwählt." Ich zog ihn an mich heran: „Zu was haben sie uns auserwählt?" Ich konnte es mir schon denken, doch ich wollte es hören. „Zum Essen haben sie uns auserwählt. Was hast du denn gedacht."

Ich war in schockstarre. Ich hatte diese Antwort erwartet, dennoch konnte ich es nicht fassen, dass er es tatsächlich ausgesprochen hatte. Stella sprang mir an den Hals und hielt mich fest. Mittlerweile waren die Männer zurückgekehrt und hatten lange speerartige Werkzeuge mitgebracht. Sie versuchten uns mit diesen auseinanderzuhalten. Sie stachen auf jeden ein, der sich uns näherte. Stella wollte mich nicht loslassen und sie verletzten sie am Rücken. „Geh weg von mir! Bitte!", rief ich noch, als sich auch schon zwei der Männer abseilten. Sie legten Mike und mir eine Schlinge um die Füße und zogen diese zu. Dann spürte ich einen kräftigen Ruck und die anderen oben zogen uns hinauf. Als ich Kopfüber hing, griff Stella nochmals meine Hand und hielt sie fest, bis sie auseinander rissen. „Ich liebe dich!", schrie ich noch laut, bis sie mich über die Kante zogen. Sie verbanden augenblicklich meine Augen und schnürten mich auf einen Balken. Mit diesem trugen sie mich danach fort.

Ich versuchte meine Hände loszubekommen, doch umso mehr ich an den Schnüren zog umso fester wurden diese. Die Männer sprachen aufgeregt durcheinander. Ich konnte die Sprache jedoch nicht zuordnen. „Lasst mich gehen!", flehte ich immer wieder, doch sie schienen mich nicht einmal zu verstehen. Neben mir hörte ich Mike der ebenfalls um sein Leben bettelte.

Doch auch ihn beachteten sie nicht. Ich fragte mich was nun passieren würde. Ich hatte Angst davor, so wie ich war, über ein Feuer gehängt zu werden. Die verrücktesten Gedanken durchfuhren meinen Kopf. Im Medizinstudium hatte ich ein Fach mit Verbrennungen. Ich wusste genau, was dabei mit der Haut und dem Körper passierte. Die schmerzen mussten unvorstellbar sein lebendig verbrannt zu werden. Hoffentlich töten sie mich vorher, dachte ich noch als sie mich fallen ließen. „Lasst mich frei! Ihr habt doch schon alles von uns. Und Essen habt ihr auch von uns, also lasst mich frei!“, kreischte ich aus vollem Halse.

Als ich am Boden lag streifte ich mit meinem Arm die Augenbinde ab. Mike lag direkt neben mir. Er hatte sich heftig gewehrt und die Fesseln hatten sich tief in seine Haut geschnitten. Ich sah mich um, als plötzlich ein Kind vor mir stand. „Hilf mir bitte! Lass mich frei!“, flehte ich erneut, als das Kind einen Stock nahm und mir fest ins Gesicht schlug. Dann grinste es mich an und begann zu singen. Ich hatte keinen Zweifel mehr. Ich war das Schwein auf der Schlachtbank. Wieder versuchte ich mich zu befreien, doch die Fesseln ließen einfach nicht locker.

Unverhofft hörte ich das Bellen von Spike und ich sah mich wie wild um. Dann konnte ich ihn sehen. Sie hatten ihn in eine Art Käfig gesteckt und wohl als belustigendes Haustier gehalten. Oder noch schlimmer. Sie gaben uns die Schuld an der Katastrophe der Erde. Im Sinne wie, ihr nehmt uns unsere Nahrung, dann nehmen wir euch als Nahrung.

Mike begann herumzuschreien und sie schlugen wie wild auf ihn ein. Ich bekam ebenfalls einige Schläge ab. Ein älterer der Männer sah nach oben zu der Sonne. Sie stand exakt über uns.

Er befahl den anderen ein Feuer zu machen. Innerhalb weniger Minuten brannte es lichterloh. Der Älteste kam zu uns herüber und betrachtete uns beide genau. Dann hob er seine Hand und zeigte auf Mike. Sekunden später packten ihn mehrere Männer und hoben ihn hoch. Sie schnitten seine Fesseln durch stachen ihn mit einem Messer in den Unterleib. Er brüllte wie wild und zuckte hin und her. Sein Schrei hallte von den Bergen zurück und wurde nur von seinem Weinen übertönt. Ich beobachtete die Situation erstarrt und fassungslos, als ich sah wie sich Mike eines der Messer der Männer schnappte und es zu mir hinüber warf. Ich dachte, dass sie es jeden Moment entdecken würden, doch sie waren mit ihm viel zu beschäftigt.

Behutsam zog ich das Messer mit den Ellenbogen an mich heran und versteckte es unter meinem Rücken. Als Mike keine Schreie mehr von sich gab, warfen sie ihn direkt ins Feuer. Es begann zu knacken und zu zischen. Mir wurde schlecht und ich hatte nur noch einen Gedanken: Ich muss hier sofort weg, sonst lande ich genau dort, wo Mike jetzt liegt.

Die Männer tanzten um ihn herum und sangen seltsame Lieder. Keiner beachtete mich solange Mike im Feuer brannte. Ich zog das Messer langsam unter meinem Rücken hervor und nahm die Klinge zwischen die Zähne. Vorsichtig und bei ständiger Beobachtung der Männer begann ich meine Fesseln zu zerschneiden.

Dann hatte ich es geschafft. Meine Hände waren frei. Ich bemühte mich so schnell wie möglich meine Füße ebenfalls frei zu bekommen und hatte dies auch wenige Sekunden später geschafft. Und was nun? Ich sprang auf und rannte wie der Teufel los. Einfach in irgendeine Richtung. Ich rannte und rannte, immer weiter. Im Hintergrund konnte ich die Männer hören wie sie herumkreischten. Sie hatten bemerkt, dass ich geflohen war und folgten mir. Mit Sicherheit konnten sie Spuren lesen. Ich überlegte was ich in den letzten Monaten gelernt hatte. Ich musste in Kreisen laufen, dann hätten sie Schwierigkeiten mich auszumachen. Dies tat ich dann auch, immer und immer wieder, bis ich die Stimmen der Männer kaum noch hören konnte. Ich schleppte mich weiter und weiter bis es völlig still war, dann brach ich zusammen. Würden sie mich jetzt finden, wäre ich erledigt. Ich hatte keine Kraft mehr auch nur einen Meter zu laufen. Ich war völlig erledigt.

Über mir sah ich die rötliche Sonne die durch die vertrockneten Blätter strahlte. Die Männer kamen immer näher. Ihre Stimmen wurden immer lauter, bis sie letztendlich verstummten. Kurioserweise dachte ich daran, dass sie so großen Hunger hatten und mich lieber laufen ließen, als auf einen leckeren Mike zu verzichten. Vielleicht hatte ich Recht damit. Vielleicht aber auch nicht. Jedenfalls hatte Mike meine Flucht ermöglicht.

Ich lag weiterhin auf dem Boden und beobachtete die Sonne, wie sie sich Schritt für Schritt zur Seite bewegte. Ich war am Verdursten und konnte kaum einen klaren Gedanken fassen. Als ich an Stella dachte, bekam ich einen regelrechten Schub in meinen Muskeln und rappelte mich auf. Ich würde es mir nie verzeihen, wenn sie das gleiche Schicksal wie Mike ereilen würde. Etappenweise kroch ich immer weiter durch den Wald. Ich hatte Angst zu weinen, denn ich bräuchte jeden Tropfen Flüssigkeit. Ich riss mich zusammen und kroch immer weiter bis ich an einem kleinen See ankam. Er war rot gefärbt und normalerweise würde ich das nie trinken. Doch in diesem Moment war es mir völlig egal. Würde ich das nicht trinken, würde ich auch sterben. Also warum nicht. Dann trink es einfach. Dachte ich noch und begann am Rande des Sees mir das rötliche Wasser in den Mund zu schaufeln. Es schmeckte eigentlich wie normales Wasser. Ich trank so viel davon, bis sich mein Magen aufblähte, dann legte ich mich wieder auf den Rücken und starrte in den Himmel. Allmählich konnte ich fühlen, wie ich wieder zu Kräften kam. Ich erwartete jeden Moment eine Reaktion auf das Wasser doch diese blieb aus. Eventuell war das Wasser doch trinkbar und wir hatten uns unnötig die ganzen Sorgen gemacht.

Langsam kam ich wieder zur Besinnung. Ich musste schon mehrere Stunden im Wald umher irren. Die Sonne hatte sich schon dem Horizont entgegen gewendet. Es sollte nicht mehr lang dauern, bis sie komplett verschwunden war. „Was machst du jetzt, Jim?", fragte ich mich selbst. Es suchten mindestens fünfzig dieser Männer nach mir. Und ich wusste nicht einmal wo sich das Loch oder deren Lager befand. Im Grunde war ich völlig verloren.

Sowie die Sonne unterging nahm ich nochmals mehrere Schlucke des Wassers und stellte mich auf. Ich entschloss die anderen zu suchen. Ich sagte mir: „Du bist doch kein Feigling!" Angst hatte ich dennoch. „Du bist ein Medizinstudent und weiter nichts.", hörte ich mich sagen. Doch ich wehrte mich gegen diesen Gedanken. „Das bin ich schon lange nicht mehr. Ich bin Jim Forster! Ich habe ein Mädchen und einen Hund. Und sehr gute Freunde, die das gleiche für mich tun würden. Das bin ich! Hörst du das, Gewissen? Und jetzt lass mich meine Familie retten. Und wenn ich dabei drauf gehe, ich bin es ihnen allen schuldig!"

Mittlerweile war es völlig dunkel geworden und ich versuchte den Weg zurück zu finden. Es war fast so, als würde ich in einem dunklen Raum mit Hindernissen auf dem Boden versuchen einen Pfad zu finden.

Irgendwann hörte ich in der Weite Stimmen. Es waren jedoch nicht die aus der Grube. Ich schlich mich immer näher heran, bis ich ein großes Feuer sah, um dieses sich viele der Kannibalen herum versammelt hatten und genüsslich ihr Fleisch verzehrten. Einen kurzen Moment dachte ich daran, was sie wohl tranken. Sie hatten ja kein sauberes Wasser. Vermutlich nahmen sie dasselbe Wasser aus dem See, welches ich getrunken hatte. Also ist das rötliche Wasser doch nicht schädlich, so wie wir es angenommen hatten.

Spike bellte laut und sie schlugen immer wieder mit einem Stock gegen den Käfig. „Konzentrier dich, Jim. Woher bist du gekommen? Nur dann findest du die anderen. Denk nach!"

Sie hatten mich nicht gedreht als wir ankamen, also muss die Grube in dieser Richtung liegen in der mein Kopf lag. Ich beobachtete das Lager eine Weile und wollte mich dann auf den Weg zu den anderen machen, als ich unverhofft unsere Waffen an einer der Hütten lehnend sah. Nun war ich im Zwiespalt. Helfe ich den anderen zu entkommen oder greife ich mir zuerst die Waffen. Würde ich mich für ersteres entscheiden, könnte ich Spike nicht retten. Würde ich mich für die zweite Variante entscheiden, könnte alles schiefgehen. „Also, Jim. Was willst du tun?"

Am Feuer saß ein alter Mann. Ich war mir sicher, dass es der gleiche war, der die Befehle gab. Neben ihm saß ein junger Mann. Es schien sein Sohn zu sein. Mein Kopf schmerzte noch immer von dem Schlag, der mich getroffen hatte und ich überlegte krampfhaft, wie ich die Situation am besten lösen konnte. Vielleicht wäre die Lösung den Sohn des Ältesten zu entführen und diesen dann gegen Spike zu tauschen? Ich behielt den Gedanken im Hinterkopf. Momentan fiel mir jedenfalls nichts Besseres ein.

An einer der vielen Hütten, konnte ich unsere Waffen entdecken. Sie waren in Reih und Glied an der Wand aufgereiht. Doch selbst wenn ich an die Waffen käme, könnte ich sie unmöglich alle tragen. Ich musste zuerst die anderen befreien. Einen kurzen Augenblick spielte ich mit dem Gedanken mir ein Gewehr zu holen und Spike zu befreien. Doch es waren einfach viel zu viele dieser Männer. Sie hätten mich vermutlich nach wenigen Sekunden mit ihren Pfeilen durchbohrt. Also musste mir etwas anderes einfallen. Während ich mir Gedanken machte, glänzte ein Gegenstand bei den Waffen, hell durch das Feuer auf. Es war meine Machete. Im ganzen Wald hingen Lianen von den Bäumen. Sie waren wohl ebenfalls vertrocknet, aber sie sollten ausreichen, um die anderen aus der Grube zu befreien. „Jim, du brauchst die Machete.", sagte ich mir selbst, denn ich könnte die Lianen unmöglich mit den Händen lösen und zerhacken.

Ich hatte nur diese eine Chance. Ich schlich mich immer näher an das Lager heran. Stück für Stück. Sollten sie mich bemerken, wäre ich sofort erledigt. So kroch ich immer weiter an die Hütte heran, an der die Waffen standen. Nach einer gefühlten Ewigkeit hatte ich sie von hinten erreicht. Zu meinem Glück leuchtete das Feuer nicht so sehr in diesem Winkel. Zitternd schnappte ich mir die Machete und schlich mich so weg wie ich gekommen war. Nachdem ich wieder in Sicherheit war, konnte ich es kaum fassen, dass ich es geschafft hatte. „Jetzt musst du nur noch das Loch im dunklen Wald finden.", sagte ich entmutigt.

In meinen Gedanken versuchte ich den Weg zurück zu finden,

auf dem ich verschleppt wurde. Da ich wusste wie ich auf dem Boden lag, sollte es kein Problem sein.

Minuten später stolperte ich ziellos durch die Dunkelheit, bis ich plötzlich ein Jammern vernahm. Behutsam folgte ich diesem, bis ich schließlich an der Grube ankam. Es war Stella. Sie weinte fürchterlich.

„Stella hör auf zu weinen, ich bin hier mein Schatz!", wimmerte ich hinunter. Dann verstummte das jammern. „Jim?" „Ja ich bin es. Aber stell jetzt bitte keine Fragen. Ich hol euch gleich heraus. Und seid bitte still."

Achtsam tastete ich mich an die Bäume vor, bis ich eine Liane zu fassen bekam. Mit der Machete hackte ich ein großes Stück ab. Dies wiederholte ich bis ich einige Teile zusammen hatte. Hastig knotete ich diese so gut es ging zusammen und ließ sie in das Loch herab. „Tastet euch vor bis zu dem Seil. Bindet es einzeln nacheinander um den Bauch. Danach ziehe ich euch einzeln hinauf. Aber einer nach dem anderen, okay?"

Daraufhin bekam ich das Zeichen, dass die erste Person an der Liane befestigt war. Vorsichtig zog ich das Ende um einen Morschen Baum und begann zu ziehen. Schnell kam die erste Person aus dem Loch gekrochen und ich löste die Liane. Es war Stella. Sie sprang mir an den Hals und weinte: „Ich dachte du wärst tot, Jim. Ich hatte solche Angst." Ich bat sie sich in der Nähe zu verstecken, falls wir erwischt würden und warf die Liane erneut hinunter. Am liebsten hätte ich sie gar nicht mehr losgelassen, doch die Zeit drängte.

Nach und nach hatte ich alle aus der Grube befreit. Nach schweißtreibenden und herzrasenden Minuten hatte ich es endlich geschafft.

Ich rief alle wieder zu mir und wir versammelten uns. Die zwei jungen Frauen wollten direkt weglaufen und baten uns mitzukommen. Die anderen Männer waren deren Meinung und forderten uns auf endlich zu fliehen.

Serkan hielt die Frauen fest und erklärte ihnen, dass wir ohne Waffen gleich hier bleiben könnten: „Ohne auch nur eine ordentliche Waffe sind wir erledigt. Da könnte ihr rennen wie ihr wollt. Ihr schafft das nicht ohne."

Ich stimmte Serkan zu und erzählte von meinem Plan den Sohn des Anführers zu entführen und gegen Spike und die Waffen zu tauschen. Andy räusperte sich: „Das kannst du vergessen. Die tauschen überhaupt nichts. Es ist ihnen egal, ob du seinen Sohn hast oder die halbe Mannschaft. Sie werden uns jagen und töten."

„Was schlagt ihr dann vor? Abgesehen vom gleich verschwinden. Und eines möchte ich noch hinzufügen. Ohne meinem Hund verschwinde ich nicht von hier!", machte ich mit hervorgehobener Stimme klar.

Ein Schweigen umhüllte uns, bis Gaetano sagte: „Ihr habt ihn gehört. Ohne unseren Hund gehen wir nicht. Und ohne Waffen seid ihr erledigt. Also wenn ihr gehen wollt, dann jetzt. Aber ohne uns. Wir halten zusammen. Haltet zu uns oder haltet Ausschau nach denen die euch in den nächsten Tagen töten werden. Ihr habt die Wahl. Und bitte etwas Beeilung mit der Entscheidung."

Stella umarmte die beiden jungen Frauen und flüsterte ihnen etwas ins Ohr. Darauf wurden sie entspannter und erklärten sich bereit, zu helfen. Andy und Florian gaben schließlich auch ihr Okay. „Wie ist der Plan, Jim?", fragte Stella vorsichtig. „Ich habe keine Ahnung, aber ich könnte mir vorstellen, dass es einfacher wäre alles zu holen, wenn sie schlafen würden." Andy trat an mich heran: „Wie viele sind es? Hast du sie alle gesehen?" Ich legte meine Hand auf seine Schulter: „Ja ich habe sie gesehen. Ich war auch bereits im Lager und habe diese Machete geholt. Ohne sie hätte ich euch nicht aus der Grube holen können." Ich holte tief Luft: „Und ja, es sind sehr viele dieser Leute dort im Lager. Aber das schaffen wir."

„Ich weiß nicht so recht. Jetzt sind wir schon frei uns sollen in das Lager von denen gehen? Das ist doch Scheiße.", nörgelte Florian herum. „Du kannst gerne gehen. Tu dir nur keinen Zwang an, mein Großer.", schnauzte Serkan ihm entgegen.

„Also was ist jetzt? Uns läuft die Zeit davon.", bemerkte ich noch, als ich auf den Boden spuckte und leise zischte: „Ich hole auf der Stelle meinen Hund. Wer mit kommt, der hat mein Versprechen, dass wir hier Heil heraus kommen. Wer lieber gehen will, soll das nun tun. Danach gibt es kein zurück. Ich zähle jetzt bis Zehn. Dann will ich jeweils eine Entscheidung hören."

„Eins, zwei…, zehn!" Gaetano, Stella und Serkan gaben mir ihr Okay. Die Anderen schwiegen, bis die Frauen auch ihr ja gaben. Andy willigte diesem Plan ebenfalls ein: „Ich kann doch die beiden Mädels nicht allein lassen. Ich bin mit ihnen gekommen und werde auch mit ihnen gehen." Florian gab jedoch keinen Laut von sich. Andy stupste ihn an, doch er reagierte nicht. Ich wollte gerade auf ihn zu gehen und erneut fragen, als er ein leises: „Von mir aus. Wenn es unbedingt sein muss.", heraus quetschte.

„Okay. Ich wollte nur sicher gehen, ob ihr nicht doch die Fliege machen würdet, aber ihr müsst nicht mit in das Lager gehen.

Andy und Florian ihr bleibt mit den Frauen hier und versteckt euch.", erklärte ich kurz. Ich hatte den Satz kaum beendet, da umarmte mich Stella auch schon: „Du wolltest mich doch nie mehr allein lassen. Hast du schon vergessen, dass wir uns schon einmal verloren haben?" Ich gab ihr einen Kuss und strich ihr über die Haare: „Und heute hatten wir uns wieder verloren und ich habe dich wieder gefunden. Das was in Istanbul passiert ist, wird nie mehr vorkommen. Ich werde zurückkommen. Ich verspreche es dir. Vertrau mir, aber bleib bitte hier in Sicherheit."

Schweren Herzens ließ ich Stella los und wir schlichen langsam in die Richtung des Lagers. Dort pirschten wir uns vor an die Stelle, an der ich die Männer beobachtet hatte. „Seht ihr die Waffen? Und dort in der Ecke ist der Käfig mit Spike. Es ist schon spät, also müssten sie sich demnächst zum Schlafen legen.", wisperte ich den beiden leise zu. Und so warteten wir ab, bis die Männer sich alle vom Feuer zurückzogen und einer nach dem anderen zu Bett ging.

„Also ihr beiden, holt Spike und schafft ihn hier her. Ich besorge unsere Waffen. Okay?", verkündete ich, worauf die Beiden auch schon los krochen. Ich hatte Bedenken, ob sie zu laut sein würden, doch sie machten es hervorragend. Wie Schatten glitten sie über den Boden. Nachdem ich sie kurz beobachtet hatte, machte ich mich auf den Weg. Vorsichtig näherte ich mich der Hütte an denen die Waffen lehnten. Hin und wieder hörte ich einen der Männer etwas sagen. Aber dies klang so ruhig, dass es unmöglich ein Alarm sein konnte. Letztendlich war ich an den Waffen angelangt und als ich mir die erste greifen wollte, glitt sie mir aus der Hand. Sie fiel auf eine andere und ein lauter Schlag hallte durch das Lager. Sofort legte ich mich flach auf den Boden und warte auf eine Reaktion. Etwa fünf Minuten blieb ich regungslos liegen. Niemand hatte es bemerkt. Achtsam nahm ich das Gewehr hoch und stülpte es um meine Schulter. Nach und nach hatte ich sämtliche Waffen an meinem Körper befestigt. Ich wollte gerade den Rückweg antreten, als ich unerwartet unsere Rücksäcke entdeckte. Sie standen genau gegenüber an einer anderen Hütte. „Die musst du holen, Jim!", forderte ich mich selbst auf. Wie eine Katze schlich ich mitsamt den Waffen an meinem Körper zu den Rücksäcken. Ich fragte mich, wie ich diese wohl alle transportieren sollte. Dennoch nahm ich einen und bemerkte, dass dieser extrem leicht war. Umsichtig öffnete ich ihn und erkannte, dass alle Lebensmittel, eingeschlossen Wasser, entnommen wurden. Mein Adrenalin Spiegel stand auf dem Höhepunkt und ich griff mir alles, was ich fand.

Umsichtig rutschte ich wieder zurück in den Wald, als plötzlich einer der Männer im Lager umherlief. Ich duckte mich und beobachtete ihn genauestens. Er ging zum Feuer und warf einige Holzstämme darauf. Kurz dachte ich daran, dass das Feuer auflodern würde und die Sicht im Lager enorm verbessern könnte. Ich musste hier unbedingt verschwinden. Hecktisch tastete ich mit den Augen den Rest des Lagers ab, um nach den anderen Beiden zu sehen. Allerdings fand ich sie nicht. Der Mann am Feuer machte es sich bequem. „Verschwinde endlich!", nuschelte ich leise, als dieser aufstand und auf mich zukam. Schritt für Schritt kam er direkt in meine Richtung. Würde er nicht stoppen, wäre ich aufgeflogen. Haargenau vor mir blieb er stehen. Hätte er auch nur einen Schritt mehr gemacht, wäre er mit dem Fuß direkt gegen meinen Kopf geprallt.

Er sah sich um und öffnete seine Hose. Dann rieselte sein Urin über meinen Rücken. Ich blieb wie versteinert liegen und musste den Würgereiz unterdrücken. Es kam mir vor, wie eine

Ewigkeit, bis er endlich fertig war und wieder zum Feuer ging. Dort warf er erneut einen Stamm ins Feuer und verschwand in einer der Hütten. Der warme Urin war nun kalt geworden und ich begann zu zittern.

Schnell entfernte ich mich von dort und eilte zum Treffpunkt. Die anderen warteten schon mit dem Käfig und sofort liefen wir zu Stella und den anderen. Ich hoffte nur, dass Spike nicht plötzlich bellen würde.

Dort angekommen überreichte ich allen ihre Rucksäcke und Waffen. Serkan hatte Spike befreit und wir liefen los. „Wohin laufen wir?", fragte Sarah vorsichtig. „Erst einmal weit weg von hier. Dann sehen wir weiter.", antwortete Serkan. „Warum ist mein Rucksack denn so nass, Jim? Bist du durch Wasser gekrabbelt?", wollte Gaetano wissen. „Das ist Pisse.", antworte ich ihm rasch. „Was? Pisse? Hast du dir in die Hosen gemacht, oder was?", stänkerte Serkan. Ich fluchte: „Nein ich wurde angepisst. Und jetzt halte die Klappe, sonst bin ich es gleich wieder. Es war schlimm genug und ich bin froh, wenn ich mich irgendwie waschen kann."

Zügig rannten wir weiter, bis hinter uns wildes Geschrei ausbrach. „Sie haben bemerkt, dass wir verschwunden sind. Bewegt euch noch schneller!", keuchte Serkan angespannt.

Ein lauter schmerzhafter Aufschrei hallte durch den Wald. Es war Serkan gewesen. „Was ist los?", rief ich ihm entgegen. „Nichts! Alles in Ordnung, rennt weiter!"

Vielleicht hatte er sich den Fuß verknackt oder ist gegen einen Stamm gelaufen, dachte ich noch, als er wieder Aufschrie. „Was hast du denn?", wunderte ich mich erneut. „Ich hab doch gesagt, es ist nichts! Lauf einfach weiter und sei leise, Jim!"

Ich konnte die Männer, die uns jagten deutlich hören. Ihre Stimmen schallten durch den gesamten Wald. Sie folgten uns geradewegs. Also zogen wir eine große Kurve. Minuten später verstummten ihre Rufe. „Ich kann nicht mehr!", jammerte Stella. „Ja, ich kann auch nicht mehr!", fügte Jessica hinzu. Ich dachte nur, dass nun ein Kommentar von Serkan kam, doch es blieb aus. Er rannte neben mir her, wie eine Maschine. Gaetano meldete sich zu Wort: „Nicht stehen bleiben! Die sind immer noch zu nah. Einfach weiter laufen! Vergesst den Schmerz in euren Beinen und lauft um euer Leben!" Sarah und Jessica begannen zu weinen. Zuerst dachte ich sie würden aus Angst ihre Tränen vergießen, bis ich an eine Klausur in der Universität damals denken musste. Sie handelte von Muskeln, die länger nicht genutzt wurden. Es war also kein Wunder, warum sie weinten. Nach solch einer langen Zeit in der Grube und dann plötzlich solch einen Lauf, konnten diese nur schlimm schmerzen.

Wir sausten durch den Wald wie Windhunde. Immer weiter und weiter. Bis es zu dämmern begann. Ruckartig blieben die ersten stehen und sackten in sich zusammen. „Ich habe solchen Durst. Hat jemand Wasser? Bitte!", japste Sarah. „Nein. Tut mir leid. Wir haben überhaupt nichts.", bemerkte ich, als die anderen ihre Rucksäcke abnahmen und diese durchsuchten. „So eine Scheiße. Verdammt nochmal. Die haben uns alles ausgeräumt!", schimpfte Gaetano lautstark. „Habt ihr denn nicht gemerkt, dass sie viel leichter sind? Natürlich haben sie uns alles rausgenommen. Was denkt ihr denn?", meckerte ich und leerte meinen Rucksack komplett. Ich wollte wissen was von meinen Sachen noch vorhanden war.

Eigentlich fehlte nichts außer der Verpflegung und des Wassers. Ich wunderte mich, warum Serkan seit der Flucht so still geworden war und wollte mit ihm reden. Die Sonne kroch allmählich über den Horizont. Serkan kauerte sich auf dem Boden zusammen und hatte starke Schmerzen. „Was hast du denn?“, fragte ich vorsichtig und sah einen Pfeil in seiner Schulter stecken. „Verdammt noch mal!“, fluchte ich, worauf die anderen auch darauf aufmerksam wurden. „Serkan, was ist los? Solche Schweine! Ist der Pfeil vergiftet? Scheiße!“, schnauzte Gaetano wie wild herum. „Nein der Pfeil ist sicher nicht mit Gift versetzt, sonst wäre er schon tot. Außerdem kann ich mir nicht vorstellen, dass diese Leute ihr Essen vergiften würden. Sie wollten wohl einen Verletzten, um die anderen zu schwächen. Doch das hat nicht so geklappt, wie sie es sich vorgestellt hatten. Serkan ist und bleibt nun mal ein Kämpfer.“, erläuterte ich stolz.

Wir befreiten Serkan von seiner Jacke und ich sah mir die Wunde an. Der Pfeil steckte tief und musste entfernt werden, bevor es sich entzünden würde. „Ich zieh ihn jetzt raus. Bist du bereit, Serkan?“, fragte ich bestimmt. „Jetzt mach endlich! Das scheiß Ding nervt unheimlich. Zieh den Pfeil endlich raus!“, brüllte er mit schmerzvoller Stimme.

Ich packte mir den Pfeil und hoffte, dass dieser keine Arterie oder Vene getroffen hatte, denn sonst würde Serkan binnen weniger Minuten verbluten. Doch steckenlassen ging auch nicht. So packte ich den Pfeil mit beiden Händen und zählte: „Eins…Zwei…, dann riss ich ihn mit voller Kraft heraus. Ein quälender Schrei pfiff mir durch die Ohren, bis Serkan verstummte. „Und was ist mit Drei passiert? Du hast nur bis zwei gezählt.“, wimmerte er anschließend. „Lass gut sein.“, unterbrach ich ihn und verband die Wunde mit einem Fetzen seiner Jacke.

Mittlerweile war es hell geworden. „Wir sollten weiter. Wer weiß, wie lange und wie weit die uns folgen.", schlug Gaetano vor. „Also, ihr habt es gehört. Es geht weiter. Kurz sah ich zur Sonne und wusste wo Osten lag. „Wir müssen in diese Richtung!", deutete ich an und zeigte nach Südosten. „Hä? Wieso nach Südosten? Moment mal! Das halte ich für keine gute Idee!", stoppte mich Florian. Gaetano schob ihn zur Seite: „Komm mit oder verschwinde."

Stockend bewegten wir uns fort. Gaetano stützte Serkan und die Meute kam immer mehr in Bewegung.

„Falls ihr es nicht gemerkt habt, wir haben kein Wasser, kein Essen und sind mitten in einem fremden Wald!", parlierte Andy, worauf Stella ihn ermahnte: „Wenn du eine bessere Idee hast oder einen besseren Weg kennst, dann heraus damit. Falls nicht könntest du dir doch etwas überlegen, um an Nahrung oder Wasser zukommen. Na wie klingt das für dich?"

Andy sah sie finster an: „Wenn es soweit sein sollte, werde ich mich schon bemerkbar machen. Keine Sorge. Es ist nur wichtig, dass wir in Bewegung bleiben, da wir höchstwahrscheinlich immer noch verfolgt werden. Immerhin sind wir ja deren Essen, oder? Und wenn wir etwas schneller vorwärts kommen würden und nicht die Verletzten im Schritttempo durch den Wald hieven müssten, hätten wir vielleicht schon etwas zu trinken gefunden."

Serkan stoppte: „Sei du nur still. Ohne uns wärst du heute Schaschlik geworden. Aber ganz knusprig, mein Guter. Nur damit wir uns verstehen! Klar?"

„Er hat Recht Andy.", tröstete Jessica ihn. Er legte seinen Arm um sie: „Ach, sei still. Lauft einfach weiter. Jedenfalls sollten wir uns vielleicht einige Behältnisse bauen, in denen wir, falls wir Trinkwasser finden sollten, welches mitnehmen können. Soweit verständlich? Wenn ja, immer her mit Vorschlägen, für ein solches Behältnis."

Andy irrte sich nicht. Es wäre von Vorteil, Gefäße zur Hand zu haben, sollten wir auf Wasser stoßen. „Wenn jemand eine Idee hat, worin wir Wasser transportieren könnten, immer her damit.", lobte ich Andys Idee.

Sarah hob die Hand: „Ich hätte da eine Idee. Ich hab das mal im Fernsehen gesehen. Das war eine Dokumentation übers Überleben. Da hat einer aus Bambus Stämmen kleine Wasserbehälter gebaut. Die sind nämlich im Stamm Stückweise aufgeteilt. Wenn wir einen Stamm nehmen würden, könnten wir ihn an der Bruchstelle auseinanderschneiden und hätten somit mehrere Behälter. Und mit den vertrockneten Blättern hier im Wald, könnte man so eine Art Verschluss machen. Was haltet ihr davon?"

Alle sahen sich um. Es gab haufenweise Bambusstämme. „So machen wir das. Du zeigst uns wie und wir bauen das zusammen.", lächelte ich Sarah zu.

Wenige Minuten später hatten wir unsere notdürftigen Behälter fertig. Dennoch hatten alle großen Durst. Das hieß, weiter gehen. Mühsam schleppten wir uns immer weiter und weiter.

Die Sonne knallte nun erbarmungslos vom Himmel herab. Mittlerweile war es ziemlich heiß geworden. Einen Augenblick erinnerte ich mich daran, dass ich schon Monate unterwegs war und es dennoch nicht kühler wurde. Dann entsinne ich mich. Wenn in England Sommer war, dann war im Süden Winter und umgekehrt. Also hatte ich die Sommer Phase einfach übernommen. Ich bin direkt von Sommer zu Sommer gelaufen. Verwirrende Gedanken durchkreisten meinen Kopf. Vermutlich war es der Wassermangel, der mein Gehirn anregte scharf nachzudenken. So eine Art Überlebens Instinkt.

Auf einmal stießen wir auf einen alten Mieneneingang. Ich sah die anderen an, doch diese erwiderten meinen Blick fragend. Der Eingang war mit Pflanzen verwachsen und kaum zu erkennen. Mit der Machete hackte ich die trockenen Blätter ab, bis ich deutlich hinein sehen konnte. Es war stockdunkel. „Kommt rein. Hier ist es schattig.", keuchte ich noch bis ich in der Miene zusammenbrach und meine ausgetrockneten Lippen kaum noch spüren konnte.

Florian setzte sich zu mir: „Bevor du mich wieder unterbrichst, lass mich bitte ausreden. Ich will nicht nach Süden. Denn von dort komme ich. Ich hatte mich auf den Weg in den Norden gemacht. Was wollt ihr denn nur im Süden?" Ich sah ihn fragend an: „Und was willst du im Norden? Wir kommen von dort. Da gibt es nichts mehr. Alles ist dort hinüber und verloren. Glaube mir, im Norden war die Hölle los. Kaum einer hat das überlebt. Es wird für dich besser sein nicht dahin zu gehen, denn dort bist du verloren, schließ dich uns an. Somit, haben wir alle bessere Chancen."

Florian sah mich fassungslos an: „Aber im Norden muss es doch einfach besser sein!" „Nein Florian, ist es aber nicht." Er lehnte sich über mich: „Hast du eine Ahnung, was ich die letzten Wochen mitgemacht habe?" Behutsam stieß ich ihn von mir weg: „Nein das weiß ich nicht. Aber weißt du, was ich die letzten Monate mitgemacht habe? Wenn nicht, ist dieses Thema beendet."

Florian setzte sich wieder neben mich und senkte den Kopf:

„Ich hatte seit drei Jahren in Singapur gelebt. Dort arbeitete ich in einer kleinen Bar in der Mitte der Stadt. Es war ein toller Job. Ständig neue Menschen und die verschiedensten Partys. Eigentlich ein Traumjob, bis überall in den Nachrichten berichtet wurde, dass gefährliche Mikroben ausgebrochen waren. Die ersten Tage verlief der Alltag ganz normal. Die Menschen sahen permanent die Nachrichten, aber sonst änderte sich wenig und so machte ich mir auch keine Sorgen darüber. Die Regierung würde uns schon warnen, falls es für uns gefährlich werden würde. Das dachte ich jedenfalls. Kurz darauf begannen in Singapur die Tiere zu sterben und auch die Pflanzen gingen ein. Die Menge bekam Panik und die Ärzte waren überlaufen. Dann war die Sprache von einer Wunderimpfung. Jeder wollte sie haben und die Kliniken waren total überlastet. Nachdem die Ersten an der Impfung verstorben waren, rasteten die Menschen völlig aus. Sie plünderten und töteten, bis das Militär in die Stadt einzog. Die Menschen, die sich nicht Impfen ließen oder für die keine Dosis vorhanden war, wurden vom Militär bezirksweise eingepfercht. Mein Nachbar hatte mir erzählt, dass sie die Menschen auf Transportschiffen geladen hatten und mit ihnen aufs offene Meer hinaus gefahren waren. Wenig später kamen die Schiffe zurück und die Menschen waren alle verschwunden. In diesem Augenblick bekam ich wirklich Angst. In meiner Wohnung war ich nicht mehr sicher. Und aus der Stadt käme ich auch nicht mehr heraus. Also schlich ich mich heimlich in die Bar, in der ich gearbeitet hatte und versteckte mich im Keller in einem alten Whisky Fass. Ich nahm genügend Wasser und kleinere Tütensnacks mit hinein. Dort harrte ich aus. Ich konnte das Militär hören, wie sie die Bar durchsuchten, doch das Fass ließen sie unbemerkt zurück. Ich habe keine Ahnung wie lange ich da drin war, aber irgendwann, nachdem es mehrere gefühlte Tage still war, entschloss ich mich, heraus zu kommen. Ich hatte mir ständig in die Hose machen müssen. Es war einfach nur eine Qual. Ich verließ den Laden und stand auf einer völlig leeren Straße. Während ich auf dem Heimweg war, sah ich nicht eine einzige Person. Singapur war wie ausgestorben. Es war so unwirklich. Gerade war alles noch hell belebt und von einem Augenblick zum nächsten war es, als wäre ich der letzte Mensch auf der Erde. Ich erreichte das Haus in dem ich ein kleines Apartment hatte und lief die Treppen hinauf. Der Fahrstuhl funktionierte nicht mehr. Der komplette Strom war ausgefallen. In meinem Appartement verharrte ich mehrere Tage, bis meine Lebensmittel ausgingen. Dann durchsuchte ich verschiedene andere Wohnungen und nahm mit was ich fand. Ich versuchte derweil meine Eltern per Telefon zu erreichen, doch ich bekam einfach keine Verbindung, bis der Akku letztendlich versagte. In den verschiedensten Häusern suchte ich nach Wasser und Lebensmitteln, sowie nach überlebenden Menschen. Es ist die Hölle auf Erden, wenn man ganz allein in einer solch großen Stadt ist. Nachdem ich etliche Konservendosen und Wasserflaschen in meiner Wohnung gesammelt hatte, bemerkte ich, dass einige Männer in die Stadt gekommen waren. Sie durchsuchten einige Häuser und schlugen ihr Lager jeden Tag wo anders auf. Sie bewegten sich wie die vom Militär. Aber die hatten keine Schutzanzüge an. Also waren es doch keine vom Militär. Ich beobachtete sie und mir fiel eines auf. Sie hatten keine Struktur. Also keinen Befehlshaber. Sie waren vielleicht Deserteure oder entlassene vom Militär…"

Ich musste sofort an George denken, doch ich unterbrach Florian nicht.

Er fuhr derweil fort: „…Ich hatte Angst, dass sie mich finden würden und beschloss die Stadt zu verlassen. Nachdem ich einen ausgeklügelten Plan gemacht hatte, floh ich nachts. Ich war Tagelang unterwegs, bis ich von diesen kranken Kannibalen gefangen und in dieses Loch geworfen wurde. Also kurz gesagt, wenn es nach mir gehen würde, wäre der Süden die falsche Wahl."

Kapitel 19

Mahnend erklärte ich ihm, dass der Norden keine Lösung für ihn sei. Ich erzählte ihm von dem Funkspruch und Australien. Andy und die jungen Frauen hörten aufmerksam zu. Nachdem ich erklärt hatte, dass wir dorthin auf dem Weg waren, begannen sie zu toben. „Das ist doch Wahnsinn!", spottete Andy umher. „Ihr seid verrückt, wenn ihr glaubt, dass ihr es erreichen könnt!", fügte er noch hinzu, als ich ihn unterbrach und erzählte, was wir alles bereits durchgemacht hatten. „Und dann nennt ihr das letzte Stück verrückt oder unmöglich? Ich bin nicht so weit gekommen, um nun aufzugeben. Ihr müsst ja nicht mit uns kommen. Ich wünsche dann viel Glück im Norden!", stammelte ich wütend heraus, als Sarah und Jessica nach einen Augenblick aufschrien: Wir kommen mit! Naja jedenfalls versuchen wir es."

„Können wir dann endlich weiter? Ich verdurste! Und dein Hund sieht auch nicht gut aus, Jim!", stotterte Gaetano leise.

Vorsichtig liefen wir immer weiter in die Miene hinein. Die Finsternis machte ein Vorankommen mühselig. Hin und wieder schien von oben etwas Licht herein. Kleine Risse in der Decke hatten sich über die Jahre gebildet.

Entlang der Miene stolperten wir über die Schienen, welche sich in der Mitte entlang schlängelten. Einige hundert Meter weiter hörten wir Wasser plätschern. Schnell stürmten wir dort hin und trafen auf einen kleinen Wasserfall der von der Decke herab rieselte. Ein feiner Lichtstrahl beleuchtete ihn sanft. Es war rötliches Wasser. Ich ließ einige Tropfen auf meine Finger gleiten und probierte sie. Es war Süßwasser. Sofort begann ich zu trinken. Stella schrie auf: „Was machst du denn da. Das ist doch rotes Wasser! Hör sofort auf zu trinken, Jim! Bitte!"

Ich hörte noch Gaetano flüstern: „Wir werden hier alle sterben ohne Trinkwasser." Ich trank etwas mehr und wischte mir den Mund ab. „Es ist trinkbar. Ich habe es bei den Kannibalen an einem See auch schon getrunken und mir ist nichts passiert. Es scheint nicht schädlich zu sein. Vertraut mir.", spornte ich die anderen an ebenfalls zu trinken.

Serkan kroch mit schmerzverzogenem Gesicht heran und trank. Die anderen beobachteten ihn genau. Als er fertig war keuchte er: „Es ist gut." Einer nach den anderen traute sich das Wasser zu probieren. Vielleicht vertrauten sie mir. Aber ich glaubte eher, es war der grenzenlose Durst, der es sie trinken ließ.

Wir befüllten anschließend die Behälter die wir gebaut hatten und ich füllte etwas davon in meine Hand. Spike sah nicht gut aus. Er war dehydriert, aber traute sich nicht es zu trinken. Ich machte es ihm solang vor, bis er es doch tat. Er vertraute mir und ich hoffte, dass sich die Mikroben bei ihm nicht anders auswirken würden, wie bei den Menschen. Minuten später kam er wieder zu Kräften und wackelte eifrig umher. Es schien ihm gut zu gehen. „Es geht weiter Leute!", parlierte Gaetano und wir setzten uns in Bewegung.

Kurze Zeit später entdeckten wir eine alte Draisine. „Das hab

ich schon mal gesehen. Das ist so ein motorloses Schienenge-
fährt, das man mit Pumpbewegungen zum Laufen bringt. Wenn
das noch funktioniert dann können wir damit doch durch die
Miene fahren.", bemerkte Andy und sah sie sich genauer an.
„Ich glaub die läuft noch. Helft mir mal sie gerade auf die
Schiene zu setzten.", erläuterte er noch und begann an der
Draisine zu rütteln. Gaetano, Florian und ich halfen Andy.
Nachdem wir sie positioniert hatten, testeten wir sie. Sie funk-
tionierte ohne Probleme.

Andy strahlte stolz: „Alle aufsitzen! Wir sollten genügend Platz
zusammen haben." Jeder von uns quetschte sich auf das Gefährt und Florian begann zu pumpen. Quietschend fuhr die
Draisine los. Andy half ihm beim Pumpen und sie wurde immer
schneller. Wir hatten eine gute Geschwindigkeit erreicht und
rauschten durch die Miene.

„Was denkt ihr, was das genau für eine Miene war?", wollte
Stella wissen, während sie sich an mir festhielt. „Ich vermute
mal, dass dies eine alte Schmugglermiene war. Früher haben sie
zwischen Thailand und Malaysia viele Güter geschmuggelt.
Vielleicht diente diese Miene dazu. Wer weiß.", erklärte Florian
zögernd.

Etliche Minuten später verlangte Florian eine Pause und die
Draisine rollte langsam aus. „Okay Leute, wir machen eine
kleine Pause.", stöhnte ich, während ich mich auch gleich um
Serkans Wunde kümmerte. Sie war entzündet und sah nicht gut
aus. Serkan hatte auch seit ihn der Pfeil getroffen hatte kein
einziges Wort mehr gesprochen. „Wie geht es dir?", fragte ich
ihn vorsichtig. Doch er sah mich nur mit schmerzverzerrtem
Gesicht an. „Wenn ich irgendetwas für dich tun kann, lass es
mich wissen, Kumpel.", flüsterte ich ihm noch ins Ohr, als er

meinen Arm packte: „Ich schaff das nicht, Jim. Ich schaff das nicht. Ich spüre es." Ich half ihm von der Draisine herunter und lehnte ihn an die Wand. „Doch du schaffst das, Großer. Du schaffst das."

Ich sah mich in der Miene etwas um. Vielleicht würde ich etwas finden, was Serkan helfen könnte. Neben der Schiene verlief ein kleiner Tunnel. Langsam tastete ich mich nach vorn, bis ich mit meinem Fuß gegen etwas stieß. Mit den Händen tastete ich danach und bemerkte, dass es eine Holzkiste war. Ich hob sie auf und lief schnell zu den anderen zurück. „Was hast du da, Jim?", fragten alle neugierig. Ich öffnete die Kiste und war verblüfft. Die Kiste war gefüllt mit Schmuck. Goldketten, Ringe und Edelsteine soweit das Auge reichte. Ich nahm sämtliche Ketten aus der Kiste und hängte sie Serkan vorsichtig um den Hals und grinste ihn an: „Siehst du Kumpel? Wer hätte gedacht, dass du noch Reich wirst!" Er nahm meine Hand und lächelte: „Danke, Jim. Du bist ein guter Kerl."

In der Kiste hatte ich ebenfalls einen wunderschönen Ring gefunden. Ich ging zu Stella und nahm ihre Hand. Dann schob ich diesen langsam auf ihren Finger. Sie sah ihn mit funkelnden Augen an und sagte ohne, dass ich ein Wort verloren hatte: „Ja, ich will!" Ich küsste sie innig und hielt sie ganz fest bei mir.

Florian fragte mich wie es um Serkan stand. Ich erklärte ihm, dass es nicht gut aussah und wir dringend Penicillin oder Antibiotikum bräuchten. „Ich habe in meiner Wohnung in Singapur Antibiotika. Schafft er es bis dahin?" Mit ängstlichen Augen sah ich ihn an: „Ich weiß es nicht." Florian sprang auf: „Alle aufsitzen es geht sofort weiter!"

Serkan hatte kaum noch Kraft zu stehen und so halfen wir ihm auf die Draisine. Florian und Andy gaben richtig Gas und holten alles aus der Draisine raus, was sie an Geschwindigkeit hergab. Doch letztendlich mussten wir wieder eine Pause machen. Es war einfach zu anstrengend die Draisine zu bedienen.

Während dieser Pause sah ich mich wiederum um und fand alte Maschinen. Neben ihnen standen mehrere Kanister mit Diesel. Ich lud sie auf die Draisine auf und die Fahrt ging zügig weiter. Nach gefühlten zwei Tagen, einigen Hindernissen, etlichen Pausen, und fast ausgehungert, erreichten wir plötzlich das Ende der Miene. Das Sonnenlicht flutete den Mieneneingang. Wir hatten Mühe überhaupt etwas zu erkennen. Das Licht war so hell und grell und die Augen schmerzten. Ich erklärte, dass es normal sei, nach fast zwei Tagen in Dunkelheit.

Langsam gewöhnten sich die Augen an das Licht und ich konnte einen großen See erkennen. Neben diesem war ein riesiger Parkplatz mit vielen Autos. Sie standen kreuz und quer herum. Die Türen standen bei allen Fahrzeugen offen. „Holt schnell Wasser Leute. Und beeilt euch. Serkan braucht dringend Wasser, er ist schon bewusstlos." Andy und Gaetano rannten los und füllten die Gefäße auf. Schnell waren sie zurück und reichten mir einen Behälter. Ich hob Serkans Kopf an und versuchte ihm etwas Wasser in den Mund zu füllen. Er reagierte nicht. Ich schüttete ihm etwas über seinen Kopf, damit er aufwachen würde, doch er reagierte nicht. „Was ist los, Jim. Was ist mit ihm?", keuchte Gaetano. Ich legte meinen Kopf auf seine Brust, aber ich konnte keinen Herzschlag fühlen. Ich suchte seinen Puls, aber auch diesen Fand ich nicht. Stella sah mich an und ihr rollte eine dicke Träne die Wange hinunter. Als die Träne von ihrem Kinn fiel, begann sie schrecklich zu weinen. Nun wussten alle was mit Serkan war. Er hatte es nicht geschafft. Der Wassermangel hatte die Entzündung beschleunigt und der Körper gab auf.

Wir gruben mit einigen Seitenspiegeln, die wir auf dem Parkplatz abbrachen, ein großes Loch und beerdigten ihn am See. Ich hatte ihm die Goldketten gelassen. So konnte ich wenigstens eines meiner Versprechen halten. Wenn er es schon nicht geschafft hatte, dann sollte er wenigstens Reich bleiben.

„Wir müssen weiter, sonst können wir uns auch gleich daneben legen, denn wir haben seit Tagen nichts gegessen.", drängelte Andy. „Siehst du diesen See dort? Da ist unser Essen.", knurrte ich ihn an. Alle sahen mich fragend an, bis ich ihnen das mit dem Fisch erzählte, den ich gegessen hatte. „Es gibt noch Fische?", fragten sie ungläubig. Ich nahm meine Machete und schlich Stück für Stück ins Wasser. Dann verharrte ich einen Augenblick und stieß zu. Und siehe da, ich hatte einen dicken Fisch erlegt. Ich hielt ihn hoch und rief: „Was hab ich euch gesagt!"

Ich wiederholte es mehrmals, bis wir so viele Fische hatten, dass alle satt würden. Sarah fragte, was die Fische denn als Futter hatten. Andy meinte nur: „Andere Fische, was denn sonst."

Nachdem wir ein Feuer gemacht hatten und uns gesättigt hatten, verschwanden Stella und Gaetano nochmals an Serkans Grab. Ich ließ sie unter sich und kundschaftete die Gegend aus. Andy fand einen alten kleinen Bus. Der Schlüssel steckte noch und nachdem er Diesel hineingefüllt hatte, sprang dieser auch direkt an.

Das Motorengeräusch hallte durch die Berge. „Es geht weiter! Kommt schon oder wollt ihr hier noch übernachten?", brüllte er uns zu. Nachdem Jessica, Sarah und Florian eingestiegen waren, wurde Andy ungeduldig. Ich bat ihn um einige Minuten und lief auf Stella und Gaetano zu: „Kommt ihr?" Sie sah mich an und sprang mir an den Hals: „Versprich mir, dass du mich nie allein lässt. Du musst es versprechen, Jim!" Ich wich nicht aus und gab ihr mein Wort. Dann stiegen wir alle in das Fahrzeug und Andy fuhr los. Florian saß auf dem Beifahrersitz und dirigierte ihn. „Wir haben noch einige Kilometer vor uns, doch der Sprit sollte reichen. Und sollten keine Hindernisse auf uns warten, müssten wir morgen früh in Singapur eintreffen.", bemerkte Florian noch, als er den Kopf nach vorn drehte und auf die Straße blickte.

Während der Fahrt fragte ich Jessica und Sarah, woher sie stammten. Sie erzählten mir, dass sie aus Deutschland seien und in Thailand Urlaub gemacht hatten, als das mit den Mikroben begann. Andy war ebenfalls in dem Hotel untergebracht gewesen und so hatten sie ihn kennengelernt. Sämtliche Flüge waren abgesagt worden und das Militär rückte nach einigen Wochen an. Die drei versteckten sich im Wald und beobachteten die Hotelanlage. Als die Armee alle Hotelgäste mitgenommen hatte, kehrten sie zurück. Dort waren genügend Vorräte für einige Monate. Als diese aufgebraucht waren, machten sie sich zu Fuß auf den Weg, bis sie von den Kannibalen gefangen wurden.

Ich erzählte ihnen von Deutschland und dass sie sich keine großen Hoffnungen machen sollten, jemals dort wieder hinzugelangen. Geschweige denn, ihre Familien wiederzusehen. Jessica und Sarah waren völlig aufgelöst, während Andy so tat, als hätte er das alles nicht gehört. „Woher stammst du, Andy?", fragte ich ihn dennoch. Er schwieg einen Augenblick und antwortete schließlich: „Tschechoslowakei. Weißt du etwas von dort?" Ich verneinte seine Frage und sah aus dem Fenster. Spike lehnte sich an mich und ich kraulte seinen Kopf. Dann schwieg der ganze Bus. Irgendwann schlief ich ein.

Der Bus stoppte und ich öffnete die Augen. Die Sonne ging langsam auf und vor uns lag Singapur. Andy war die ganze Nacht hindurch gefahren. Wir hatten es bis Singapur geschafft. Florian setzte sich an das Steuer und fuhr langsam über eine lange Brücke in die Stadt hinein. Es war eine unglaubliche Stadt. Einige Häuser ragten hunderte Meter in den Himmel. Die Straßen waren dennoch wie leergefegt und der rötliche Staub hatte sich überall ausgebreitet. Florian fuhr direkt zu seiner Wohnung, die sich in einem Hochhaus befand. Wir alle behielten die Umgebung genauestens im Auge. Überall standen Skulpturen mit Löwenköpfen. „Singapur bedeutet Löwenstadt.", erzählte uns Florian.

Dann stoppte er den Bus und parkte direkt vor einem Haus. Er stellte den Motor ab: „Alle aussteigen, wir sind da."

Gemeinsam betraten wir die Eingangshalle des Hochhauses. Sie war sehr geräumig und mit Marmor verkleidet. „Kommt schon! Wir müssen leider die Treppe nehmen. Der Aufzug funktioniert nicht mehr seit der Strom weg ist. Aber ich habe für alle Essen oben, sofern es noch niemand gestohlen hat. Ich hatte in der Zeit, die ich hier allein war, einiges an Vorräten angesammelt. Ich konnte ja nur nicht alles mitnehmen.", lächelte er und öffnete die Tür, welche zum Treppenhaus führte. „In welchen Stock müssen wir?", wollte Sarah wissen. „Ach nur 35 Stockwerke hoch. Das geht ja noch, oder?", antwortete Florian. „Oh, man. Womit habe ich das nur verdient?", murmelte Gaetano leise.

Mit der Zeit erreichten wir endlich das Stockwerk. Aus seiner Socke zog Florian einen Schlüssel und öffnete die Tür. „Kommt rein Leute, kommt schon. Ich hätte nie gedacht, dass ich jemals zurückkommen würde. Trautes Heim, Glück allein.", grinste er zufrieden.

Wir setzten uns auf das große Sofa und stöhnten vor Erleichterung. Der Ausblick aus den riesigen Fenstern, die bis zum Boden reichten, war phantastisch. Florian legte eine Taschenlampe und haufenweise Verpflegung auf den Tisch: „Packt alles ein was ihr tragen könnt, Leute." „Wieso tragen?", fragte Jessica. „Ja wieso? Wir haben doch einen Bus.", fügte Sarah hinzu. „Der Sprit ist so gut wie leer Mädels. Ab jetzt geht es zu Fuß weiter. Wir ruhen uns ein paar Tage aus und dann machen wir uns weiter auf den Weg.", offenbarte ich mit gehobener Stimme. „Oder wollt ihr hier allein zurück bleiben?", fügte ich noch hinzu, als sie sich ansahen und den Kopf schüttelten. Im selben Moment packte Florian eine Karte von Singapur aus und breitete sie auf dem Boden aus. „Kommt mal alle her. Also! Wir sind hier. Und dort wo ich jetzt hinzeige ist die Bar von der ich Jim erzählt hatte. Und wenn ihr meinem Finger weiter folgt werdet ihr sehen, dass er uns direkt zum Hafen führt. Dort gibt es Heißluftballons. Die Touristen haben hier immer Rundflüge gebucht. Das wäre unser nächstes Transportmittel. Na, was haltet ihr davon?" Wir sahen uns alle fragend an. „Und wie fliegt man so ein Ding?", wollte ich von Florian wissen, als Gaetano erzählte, dass er schon einmal mit einem Heißluftballon geflogen sei. „Alles klar dann machen wir das so.", freute sich Florian. „Moment mal. Wieso nehmen wir nicht ein Boot, wenn wir schon am Hafen sind?", erkundigte sich Andy fordernd. „Okay, hört gut zu. In der Zeit, als ich hier allein war, sind mir einige Soldaten aufgefallen, die durch die Stadt streiften. Aber das sind keine normalen Soldaten. Sie haben keine Schutzkleidung an. Sie sind wohl Fahnenflüchtig oder woanders abgängig." Ich dachte gleich an George. „Okay. Wie viele sind es?", stieß ich Florian an. Er verweilte einen Augenblick und antwortete zögerlich: „Etwa 12 oder mehr. Ich konnte sie nur selten sehen. Aber als ich mal am Hafen war, sah ich wie sie die ganzen Boote unter Kontrolle hatten. Das fällt auf jeden Fall aus. Entweder Ballon, oder gar nicht. Einen anderen Weg gibt es nicht, glaubt es mir. Die sind zu stark für uns."

Schweigend setzten sich alle wieder auf das Sofa und packten ihre Taschen voll mit der Verpflegung, die uns Florian gegeben hatte. Stella fragte Florian nach einem Gaskocher, den er auch tatsächlich hatte und begann mit Jessica und Sarah Essen aufzuwärmen.

So wie wir alle gegessen hatten legten sich einige zum Schlafen nieder. Florian unterhielt sich mit Gaetano über das Ballonfliegen, während ich mich an die Fensterscheibe stellte und die Stadt betrachtete. Singapur sah so friedlich aus. Ganz anders wie die Städte in den letzten Monaten. Aber vielleicht hatte ich auch schon vergessen, was friedlich eigentlich bedeutete. Mein Blick schwenkte von der einen zur anderen Seite der Stadt. Es war so wunderschön. An keinem Gebäude waren die Fenster zersprungen. Es sah so aus, wie es aussehen sollte. Friedvoll. Ich musste an meine Familie denken und wie schön es für sie gewesen wäre, diese Stadt einmal wirklich gesehen zu haben. Ich vermisste sie so sehr.

Mein Blick schweifte traurig weiter umher, als ich auf einmal ein Funkeln in einer Fensterscheibe bei einem Gebäude gegenüber sah. Was war das bloß? Ich ließ es nicht aus dem Auge, als blitzartig eine Kugel durch meine Fensterscheibe zischte. „Alle in Deckung! Ein Scharfschütze!", brüllte ich aus voller Kehle und warf mich hinter das Sofa. Zwei weitere Kugeln sausten durch die Fensterscheibe und schlugen in der Küche ein. „Was ist hier los?", kreischte Gaetano verwirrt. „Das sind die Ex Soldaten! Sie haben uns gefunden! Verdammte Scheiße!", stotterte Florian und kroch auf dem Boden zu einem der anderen Fenster. Er warf einen Blick auf die Straße: „Sie kommen! Sie kommen ins Gebäude! Wir müssen hier sofort raus!"

„Weck die anderen, schnell!", forderte ich Gaetano auf, als Florian gleichzeitig die Wohnungstür öffnete und das Sofa in den Hausgang schob: „Hilf mir, Jim! Wir müssen das Treppenhaus verbarrikadieren. Die sind sonst gleich hier oben." So schnell wie ich nur konnte bewegte ich sämtliche Möbel und Schränke aus der Wohnung heraus. „Das sollte sie eine Weile beschäftigen.", stammelte Florian und öffnete mit großer Anstrengung die Fahrstuhltüren. Ich erkannte was er vorhatte: „Das ist nicht dein ernst?" „Es gibt nur ein Treppenhaus. Wir müssen uns abseilen. Ich hab das schon tausendmal durchgeplant, das klappt."

Hatte ich mich verhört? Durchgeplant? „Jim, wenn du mir nicht vertraust, dann werden es die anderen erst recht nicht. Vertrau mir. Bitte.", flehte er und lief erneut in die Wohnung. Was hatten wir denn für eine Wahl. Florian kam mit einem sehr langen Seil zurück und befestigte es am Lift, der genau einen Stock über uns hing.

Die Soldaten waren schon ganz in der Nähe. Der Klang von ihren Stiefeln auf den Treppen wurde immer lauter. Florian hatte alle aus der Wohnung geholt und erklärte ihnen was nun zu tun war. „Seid ihr verrückt?", kreischten alle umher. „Das ist die einzige Möglichkeit. Es gibt keinen anderen Ausweg.", ermahnte ich mit grober Stimme, als auch schon die ersten Möbelstücke von den Soldaten weggesprengt wurden. „Bewegt euch! Schnell!", brüllte ich und Gaetano hängte sich an das Seil. Stella folgte ihm, vorauf auch Sarah und Jessica sich trauten. Florian steckte mir noch die Stadtkarte in den Rucksack und klopfte mir auf die Schulter: „Ich gebe euch Deckung, bis ihr unten seid. Du musst jetzt los, Jim." Er hob Spike hoch und befestigte ihn mit seinem Gürtel an meinem Rücken. Den Rucksack wickelte ich mir mit den Trägern um mein Bein, als im selben Augenblick die ersten Kugeln an Florians Kopf vorbei rauschten und eine Fensterscheibe durchschlugen. „Schließ die Fahrstuhltür, Jim!", schrie er noch, als einer der Soldaten auf ihn zu sprang. Florian wehrte sich heftig und schlug ihn nieder. Daraufhin rief er erneut: „Schließ die Fahrstuhltür bevor sie euch entdecken! Schnell!"

Schweren Herzens schob ich die Türen von innen langsam zusammen und als nur noch ein kleiner Schlitz geöffnet war, kam ein weiterer Soldat über die Möbel gekrochen und sprang auf Florian los. Dieser kam mit solch einer Wucht angerannt, dass Florian das Gleichgewicht verlor und nach hinten weg-kippte. Er konnte die Balance nicht mehr halten und stolperte mit dem Angreifer direkt durch die zerschossene Fenster-scheibe hindurch. Dann waren beide verschwunden. Ich schloss die Aufzugstür komplett und begann mich abzuseilen, als ich ein lautes Krachen, so wie bei einem Autounfall hörte. Es war wohl der Aufprall der Beiden auf einem Auto vor dem Haus gewesen. Dieses Geräusch würde mich wohl noch mein Leben lang verfolgen.

Ängstlich und zitternd kletterte ich langsam nach unten. Mich überkam das Gefühl, als würde mich jederzeit das Gewicht von Spike nach unten zerren, doch dann würde ich auch die An-deren, die schon ein gutes Stück geschafft hatten, mit nach unten reißen. Ich wickelte einen Arm um das Seil, damit ich nicht abrutschen würde und versuchte die anderen einzuholen. Von unten hörte ich ein leises Jammern. Die Frauen hatten Angst runter zu fallen, was ich ihnen nicht verübeln konnte.

Dennoch mussten sie etwas leiser sein, damit wir nicht entdeckt würden. „Seid leiser.", hauchte ich herab, doch sie reagierten nicht, bis unverhofft von ihnen Erleichterung zu vernehmen war. „Komm Jim. Wir sind unten. Du schaffst das.", hörte ich Stella leise rufen.

Einige Momente später hatte ich es auch geschafft. „Los, öffnet die Tür.", spornte ich die Männer an. „Wir versuchen es ja, aber sie klemmt.", keuchte Gaetano. Zu dritt zogen und drückten wir nun an der Aufzugstür, aber sie rührte sich keinen Millimeter. Andy schnaufte: „Los weiter. Nochmal auf drei. Eins…Zwei…Drei!"

Kaum hatte er das letzte Wort ausgesprochen, öffnete sich oben die Fahrstuhltür. Sie hatten uns entdeckt. Sie schossen einige Male, worauf ich ebenfalls nach oben schoss. Andy rammte die Tür mehrmals mit der Schulter und zog wie ein verrückter daran, als sie ruckartig nachgab und sich einen kleinen Spalt öffnete. „Ja, weiter so!", schrien alle ringsum. Stück für Stück öffnete sich die Tür etwas mehr. Stella stieß mich an und zeigte mit dem Finger nach oben. Die Soldaten brachten irgendetwas an der Fahrstuhlkabine an und dann hallte eine Detonation durch den Schacht. Nun brach Panik aus. Sarah kreischte wie wild umher: „Wir sterben!"

Ein lautes Klappern und Zischen wurde immer lauter. Sie hatten den Fahrstuhl vom Träger gesprengt und dieser raste auf uns zu. „Los, los, los! Helft alle mit! Schnell!", brüllte ich und wir zogen gemeinsam an den Türen, bis diese endlich aufsprangen. „Alle raus! Schnell!", kreischte ich und schob die Leute vor mir her. Ich war der letzte im Schacht und sprang so schnell ich konnte hinaus. Im gleichen Moment schlug die Kabine hinter mir auf. Eine dicke Staubwolke schoss über mich hinweg und ich bekam keine Luft mehr. Spike zappelte auf meinem Rücken herum. Ein Pfeifen durchdrang meinen Kopf und ich war wie in einem Traum. Es war alles so unreal, bis mich Andy und Gaetano an den Händen packten und zum Ausgang zerrten.

So wie wir das Gebäude verließen, schoss der Scharfschütze gegenüber auf uns. Wir gingen hinter dem Bus mit dem wir gekommen waren in Deckung. Neben dem Wagen stand ein blaues Auto auf dem Florian aufgeschlagen war. Das ganze Dach war eingedrückt. Alle starrten ihn an. Stella drehte sich zu mir um und flüsterte: „Ich kann das alles nicht mehr." Dann stand sie einfach auf und sah zu dem Scharfschützen hinüber. Ich packte ihre Beine und warf sie zu Boden. Zwei Kugeln verfehlten sie nur knapp. „Hör auf damit Schatz! Ich brauch dich doch so sehr!"

„Was sollen wir jetzt nur tun? Die Soldaten aus dem Haus müssten jede Sekunde wieder unten sein. Und der Schütze gegenüber lässt uns hier nicht weg. Wir sind erledigt!", stotterte Jessica voller Angst.

Vielleicht hatte sie Recht. Ich konnte auch keinen Ausweg erkennen. War es das nun? Ich nahm Stella in den Arm und drückte sie fest an mich. Gerade wollte ich ihr noch sagen wie sehr ich sie liebte, als Andy einen Kanaldeckel öffnete. „Hier rein. Schnell!"

Wir hatten noch eine Chance bekommen. Ich war so erleichtert. Einer nach dem anderen stieg hinab. Ich löste Spike von meinem Rücken und reichte ihn nach unten. Ich war der letzte und klappte den Deckel von innen vorsichtig zu. Gerade war ich unten angekommen, so hörte ich auch schon die Soldaten oben die herumschrien. Hoffentlich öffnen sie jetzt nicht den Deckel dachte ich noch als ihre Stimmen leiser wurden. Ich musste mich kurz setzen und das alles sacken lassen. Meine Hände zitterten wie Espenlaub im Wind. Es war stockdunkel hier unten. Man konnte nicht die Hand vor den Augen sehen. „Die Taschenlampe von Florian. Mach sie an, Jim.“, säuselte Gaetano. Er hatte Recht. Ich hatte sie schon völlig vergessen. Zügig zog ich sie aus meinem Rucksack, der noch immer um mein Bein gewickelt war und schaltete sie ein.

„Wohin sollen wir gehen. Links oder rechts?“, fragte Andy und zuckte mit den Schultern. „Florian hatte mir noch die Stadtkarte gegeben bevor ich in den Aufzug geklettert bin. Sie kann uns weiterhelfen.“, verkündete ich erleichtert. Andy räusperte sich: „Florian hatte gar nicht vor uns zu begleiten oder? Warum sonst hätte er dir die Karte noch gegeben. Er wollte uns helfen zu entkommen und hat sich dabei geopfert.“ So hatte ich es noch gar nicht betrachtet. Er hatte sein Leben für uns alle gegeben. „Wir können später trauern. Wohin müssen wir jetzt nun, Jim?“, fügte Andy noch hinzu und ich leuchtete auf die Karte. Mit dem Finger deutete ich in eine Richtung: „Rechts. Dann müssten wir nach einigen Abzweigungen direkt zu der Bar kommen wo Florian früher gearbeitet hat.“

Energisch machten wir uns auf den Weg. Nach einigen Abzweigungen war ich mir nicht mehr genau sicher, ob wir auf dem richtigen Weg waren und so mussten wir hin und wieder nach oben, um nach den Straßennamen zu sehen. Etliche Straßen später waren wir an der Bar angekommen. Nun mussten wir es nur noch auf die Reihe bekommen, ungesehen vom Kanal bis ins Haus zu gelangen.

Geduldig hob Andy den Deckel an und beobachtete die Umgebung. Ich machte ihn darauf aufmerksam, dass er ebenfalls die Fenster kontrollieren sollte. Wenige Minuten später war er sich sicher und schob den Deckel auf die Straße. Flink stiegen alle hoch und ich reichte Gaetano Spike. Nachdem ich aus dem Kanal gekrochen war, schloss ich den Deckel und lief zu den Anderen, die bereits an der Bar warteten. Andy bat uns zu warten und verschwand zum Hintereingang, denn es würde zu viel Aufsehen erregen, wenn die Eingangstür beschädigt wäre. Wenig später öffnete er die Tür und wir huschten hinein. Er verriegelte sie wieder und meinte nervös: „Wenn sie uns nicht gesehen haben, dann sind wir hier erst einmal sicher. Jedenfalls gibt es hier genügend Getränke. Wenn auch hauptsächlich Alkoholische.“

„Einen Whisky könnte ich jetzt wirklich vertragen.“, sagte ich und nahm mir eine Flasche aus dem Regal. Andy stellte sechs Gläser auf einen Tisch und meinte ungetrübt: „Mach nur voll, Jim. Sie haben es sich alle verdient.“ Ich füllte alle Gläser, während Stella eine Flasche Wasser und eine Schüssel für Spike aufgetrieben hatte. „Nehmt euch alle ein Glas. Bitte. Kommt schon.“, bat ich mit zitternder Stimme. Nachdem alle zögerlich ein Glas in der Hand hielten fuhr ich fort: „Wir trinken auf Florian, ohne ihn wären wir jetzt nicht alle hier. Möge er immer in unserem Gedächtnis bleiben und in unseren Herzen ver- weilen. Auf Florian!“

Der Whisky schmeckte so unbeschreiblich gut. Selbst die Frauen, die solche Getränke eher mieden, waren sichtlich froh über diesen Tropfen. „Seid still!“, zischte Gaetano plötzlich und schlich zum Fenster. „Alle runter und verstecken!“, fügte er noch hinzu, als auch schon ein großer Lastwagen an der Bar vorbei rollte. „Das waren die Soldaten. Also lang können wir hier nicht bleiben.“, schluchzte Andy genervt. Gaetano ent- fernte sich vom Fenster und setzte sich auf einen Barhocker:

„Er hat nicht Unrecht. Wir sollten uns schleunigst einen Plan ausdenken und von hier verschwinden.“

Wir steckten die Köpfe zusammen und erarbeiteten die Route bis zu dem Gebäude, wo die Heißluftballons gelagert waren. Nach einer weiteren Flasche Whisky hatten wir einen ausgereiften Plan entwickelt.

Allmählich war es dunkel geworden und wir machten uns auf den Weg. Keiner hatte ein gutes Gefühl bei der Sache, doch niemand sprach darüber. Geradewegs verschwanden wir wieder in der Kanalisation und folgten der Stadtkarte in Richtung Hafen. Ständig traten wir auf tote Ratten und es war nun viel schwerer die richtigen Abzweigungen zu treffen, ohne dass wir oben nach den Straßennamen schauen konnten, doch letztendlich hatten wir alles richtig gemacht und erreichten die Halle mit den Ballons. Wir schlichen uns an das Eingangstor heran und öffneten es behutsam. Sofort sah ich mehrere dieser Körbe und Gaetano erklärte uns was zu tun war.

Kurze Zeit später hatten wir alles soweit vorbereitet, sodass der Ballon aufgeblasen werden konnte. Der Brenner lief und Gaetano schmiss den Motor des Gebläses an. Es war höllisch laut und der Ballon füllte sich langsam mit der heißen Luft. Andy und ich öffneten mit einer Kurbel das Dach. Jeden Moment könnten die Soldaten hier erscheinen. Immerhin war es höllisch laut. Es kam mir vor wie in Zeitlupe, als ich den Ballon betrachtete. Er füllte sich so langsam, dass ich glaubte noch im Morgengrauen hier zu stehen, doch dann war es vollbracht. Der riesige Ballon ragte hoch aus dem Dach hinaus. Gaetano stellte das Gebläse ab und wir beluden den Korb. Nachdem wir alle Platz darin genommen hatten, nahm er meine Machete und durchschlug die Seile die den Korb am Boden hielten. Mit einem harten Ruck hoben wir ab. Fast geräuschlos stiegen wir immer weiter. Hin und wieder zog Gaetano am Gashebel der den Brenner antrieb. Es war höllisch laut und hell. Wir hofften unentdeckt zu bleiben. Umso höher wir stiegen umso entspannter wurden alle.

Die Stadt war finster und angsteinflößend. Nach und nach entfernten wir uns von Singapur. „Der Wind steht optimal. Wir werden nicht lang brauchen bis wir Indonesien erreichen. Ihr könnt euch etwas ausruhen.", erklärte Gaetano und zog nochmals kräftig am Gashebel.

„Wie schnell und wie weit fliegt so ein Ding?", fragte Jessica vorsichtig. Gaetano lachte: „Man fliegt keinen Ballon, sondern man fährt ihn. Jedenfalls kommt das ganz auf den Wind an. Es ist nicht ungewöhnlich, dass man bei starkem Wind, so wie er jetzt gerade ist, schon bis zu 120 km/h schnell wird. Die Reichweite ist ebenfalls vom Wind abhängig. Aber wir haben ja noch Ersatzgasbehälter dabei, also sollten wir ein gutes Stück weit kommen. Mach dir keine Sorgen. Okay?" Jessica lächelte ihn an, während er erneut am Gashebel zog.

Mit der Taschenlampe leuchtete ich auf die Landkarten die ich seit Frankreich mit mir herumschleppte und suchte Indonesien heraus. Von Singapur bis Indonesien waren es gerade mal 100 km. Das sollten wir locker schaffen. Ich vertraute ganz auf Gaetano und packte die Karten wieder weg. Stella war bereits eingeschlafen und ich kuschelte mich an sie. Ihre Reaktion auf Florians tot, saß mir noch tief in den Knochen. Ich hoffte nur sie würde wieder neue Hoffnung bekommen. Das Feuer des Brenners wärmte uns und ich schlief auch bald ein.

Spike weckte mich, indem er mein Gesicht ableckte. „Ach Spike. Pfui. Aus!", quengelte ich und öffnete langsam meine

Augen. Die Sonne war bereits aufgegangen und Gaetano sah sehr müde aus. „Andy, übernimm doch mal bitte.", bat ich ihn, worauf er aufsprang und sich an Gaetanos Platz stellte. „Hey Leute, das müsst ihr sehen. Schaut doch mal.", stotterte er ganz aufgeregt, worauf wir uns alle aufrappelten und in die Ferne sahen. Es war wunderschön, wie die Sonne am Horizont allmählich hervor kam. Es war einer der schönsten Augenblicke meines Lebens. Ich hielt Stella im Arm und sie flüsterte mir ins Ohr: „Danke, dass du da bist." Ich küsste ihre Stirn und genoss weiter den Anblick der Sonne. Jessica umarmte Sarah und Andy klopfte Gaetano auf die Schulter. Dann schrie er: „Juhu. Wir sind die Könige der Welt. Seht uns an. Uns hält niemand auf." Wir lachten und brüllten mit. Es war ein tolles Gefühl, was unsere kleine Gemeinschaft ausstrahlte.

„Komm schon du König, zieh mal am Gashebel.", grinste Gaetano und setzte sich, um etwas die Augen zu schließen. „Frühstück, mein Liebling?", hauchte mir Stella entgegen. „Gerne mein Schatz.", erwiderte ich fröhlich.

Nachdem wir alle gegessen hatten, versuchte ich anhand der Karten herauszufinden, wo wir uns befanden: „Wenn mich nicht alles täuscht, ist das da unten Jambi. Wie viele Gasflaschen haben wir denn noch?" Andy zählte kurz nach: „Also wir haben noch fünf von diesen Dingern. Und vier sind verbraucht." Ich sah mir die Karte an und berechnete die Entfernung: „Okay. Wenn wir Glück haben und der Wind nicht abnimmt, dann schaffen wir es bis Jakarta." „Ist das gut oder schlecht?", erkundigte sich Sarah. „Das ist gut. Denn so überfliegen wir schon einmal ein großes Hindernis. Indonesien besteht aus mehreren Inseln und somit umgehen wir die erste Hürde, von der einen zur anderen zu kommen. Das wäre perfekt, wenn wir es bis nach Jakarta schaffen könnten.", erklärte ich ihr ausführlich.

Im selben Moment musste Andy die Gasflasche wechseln. „Vielleicht haben wir doch nicht so viel Glück mit Jakarta. Was ist wenn uns über dem Wasser das Gas ausgeht?" Stella sah mich erschrocken an. „Das reicht schon. Ich hab das doch mit einberechnet.", log ich, um sie zu beruhigen. In Wahrheit hatte ich daran überhaupt nicht gedacht. Doch ich behielt das lieber für mich und spielte allen den Lockeren vor. Jedenfalls entspannte sich Stella wieder, als Gaetano aufstand und meinte: „Ich muss mal dringend Pipi. Mal bitte alle wegsehen." Wir begannen alle zu lachen, aber ich eher mit einem gefälschten, denn das machte mir nun doch große Sorgen.

Die anderen begannen sich Geschichten zu erzählen, um die Zeit herumzubekommen. Ebenfalls erzählten sie von ihren Zuhause und Familien. Ich enthielt mich bei diesen Gesprächen. Zu sehr vermisste ich meine Eltern und meine Schwester.

Der Ballon rauschte rasch durch die Lüfte und es begann auch bald wieder zu dämmern. Gaetano übernahm wieder das Steuer und wir aßen zu Abend. Wir hatten nur noch wenig Wasser und die Verpflegung würde nur noch wenige Tage reichen. Ich malte mir aus, was passieren würde, sollten wir Jakarta nicht erreichen. Entweder würden wir ins Meer stürzen oder wir würden im Dschungel landen ohne Wasser und Nahrung. Ich schloss meine Augen und versuchte positiv zu denken, bis ich schlussendlich einschlief.

Ich hatte schlimme Albträume über den Ballon und wurde ständig wach. Doch als ich sah, wie gemütlich Stella schlief, besänftigte mich dies und ich versuchte weiter zu schlafen.

Spike tollte wieder auf mir herum. Es war wieder morgens und die Sonne kam ebenfalls aus ihrem Versteck hervor. Ich stand auf und blickte nach unten. Wir waren über dem Meer. Sofort sah ich nach den Gasflaschen. Gaetano stupste mich an: „Entspann dich, Jim. Wir haben zwei Flaschen. Das sollte uns reichen. Wir müssten auch bald wieder auf Land treffen. Alles ist gut. Denkst du ich hätte dir nicht angesehen, dass du dir Sorgen darüber gemacht hast. Entspann dich, Okay?" Mein Herz pochte laut und ich nickte ihm zu. Er zwinkerte mich an und bat mich Andy zu wecken. Er sollte übernehmen. Das tat ich auch und so wie Andy an Gaetanos Platz stand, sah ich am Horizont Land. Ich nahm die Karte und überprüfte wo wir uns befanden. Doch es war eindeutig. Wir waren auf dem direkten Weg nach Jakarta. Gaetano hatte den Ballon etwas höher fliegen lassen, damit wir in stärkere Winde gelangten. Er hatte es echt drauf. Soviel musste man ihm schon lassen.

Es dauerte nicht lang und die letzte Gasflasche wurde einge-spannt. Mittlerweile hatten wir wieder Land unter uns worüber ich mich sehr freute und erleichtert aufatmete.

Langsam begann der Ballon zu sinken und alle standen ganz erwartungsvoll am Rand des Korbes. „Das da unten muss Jakarta sein. Wir werden es nicht direkt anfliegen können. Der Wind treibt uns etwas davon weg, aber das ist vielleicht auch besser so. Bevor uns noch jemand von dort sieht und unserem Ballon folgt.", rechtfertigte sich Andy.

Immer weiter nach unten schwebte der riesige Ballon, bis wir auf einer großen Wiese etwas unsanft aufsetzten. „Wir haben es geschafft! Na? Wer ist der König?", brüllte Andy voller Freude. „Du bist der König!", riefen alle ihm entgegen. „Sag ich doch. So und nun alle aussteigen. Endstation. Danke dass sie mit Andy Air geflogen sind.", lachte er noch. „Es heißt gefahren.", korrigierte ihn Jessica grinsend. „Ja, ja. Wie auch immer.“, knurrte Andy worauf alle lachen mussten.

Kapitel 20

„Also laut Karte sind wir genau zwischen Jakarta und Bandung. Hier gibt es allerdings weit und breit überhaupt nichts, außer ein paar kleine Dörfer und zwei größere Seen. Macht euch marschbereit. Es wird wohl ein längerer Spaziergang werden.“, deutete ich an und hievte mir meinen Rucksack auf den Rücken. „Ihr habt es gehört! Auf geht’s!“, fügte Andy noch hinzu.

Schleppend stolperten wir durch das Tal bis hin zu einer kleinen Brücke, die in ein kleines Dorf führte. Wir durchsuchten jedes zweite Haus um etwas Verpflegung zu finden, doch vergebens. Ich nahm mir nochmals die Karte zur Hand und erkannte, dass wir nicht mehr weit von den Seen entfernt waren. Dort könnten wir zumindest unsere Wasserreserven auffüllen. Ich berichtete allen davon, worauf sie etwas schneller liefen.

Schließlich kamen wir bei ihnen an. Es war so heiß, dass wir alle erst einmal ein kurzes Bad nahmen. Es war zwar äußerst gewöhnungsbedürftig in rotem Wasser zu baden, aber ich musste mich wohl damit abfinden. „Seht mal dort hinten! Sind das…ist das etwa?“, stotterte Gaetano. „Was denn? Wo denn?“, fragte Andy. „Na da hinten! Da stehen doch unzählige Holzfällermaschinen oder irre ich mich?“ Nun konnte ich sie auch sehen. „Meint ihr die laufen noch? Ich meine hier im Wald, da kommt ja sonst eher keiner vorbei um den Sprit leerzufahren, oder?

Lasst uns die mal ansehen!", kommentierte Gaetano ganz aufgeregt und sprang auch gleich darauf los. Wir folgten ihm und tatsächlich standen mitten im Wald mehrere Bulldozer, Bagger und Lastwagen. „Der Schlüssel steckt noch! Juhu! Wenn der jetzt anspringt, dann küsse ich euch alle!", kreischte Gaetano ganz aufgeregt. „Ne du, lass mal stecken, deine Knutscherei!", antwortete ihm Andy angeekelt. Er drehte den Schlüssel und der Motor stotterte. Scheinbar hatten wir doch nicht so viel Glück, wie wir es uns gern wünschten. Gaetano versuchte es immer und immer wieder. „Lass gut sein, Kumpel. Komm wir müssen weiter.", bat ich ihn. „Noch einmal, nur noch einmal!", forderte er und schlug wie verrückt auf das Lenkrad, bevor er den Schlüssel erneut drehte. Dann hörte sich der Motor noch schrecklicher an wie zuvor, bis plötzlich eine dicke schwarze Rauchschwade aus dem Auspuff schoss. Doch dann tuckerte der Wagen leise vor sich hin. „Was hab ich euch gesagt? Hä? Nur noch einmal!" Wir freuten uns riesig darüber nicht laufen zu müssen und sprangen auf den Lastwagen auf. „Moment noch Leute. Wir müssen noch den Sprit aus den anderen Maschinen abpumpen. Sonst schaffen wir keine 100 km.", stoppte er uns. Andy und ich rissen einige Schläuche aus den anderen Fahrzeugen und beförderten so mehrere Liter Sprit in den Lastwagen. „Ja jetzt passt das, Jungs. Alle aufsitzen! Es geht los!", grinste Gaetano und wir fuhren schleichend los. „Wohin müssen wir, Jim?", machte sich Gaetano schlau. Ich schnappte mir die Karte und dirigierte ihn auf eine kleine Straße die uns bis an das andere Ende dieser Insel führen würde.

In einigen Dörfern an denen wir vorbei kamen, machten wir halt und suchten nach Verpflegung. Doch wieder vergebens, bis wir wiederum auf einen See stießen. Ich empfahl dort zu Fischen und diese dann zu räuchern damit sie länger haltbar wären.

Wir waren den ganzen Nachmittag damit beschäftigt zu Fischen und diese zu räuchern und so trafen wir die Entscheidung die Nacht hier zu verbringen. Es wurde immer dunkler und für mich hatte dieser Wald etwas von einem Friedhof. Normalerweise würde man in einem solchen Dschungel hunderte Tiere hören, doch es war einfach nur still. Nicht einmal Moskitos die einen stachen. Es war einfach nur leer.

In der Nacht lag ich lange wach und fragte mich, wie es wohl am Ende dieser Insel weitergehen würde? Sollten wir kein Boot finden, müssten wir eins bauen. Denn ein Flugzeug kam nicht in Frage. Aber keiner von uns hatte Ahnung vom Schiffsbau. Zudem würde es Monate dauern ein Boot zu bauen, dass diese Überfahrt überstehen würde. Aber wenn ich eines auf meiner Reise gelernt hatte, dann alles auf mich zukommen zulassen und nicht gleich bei jeder Kleinigkeit in Panik auszubrechen. „Es wird schon alles schiefgehen.", hauchte ich leise und streichelte Spike der schon tief schlief.

Der nächste Tag brach an und wir machten uns so früh wie möglich auf den Weg. Während wir so durch die Insel fuhren, dachte ich, dass wenn die ganzen Wälder nicht abgestorben wären, es hier eigentlich wunderschön wäre. Ich hätte hier einmal Urlaub machen sollen, bevor alles den Bach runter ging. Auf der Fahrt erzählten wir uns einige Witze, damit wir die Zeit etwas überbrückten und jeder sich etwas von der Reise über das Wasser ablenken konnte, wovor ausnahmslos alle etwas Angst hatten.

Nach zwei weiteren Tagen, auf den teils schlecht befahrbaren Straßen, kamen wir in Banyuwangi an. Die darauffolgende Insel war Bali. Mittels der Karte leitete ich uns zu dem kleinen Hafen welcher nördlich von Banyuwangi lag. Doch dort fanden wir nur kleine Fischerboote. „Mit den Dingern kommen wir auf keinen Fall nach Australien.", ermahnte mich Andy. „Und was sollen wir jetzt bitteschön machen? Wenn irgendeiner eine Idee hat, dann wäre jetzt genau der richtige Zeitpunkt dafür.", forderte ich mit wackeliger Stimme. „Zeig mal die Karte, Jim.", bat mich Gaetano. Ich reichte sie ihm und er sah sie sich genau an: „Also, wenn wir weiter nördlich fahren, sollte der Sprit uns noch bis dahin reichen. Dort treffen wir auf einen Fährhafen. Es ist die engste Stelle nach Bali, so etwa 2 km. Ich könnte mir vorstellen, dass wir auf Bali eher ein passendes Boot finden."

Nach kurzer Absprache entschieden wir uns, es dort zu versuchen. Schätzungsweise 3 km später erreichten wir den Fährenhafen. Und ich konnte es nicht glauben. Er war überfüllt mit Booten jeder Größe. „Was ist denn hier los?", fragte Jessica. Andy sah sich erstaunt um: „Vermutlich flüchteten die Menschen als das mit den Mikroben begann in Richtung Westen, um das Festland zu erreichen. Oder es waren einige Regierungsmitglieder darunter, die hier vom Militär abgeholt worden sind. Was weiß ich! Jedenfalls haben wir nun Boote."

„Jetzt wird es ernst Leute. Durchsucht alle Schiffe und Boote nach Nahrungsmitteln und Wasser. Wir werden sie brauchen.", forderte Gaetano auf, wonach wir auch gleich mit der Suche begannen.

In einer Yacht fand ich ein Familienfoto. Der Mann auf diesem Bild hatte eine große Ähnlichkeit mit meinem Vater. Ich setzte mich hin und betrachtete diese Aufnahme einige Zeit. Dann stellte ich es an denselben Platz zurück, wo ich es vorgefunden hatte und verließ die Yacht. In der Zwischenzeit hatten die anderen eine Menge an Material zusammen getragen. Von Schwimmwesten über eine Angelausrüstung bis hin zu Signalfackeln. Auch Lebensmittel waren darunter, wenn auch nicht besonders viele. „Was nun? Welches Boot sollen wir nehmen?", tippte mich Stella an. „Jedenfalls kein Motorbetriebenes. Wir sollten es mit einer Segelyacht versuchen.", antwortete ich ihr. „Wieso eine?", fragte Andy lautstark. „Es wäre doch besser, wenn wir zwei davon hätten. Ich meine ja nur, falls bei einem Boot Probleme auftreten.", erklärte er noch nachträglich.

„Das ist eine sehr gute Idee, Andy. Aber wer kennt sich denn mit Segelschiffen aus?", unterbrach ich ihn und blickte fragend in die Runde. „Ich kenne mich damit aus, mein lieber. Mein Vater hatte auch einmal eine solche Segelyacht. Und es ist nicht schwer. Drei Personen pro Boot sollten genügen.", stupste er mich an.

Andy erklärte uns haargenau, was wir zu tun hätten. Es schien wirklich nicht schwer zu sein und so teilten wir die Gruppen auf. Jessica und Sarah fühlten sich sicherer bei Andy, da er schon früher gesegelt war. Und so war auch schon die zweite Crew entschieden.

„Ich hab dann mal eine Frage.", meldete sich Gaetano. „Ja, schieß los.", bat ich ihn. Er sah mich verwirrt an: „Also, wohin fahren wir nun eigentlich? Fahren wir die Indonesischen Inseln ab, bis wir eine Stelle erreichen, an der es nicht so weit nach Australien ist? Oder machen wir uns direkt auf den Weg dorthin?"

Ich zückte meine Karte und breitete sie aus. Alle sahen ganz gespannt darauf. „Wenn wir die Inseln abfahren, wäre es zwar sicherer, aber der Vorrat würde eventuell nicht für den Rest der Fahrt reichen. Wenn wir uns gleich auf den Weg machen reicht zwar der Vorrat, aber es ist wesentlich gefährlicher.", begründete ich behutsam. Sarah sah uns alle an: „Müssen wir eigentlich nach Australien?" Stella nickte ihr zu: „Ja das müssen wir. Wir haben eigentlich keine andere Wahl. Wenn das mit dem Funkspruch wahr ist, dann wären wir dort in Sicherheit." Jessica meldetet sich ebenfalls zu Wort: „Wann habt ihr diesen Funkspruch denn das letzte Mal gehört?" Ein Schweigen machte sich breit, bis Gaetano meinte: „Das ist doch völlig egal. Ich habe ihn auch gehört. Wir sind schon so weit gekommen, da geben wir doch nicht kurz vor dem Ziel auf." „Naja, kurz ist etwas anderes.", murmelte Andy leise. „Wenn jemand hier bleiben möchte? Gerne. Damit habe ich kein Problem. Stella, Gaetano? Seid ihr dabei?", fragte ich erwartungsvoll. „Ja, Liebling. Mit dir gehe ich bis ans Ende der Welt." Und auch Gaetano gab sein Okay. „Ach warum nicht. Los Mädels, schwingt euch in die Segelyacht.", befiehl Andy, worauf wir die gefundenen Sachen Fair aufteilten. Immerhin hatten wir noch viel geräucherten Fisch und das Wasser, sowie Getränke die wir aus den anderen Booten geholt hatten. Die sollten während der Überfahrt reichen.

Nachdem Andy, Jessica und Sarah auf einen der beiden Boote die Leinen losgemacht hatten und langsam aus dem Hafen tuckerten, folgten wir mit unserem Boot. Spike war ganz aufgeregt. „Warst du schon einmal auf einem Boot, Spiky? Nein? Es wird dir gefallen.", feixte ich, während ich seinen Kopf kraulte.

Die Segelyacht hatte einen kleinen Motor am Heck, um auf das offene Meer zu fahren und wir folgten Andy. Stella sah sehr entspannt aus. Sie hatte sich eine Decke aus der Kajüte geholt und sich auf das Deck gesetzt.

Als wir den Hafen sicher verlassen hatten, öffnete Andy die Segel. Der Wind drückte sofort dagegen und er nahm Fahrt auf.

Nun öffneten auch wir die Segel und mit einem Ruck bewegte sich das Boot viel schneller.

Die Wellen klatschten gegen die Yacht und es war ein Gefühl von Freiheit. Andy drosselte sein Boot so, dass wir nach kürzester Zeit nebeneinander Segelten. Wir winkten uns immer wieder zu. Sarah und Jessica riefen laut: „Es ist so toll am Leben zu sein!" Und auch Stella sah glücklich aus.

Ich zückte die Karten und berechnete die Entfernung bis nach Australien. Sollten wir alles exakt geradeaus schaffen, wären es ganze 1400 km. Ich beschloss diese Berechnung für mich zu behalten und lächelte Stella an. „Ist alles in Ordnung?", fragte sie neugierig. „Ja. Alles bestens. Genieß die Aussicht Schatz." Andy hatte uns erklärt, dass die Segelyacht unterhalb eine Art Stromgenerator hat. Durch die Fahrt lädt sich eine Batterie auf, die in der Nacht für Licht sorgt. Es war schon etwas ganz besonderes, so ein Segelschiff.

Stella setzte sich zu mir und zog aus ihrer Tasche einen Britischen Tee. Es war mein Lieblingstee. Earl Grey. „Den habe ich in einem der Boote gefunden. Ich habe ihn versteckt, um dir eine Freude zu machen. Wenn du möchtest gehe ich nach unten und brühe ihn dir auf. Was hältst du davon Liebling?" Ich war gerührt. Ich hatte schon so lange nicht mehr so etwas Warmherziges gehört. „Ja, bitte.", antwortete ich beschämt, worauf sie auch gleich unter Deck verschwand. Gaetano hatte riesigen Spaß am Ruder und auch Spike huschte von der einen zur anderen Seite. In diesem Moment war ich wunschlos glücklich. Jedenfalls beinahe. Perfekt wäre es gewesen, wenn meine Familie mit an Bord sein könnte.

Nur eines machte mich traurig. Das Meer sah nicht mehr so aus wie ich es kannte. Es war mit seiner Röte nicht nur fremdartig, sondern auch äußerst beängstigend. Seit Monaten ist alles rot. Einfach nur rot. Der Himmel, das Wasser, selbst der Staub. Ich hatte Angst zu vergessen, wie es einmal war.

Stella brachte mir eine heiße Tasse Tee. Der Duft war umwerfend. Wie lange hatte ich solch einen Genuss nicht mehr gehabt. Ich fragte Gaetano, ob er auch ein paar Schlucke mochte, doch er winkte dankbar ab. Ich bot auch Stella an mit ihr zu teilen. „Nein Liebling. Der ist nur für dich. Für dich ganz allein. Genieße ihn." Ich setzte die Tasse an meine Lippen an und hatte den vollmundigen Geschmack, der mich an Zuhause erinnerte. „Danke.", flüsterte ich gerührt.

„Hey , Jim! Da funkt uns einer an. Hörst du das?", rief Gaetano aufgeregt. Dann hörte ich es auch. Ich lief nach unten und versuchte die Quelle der Geräusche zu finden. Ich öffnete sämtliche Schränke, bis ich ein Funkgerät fand. Es war Andy der uns anfunkte. „Das Funkgerät läuft ebenfalls über den Stromgenerator.", zischte es aus dem Lautsprecher. „Hey Andy, das ist ja toll. Super! So können wir Kontakt halten. Hättest du doch gleich sagen können, dass es sowas hier gibt.", antwortete ich ihm. „Ich wollte euch überraschen, Leute. Also bleibt am Ball. Wir hören uns."

Ich ging wieder nach oben und berichtete den Anderen von meinem Fund. Sie lachten laut: „So ein Teufelskerl, der Andy."

Nach und nach verschwand Indonesien hinter uns am Horizont. Nun waren wir völlig von Wasser umgeben. Mir war etwas mulmig zumute, doch ich vertraute auf Andy. Er würde uns sicher bis nach Australien bringen. Hoffte ich jedenfalls insgeheim.

Ich hatte nun Zeit meinen Rucksack zu leeren und ihn etwas

aufzuräumen. Ich packte alles raus und breitete es vor mir aus. Da fiel mir der präparierte Chip, den ich in meinem Kopf hatte, auf. Ich hatte ihn schon fast vergessen und schaltete die Apparatur ein. Ich dachte noch, es würde unmöglich hier eine Drohne vorbei fliegen, dennoch war ich neugierig, ob der Chip ein Geräusch machte und lauschte ihm ganz aufgeregt. Doch er gab keinen Laut von sich. Vielleicht war auch nur die Batterie leer. Aber ich rechnete nicht mehr mit einer dieser Drohnen. Jedenfalls nicht hier auf dem Ozean. Dann fiel mir das Funkgerät in die Hände. Der Akku war völlig verbraucht. Es war nutzlos. Dennoch hatte es mir viele gute Dienste erwiesen und ich beschloss es zu behalten, denn einen Augenblick dachte ich daran, alle unnützen Dinge über Bord zu werfen. Aber nicht die Dinge die mich begleitet hatten. Nein, nicht diese Dinge aus meinem Rucksack. Egal ob sie nutzlos waren. Zwischen den medizinischen Instrumenten, die ich in Deutschland mitnahm, lag das Foto meiner Familie. Es tat mir weh sie so strahlend darauf zu sehen. Ich wusste ja noch nicht einmal, was mit ihnen passiert war.

Stella hatte mich beobachtet und setzte sich zu mir: „Ich weiß wie es dir geht, Jim. Wir alle haben jemanden verloren. Doch das hat uns nicht aufgehalten am Leben festzuhalten. Wir müssen immer weiter machen, sie alle hätten es so gewollt." Dann gab sie mir einen Kuss und beschäftigte sich mit Spike. Sie war eine tolle Frau. Sie wusste genau wann und wie man die richtigen Worte findet. Ich war froh sie getroffen zu haben.

Die Sonne versank langsam rechts von uns und Andy funkte uns an. Er hielt es für besser die Boote aneinander zubinden. Jedenfalls für die Nacht. Er steuerte auf uns zu und warf einige Dämpfer, wie er sie nannte, zwischen die Yachten. Dann warfen wir ihm ein Seil zu, welches er mit seinem Boot zusammenzurrte. Nun schwammen wir ganz dicht zusammen auf dem offenen Meer. Wir holten die Segel ein und Andy kam mit Jessica und Sarah zu uns herüber.

Andy schaltete bei uns das Licht ein und zeigte uns wie das mit dem Strom funktionierte. Er gab uns ebenfalls Anweisungen, wie wir bei einem Sturm zu reagieren hätten.

Später machten Stella und Jessica uns allen etwas Warmes zu Essen. Denn der Herd funktionierte auch mit dem Generator. Die Fahrt mit der Yacht grenzte schon fast am Luxus. So etwas Gutes war uns seit Wochen nicht passiert. „Wer möchte einen Cognac? Na?", fragte Andy freudig, worauf er auch schon Gläser aus den Schränken holte und uns allen einschenkte. Er hatte eine Flasche in einer der Boote gefunden und wollte sie uns nicht vorenthalten. Wir stießen auf alle an, die wir verloren hatten, oder von denen wir nicht wussten, wo sie waren. Es tat gut die ganzen Namen auszusprechen. Und selbst den alten Mann, welcher sich auch Jim nannte, der mir das Leben gerettet hatte, als ich am Verdursten war, vergaß ich nicht. Ich genoss die fröhlichen, ausgelassenen Gesichter und lehnte mich ent-spannt zurück.

Wenig später verabschiedeten sich Andy und die anderen und kehrten auf ihre Yacht zurück. Andy hatte gemeint wir könnten ohne Bedenken alle in die Kojen fallen und schlafen. Die See würde uns weiter in Richtung Australien treiben. Und dies taten wir dann auch. Jeder hatte ein eigenes Bett mit Kissen und Decken. Es war so angenehm darin zu liegen. Ich sah durch die kleinen Fenster und betrachtete den Sternenhimmel. Dann ließ ich alles noch einmal Revue passieren, was ich in den letzten Monaten so erlebt hatte. Von George bis hin zu Alex und Pierre, ja selbst Brian und Damian schwirrten mir durch den

Kopf. Spike hatte sich ebenfalls zu mir ins Bett gelegt und ich deckte ihn zu. Sanft wippte das Boot hin und her bis ich immer müder wurde und einschlief.

„Hallo, hallo! Aufstehen ihr Schlafmützen!", hallte durch die gesamte Yacht. Es war Andy der uns anfunkte. Gaetano war schon aus den Federn gekrochen und antwortete ihm. Ich stand ebenfalls auf und weckte Stella. „Was ist denn los?", fragte ich Gaetano besorgt, denn es war noch mitten in der Nacht. Gaetano atmete sehr heftig: „Andy meinte, dass ein Sturm aufzieht und wir die Boote voneinander lösen sollten." Ich sah aus den kleinen Fenstern und der Sternenhimmel war verschwunden. Dicke Wolken hatten sich aufgetürmt und die See wurde immer unruhiger.

Wir gingen an Deck und Andy war auch schon damit beschäftigt die Seile zu lösen. Wie aus heiterem Himmel begann es stark zu Regnen. Ich zog die Seile ein und befestigte sie an unserem Boot. Dann rannte ich an das Funkgerät und rief nach Andy. „Keine Sorge, Jim. Ich habe euch ja alles erklärt. Einer steht am Ruder und lenkt gegen die Wellen, die anderen halten einen Eimer mit Wasser bereit, falls der Blitz einschlägt. Alles klar. Dann sag ich nur Ahoi und gutes Gelingen. Ich muss dann mal ans Ruder. Ich hoffe der Sturm schwächt bald ab."

„Was ist wenn wir auseinander treiben? Wie finden wir uns wieder?", fragte ich noch ängstlich, doch er antwortete nicht mehr. Ich lief nach oben und sah, dass sein Boot immer weiter von uns abtrieb. Dann schlugen wir gegen eine große Welle und das Wasser schwappte über das Deck. „Geh ans Ruder, Gaetano!", rief ich. Er sprang auch gleich darauf los und lenkte auf die nächste herankommende Welle zu. Das Boot neigte sich stark nach hinten und der Segelmast knackte laut. Es war wie in der Achterbahn. Hoch und runter. Die Blitze erhellten die ganze See und es donnerte fürchterlich. Ich bat Stella unten zu warten und holte einen Eimer an Deck. Wir wurden durchgeschüttelt und ich verlor völlig die Orientierung. Gaetano rief mir etwas zu, doch ich konnte kein einziges Wort verstehen. Also kämpfte ich mich langsam zu ihm hin. „Was ist los?“, schrie ich aus voller Kehle. „Die anderen sind nicht mehr zu sehen, Jim! Was sollen wir machen?“ Ich suchte die Yacht ebenfalls zwischen den großen Wellen, doch ich fand sie nicht. „Immer weiter gegen die Wellen fahren, damit wir über sie hinweg kommen!“ Er sah mich an und seinem Blick entnahm ich, dass er keine Hoffnung für uns hatte. „Wir schaffen das schon!“, brüllte ich noch, als wieder ein heftiger Blitz die See erhellte. In dieser Sekunde sah ich Andys Boot. Sie waren etwas von uns entfernt, aber er hielt dieselbe Richtung bei, wie wir. Ich erzählte Gaetano davon, worauf er wieder Mut fasste und das Ruder noch fester hielt. „Komm schon!“, kreischte er, als eine Monsterwelle auf uns zuraste. Wir konnten sie immer nur einen kleinen Augenblick erkennen. Immer wenn es blitzte. Sie baute sich vor uns auf und wurde immer größer. Der Wind zischte mir ins Gesicht und die kleinen Wassertropfen fühlten sich an wie tausend Messerstiche. „Komm schon!“, brüllte Gaetano erneut, als uns die Welle nach oben drückte. Das Boot stand fast senkrecht und ich lief an die Spitze um etwas Gewicht nach vorn zu verlagern. Dann blickte ich direkt in eine riesige Wand aus Wasser. Ich schrie: „Du kriegst uns nicht! Da kannst du machen was du willst!“ Kaum hatte ich dies herausgebrüllt, stürzten wir auch schon auf der anderen Seite hinunter. Eine große Menge Wasser spülte mich nach hinten und ich hatte Schwierigkeiten mich festzuhalten. „Was denn noch alles!“, kreischte ich hochtönig, als die Wellen immer mehr abnahmen. Ich weinte vor Wut: „Hab ich denn nicht schon genug durchmachen müssen? Hä?" Dann sackte ich zusammen.

Wenig später hatte die See sich etwas beruhigt, doch ich konnte das Boot der anderen nirgends entdecken. Ich versuchte es am Funkgerät, doch vergebens. Stella machte sich sorgen, um die anderen und ich beschloss eine Signalfackel in die Luft zu schießen. Ich lud die Pistole und drückte ab. Ein zischen mit einem roten langem Lichtstrahl folgte, bis dieser in der Luft explodierte. Es sah aus wie eine Silvesterrakete, nur dass das Licht länger am Himmel schien.

Nachdem ich zwei weitere Signalraketen abgefeuert hatte, gaben wir die Hoffnung auf. „Vielleicht findet er uns ja wieder. Immerhin ist er doch ein Teufelskerl.", spornte uns Gaetano an. Ich klopfte ihm auf die Schulter: „Ich wünschte du würdest Recht behalten."

Gaetano und ich blieben an Deck bis der Sturm sich völlig gelegt hatte und der Morgen anbrach. Weiter hielten wir Ausschau nach Andy, Sarah und Jessica. Aber rings um uns herum war nur flaches weites Nichts. Stella kam nach oben und umarmte mich: „Vielleicht sind sie nur etwas abgetrieben und haben ihre Fahrt fortgesetzt. Wir sollten nicht aufgeben und sie suchen. Lass uns weiter machen. Ich bin sicher, dass wir sie später finden werden." Sie küsste mich und ging wieder nach unten.

„Du hast es gehört, Jim.", lobte Gaetano sie und begann die Segel zu hissen. Nach kurzem Zögern half ich ihm dabei. Der Wind wollte nicht so wirklich aufkommen und es war schwierig an Fahrt zu gewinnen. Stundenlang schipperten wir umher, bis endlich eine Brise aufkam, die uns vorantrieb.

Immer wieder versuchte ich es am Funkgerät, doch es schwieg.

Den gesamten Tag segelten wir in Richtung Süden auf Australien zu. Ich orientierte mich an der Sonne und wir schienen auf dem richtigen Weg zu sein.

Abends holten wir wieder die Segel ein und gingen unter Deck, so wie es uns Andy erklärt hatte. Wir saßen schweigend am Tisch und aßen etwas. „Mit Sicherheit geht es ihnen gut. Sie haben eben nur eine andere Route eingeschlagen.“, versuchte uns Stella aufzubauen. „Du wirst schon richtig liegen.“, antwortete ich ihr leise. Dann ging sie ins Bett. Ich und Gaetano saßen die halbe Nacht an Deck und beobachteten die See. „Ich weiß nicht, ob wir noch so einen Sturm schaffen.“, stotterte Gaetano besorgt. „Ich weiß was du meinst mein Freund.“, entgegnete ich ihm mit zittriger Stimme. Ich hoffte in der Ferne das Licht von Andys Boot zu entdecken, doch ich suchte den Horizont vergebens ab. „Geh schlafen, Jim. Die See ist ruhig. Geh schlafen.“ Ich legte meine Hand auf seine Schulter und dankte ihm für alles was er für mich getan hatte. Dann ging ich nach unten und legte mich zu Stella ins Bett. Ich strich ihr durch das Haar und fragte mich, was wohl gewesen wäre, wenn sie auf die andere Yacht gegangen wäre. Ich wollte es mir gar nicht ausmalen und umarmte sie fest.

Am nächsten Tag begann das gleiche Spiel. Segel hissen, Ausschau halten, funken, essen, schlafen gehen. Dies wiederholte sich solange bis unsere Vorräte langsam zur Neige gingen und noch immer war kein Land in Sicht.

„Weißt du, wo wir sind, Jim?“, stieß mich Gaetano an. „Nein, ich ähm, ich weiß es wirklich nicht.“

Nach zwei weiteren Tagen wurde uns klar, dass wir zwar noch genügend Wasser hatten, aber uns die Nahrung allmählich ausging. Wir versuchten es mit der Angelausrüstung die sich auf unserem Boot befand. Doch es wollte einfach nichts anbeißen. Ich versuchte es immer und immer wieder doch es klappte einfach nicht. Ich begann zu zweifeln und wir rationierten die Vorräte auf ein Minimum. Besonders tat mir Spike leid. Er konnte doch nicht verstehen, warum er jetzt weniger bekam.

Als ich wieder versuchte etwas Fisch aus dem Meer zu fangen, bemerkte ich, dass das Wasser an Röte verlor. Ich glaubte es falsch zu sehen, bis es auch den anderen beiden auffiel. Dann wurde ich neugierig. „Was ist hier los?", fragte ich aufgeregt. Doch die anderen hatten auch keine Ahnung was hier vor sich ging. Die Röte des Meeres nahm immer weiter ab, bis das Wasser plötzlich strahlend blau wurde. Auch der Himmel färbte sich Blau. Immer mehr und mehr. „Was zum Geier geht hier ab?", brüllte Gaetano laut und rannte wie wild übers ganze Boot. Lautlos segelten wir in ein wunderschönes blaues Meer. Ich blickte zurück und beobachtete den Himmel. Es schien als würde es hier so etwas wie eine Grenze geben. Aus irgendeinem Grund haben die Mikroben diesen Bereich nicht befallen. „Was ist hier los, Jim?", wollte Stella von mir wissen. „Ich habe keine Ahnung, Schatz. Ich bin selbst überrascht." Gaetano sprang weiterhin wie wild über die Yacht: „Das ist doch nicht normal. Schaut euch doch mal um. Da hinten alles rot, und hier sieht es aus als wäre nie etwas gewesen. Das kann doch nicht sein!" Kaum hatte er diesen Satz beendet steckte Spike seinen Kopf durch meine Beine und bellte laut. Ich hatte ihn schon lange nicht mehr bellen gehört und war verwirrt. Seine Augen starten in eine Richtung und er bellte immer lauter. Ich versuchte wahrzunehmen, was er sah und entdeckte einen Wal. „Seht mal! Da drüben schwimmt ein Wal. Nein, wartet. Es sind zwei. Eine Mutter mit ihrem Kalb. Ha. Der Wahnsinn.", stammelte ich vergnügt. „Ich habe so etwas noch nie in echt gesehen.", schluchzte Gaetano und auch Stella war beeindruckt.

Gaetano warf die Angel aus. Was war hier nur los? Es schien so als wäre die Welt hier völlig intakt. „Hey Leute da hat was angebissen! Yippie! Helft mir mal, das ist ein riesen Teil!", johlte er und kämpfte damit seinen Fang ins Boot zu zerren. Wir halfen ihm und tatsächlich hatte er einen riesen Fisch gefangen. „Wahnsinn! Was geht hier ab verdammt. Wahnsinn!", quietschte Gaetano belustig und schleifte den Fisch unter Deck in die Küche.

Ich schaute Stella zu, wie sie das alles genoss. Sie strahlte solch eine Freude aus. Und auch ich konnte es nicht fassen was hier passierte. Ich glaubte zu träumen und ging nochmals zum hinteren Teil der Yacht. Doch dann konnte ich es deutlich erkennen. Wir fuhren direkt aus den Mikroben heraus. Als wäre dort eine Barriere. Ich verstand das alles nicht. Es musste doch eine Erklärung dafür geben. Wie war das möglich?

Gaetano rief uns wenig später zum Essen. Er hatte den Fisch gegart und er war köstlich. Es gab keinen Vergleich zu dem roten Fisch, der nach lauwarmem Wasser schmeckte. Doch dieser Fisch war eine wahre Gaumenfreude. Frisch und einfach köstlich.

Nachdem Essen saßen wir alle zusammen am Ruder und ge-nossen die weißen Wölkchen am Himmel. Gaetano versuchte eine These aufzustellen: „Stellas Vater würde sicher wissen, was hier vor sich geht. Ich kann leider nur spekulieren. Aber ich komme einfach nicht auf den Punkt. Es könnte mit der Strö-mung zusammen hängen, aber es könnte auch…ach, ich weiß es ehrlich gesagt nicht. Es ist zu außergewöhnlich." „Ist schon gut, vielleicht werden wir es noch herausbekommen, was hier vor sich geht.", versuchte Stella ihn zu trösten. „Meint ihr die anderen haben es bis hierher geschafft?", wollte ich von beiden wissen. „Bestimmt, Jim. Sie sind sicher nur etwas abgetrieben aber sie sind mit Sicherheit auf dem gleichen Weg. Ich glaube fest daran.“, sagte Stella während sie meine Wange streichelte.

Dann zogen langsam dunklere Wolken auf. „Vielleicht haben wir nur einen kleinen Kanal durchfahren, der nicht mit den Mikroben infiziert ist. Was wenn hinter dieser Wolkendecke alles wird wie es war? Rot!“, zitterte Gaetano aufgeregt. Ich gab ihm keine Antwort, denn genau das gleiche befürchtete ich auch.

Der Wind nahm zu und drückte von allen Seiten gegen das Segel. Der Mast begann zu klappern und die Wellen nahmen zu. „Schon wieder ein Sturm?“, fragte ich laut. „Sieht fast so aus! Bring den Hund nach unten und Stella auch!“, grölte Gaetano mir zu. Das Boot schaukelte wieder hin und her und ich brachte beide nach unten. Als ich wieder nach oben kam, hatte sich der Himmel schon schwarz gefärbt und der Wind extrem zugenommen. Ich holte die Segel ein und sicherte sie. Die erste Welle brach über der Yacht. „Du musst gegenlenken!“, blökte ich laut. „Ich weiß, verdammt. Ich weiß doch!“

Der Sturm nahm zu und es wurde genauso heftig, wie das letzte Mal. Urplötzlich löste sich eine Leine und das Segel entwirrte sich vom Mast. Es flatterte in der Luft umher. „Du musst es einziehen, bevor es abreißt! Sonst sind wir auf dem Meer gefangen.“, rief mir Gaetano vom Ruder entgegen. Ich versuchte es einzufangen, als mich schlagartig der Segelmast am Kopf traf und ich über Bord ging. Ich konnte genau sehen, wie ich ins Wasser fiel und auch wie Gaetano mir einen Rettungsring zuwarf. Aber ich konnte mich nicht bewegen. Ich war wie gelähmt und sank langsam ab. Ich sah das Boot oben auf und ab wippen. Gaetano sprang mit einem Seil hinein und suchte mich.

Ich versuchte mich zu bewegen, doch es gelang mir einfach nicht. Gaetano tauchte immer wieder neben dem Boot, welches durch die Wellen auf und ab sprang, um mich zu suchen. Irgendwann war er zurück an Bord gegangen und ich sank immer tiefer. Ein Hai umkreiste mich und kurz darauf waren es schon mehrere. Ich versuchte mich wieder zu bewegen und musste mit ansehen, wie die Yacht an mir vorüber zog. Immer weiter sank ich nach unten. War es das nun? Ich dachte noch an Stella, Spike und meine Familie, bis mir schwarz vor Augen wurde.

Eine sanfte Schüttelbewegung ließ mich aufwachen. Mein Kopf brummte und ich öffnete die Augen. Ich lag an einem Strand. Die Sonne schien und es war heiß. Ich hatte Sand und einen salzigen Geschmack im Mund. Vorsichtig drehte ich mich auf den Rücken, als ich plötzlich in die Augen eines Kängurus schaute. Es schnüffelte an mir und hoppelte davon. „Warte!", versuchte ich zu rufen, doch ich hörte mich kaum selbst. Meine Stimme war so gut wie weg. Die Sonne knallte vom Himmel und ich hatte riesigen Durst. „Wo bin ich?", keuchte ich als ich zwei Männer sah, dich mich beobachteten. Ich drehte mich wieder auf den Bauch um zu sehen wer sie waren. Sie hatten Speere in den Händen. „Tut mir nichts! Hört ihr?", stammelte ich benommen. Sie sahen aus wie Aborigines. Momentmal. Ein Känguru und Aborigines? „Hey Leute wir haben es geschafft! Ja!", brüllte ich und suchte die Anderen. „Wo seid ihr? Hey! Stella! Gaetano? Wo habt ihr euch versteckt?" Dann fiel mir alles ruckartig wieder ein. Ich war von der Yacht gefallen. Ich musste hier wohl angespült worden sein. Aber wo sind die Anderen? Sie würden mich sicher suchen. Was sollte ich nur tun? Ich setzte mich auf und die zwei Aborigines setzten sich neben mich. Dann hielt einer der Männer mir einen Behälter mit Wasser entgegen. Ich zögerte kurz und trank dann alles auf einmal.

Anschließend stand ich auf und stolperte den Strand entlang. Immer wieder rief ich: „Stella!" Später sah ich eine Segelyacht in der Ferne. Ich begann zu laufen. Schneller und schneller, bis ich schließlich dort ankam. Aber das war nicht unser Boot. Es war das von Andy und es war verlassen. Ich brach zusammen und weinte bitterlich. „Stella!", schrie ich von neuem, als mich einer der Aborigines an der Schulter packte und mich hoch hob. Sie deuteten in den Dschungel und zogen mich mit. Ich war viel zu schwach, um mich gegen sie zu wehren und ließ locker. Sie stützten mich und so führten sie mich auf einem kleinen Pfad durch den Wald. Überall sangen und flogen Vögel umher und die buntesten Kreaturen schlängelten sich die Bäume nach oben. Ich weinte wieder bis wir auf einer großen Wiese ankamen. Dort standen mehrere Leute vom Militär. Einer der Männer kam auf mich zu und fragte: „Name? Und Herkunft?" Ich sah ihn an und meinte: „Das geht dich einen Scheißdreck an." Er drehte sich um und nuschelte: „Engländer." Zwei andere Soldaten kamen auf mich zu und setzten mich in einen Geländewagen. Der Mann, welcher mich nach meinem Namen fragte, saß neben mir. Seine Haut war nicht rötlich, sondern weiß. „Mein Name ist Waldemar. Oberst der Australischen Armee. Aber meine Freunde nennen mich Wowa. Und wie war nochmal dein Name?" „Den habe ich nicht genannt.", schimpfte ich störrisch. „Wie du willst Engländer. Aber verrate mir doch, wie du es bis nach Australien geschafft hast?" Ich sah ihn an und wiederholte meine Aussage: „Das geht dich einen Scheißdreck an. Soll ich es dir vielleicht noch auf Chinesisch sagen?" Er hob die Nase: „Wie du meinst, mal sehen, ob du deine Meinung noch änderst. Oder Jim?" Er kannte meinen Namen. „Woher weißt du wie ich heiße? Sag schon!" „Beruhige dich. Meine Güte. Deine Freundin Stella hat uns beauftragt dich zu suchen. Wir hatten auch schon mehrere Patrouillen losgeschickt, aber ohne Erfolg. Bis heute." Ich war fassungslos: „Wo ist sie? Sag schon." Er grinste breit: Nenn mich Wowa, Jim. Ich habe schon viel über dich gehört. Wir sind gleich da, dann kannst du sie wieder in deine Arme schließen." Ich war aufgeregt und konnte das alles überhaupt nicht fassen.

Die Straße durch den Dschungel der so bunt und voller Leben war schien mir endlos, bis wir auf eine Art Lazarett stießen. „So wir sind da, Jim. Siehst du das große weiße Zelt da hinten. Da findest du deine Stella. Du musst mich entschuldigen, ich muss weitere Überlebende suchen. Man sieht sich. Und eines noch. Gut gemacht. Du hast unserem Funkspruch vertraut. Ich danke dir." Dann stieg ich aus und rannte entkräftet, vorbei an anderen Unterbringungen, auf das Zelt zu. Ich sah Menschen aus aller Welt die hier versorgt wurden. Hatten es so viele hier her geschafft? Meine Beine wurden immer schneller und schneller bis ich endlich am Zelt ankam. Viele Menschen tummelten sich darin und ich rief: „Stella…Stella!" Ich suchte sie bis mich jemand von hinten ansprang und ich mich umdrehte. Da stand sie. Meine geliebte Stella. Gesund und munter. Ich hatte ihre Augen noch nie so strahlen gesehen. „Du lebst, Jim. Du lebst. Ich hatte schon gedacht…", ich unterbrach sie indem ich sie vom Herzen küsste. Dann hörte ich das freudige Bellen von Spike der auf mich zuraste. Ich ging in die Knie und er sprang mich an. Es war so wunderschön. „Schön, dass du wieder bei uns bist, wir hatten uns schon Sorgen gemacht, hörte ich Andy feixen. Ich drehte mich um und neben ihm stand auch Gaetano der ein dickes Grinsen im Gesicht hatte. Auch Jessica und Sarah hatten es geschafft. „Aber wie ist das möglich?", fragte ich verwundert. Andy erzählte mir, dass sie es bis nach Australien durch den Sturm geschafft hatten. Dort trafen sie Oberst Waldemar und erklärten ihm, dass ein weiteres Boot unterwegs sei. Sofort machten sich etliche Suchtrupps auf den Weg um euch zu suchen. Als sie das Boot fanden, brachten sie Stella, Gaetano und Spike hierher in das Auffanglager. „Sie suchten weitere zwei Tage nach dir, bis du plötzlich hier eingetroffen bist. Es ist unfassbar.", sagte Gaetano noch, als am Rand des Lazaretts mehrere Kängurus umhersprangen.

„Seht ihr das?", fragte ich. „Aber wie ist das nur alles möglich? Hat jemand eine Erklärung für mich?" Gaetano trat an mich heran: „Ich glaube ich habe da eine Antwort. Ich habe auch schon mit Waldemar gesprochen und er hat die besten Biologen Australiens aufgefordert sich umgehend auf den Weg hier her zu machen. Ich denke, dass in dieser roten Erde, die Australien schon immer besessen hat, Stoffe sind, welche die Mikroben abtöten. Und sollte dem so sein, können wir die Erde heilen. Die Australischen Behörden haben auch bereits mit den anderen Regierungen der Welt Kontakt aufgenommen. Sie zeigen sich interessiert. " Ich war sprachlos. „Hörst du das, Jim?", strahlte Stella. Ich legte meinen Arm um sie und flüsterte: Dein Vater wäre stolz auf dich."